KB124736

작가의 글쓰기

* 이 저서는 2014년도 서울디지털대학교 대학연구비의 지원으로 연구되었습니다.
This book was supported by the research grant of the Seoul Digital University in 2014.

* 이 도서의 국립중앙도서관 출판시도서목록(CIP)은 e-CIP홈페이지(http://www.nl.go.kr/ecip)와
국가자료공동목록시스템(http://www.nl.go.kr/kolisnet)에서 이용하실 수 있습니다.
(CIP제어번호: CIP2015010960)

11명의 대표 소설가에게 듣는 창작 코멘터리

이명랑

지음

공지영 구효서 김다은 명지현 방현석 심윤경 이동하 이명랑 이평재 정유정 정이현

은행나무

차
례

Ⅲ. 소설의 사건

프롤로그

당신의 소설은 어떻게 시작됩니까?

소설에 관한 온갖 물음표가 머릿속을 가득 채우고 떠나지 않을 때가 있다. 이제 막 소설가가 되겠다고 공부를 시작하거나 내 생의 첫 소설을 쓰기 시작한 순간. 그 순간이야말로 어느 때보다 진지하게 소설쓰기에 대해 고민하는 시기이다. 내가 작가가 될 수 있을까? 소설을 쓰고 싶은데 어디서 어떻게 시작해야 하는가? 소설의 첫 문장은 어떻게 태어나는가? 내가 과연 한 편의 소설을 끝까지 써낼 수 있을까……

나는 그런 작가지망생들의 불안과 두려움을 청소년들의 사춘기에 빗대고 싶다. 어른들은 사춘기야말로 미래를 준비해야 할 때라고 말한다. 그러나 사춘기를 앓고 있는 당사자인 청소년들에게는 그 말이 곧이들리지 않는다. 그들은 어떻게 살 것인가, 장차 무엇이 될 것인가 하는 문제로 아파하고 불안해하고 힘들어한다. 때로는 절망하기도 하고 심지어 스스로를 통제하지 못해 이해할 수 없는 행동을 하기도 한다. 어떤 날은 손에 잡힐 듯 명확해 보였다가 또 어떤 날엔 도무지 형체조차 잡을 수 없을 것만 같은 것, 그것이 바로 사춘기를 겪고 있는 청소년들의 불안이고 두려움이다.

작가지망생들의 심리상태도 마찬가지다. 내가 과연 작가가 될 수 있을까? 내가 재능이 있기는 한 걸까? 소설가가 되더라도 과연 그 길을 계속 걸어갈 수 있을까? 불투명한 미래가 불안하기만 하다.

내게 불안을 토로하는 작가지망생들을 만날 때마다 나의 대답은 늘 똑같다.

"무조건 쓰세요. 오직 쓰고 있는 동안에만 재능 없음도 미래에 대한 불안도 극복할 수 있어요. 쓰는 것 말고는 방법이 없답니다."

그러나 나는 잊고 있었다. 이십대 시절, 작가가 되겠다고 글을 쓰면서 내가 가졌던 그 절박했던 단 하나의 소망을. 그 시절 나의 유일한 소망은 '작가를 만나고 싶다. 작가를 만나 단 한 번만이라도 지금 봉착해 있는 문제들에 대해 조언을 구하고 싶다'는 것이었다. 나에게 작가지망생 시절과 그 무렵 나의 단 하나의 소망을 떠올리게 한 이가 있었는데, 작가지망생 L이다.

"너무 힘들어요. 머리로 생각할 때와는 너무 달라요. 일인칭 주인공 시점으로 시작했는데 쓰다보니 뭔가 잘못돼가고 있는 느낌이에요. 계획했던 분량에 비해 등장인물이 너무 많이 등장하는 것도 문제인 것 같고요. 도무지 끝을 낼 수 없을 것만 같아요."

L은 독일에서 돌아온 지 1년쯤 되었다고 했다. 바리스타과정을 끝

내고 한국에 돌아왔지만 장편소설을 끝내기 전에 취직을 해서는 안 되겠다는 생각이 들었다고 했다. 바리스타로 취직을 한 뒤에는 결코 소설을 쓰지 못할 것 같아서 취직은 뒤로 미뤘다고 했다. 그러면서 L은 묻고 싶은 것이 많다고 했다. 시점에서부터 시제, 공간 설정의 문제 등 그녀는 장편소설을 쓰면서 맞닥뜨린 문제들을 내게 토로하기 시작했다. 내 눈에 그녀는 마치 카슨 매컬러스의 장편소설《마음은 외로운 사냥꾼》의 주인공 존 싱어처럼 보였다. 귀머거리 벙어리인 존 싱어는 듣고 말할 수 있는 사람들 사이에서 혼자 고독하다. 고독함을 견디며 열심히 돈을 모은다. 돈이 모아지면 자신과 똑같은 귀머거리 벙어리인 친구가 있는 요양원으로 간다. 호텔 방에 짐을 부리고 면회시간을 기다리다 면회시간이 되면 쉬지 않고 손을 움직인다. 존 싱어의 손끝에서 참았던 말들이 터져나온다. 그러나 면회시간은 곧 끝이 나고 존 싱어는 다시 듣고 말할 수 있는 사람들 속으로, 혼자만의 고독 속으로 귀환한다. 나를 만나 소설에 대한 이야기를 끝도 없이 쏟아내는 L이야말로 듣고 말할 수 있는 사람들 사이에서 혼자 고독한 존 싱어였으며 바로 이십대의 나였다. 재능 없음에 대한 불안에 떨면서도 취직도 미루고 세상의 유혹도 뿌리치고 오직 혼자만의 고독 속에서 묵묵히 소설을 쓰다 소설에 대한 이야기를 나눌 수 있는 작가를 만나자마자 환희에 차는 작가지망생 L.

나는 L에게 말했다.

"당신은 정말 소설을 쓰고 있군요. 소설을 쓰면서 당신이 힘들어하는 부분에 대해 나는 내가 알고 있는 것, 소설을 쓰면서 내가 알게 된 것들을 이야기해줄 수는 있어요. 원한다면 나의 소설《삼오식당》을 내가 어떻게 썼는지, 그 과정과 방법에 대해 말해줄게요."

내 말에 L은 《삼오식당》을 읽고 자신이 현재 겪고 있는 문제들을 중심으로 질문지를 작성해오겠다고 답했다. 며칠 뒤 L과 인터뷰를 하게 되었다. 인터뷰 내내 나는 진지할 수밖에 없었다. L의 알고자 하는 욕망이 나를 진지하게 만들었다. 《삼오식당》을 어떻게 썼는지, 공간 설정에서부터 언어의 문제까지, 나는 나도 모르게 내 소설의 창작 레시피를 L에게 공개하고 있었다.

"정말 큰 도움이 되었습니다."

마침내 인터뷰가 끝나고 L은 녹음기의 정지 버튼을 눌렀다. 그 순간 나는 보았다. 반짝임이라고 불러도 좋을 그 무엇을. L의 얼굴을 가득 채운 것, 그것은 바로 '이제야말로 소설을 한번 써봐야겠다!'라는 투지였다.

그 순간 나는 L처럼 소설을 쓰고자 하는 열망에 사로잡힌 작가지망생들을 위해 이 책을 쓰기로 결심했다.

그 뒤로 나는 되도록 많은 작가지망생들의 목소리를 듣고자 노력했다. 온·오프라인을 총동원하여 작가지망생들을 만났고, 설문지를 취합하여 앞으로 내가 만나게 될 작가들과의 인터뷰에 사용할 질문지를 만들었다. 설문지의 질문은 가령 이런 것들이었다. 당신이 지금 소설가를 만난다면 가장 묻고 싶은 것은? 당신이 지금 소설을 쓰면서 가장 힘들어하는 부분은? 당신은 소설창작 과정에서 현재 어떤 문제에 부딪히고 있습니까? 등등.

작가지망생들의 질문, 다시 말해 그들이 궁금해하는 것, 알고자 하는 것들은 대부분 비슷했다. 바로 소설창작의 디테일이었다. 이론이 아닌 실제 소설창작에 필요한 디테일을 알고 싶어 했는데, 너무도 당연한 결과였다. 나 역시 그랬으니까.

드디어 질문지가 만들어졌다. 이제 나에게는 새로운 고민거리가 생겼다.

과연 어떤 작가들을 만나야 할까?

나는 내가 만났던 작가지망생들을 떠올렸다. 나는 2005년부터 문예창작학과가 개설되어 있는 온·오프라인대학에서 소설창작 과목의 지도를 맡아 작가지망생들을 만나왔는데, 그들을 떠올리자 곧바로 문제가 해결되었다.

이제 막 소설을 쓰려고 하는 이들은 거의 대부분 '내 인생을 소설로 쓰면 장편소설 서너 권은 나온다'라는 생각을 갖고 있었다. 그러나 이런 생각이야말로 소설쓰기의 가장 큰 걸림돌이다. 언제 어디에서 태어나 성장과정에서 누구에게 어떤 상처를 입었으며 어떤 이들을 만나 어떻게 살아왔는지 써보자 마음먹고 글쓰기에 돌입하는 순간, 그것은 아무도 읽고 싶어 하지 않는 자서전이 되고 만다. 본인에게만 의미 있는 일대기가 되기 일쑤이다.

작가지망생들이 제출한 습작품들을 대할 때마다 나는 매번 똑같은 고민을 하곤 했다. 어떻게 하면 일대기가 아니라 소설을 쓰게 할 수 있을까? 내 나름대로 작가지망생들로 하여금 일대기가 아니라 소설을 쓰게 하기 위해 많은 방법을 동원해보았다. 그 결과 가장 효율적인 방법을 찾아냈다. 바로 공간에서부터 시작하는 것이었다.

막연하게 소설을 한 편 써오라고 하면, 많은 이들은 먼저 자신의 인생을 되돌아본다. 그 과정에서 자신의 성장과정을 떠올리게 되고, 관계 맺었던 사람들을 기억해내게 되는데 그러다보면 이야기는 스스로도 감당할 수 없을 만큼 확장되어 결국 무엇부터 써야 될지 갈피를 잡을 수조차 없게 된다. 그러나 먼저 특정 공간을 떠올리게 하면 막연하기만 하던 이야기가 구체성을 갖게 된다. 특정 공간이 정해지면 그 특정 공간에 있는 인물 또한 구체적이 되고, 사건 또한 명확해진다. 소설이 아니라 일대기를 써오곤 하던 작가지망생들도 '당신의 이야기는 어디에서 시작됩니까?'라는 질문을 받고 특정 공간에서부터 쓰기 시작하면 좀 더 구체적이고 생생한 이야기가 나오곤 했다.

나는 그들이 첫 소설을 쓰면서 보다 효율적으로 소설쓰기에 진입할 수 있었던 방법, 공간-인물-사건의 순서로 이야기를 구성해나가는 방식대로 작가들을 만나기로 했다.

공간 중심, 인물 중심, 사건 중심으로 국내 작가들의 장편소설들을 분류했고, 그중 공간, 인물, 사건의 특성을 잘 드러낸 작품들을 따로 뽑아 작가들을 만났다. 인터뷰를 요청한 작가들은 모두 오랫동안 자신만의 방식대로 소설을 써온 이들이었다. 그들은 '작품의 창작론을 중심으로 진행되는 인터뷰'라는 나의 제안에 선뜻 응해주었다. '작가의 사생활이나 개인적인 관심사에 초점이 맞춰진 인터뷰가 아니라서 오히려 기쁘다. 오로지 작품에 대한 이야기만 할 수 있는 기회를 갖고 싶었다'며 인터뷰에 응한 작가들이 대부분이었다. 인터뷰를 하기 전부터 나는 들뜨기 시작했다. 작가들 역시 작품에 대해 진지하게 이야기를 하고 싶어 한다는 사실을 알게 되었기 때문이다.

인터뷰에 앞서 나는 이 책에서 다룰 장편소설들을 꼼꼼히 읽고, 작가지망생들이 작가를 만나면 직접 묻고 싶어 했던 질문들을 토대로 세심하게 질문지를 작성했다. 그러고 나서 작가들에게 미리 질문지를 보냈고, 질문지를 받은 작가들은 자신의 소설창작 방법을 좀 더 잘 드러낼 수 있는 질문들을 추가했다. 그렇게 기나긴 선행작업을 한 뒤에 드디어 작가들과의 만남이 이루어졌다.

그 뒤 이 책《작가의 글쓰기》는 애초에 기획했던 것과는 전혀 다른 책으로 진화해나갔다. 원래는 인터뷰를 통해 알게 된 작가의 창작방법을 토대로 공간 중심, 인물 중심, 사건 중심의 소설창작 방법론을 이론적으로 정리할 생각이었다. 그러나 작가들과의 만남이 거듭될수록 계획이 잘못됐음을 스스로 인정할 수밖에 없었다. 오랜 세월 소설을 써온 작가들은 저마다 자신만의 독특한 창작방법을 갖고 있었기 때문이다. 그들에게서 창작의 공통분모를 찾아내 이론적으로 체계화한다는 것은 작가들 개개인이 갖고 있는 창작방법의 특수성을 훼손하는 작업에 다름 아니었다. 그리하여 나는《작가의 글쓰기》를 통해 작가들 개개인의 개성적이고 독창적인 창작방법을 가능한 한 육성 그대로 전하기로 결심했다. 더불어《작가의 글쓰기》가 작가지망생들이 알고자 하는 소설창작의 디테일에 대해서도 충분한 답변이 될 수 있는 소설창작의 길라잡이가 될 수 있도록 노력했다.

목차의 순서는 앞서 밝힌 대로 이 책을 집필하게 된 계기를 마련해준 작가지망생 L과의 만남부터 시작해 작가지망생들이 첫 소설을 쓸 때 가장 효율적으로 이야기 속으로 들어가게 되는 방식을 따라 공간 중심, 인물 중심, 사건 중심 소설의 순서를 따랐다. 어떤 소설도 공간만 있는 소설, 인물만 있는 소설, 사건만 있는 소설은 없다. 훌륭한 소설은 이 모두가 조화롭게 어우러져 훌륭하게 주제를 형상화한다. 공간 중심, 인물 중심, 사건 중심이라는 분류는 작가지망생들을 위한 편의상의 분류일 뿐, 이 책을 다 읽고 난 뒤에는 소설을 창작한다는 것은 결국 하나의 세계를 창조해내는 작업이라는 깨달음에 도달하리라 믿는다.

《작가의 글쓰기》를 위해 긴 시간 인터뷰에 응해주신 작가님들 모두에게 감사의 인사를 드린다. 이 책은 결국 소설을 쓰려는 이들에게 한 가지라도 더 많이 주고자 했던 그분들의 마음이 모아져 태어날 수 있었다. 또 인터뷰 때마다 함께 어디든 카메라를 들고 달려가주었던 박성희 PD와 설문에 선뜻 응해주었던 작가지망생들과 창작집단 〈문학하다〉의 회원들, 그리고 은행나무출판사의 이진희 주간과 강건모 편집자에게 특별히 감사의 말을 전한다.

2015년 4월

이명랑

I

소설의 공간

소설의 공간에 대하여

일반적인 의미에서 공간은 '상하, 전후, 좌우 세 방향으로 퍼져 있는 빈 곳'을 가리킨다. 사전에서 '공간'의 의미를 찾아보면, 아무것도 없는 빈 곳, 물리적으로나 심리적으로 널리 퍼져 있는 범위, 어떤 물질이나 물체가 존재할 수 있거나 어떤 일이 일어날 수 있는 자리, 또는 영역이나 세계를 이르는 말, 혹은 물질이 존재하고 여러 가지 현상이 일어나는 장소[1]로 풀이된다.

한편 소설에서 '공간'은 작가의 상상력으로 새롭게 창조된 곳을 의미한다. 작가는 전달하고자 하는 주제를 보다 효율적으로 형상화하기 위해 공간을 새롭게 인식하고 변형한다. 이렇게 재해석된 공간은 단순히 이야기의 무대나 배경에 머물지 않고, 작품의 전체적인 분위기를 조성하거나 등장인물의 활동영역을 제공하고, 서사의 줄기

1 〈두산백과〉 공간의 정의.

를 발생시키는 현장으로서 사건 전개의 필수적 요소가 되기도 한다. 소설의 공간은 사건이 일어나는 구체적인 세계뿐 아니라 인물의 내면까지도 포함한다. 더 나아가 공간 자체가 이야기의 핵심적인 모티프가 되기도 한다.

공간이 작품 속에서 분명한 목적을 위해 작용할 때, 다시 말해 작품의 주제의식과 동기를 공간에서 찾을 수 있을 때, 공간은 단순히 사건의 배경에 머물지 않고 작품의 의미를 결정짓는 모티프의 성격을 갖게 된다. 이때의 공간은 인물과 사건보다 더 큰 존재감을 갖고 소설 전체를 장악하며 세계의 단면이자 이상적인 실재로 확대된다.

이동하의《장난감 도시》의 공간은 1950년대 중반, 전쟁이 막 끝나고 전 국토가 전쟁의 잿더미 속에 놓여 있을 때의 대구 태평로 '판자촌'이다. 이 판자촌은 피난민들과 도시 극빈자들로 이루어진 대규모 판자촌이다. 이 소설은 주인공 가족이 이곳으로 이사를 오면서 시작되고 마침내 주인공이 이곳을 떠나며 끝이 난다. 이동하는《장난감 도시》에서 이 판자촌에 살면서 만났던 이웃들의 초상을 하나하나 되살려내는 데 서사의 초점을 맞추었으며, 1950년대 중반에 대구 태평로 판자촌에 살았던 사람들뿐 아니라 그런 역사적 상황, 그런 삶의 풍속에 놓인 모든 사람의 이야기가 되었으면 하는 바람으로 이 작품을 집필했다. 1950년대 판자촌이야말로 이 소설의 진정한 주인공이라고 할 수 있는 것이다.

명지현의《교군의 맛》역시 '교군'이라는 특정 공간이 소설 속 인물과 사건을 장악하고 있다. 이 작품에서 교군은 마치 버스 종점처럼 가마꾼들이 쉬어가는 곳으로 가마꾼들이 가마를 세워놓고 밥을 먹기도 하고, 사용료를 내기도 하는 곳이다. 또 교군은 이덕은 여사가 운영하는 매우 비싼 요릿집이기도 한데, 등장인물들은 이곳에서 만든 음식을 먹으며 살아가고 먹는 음식에 따라 성정까지 달라진다. 이렇듯 교군이라는 소설적 공간은 배경에만 머무는 것이 아니라 등장인물들의 성정과 삶의 색깔까지 결정짓는 역할을 하며 전체 서사를 장악한다.

이평재의《눈물의 왕》은 '생령계'라는 공간이 소설의 무대이자 서사의 모티프로 등장한다. 이 작품에서 사람은 죽으면 윤회 사이클로 들어가는데 처음부터 윤회 사이클로 들어가는 것이 아니라 일단 영혼계로 가서 정화과정을 거친다. 죽은 자들이 영혼계로 가기 전에 잠시 머무르면서 인간계와 인연을 끊는 곳, 그곳이 바로 생령계이다. 이처럼 생령계는 이승인 인간계와 저승인 영혼계의 중간단계인 곳으로, 비형랑이라는 인물이 주인공 수리에게 자신의 영혼을 나눠주기도 하고, 버드나무와 인간이 진실한 사랑을 나누는 곳이기도 하다. 즉 이 작품은 생령계라는 공간의 특수성이 이 소설의 서사를 가능케 하고 있는 것이다.

이처럼 소설의 공간은 작가의 창작의도 속에서 새롭게 재해석되어 그 자체로 서사의 논리를 내재한다. 구체적인 공간에 작가의 상상력이 더해진 공간은 독자에게 새로운 세계를 대면하게 한다.

내가 태어나 자란 곳,
그곳이 바로 소설의 무대다

이명랑 장편소설《삼오식당》

이명랑 장편소설《삼오식당》은 작가의 또 다른 장편《꽃을 던지고 싶다》,《나의 이복형제들》과 함께 '영등포 삼부작'으로 일컬어진다. 작가는 소설가이자 이십대인 여성의 꾸밈없는 시선을 통해 우리 사회 주변부로 밀려난 시장 사람들의 삶의 해학과 슬픔을 생생한 장터의 언어로 그려내고 있다. 이 작품을 더욱 돋보이게 하는 것은 강팍한 시장의 저 밑바닥에서 끌어올린 시장 사람들에 대한 작가의 공감과 이해, 그리고 연민이다. 그동안 우리 문학이 주목하지 않았던 삶의 현장, 영등포시장을 한국문학사의 중요 공간으로 끌어올렸다는 점에서도《삼오식당》은 독보적인 위치를 점한다.

내가 태어나 자란 곳, 그곳이 바로 소설의 무대다

이명랑 장편소설 《삼오식당》

소설을 쓰려고 직장까지 관두었다는 작가지망생 L이 찾아왔다. 내 앞에 앉자마자 바로 수첩을 꺼낸 뒤 나를 바라보는 L의 눈에서 낯익은 열기가 느껴졌다. 그 눈빛은 바로 '단 한 번만이라도 좋으니 작가를 만나고 싶다, 만나서 문학에 대한 이야기를 나눠보고 싶다'는 열망으로 가득 차 있던 나의 이십대의 눈빛이었다. 나는 허리를 곧추세웠고 내가 L을 향해 상체를 기울이자마자 L은 질문을 던지기 시작했다. 이 글은 작가지망생 L과의 대화를 정리한 것이다.

당신은 1998년 장편소설 《꽃을 던지고 싶다》를 발표하면서 작품 활동을 시작했습니다. 《삼오식당》 《나의 이복형제들》까지 연달아 발표한 세 권의 소설 모두 영등포에 위치한 조광시장이라는 특정 공간을 무대로 하고 있습니다. 많은 평론가들이 '영등포 삼부작'이라고 명명하게 된 이 소설들을 집필하게 된 계기가 있었습니까?

이명랑 저에게 글쓰기는 삶이 저에게 던지는 질문들에 해답을 구하는 과정입니다. 살아가면서 힘든 일들을 겪을 때마다 글쓰기를 통해 해답을 구하려 하죠. 저는 중학교 1학년 때부터 시인이 꿈이었고, 다른 꿈은 꾸어본 적이 없었습니다. 열네 살 사춘기 시절부터 계속해서 시를 읽고, 시를 습작하고 시인이 된 저의 모습만 상상하다 드디어 시인이 되었습니다. 그런데 제가 쓴 시들은 주로 관념시였습니다. 무언가 '불균형하다'라는 느낌을 지울 수가 없었지요. 왜냐하면 내가 발 딛고 사는 나의 현실과 나의 시 사이에 상당한 거리가 있었으니까요. 내가 발을 딛고 살고 있는 곳, 먹고, 자고, 생활을 꾸려나가는 나의 현실에 대해 거짓 없이 쓰고 싶다, 써야만 한다는 강한 열망을 갖게 되었습니다. 그 뒤 첫 장편소설인 《꽃을 던지고 싶다》를 집필하기 시작했어요. 그 전까지 저는 단 한 번도 소설을 써본 적이 없었습니다. 그런데도 마치 제 등 뒤에서 누가 이야기를 들려주는 것처럼 써나가기 시작했습니다. 누군가 불러주는 것을 제가 그냥 받아 적기만 하는 것 같았지요. 그때 깨달았습니다. 이 이야기야말로 내가 정말 하고 싶었던 이야기였구나, 나는 하고 싶은 이야기가 많았구나, 라는 걸요. 그렇게 《꽃을 던지고 싶다》를 쓰면서부터 저는 제가 발 딛고 살고 있는 이곳, 바로 영등포 시장과 영등포 시장 사람들의 이야기를 해야겠다고 결심했고, 《삼오식당》과 《나의 이복형제들》에 이르기까지 영등포 삼부작을 집필하게 되었습니다.

시인으로 작품 활동을 시작한 뒤 '불균형하다'라는 느낌을 갖게 되었다고 했는데, 어떤 의미입니까?

이명랑 사춘기 시절 제가 꿈꾸던 문학, 제가 지향했던 문학은 나의 남루한 현실과는 완전히 다른, 현실 저 너머의 어떤 이상향이 아니었나 싶어요. 성냥팔이 소녀의 이야기를 아시지요? 추운 겨울날 성냥팔이 소녀는 성냥을 팔러 다닙니다. 그러나 아무도 그 성냥을 사주지 않죠. 성냥팔이 소녀는 매서운 바람 속에 서서 유리 너머의 환상을 바라봅니다. 유리 너머에서는 예쁜 드레스를 차려입은 아가씨들과 멋진 슈트를 걸친 신사들이 따뜻한 불빛 아래서 맛있는 음식을 차려놓고 파티를 하고 있어요. 그러나 유리 바깥쪽에 서 있는 성냥팔이 소녀의 현실은 전혀 다릅니다. 성냥팔이 소녀는 팔지 못한 성냥들을 하나씩 켜기 시작합니다. 성냥이 타오르는 그 잠깐 사이에 성냥팔이 소녀는 상상합니다. 아, 나도 저곳에 있었으면. 나도 저곳에서 예쁜 드레스를 입고 춤을 추고, 사람들과 즐겁게 이야기 나누며 맛있는 음식을 먹었으면. 그러나 성냥팔이 소녀의 성냥은 곧 꺼지고 말죠. 저는 마치 성냥팔이 소녀처럼 문학을 통해 현실 너머를 꿈꾸었던 것 같아요. 내 삶이 남루하고 초라했기에, 현실에서 떠날 수가 없었기에 문학을 통해 현실 너머를 꿈꾸었지요. 그러다 어느 날 문득, 그렇다면 내가 발 딛고 살고 있는 이곳은 뭐지? 이곳은 나에게 어떤 의미인가, 라는 물음표가 저를 쿡쿡 찔러댔습니다 죄의식이라고 불러도 좋을 통증에 사로잡혀버렸지요. 앞으로도 내 삶의 공간의 이야기를 하지 않는다면 끊임없이 나는 괴로울 것이다, 글을 쓰는 행위가 나에게는 마치 변절행위처럼 느껴지게 될 것이다, 라고 느끼게 되었지요. '불균형하다'라는 느낌은 그 당시 제가 지향하던 문학과 제 삶의 괴리에서 필연적으로 발생한 결과물이었습니다. 자신이 갖고 있는 어떤 부분을 부정하고, 인정하지 않으려 하고, 제대로 들여다보지 않으려고 할 때 우리는 불균형해지니까요. 독일 작가 페터 한트케는《왼손잡이 여인》이라는 소설에서 가난의 풍경에 대해 이렇게 묘사했습니다. "가난이라는 것은 물론 깨끗이 뜨거운 물로 소독이 되었다는 것을 알고 있으나 밤사이 식구들의 요강으로, 변기로 사용되었던 사기단지가 아침이면 뜨거운 물에 깨끗이 소독돼서 식탁에 올라오고 그것이 수프그릇으로 사용되는 것이다"라고요. 저의 현실도 페터 한트케가 묘사한 가난과 별반 다르지 않았습니다. 가난이 부끄러운 것은 아니지만 저를 절망하게 하고 울분에 차게 했어요. 그래서 저는 현실과 동떨어진 시를 썼는데 너무나 오랜 시간을 그렇게 지내다보니 나 스스로 굉장히 불균형하다는 느낌을 받게 된 거예요. 저는 이제야말로 정면에서 내 삶을 똑바로 바라보자라고 생각했고, 가감 없이 거짓말하지 않고, 나의 현실, 내 삶의 공간에 대해 이야기하기로 결심하게 되었지요.

그렇다면 그 당시 당신이 소설의 무대로 설정한 당신 삶의 공간은 어떤 곳이었습니까?

이명랑 영등포 삼부작의 첫 작품인《꽃을 던지고 싶다》에서부터《삼오식당》《나의 이복형제들》까지 세 권의 소설 모두 영등포 조광시장을 무대로 하고 있습니다. 그러나 누구의 시선으로 바라보느냐에 따라 같은 공간도 전혀 다른 공간으로 그려지게 되지요.《꽃을 던지고 싶다》는 아무런 여과 없이 어른들의 문화를 곧장 받아들여야만 하는 사춘기 여중생이 대면하게 된 시장 어른들의 모습이라든가 성 정체성의 문제라든가 그런 것들이 어디까지나 열네 살 사춘기 소녀의 눈으로 그려집니다. 그러다《삼오식당》에 와서는《꽃을 던지고 싶다》의 주인공인 이랑이 성인인 이지선이 됩니다. 한때는 시장 바깥으로 도망가기를 꿈꿨던 여자아이가 이제는 자신이 태어나 자란 곳,

자신의 뿌리인 시장 한복판으로 들어와 시장에 살고 있는 억척 어멈들과 똑같은 어멈이 되어 전혀 다른 시각으로 시장 사람들을 받아들이게 되지요. 그 뒤에 출간된《나의 이복형제들》은 시장 바깥에서 시장 안으로 들어온 '영원'의 눈으로 바라본 영등포 조광시장의 모습을 담고 있습니다. 이처럼 저는 특정 공간을 매번 다른 시각으로 바라보고 새롭게 해석하려고 했지요.

《삼오식당》에 관한 평론이 많이 발표되어 있습니다. 그동안 한국문학사에서 시장이라는 공간은 민중의 공간으로 그려졌다. 그런데 이명랑이 들고 나온 시장이라는 공간은 그야말로 민중의 공간이기는 하나 그 안에 통속적이고 세속적인 것들을 가감 없이, 있는 그대로 까발리듯이 보여줬다, 라는 평이 지배적이었지요. 이런 언급에 대해 당신은 어떻게 생각하십니까?

이명랑 사실, 그것이 사실이었어요. 가감 없이, 있는 그대로의 내 삶의 공간에 대해 이야기해보자, 라는 각오가 소설에 있는 그대로 표현됐고, 그렇다보니 많은 평론가들이《삼오식당》은 인간의 사랑과 욕망의 서사다, 못난 인생들의 비루한 개인사가 바로《삼오식당》이다, 별 볼 일 없는 인생들의 사연 많은 눈물, 악다구니가 이 속에는 녹아 있다, 라고 이야기하는 것 같습니다.

당신의 말처럼《삼오식당》을 읽다보면 삶의 현장이 너무나 생생하게 그려져 있어 웃으면서도 가슴 한쪽이 아파옵니다.《꽃을 던지고 싶다》를 읽었을 때는 정말 생짜의 문장을 접하게 되어서 신선하면서도 충격적이었지요. 당신은 미학적으로 아름답게 꾸며진 문장에 혹 거부감이 있는 건 아닌가요?

이명랑 그렇지는 않습니다. 그러나 첫 장편소설인 《꽃을 던지고 싶다》를 집필할 당시에 저는 특별한 상황에 처해 있었습니다. '불균형하다'라는 상태에서 벗어날 수 없었고, 한국문학에 대해 반항심이라고 해도 좋을 감정을 갖고 있었습니다. 당시 많은 평론가들이 90년대 소설의 특징에 대해 자폐적인 독백과 나르시시즘에 함몰되어 있다고 평했습니다. 어떤 커다란 이야기라든가 삶의 이야기를 하기보다는 자폐적인 독백, 혼잣말 같은 문학이 그 당시에 주를 이루었어요. 우찬제 평론가는 그 이유에 대해 이렇게 얘기하기도 했습니다. "이야기 세계가 축소되다보니 자연스럽게도 서사적 자아의 자폐적 몰입 양상이 두드러지기도 했다. 타자와 세계와의 관계를 그려내야 하는데 타자와 세계와의 관계를 전면적으로 배제, 빼버린 채 개인의 고독이라든가 개인의 우울이라든가 이렇게 내적으로만 몰입하고 있다"고. 혹은 "서사적 자아의 진정한 성찰이 결여된 내적 몰입이 있다보니 90년대의 소설들이 부정적 나르시시즘의 경향을 낳는 것이 아닌가"라고. 또 그는 "다채로운 스타일의 실험이 시도되고는 있다. 그런데 이러한 다채로운 스타일의 실험, 다시 말해 형식적 실험이 포즈로서의 포즈인 경우가 많다. 포즈로서의 스타일 과잉현상 그리고 미숙한 스타일 미달 현상이라는 양극단의 양상이 지금 나타나고 있다. 새로운 세대의 작가들이 경쾌하게 전복의 질주를 하는 가운데 문학이 본원적으로 내장하고 있는 반성적 사유를 결여한 채 잉여장난의 과잉현상을 드러내기도 했다"라고, 이야기했어요. 비단 우찬제 평론가뿐 아니라 이런 얘기를 하는 평론가들이 꽤 있었지요. 그 당시 저는 스물세 살이었는데, 왜 이야기 세계가 축소됐지? 언제부터 문학이 이렇게 개인 안으로만 들어갔지? 왜 이렇게 되어버렸지? 점점 불만이 쌓여갔어요.

다채로운 스타일의 실험이 시도는 되고 있지만 포즈로서의 포즈인 경우가 많다? 좀 더 자세히 말해줄 수 있습니까?

이명랑 예를 들면 이런 거예요. 구멍가게에서 맥주를 샀다, 라고 쓰는 것이 아니라 세븐일레븐에서 하이네켄을 사서 먹었다, 혹은 일식집에 가서 초밥을 먹었다가 아니라 특정 일식집 체인점의 이름을 대면서 무슨 브랜드의 사케를 먹었다, 이런 식으로 쓰는 소설들이 90년대 접어들면서 나오기 시작한 거죠. 이런 현상에 대해 많은 평론가들이 평론을 썼어요. 대중이 받아들이는 세븐일레븐과 시포유는 다르다. 혹은 대중문화를 소비하는 소비자들의 입장에서는 맥주 하나를 마셔도 그 인물이 하이네켄을 마시는지 산미구엘을 마시는지 카프리를 마시는지에 따라서 그 인물이 어떤 인물인지를 파악하는 시대가 됐다, 라고요. 그 당시 많은 평론가들이 언급한 대중문화의 새로움은 바로 그런 것들이었거든요. 소설의 인물이 산미구엘을 마시는지 아사히를 마시는지, 다시 말해 소설 속 인물들의 기호, 소비성향 이런 것들을 소설에서 적극적으로 받아들이고 그런 것들을 통해서 어떤 캐릭터를 만들어가고, 인물을 형성화하는 방식이 굉장히 새로운 것으로 받아들여지기 시작했습니다. 맞는 말입니다.

그러나 《꽃을 던지고 싶다》를 집필할 당시에 저는 산미구엘을 마시느냐 아사히를 마시느냐 삿포로를 마시느냐 이런 기호의 문제가 자신의 삶에 있어서 몹시 중요한 사람이 과연 얼마나 될까? 의심할 수밖에 없었습니다. 물론 맥주 한 병을 마시더라도 기호에 따라 선택할 수 있는 사람들이 있지만 제 주변에는 없었거든요. 자신의 소비성향에 따라서 정체성을 구분 지을 만큼 그런 고급문화를 향유하면서 사는 사람이 그 당시 제 주변에는 거의 없었어요. 또 그런 사람들은 어쩌면 아주 극소수이지 않을까, 라고 생각했죠. 그렇다면 우리 문학은 지금 무슨 얘기를 하고 있는가? 라는 의문을 갖게 된 거죠. 90년대 소설은 80년대 소설이 추구했던 이상과 열정을 상실해버린 것은 아닐까? 그 상실에서 출발하다보니 이제 절망한 것은 아닐까? 현실은 너무나 견고해. 나 개인의 힘으로는 절대 변하지 않아. 그러니까 이제 현실과 싸우지 않을 거야. 그렇게 자아의 내부에만 몰입하거나 한쪽에서는 새로움이라는 강박적인 가치 아래 환상이나 혹은 상상력을 무기로 자신들만의 독특한 왕국을 건설하고 있는 것은 아닐까? 이러한 허무주의, 문화염세주의 그리고 환멸과 환상을 통해서 90년대 소설이 구축한 이 왕국, 그것은 대다수 평범한 사람들의 현실과는 완전히 단절된 채 따로 존재하는 외딴 성이 아닐까? 당시 저는 영등포 조광시장에서 살고 있었기 때문에 90년대 소설이 배제해버린 시장이라는 공간과 시장 사람들의 삶은 그럼 소설이라는 무대에 오를 수조차 없는 것일까? 의문을 갖게 됐습니다. 지금도 취향과 기호를 따지며 살 수 없는 사람들이 우리 주변에는 이토록이나 많은데 왜, 어째서 이들의 이야기를 하지 않는가? 이런 사람들이 마치 80년대에만 존재했던 것처럼, 더 이상은 살고 있지 않은 것처럼 왜 후일담으로만 얘기하는가? 수많은 물음표들이 계속해서 저를 찔러대는 거예요. 그러면 여전히 여기, 자신을 둘러싼 현실이라는 울타리 속에 갇혀서 힘겨운 사투를 벌이고 있는 이 사람들은, 우리는 대체 누구란 말인가? 분명 현실에는 존재하는데 아무도 제대로 들여다보려고 하지 않는 우리는 다른 사람 눈에는 안 보이는 유령이란 말인가? 90년대 문학이 환상이라든가 환멸을 통해서 현실이 아닌 다른 곳으로 자꾸 도피하고 있을 때 지금 내 앞에 있는 사람들, 여전히 고단한 현실과 싸우면서 어떻게든 도망가지 않고 이곳에서 버티면서 오늘을 살아내야 하는 이유를 찾고자 하는 사람들의 이야기는 왜 하지 않는가? 이런 물음들이 저로 하여금 《꽃을 던지고 싶다》를 쓰게 했습니다.

《꽃을 던지고 싶다》의 공간에 대해 좀 더 자세히 말씀해주실 수 있습니까?

이명랑 《꽃을 던지고 싶다》의 본문에 이렇게 설명해놨습니다. "우리 시장에는 이렇게 여러 사람이 모여 사는데 사람이 많다보니 사는 것도 다들 제각각이다. 그래서 딸기가 들어오면 딸기장사를 하고 수박이 들어오면 수박장사를 한다." 이처럼 들어오는 과일에 따라서 계절이 구분되고, 사람들의 하루 일과마저 달라지는 곳이 제가 첫 소설에 그려낸 《꽃을 던지고 싶다》의 공간입니다. 사실 시장에 들어오는 과일은 생계수단이죠. 이 생계수단에 의해서 사계절의 생활이 달라지는 곳, 오늘을 살아낸다고 해도 내일은 또 어떻게 살지 막막한 곳, 미친년 널뛰듯이 밥을 해대야 하고 조금의 쉴 틈도 없이 점심 장을, 저녁 찬거리를, 내일 먹을 먹거리를 준비해야 하는 엄마가 사는 곳, 그리고 내일 또 하루를 버텨내려면 오늘은 아무것도 생각하지 말고 오로지 '지금 당장'만을 생각하며 살 수밖에 없는 곳, 그곳이 바로 영등포 삼부작의 무대였습니다.

임헌영 평론가는 "현대판 시장은 광장의 의미가 짙은 아고라가 아니라 최고가 낙찰을 위한 연옥으로 한쪽은 천국, 다른 한쪽은 지옥과 통하는 길목이지만 거시적으로 조망하면 인간이 생존하는 모든 경쟁지역은 연옥이 아닐까. (…) 그 연옥의 한가운데에 《삼오식당》이 숙명처럼 존재한다"라고 했습니다. 《삼오식당》에 수록되어 있는 연작소설들 중에 이러한 모습을 가장 잘 보여주는 작품을 꼽으라면 당신은 어떤 작품을 손꼽겠습니까?

이명랑 《삼오식당》에 수록되어 있는 작품들 중에서 제가 그려내고 싶었던 현대판 시장의 모습에 가장 가깝게 표현된 작품은 〈까라마조프가의 딸들〉이 아닐까 싶습니다. 〈까라마조프가의 딸들〉의 화자는 지선이고, 주인공은 현미라는 여중생입니다. 화자인 지선은 현미에게 과외를 해주러 현미네를 드나들죠. 현미는 조광시장에서 과일 도매장사를 하는 0번 아줌마의 딸인데, 현미가 지선에게 "언니! 내가 성인이 아니어서 할 수 없는 게 뭐야? 나는 중학생이지만 담배도 펴. 나는 키스도 해. 나는 웬만한 건 다 해. 언니, 내가 어른이 아니어서 할 수 없는 게 뭐야?"라고 물어봅니다. 그 물음에 지선은 대답을 못해요. 그러다 소설 말미에 가면 현미가 이렇게 말합니다. "언니! 나, 내가 어른이 아니어서 할 수 없는 게 뭔지 알아. 그건 생활이야"라고요. 이런 현미의 사고방식이 바로 〈까라마조프가의 딸들〉 그리고 제가 그려낸 《삼오식당》에서의 사고방식이죠. 이 작품에 이런 말이 나옵니다. "생활을 책임지던 엄마가 이제 더는 그 몫을 해낼 수 없게 되자 더런 년! 더런 년! 모두, 알았지? 저년한테 문 따주면 다들 내 손에 죽을 줄 알어! 어떤 인간이고 문 따주면 다 죽는다구!" 딸들이 자신을 낳아준 엄마를 집 밖으로 내쫓는 곳, 그곳이 바로 제가 그려낸 현대판 시장의 이면인 거죠.

그렇다면 《삼오식당》에서 그려진 현대판 시장의 모습은 생활을 책임지지 못하면 자식이 부모마저도 내쫓는 비정한 공간이기만 한 겁니까?

이명랑 그렇지 않습니다. 〈까라마조프가의 딸들〉에 대해 조금 자세히 설명하면, 이 작품은 과일장사하는 0번 아줌마네 이야기예요. 그런데 과일도매시장에서 중매인으로 과일도매장사를 하려면 새벽마다 공판장에 올라가서 물건을 사와야 해요. 늘 남편이 가서 물건을 사왔는데 노름에 미쳐서 과일 입찰을 해오지 않는 거예요. 그런데 물건을 안 사오면 장사를 할 수도 없잖아요. 결국 0번 아줌마는 자기네 종업원인 황씨에게 공판장에 올라가서 입찰을 해오라고 해요. 그런데 황씨가 정말 입찰을 해온 거죠. 그때부터 이 0번 아줌마는 물건도 사오지 않고 가게 일도 도와주지 않는 노름에 미친 남편보다는 종업원인 황씨에게 의지를 하게 됩니다. 그러다 황씨와 남녀관계로 얽히게 되고, 나중에는 내가 만약 황씨의 자식을 낳으면 황씨가 빼도 박도 못하고 내 사람이 되지 않을까? 잘못된 생각을 하게 되죠. 결국은 어떻게 되느냐. 유부남인 황씨는 0번 아줌마가 자신의 딸을 낳았어도 가정을 버리지 않아요. 0번 아줌마가 낳은 딸도 절대로 인정하려 들지 않지요. 0번 아줌마는 어떻게든 황씨의 마음을 잡으려고 월급 올려주고 뭐 하고 그러다 가게가 어려워져요. 그때 노름빚 져서 쫓겨났던 남편이 숯 장사를 해서 돈을 벌었다는 소문이 들려옵니다. 그러자 0번 아줌마가 무능력한 남편을 내쫓았던 것처럼 이번에는 0번 아줌마의 딸들이 엄마인 0번 아줌마를 내쫓습니다. 어떻게 보면 비정한 이야기이지만, 이곳에서의 사랑이란, 먹고사는 일이란 어떤 의미인지를 0번 아줌마네 가족을 통해서 이야기하고 있습니다. 결과적으로는 순진무구해야 할 여중생마저도 〈까라마조프가의 딸들〉이 되어버릴 수밖에 없는 비정한 삶의 현실에 대해서 이야기하고 있지만, 이 공간 안에서 어떻게든 살아내려고 애쓰는 인물들은 실은 그 누구보다도 인간적인 것을 꿈꾸는 인물들입니다.

그러니까 《삼오식당》은 비정한 삶의 현실 속에서도 어떻게든 살아보려고, 버텨보려고 고군분투하는 이들의 이야기인 셈이네요?

이명랑 맞습니다.《삼오식당》에 수록되어 있는 작품들 중 〈엄마의 무릎〉이라는 소설이 있어요. 〈엄마의 무릎〉에서 삼오식당 여주인 손여사는 평생을 뻐 해장국 만들고, 배달 다니고, 이러다보니 무릎에 관절염이 박혔어요. 그러나 이 관절염이라는 것은 엄마의 삶의 훈장이자 삶의 이력이죠. 손 여사에게는 딸 셋이 있는데 큰딸이 시집가서 애를 셋 낳습니다. 그리고 둘째 딸 지선이도 시집가서 아들을 낳는데 큰딸이 시장에서 과일도매장사를 해서 먹고사는데, 애들을 맡길 데가 없는 거에요. 그러다보니 아직 어린이집에도 갈 수 없는 어린 셋째 아들 왕상이를 맨날 삼오식당에 데려다놔요. 나이 든 엄마가 식당일 하랴, 손자 보랴 이러면서 벌어지는 그러한 이야기죠.

본문에 이런 대목이 있어요. "엄마의 오른쪽 무릎이 벌에 쏘인 것처럼 부어올라 있었다. 무릎 안쪽에 솜뭉치를 쑤셔넣은 듯했다. 아니다. 그건 솜뭉치가 아니었다. 엄마가 버텨온 세월이 거기, 당신의 무릎 안쪽에 고스란히 고여 있었다." 무릎 안쪽에 세월을 몽땅 쑤셔넣고 사는 우리네 어머니들의 삶을 다룬 소설이 바로 〈엄마의 무릎〉입니다.

저는 개인적으로 《삼오식당》에 수록되어 있는 작품들 중에서 〈우리들의 화장실〉이야말로 척박한 삶의 공간을 인간다운 공간으로 변모시켜나가는 이들의 삶의 의지가 잘 그려진 작품이라고 생각합니다. 〈우리들의 화장실〉은 실제로 그곳에서 살아보지 않은 이들은 절대로 쓸 수 없는 소설인데요, 어떻게 이렇게 생생하게 묘사를 할 수 있었습니까?

이명랑 《삼오식당》은 전체 이야기의 무대이자 화자인 지선의 친정엄마가 꾸려나가는 식당이기도 하지요. 그러니까 '삼오식당'은 지선이네의 밥벌이이고 터전이에요. 그러나 지선은 삼오식당 다락에 살면서 친구들을 데려올 수도 없었어요. 화장실이 없었으니까요. 어쩌다 친구들을 데려왔다가도 친구들이 화장실이 어디야, 라고 물으면 "야, 그냥 수챗구멍에다 싸"라고 말해요. 상대가 지선의 얘기를 기분 나쁘지 않게 받아들이면 친구가 되고, 그렇지 않고 "야, 지선이네 집에 갔더니 쟤는 이상한 애야. 수챗구멍에다가 소변을 보라잖아"라고 욕을 하고 다니면 친구가 안 되는 거예요. 친구냐 아니냐를 구분하는 상징이 지선에게는 바로 "수챗구멍에다 싸"라고 얘기하는 게 되어버린 거죠.

〈우리들의 화장실〉은 《삼오식당》에 수록된 마지막 소설인데요, 정말이지 우리들의 화장실을 갖는 것이 저의 가장 큰 소원이었습니다. 화장실이 있는 집에서 한번 살아보고 싶었어요. 그러다보니 〈우리들의 화장실〉은 화장실에 얽힌 이야기들이 주를 이룹니다. 화장실에 얽힌 이야기다보니 똥할매도 나오는데요. 첫 장면이 이렇게 시작돼요. "작은언니? 나 좀 꺼내줘! 빨리! 늦은 밤, 전화선을 타고 들려온 막내의 울부짖음은 모골을 송연하게 했다. 자다 놀란 내 가슴은 방망이질을 멈추지 않았고, 빨간 내복에 잠바만 달랑 하나 걸치고 달음박질을 치는 동안에도 귓전에서는 목 놓아 언니를 부르던 막내의 절규가 끊이지 않고 들려왔다. 대체 무슨 변인가? 이 야밤에, 그것도 공중화장실에서?"

이 소설은 지선의 여동생이 공중화장실에 갇혀 있다고 지선에게 전화를 하면서 시작됩니다. 지선은 여동생이 혹시 강간이라도 당하는 줄 알고 깜짝 놀라 달려갑니다. 갔더니 이놈의 공중화장실을 관리하는 똥할매가 밖에서 문을 잠가버린 거예요. 시장 사람들은 똥할매가 지키는 공중화장실을 사용하면서 한 달에 사용료로 6천 원씩을 내는데, 여동생도 분명 한 달치 사용료 6천 원을 냈는데 똥할매가 돈 더 내라고 밖에서 문을 잠가버린 거죠. 여동생의 다급한 전화를 받고 지선이 뛰어가 문을 열어줬더니, 똥할매가 어떻게 했을까요? 이 똥할매는 공중화장실 옆에서 개들하고 사는데, 지선이 뛰어가자마자 개를 푼 거죠. 나중에는 지선의 남편까지 와서 개를 때리고, 개를 발로 걷어차고 이러면서 〈우리들의 화장실〉이 시작돼요. 이 소설을 읽다보면, 지선네 식구, 삼오식당 주변 사람들, 이 모든 시장사람들에게 화장실이 어떤 의미인지 알 수 있어요.

그런데 어느 날부터인가 삼오식당 여주인이 봉투가게 여자라든가 동네 여자들을 다 데리고 저녁만 되면 산책을 가는 거예요. 산책한다면서 근처 공원으로 가는데 지선이가 생각하기에 너무 이상한 거죠.

도대체 아줌마들이 저녁이면 매일 어디 가나. 콜라텍에 가나? 무도회장에 가나? 춤추러 가나? 지선은 몰래 뒤를 밟습니다. 가서 보니, 손 여사를 앞장세우고 장터길 아줌마들이 전부 나무 숲 뒤쪽으로 걸어가고 있지 뭐에요.

흥미진진한걸요? 혹시 소설 대목을 직접 읽어주실 수 있습니까?

이명랑 그럼 지선이 공원에서 시장 아줌마들을 몰래 따라가는 부분을 읽어드리겠습니다. "저 뒤에 대체 뭐가 있나?" 지선이 몰래 따라갑니다. "어때? 내 말대로 하면 감쪽같겠지? 나무 숲 뒤쪽에서 삼오식당 여주인의 걸쭉한 목소리가 들리고 뒤이어, 누가 아니래. 하여간에 삼오식당 머리 따라갈 사람 없다니까. 공부만 좀 했으면 삼오식당이야말로 진짜로 뭐 하나는 했을 사람인디. 봉투 아줌마의 아부 비슷한 발언이 있고, 그 뒤로 또 곧장, 그동안은 왜 이 생각을 못 했나 몰라. 안 그래, 봉투? 바께쓰가 그게 보기에만 둥글 넙적하지 세상에 불편한 게, 그게 바로 바께쓰야. 쑥쑥 잘 빠져나올 때는 그래도 그렇다고 쳐. 안 나올 때는 정말 사람 미친다고. 바께쓰 위에 올라타고 오래 쪼그려 앉아 있으면 엉덩이가 얼마나 아픈 줄 몰라. 일어나서 보면 엉덩이에 빨갛게 바께쓰 자국이 나 있다니까. 구멍가게 영석이 엄마가 바께쓰에 얽힌 구구한 경험담을 털어놨다. 밤이면 플라스틱 바께쓰를 변기로 이용하며 살고 있는 장터길 아줌마들은 영석이 엄마를 향해 일제히 우레와 같은 박수갈채를 보냈다. 아줌마들의 대화가 이쯤에 이르자, 나는 미행이고 뭐고 궁금해서 더는 참을 수가 없었다."

그래서 지선은 나무 뒤에 숨어 있다가 아줌마들이 대화를 나누고 있는 곳으로 튀어나갑니다. 봤더니, 요새는 좀 그런 게 흔한데 그 당시 제가《삼오식당》을 쓸 때는 이런 공중화장실이 별로 없었어요. 휴게소라든가 공원에 가보면 친환경 화장실이라는 게 있잖아요. 발판을 누르면 뽀글뽀글 하얀 거품 같은 게 나오는 그런 친환경 화장실인 거죠. 그런데 그걸 보고 삼오식당 주변의 장터길 여자들이 이 친환경적인 소멸식 화장실처럼 우리가 삼오식당 옆으로 샌드위치 판넬로 벽 세우고 문짝 하나 달고 양변기 하나 들여놓자고 하는 거예요. 친환경적 소멸식 화장실을 우리 스스로 만들자고요.

〈우리들의 화장실〉 마지막 부분을 읽어드릴게요. "장터공원 안쪽에 새로 생긴 친환경적인 소멸식 화장실 앞에는 한 떼의 아줌마들이 몰려서서 그네들이 살면서 단 한 번도 가져보지 못한 화장실 건설의 계획을 세우고 있고, 아줌마들의 등 너머, 등나무 넝쿨 밑의 벤치 위에는 얇은 겉옷을 걸친 거지들 몇이 신문지를 덮고 누워서, 자정의 추위가 몰고 올 불면에 대비해 벌써부터 이른 잠을 청하고 있었다. 거지들이 누워 있는 벤치 옆으로, 허리 휜, 잎 다 떨어진 등나무 하나가 지붕을 떠받치고 있는 네 개의 쇠기둥 중, 제 앞에 서 있는 쇠기둥 하나를 꼭 끌어안고 있다. 온기가 없는 쇠기둥을 부둥켜안고 있는 등나무는…… 단지 겉모양만 저와 꼭 닮아 있는 그 쇠기둥을 제 온몸으로 끌어안고 있는 그 등나무는, 그러나 몸통이 두 쪽으로 갈라졌다. 온전한 몸통으로 곧게 서서 제 한 몸 버텨내기를 관두고 누군가를 향해 허리를 구부린 그 등나무는…… 몸통을 찢어 팔을 만든 그 등나무는, 그러나 그 가는 두 팔로 제 앞에 놓여 있는 쇠기둥을 으스러지게 껴안고서 쇠기둥 너머 저 너른 하늘 위로 제 가지를 아득히 넓게 뻗어나가고 있었다. 나는 그, 한 그루의 등나무가 억세게 껴안고 있는 쇠기둥으로 다가가 입술을 대고 나직하게 속삭였다. 아! 하늘의 별처럼 아득히 먼 곳에 떠 있는 우리들의 화장실이여!" 이렇게 화장실에 대한 이야기로《삼오식당》은 끝이 납니다.

어떤 집이든 하나씩은 있는 곳이 바로 화장실인데, 그 화장실조차도 허락되지 않아 화장실이 꿈인 사람들의 이야기, 가슴 뭉클합니다. 그런데 당신의 이야기를 듣고 보니, 《삼오식당》의 삼오식당은 주로 사람들이 모여서 밥을 먹는 곳이잖아요? 그런데 이 연작 장편의 마지막은 화장실, 그러니까 똥 누는 이야기로 끝이 납니다. 밥 먹는 것과 똥 싸는 것, 어떻게 보면 상반되는 행위이지 않습니까?

이명랑 사실《삼오식당》은 밥 먹는 이야기로 시작해 똥 싸는 이야기로 끝이 납니다. 먹고, 일하고, 생활하고, 똥 누는 것, 그것이 바로 삶이라고 생각해요. 그래서《삼오식당》은 시장을 떠났던 화자인 지선이 다시 시장으로 들어와서 밥 먹는 이야기, 자식 키우는 이야기, 결혼해서 살아가는 이야기를 하다가 마지막은 화장실에서 끝나요. 이렇게 먹고 싸고 살아가는 것, 그것이 바로 삶이다, 라는 것을《삼오식당》을 통해서 이야기하고 싶었습니다.

먹고, 자식 키우고, 결혼하고, 화장실 가고…… 이런 것이 바로 삶이고, 《삼오식당》을 통해서 이야기하고 싶었다고 했는데, 시를 쓰다가 막상 이런 생생한 삶의 모습을 소설로 그려내기가 쉽지는 않았을 것 같은데요?

이명랑 정말 쉽지 않았습니다. 90년대 문학, 90년대 소설에서 갑자기 우리 문학사에서 주변부로 밀려난 사람들, 그러나 여기 내 현실에서는 버젓이 존재하는 사람들, 이들을 다시 소설의 무대로 내가 불러와야겠다, 라는 생각에서 소설을 쓰게 됐지만, 이들의 이야기를 과연 어떤 언어로 표현해야 하는가? 라는 의문이 생겼습니다. 왜냐하면, 어떤 사람들의 얘기를 어떻게 쓰든지 결국 '글 쓰는' 행위는 언어를 통해 이루어질 수밖에 없으니까요. 나는 과연 어떤 언어로 이들의 삶을 이야기해야 되나? 더럭 겁이 났습니다. 《꽃을 던지고 싶다》를 집필할 당시만 해도 제 삶은 어렵지만 저는 어느덧 배운 여자가 되어 있었으니까요.

그 당시에 벌써 저는 4년제 대학을 나와 대학원에서 불어를 전공하고 있는 석사생이었어요. 몸은 시장에서 살고 있지만 어느덧 저 자신은 내 가족, 내 주변 사람들과 시장 사람들이 주고받는 언어와는 전혀 다른 언어, 다시 말해 배운 여자의 언어를 쓰고 있었어요. 어느덧 나도 모르게, 배운 언어, 문학적으로 미화된 언어, 순화된 언어를 사용하게 된 내가 과연 나의 언어로 이들의 삶을 제대로 그려낼 수 있을까? 죄의식이라고 명명해도 좋을 통증이 끊임없이 저를 괴롭혔어요. 나는 지금 대학 교육을 받은 사람의 언어로 제도교육의 혜택과는 전혀 무관하게 살아가는 사람들의 삶을 그려내고자 하는 것인가? 나의 글쓰기 행위가 과연 올바른 것인가? 묻지 않을 수 없었어요. 결국 저는 이 특정 공간 그리고 이 공간 안에 사는 사람들의 이야기는 나의 언어로 그리면 안 된다, 이들의 이야기는 이들의 언어로, 그 공간 내부로부터 솟아나온 언어로 이야기해야 한다, 그것이 거짓말하지 않는 글쓰기일 것이다, 라고 생각하게 됐습니다. 그래서 첫 작품인《꽃을 던지고 싶다》를 쓸 때부터《삼오식당》《나의 이복형제들》까지 소설의 무대인 시장이라는 공간 내부로부터 솟아나온 언어로 표현하려고 애썼습니다.

그렇다면 당신이 생각했던 시장이라는 공간 내부로부터 솟아나온 언어란, 구체적으로 어떤 것입니까?

이명랑 《삼오식당》이 나온 뒤에 그런 얘기를 많이 들었어요.《삼오식당》의 언어라는 것은 사투리를 쓰고는 있지만 이게 전라도 말도 아니고 그렇다고 정확한 경상도 사투리고 아니고, 충청도 사투리도 아니고 이거 좀 이상해. 심지어 편집자도 이거 이렇게 고쳐야 하는 거 아니에요? 라고 저에게 몇 번을 요청했습니다. 그때 저는 아니다, 이게 바로《삼오식당》의 사투리라고 얘기했어요. 제가 태어나 살아온 시장엔 충청도, 전라도, 경상도, 부산 온갖 지역의 사람들이 같은 골목에서 모여 살아요. 그러다 보니 온갖 사투리가 짬뽕이 되어버린 거예요. 그래서 새로운 시장의 언어가 탄생했거든요. 온갖 사투리가 뒤섞인 새로운 사투리, 그게 바로《삼오식당》의 언어입니다. 예를 들면,《삼오식당》에 차씨 아줌마라고 커피장사 아줌마가 등장해요. 그런데 이 차씨 아줌마가 이런 얘기를 해요. 시집간 자기 딸이 남편한테 매 맞고 친정에 왔어요. 그때 이런 얘기를 합니다. 본문을 읽어드릴게요.

"이년이, 시상에 멍충이 같은 년이, 안적도 말귀를 못 알아처먹네 그랴. 몸땡이가 최고지. 그깟 돈 몇 푼 땜에 그라믄 니는 그놈한테 또 갈라 그랬냐? 그랑께 니는 에미가 딸년 송장 치는 꼴까지 봐야 좋겄냐? 워디, 엄마가 옛날 일 하나 지껄여볼까잉? 옛날에 너 아직 태어나기도 전에. 원라는 니 위로 언니나 오빠가 하나는 더 있었어라. 니도 알제? 엄마한테 어미가 있나, 아비가 있나. 그래도 니는 엄마라도 있제. 나한테는 엄마도 없었지라. 전라도 순천인가 거기서 내가 깜빡 미쳤었잖어. 좋다고 할 때는 언제고 애 섰다고 하니께 그 고냐시러운 놈이 나만 냅두고 튀었단 마시. 그놈 미워서 배 속에 든 걸 그만 지웠구만. 그래야, 전라도 순천이 맞구마잉. 애 지우러 갔는디 거기 산부인과 의사가 묻데. 영양 주사를 맞겠습니까, 안 맞겠습니까. 보통으로 맞겠습니까, 오천 원 더 비싼 걸로 맞겠습니까. 근디 주머니에 딱 오천 원 더 있었단 마시. 그래라. 내가 그랬제. 오천 원 더 비싼 걸로 놔주쇼이잉. 가물가물 정신이 돌아오는디 젤 먼저 눈에 들어온 기, 그게 뭔지 아냐? 저 링거병이란 마시. 저거시 한 방울씩 똑똑 떨어져서 내 몸땡이로 쏙쏙 기어들어와쌌는디, 잘했다! 참말로 잘했다! 오천 원 더 비싼 걸로 맞기를 참말로 잘했다! 그 생각이 퍼뜩 들더라 이거지. 돈이, 돈이 그거시 뭔데? 이거나 한 잔 쭉 마시고 한잠 자뿌려. 그라믄 다 잊어뿌랴. 암시랑토 안 해."

이게 바로 커피장사 차씨 아줌마의 말투거든요.

제가 듣기엔 그냥 전라도 사투리인 것 같은데요?

이명랑 언뜻 들으면 전라도 사람 같죠? 그런데 이 차씨 아줌마라는 분은, 전라도 순천사람이 아니에요. 애 낳고 자기가 죽으려고 했다가 다시 눈 뜬 곳이 전라도 순천이었대요. 그때부터 나는 순천사람이야, 나는 순천에서 다시 태어났어, 라고 결심하고는 그때부터 순천 말을 배워서 쓰는 사람이 바로 차씨 아줌마거든요. 이처럼 제가 소설의 무대로 설정한《삼오식당》이라는 공간 안에서 사람들이 쓰는 언어는 서울 출신, 평안남도 출신, 함경도 출신 온갖 지역 사람들이 함께 모여 살면서 자신도 모르게 함께 어울려 사는 이들의 말을 배우게 된 것이에요. 바로 이런 언어가 제가《삼오식당》에서 그려내고자 했고, 표현하려고 애썼던 언어였습니다.

설명을 듣고 보니, 이해가 되는군요. 사실 많은 평론가들이《삼오식당》은 그야말로 언어의 카니발이다, 날고기처럼 생생한 언어다, 다채로운 삶의 넋두리다,《삼오식당》에 쓰여진 언어라는 것은 경험이 없이는 나올 수가 없는 경험의 산물이다, 이런 평을 했습니다. 차씨 아줌마의 순천 사투리 하나만 봐도, 경험의 언어가 어떤 언어인지 알 것 같습니다.

이제 등장인물에 대한 이야기를 나눠보고 싶습니다.《삼오식당》의 화자는 지선인데요. 삼오식당의 여주인의 둘째 딸이에요. 대학원까지 졸업했는데 시장남자랑 결혼해서 고향인 시장에서 뿌리내리고 살게 된 인물입니다. 또 삼오식당 여주인은 중풍으로 십 년 가까이 자리를 보전하고 있던 남편 대신 악착같이 밥장사를 해 세 딸을 키워낸 억척 어멈의 대명사이지요. 이 외에도 삼오식당에는 억척 어멈들이 많이 등장하지 않습니까?

이명랑 네,〈까라마조프가의 딸들〉의 0번 아줌마도 그렇고, 차씨 아줌마도 그렇고,《꽃을 던지고 싶다》《삼오식당》《나의 이복형제들》영등포 삼부작에 계속 등장하는 똥할매라는 분도 억척어멈이지요. 똥할매에 대해서는 소문이 많아요. 시장이 막 형성될 무렵에 보르꼬라는 벽돌 있잖아요? 그 벽돌을 직접 쌓고 그 안에 고무통 하나 넣어서 임시로 간이화장실을 직접 만들었다고 해요. 시장사람들이 그 공중화장실을 이용하면 똥이 쌓일 거 아니에요? 그러면 직접 똥지게로 지어 나르고 해서 지금의 공중화장실로 변한 이 화장실을 만든 그러한 인물이 바로 똥할매죠. 그리고 고물장수 박씨 할머니도 있어요. 이분은 새벽 일찍 삼오식당에 나와서 아침 장이 끝나는 시간까지만 주로 설거지를 하는 분이에요. 아침 장 끝나고 바쁜 시간이 지나면 고물 줍는 리어카를 끌고 동네를 돌아다니는 고물장수죠. 그런데 워낙 이집 저집 돌아다니다보니 듣는 얘기, 보는 것들이 많은데 입도 가벼워요. 걸어다니는 생중계 소문전파 라디오라는 별명을 가진 인물입니다.

그리고 봉투 아줌마라는 분은 시장 한쪽에 평상 하나 펼치고 그 위에 수박 넣는 끈, 장사꾼들이 쓰는 검정봉투 그다음에 꽃지라고 하죠? 색색깔 색지, 과일 꾸미는. 그런 것들을 파는 분이죠. 한 평도 안 되는 작은 평상에서 평생을 봉투 팔아 아들딸 공부시키고 살림 밑천 마련한 억척 어멈입니다.

또 로터리 할머니가 등장해요. 소설 속 상황에서는 그렇게 일수를 많이 하지는 않는데, 계속 시장사람들을 상대로 조금씩 조금씩 돈 빌려주면서 일수하는 것으로 먹고 사는 할머니가 로터리 할머니예요. 삼오식당 여주인하고는 시장에 있으면서 몇십 년 동안 친하게 지냈는데 삼오식당 여주인 큰딸이 셋째 아들 왕상이를 낳자 왕상이를 돌봐주게 되죠.

그리고 지선이 세 들어 살고 있는 건물의 구둣방에 붙어 있는 보일러실에서 지내는 노랑머리가 나옵니다. 노랑머리는 구둣방에 붙어 있지만 실제로는 지선의 보일러실에 간이침대와 부르스터까지 갖다놓고 사는 술집 여자입니다. 구둣방 사장을 사랑하는 여자죠. 구둣방 사장과의 사랑을 어떻게든 이어가려고 보일러실까지 점거하는 여인이에요. 이처럼 《삼오식당》에는 이곳에서 살아가면서 여인이 아니라 억척 어멈이 될 수밖에 없었던 많은 여성들이 등장합니다.

그런데 당신은 왜 하필 이런 억척 어멈들의 이야기를 하게 된 겁니까?

이명랑 저에게는 첫 소설 《꽃을 던지고 싶다》를 쓸 때부터 문학적인 화두가 생겼으니까요. 애초에도 더럽게 박복한 팔자를 타고 태어난 데다 시선만 마주쳐도 고개를 외로 틀어야 할 만큼 혐오스러운 외양을 하고 있는 사람들, 타인의 동정이나 연민조차 허락되지 않는 사람들은 그러면 무엇으로 사는가. 이 물음에 대한 답을 구하는 것이 저에게는 글쓰기였으니까요.

백설공주 이야기를 생각해보세요. 왕비는 사냥꾼을 시켜 백설공주를 죽이라고 명령합니다. 사냥꾼은 백설공주를 죽이려고 숲 속으로 데려가죠. 그런데 막상 죽이려고 보니까 백설공주가 너무 예쁜 거예요. 예뻐도 너무 예뻐. 사냥꾼은 차마 백설공주를 죽이지 못합니다. 어렸을 때 저는 백설공주를 읽으면서 내내 그런 생각을 했어요. 불행이 찾아왔지만 백설공주는 얼굴이라도 예쁘니까 위기를 극복했잖아? 그런데 시장에서의 저의 삶이라는 것, 저를 둘러싼 모든 것들은 타인의 어떤 동정이나 연민이 허락되지 않았어요. 제 주변분들 역시 마찬가지였죠. 새벽부터 저녁까지 소처럼 열심히 일해도 남편한테 두들겨 맞는 여인들. 비 오면 미친 듯이 뛰어나가 천막 치고, 물건 좀 팔려고 하면 단속반이 오고…… 항상 오늘 당장을 살아내기조차 힘든 사람들과 있다보니, 그러면 우리처럼 타인의 동정이나 연민도 허락되지 않는 데다가 팔자까지 박복한 사람들은 그럼 어떻게 살라는 거야? 무엇으로 살아야 하지? 우리는 왜 살아야 하지? 이런 물음들이 제 안에서 계속 저를 괴롭혔고 그것이 제 소설의 화두가 되었어요. 그 인생에 '그러나'로 시작되는 히든카드도 하나 뒤로 감추고 있지 못한 사람들은 그러면 무엇으로 어떻게, 이 생을, 이 박복한 운명을 견뎌내는 걸까, 가 저의 문학적인 화두가 되었죠.

프랑스 작가 장 주네는 《도둑일기》에서 "창조한다는 것은 조금도 경박한 장난이 아니다. 창조자는 그가 창조해놓은 것이 무릅쓰게 될 위험을 어디까지나 자기 자신이 책임져야 한다는 무서운 모험에 몸을 던진다. 그 기원에 있어서 사랑이 존재하지 않는 창조는 이를 상상할 수 없다. 사람은 어떻게 자기 앞에 자기와 마찬가지로 마땅히 혐오하고 멸시해야 할 자를 둘 수 있을까"라고 말해요. 저 역시 나와 똑같이 남루하지만 제가 사랑할 수밖에 없는 이들이야말로 제 소설의 주인공이라고 생각합니다.

당신에게 글쓰기는 삶의 해답을 찾는 과정이라고 했는데, 어떤 해답을 찾았습니까?

이명랑 《꽃을 던지고 싶다》에서는 열네 살 여중생 이랑의 입을 통해서 이런 얘기를 했어요. "여기에 처녀막이 안 터진 처녀는 한 명도 없는 것 같다. 처녀? 왜 여자한테는 처녀막이니 생리니 이렇게 피랑 연결된 게 많은 걸까? 애를 하나 낳을 때도 한 덩이나 되는 피를 흘려야 하는 여자들. 우리들 여자들이 죽을 때까지 흘려야 되는 피는 얼마나 될까? 세계 곳곳에서 우리들 여자들이 흘려야 되는 피를 모은다면 또 하나의 지구도 만들 수 있을 만큼의 양일 것이다. 그럼, 난 그 지구로 이사를 가고 싶다. 피를 흘려본 사람들만 살 수 있는 별이 있다면 그 별의 나무, 그 별의 공기, 그 별의 풀잎까지도 남이 흘린 피를 핥아줄 수 있는 마음을 갖고 있겠지." 저는《꽃을 던지고 싶다》에서는 타인의 동정이나 연민조차 받을 수 없는 사람들이 그래도 이곳에서 살아갈 수 있는 것이 바로 이렇게 서로의 피를 핥아줄 수 있는 마음이 있기 때문이 아닐까, 라고 이랑의 깨달음을 통해 해답을 찾았던 것 같아요.

그리고《삼오식당》에서는〈우리들의 화장실〉의 결말 부분에 표현되어 있어요. 이 등나무는 실제로 살아 있는 나무예요. 온기가 있어요. 그런데 이 등나무가 껴안고 있는 것은 사실은 등나무 옆에 있어서 마치 등나무인 것처럼 색깔도 칠해놨지만, 온기라고는 하나도 없는 쇠기둥이에요. 이 등나무는 자기 몸을 두 쪽으로 찢어서 그 쇠기둥을 온몸으로 끌어안고 있어요. 그런 등나무처럼 여유라고는 없고 온기라고는 없고 힘든 상황들도 끌어안고 사는 어머니들의 모습에서 해답을 찾았지요.〈우리들의 화장실〉에 보면 시장 어머니들이 화장실을 만들려고 정말 애쓰시잖아요. 제가 소설 속에 묘사해놓은 등나무처럼 몸통을 찢어서라도 이 불모의 땅을 품고 가려고 하는 삶의 의지가 또 이들을 버티게 하는 힘이 아닐까,《삼오식당》을 쓰면서 깨달았지요. 그래서 "쇠기둥 위로 온기가 닿았던 자리만큼 뽀얗게, 사람의 입김이 서려 있었다"라고《삼오식당》의 마지막 문장을 썼어요.

"사람의 입김이 서려 있었다"라는 이 문장이 제가 시장에서의 삶 그리고 시장 어른들한테 물려받은 유산이 아니었나, 싶어요.

당신이 글쓰기를 통해 어렵게 찾아낸 해답이 독자들에게도 삶의 이정표가 되리라 생각합니다. 감사합니다.

이명랑

1998년 첫 장편소설 《꽃을 던지고 싶다》로 독자와 문단의 기대를 모으며 소설가로서 본격적인 작품 활동을 시작했다. 이후 데뷔작과 함께 '영등포 삼부작'으로 일컬어지는 장편소설 《삼오식당》과 《나의 이복형제들》을 통해 우리 소설사에서 밀려나버린 사람들의 아픔을 문학적으로 형상화하는 작업을 해왔다. 2007년 대산창작기금과 2011년 서울문화재단 창작기금을 받았다. 작품으로는 장편소설 《천사의 세레나데》 《구라짱》 《여기는 은하스위트》, 소설집 《입술》 《어느 휴양지에서》 등이 있으며 중학교 국어교과서에 수록된 《내 마음을 아는지 모르는지》와 《사춘기라서 그래?》와 같은 다수의 청소년 소설을 출간했다.

그 공간 속의 인물들을 되살려내라

이동하 장편소설《장난감 도시》

이동하 장편소설《장난감 도시》는 척박한 전후 도시에 갑작스럽게 이식된 어린이의 고통스러운 통과제의의 이야기다. 전후 도시적 생태의 질곡을 생생히 보여줌과 동시에 궁핍한 시대의 인간 생리의 현장을 실감나게 그려내고 있다. 혼란스러운 시대에 인간적 자존을 어떻게 지킬 수 있는가 하는 윤리적인 문제를 환기시키며 아울러 삶의 터전을 잃은 아이가 내면의 상처를 감싸며 치유하고 성장해가는 모습을 보여줌으로써 감동을 만들어낸다.

그 공간 속의 인물들을 되살려내라

이동하 장편소설 《장난감 도시》

한 편 한 편 소설을 쓸 때마다 지도 한 장 없이 낯선 땅을 찾아나서는 느낌이다. 나침반이나 이정표도 없이 미지의 세계를 향해 그 첫발을 뗄 때마다 나는 주위를 두리번거리곤 한다. 아무라도 붙잡고 묻고 싶다. 당신은 어떻게 평생 소설을 썼나요? 이렇게 두려운데 말이에요. 그리하여 나는 이동하 소설가를 만나러 갔다. 한평생 소설을 써온 작가에게 가서, 구하고 싶었다. 어떻게 평생 이 두려운 첫발을 쉼 없이 뗄 수 있었느냐고.

《장난감 도시》가 당신의 첫 작품은 아닌 걸로 알고 있습니다. 작가 생활을 시작한 지 어느 정도 지났을 때 썼나요?

이동하 《장난감 도시》는 연작 중편 세 편으로 구성되어 있는데 1부를 쓴 게 1979년도거든요. 내가 1966년에 등단했으니까 13년 뒤네요.

첫 작품에서 보통 자신의 모습을 많이 투영한 소설을 쓰게 되는데, 당신은 어느 정도 작품 활동을 한 뒤에 《장난감 도시》라는 소설을 썼습니다. 왕성한 작품 활동을 하다가 자전적 소설을 쓰게 된 특별한 계기가 있었나요?

이동하 중심 주제가 내 삶의 체험들을 소설이라는 형식을 통해서 다시 되돌아보는 작업이기 때문에 이것도 말하자면 그런 일련의 작품 계열에 속하는 거죠.

젊은 작가들 중에는 '나는 독자들이 작가인 나를 유추할 수 있는 것은 절대로 소설에 쓰지 않는다'고 말하는 이들도 꽤 있습니다. 또 소설에서 가장 중요한 것은 삶의 체험이라기보다는 플롯이다, 구성이다, 이렇게 말하는 작가들도 많은데요. 그런데 당신은 자신의 삶의 체험을 소재로 《장난감 도시》라는 소설을 썼습니다. 자전적 소설을 쓸 때 어려움이 있다면 무엇입니까?

이동하 내가 보기에 소설가는 크게 두 부류인데, 끝없이 자기 이야기를 하는 작가가 있고, 자기 이야기는 될 수 있는 대로 하지 않고 남의 이야기만 계속하는 작가, 이렇게 두 부류가 있어요. 나는 전자에 해당해요. 자신의 문학관이나 소설관하고도 관계가 있겠지만, 나의 경우엔 내가 생각하는 소설, 특히 내가 쓰고 싶은 소설들은 삶의 국면들을 다시 한 번 성찰해보는 쪽에 창작의도나 미학이 있다고 봐요. 물론 이런 자전적 소설 쓰기를 어렵게 생각하는 작가도 있을 텐데 나는 그게 되레 편해요. 왜냐하면 내가 쓰려는 이야기가 전부 내 안에 있기 때문이죠. 내 기억에 다 내장되어 있기 때문에 우선 편하다는 점이 있고, 그다음에 이것은 내 삶을 통해서 검증된 이야기이기 때문에 스스로 생각할 때 늘 나름의 어떤 진정성을 담보하고 있다, 이렇게 믿는데 이 두 가지 점만 들어도 나로서는 자전적 소설 쓰는 것이 늘 편해요.

《장난감 도시》의 주인공 소년이 구두통을 들고 다니는 부분이 있습니다. 그

러다 짤둑이를 만나게 됩니다. 그런데 이 짤둑이라는 인물도 사실 소년이 실제로 같이 구두통을 들고 다녔던 동료적인 입장의 인물이잖아요? 이처럼 자전적 소설의 경우에는 소설에 등장하는 인물들이 다 현실에 실존했던 인물은 아닐지언정 그래도 굉장히 애착을 갖게 되는 인물들이 많습니다. 그렇게 애착이 가는 인물, 또 나 자신과 직접적인 관련이 있는 인물들이 자전적 소설에서는 등장인물로 나타납니다. 이럴 땐 어떤 식으로 거리 조절을 해야 하는 걸까요?

이동하 자전적 소설이라고 내 소설을 이야기하기보다는, 내가 쓰는 소설 역시 허구이고 허구의 산물이지만 그것을 추적해보면 자전적 요소가 많다, 거기에서 출발한 허구의 산물이다, 이렇게 이해하는 것이 옳아요. 바꿔서 말하면 이 이야기는 내 소설에 등장하는 인물의 대부분을 실제로 존재했던 인물들에게서 취해온 거죠. 취해왔다는 얘기는 사실적으로 그 인물을 그대로 복사했다는 뜻이 아니고 작가로서 흥미 있는 부분을 가져다가 그다음에 내가 쓰려고 하는 작품의 주제에 걸맞게 다시 허구를 덧입혔다는 거죠. 이렇다보니 내가 쓴 소설들의 중요한 인물들은 거의 실재했던 인물임에도 본인들이 이것 나네? 이렇게 느끼는 경우는 그렇게 많지 않아요.

그럴 것 같군요. 현실의 인물을 그대로 복사할 수도 없고 또 그래서도 안 되는 것 같습니다. 이번엔 평소 궁금했던 점에 대해 질문하겠습니다. 저 역시 자주 취재를 다니곤 하는데요. 취재를 다니다보면, 내 이야기를 써라, 내 이야기를 들으면 장편소설 열 권은 나와, 이렇게 말씀하시는 분들이 있어요. 정말 많은 이야기를 품을 수밖에 없는 삶을 살아오신 분들도 많고요. 그러나

체험이 많다고 해서 그것이 모두 소설이 되지는 않습니다. 그리고 막상 소설을 써놓고 보면 소설인지 수기인지 잘 모를 경우도 있거든요. 어떤 삶의 체험을 바탕으로 소설을 쓸 때, 그 글이 수기가 아니라 소설이 되게 하려면 어떻게 해야 되는지, 그 방법을 알려주실 수 있을까요?

이동하 수기와 소설의 본질적 차이가 뭐냐? 그 점에 대한 이해가 명확해야 해요. 똑같이 한 인물의 일생을 다뤘다고 해도 어떤 글은 수기가 되고 어떤 글은 소설이 됩니다. 그것의 본질이 무엇인가를 알아야 합니다. 이야기만 보면, 한 시간 내내 이야기를 할 수 있을지도 모르지만, 우선 간단하게 생각하면 한 인물의 일생을 다뤘다고 해도 실재했던 인물이 실제로 겪었던 삶을 그대로 다루면 그것은 수기가 됩니다. 그러나 그 인물의 이야기가 소설이 되려면 실재했던 인물에게서 모델은 취해오고 그다음에 그의 인생에서 의미 있는 부분들을 가져다 쓰면 됩니다. 그러니까 실재했던 인물의 일생을 재구성하는 데 의미가 있는 것이 아니라 그런 인물의 삶을 가져다가 작가가 말하고 싶어 하는 주제를 드러내는 구조로 만들어야 하기 때문에 허구가 많이 보태집니다. 그러니까 수기는 실제 이야기를 벗어나면 없었던 이야기를 쓰게 되는 거니까 거짓이 되는 것이고 그것은 가짜죠. 반대로 소설은 허구가 보태짐으로써 인물의 이야기가 한 개인의 특수한 삶을 떠나 무릇 우리 독자들이 다 공감할 수 있는 보편성 있는 의미의 차원으로 재창조됩니다. 그러므로 수기와 소설의 본질적 차이를 알고 있어야 합니다. 그 사람이 직접 겪은 일이 진실의 기준이 된다면 수기가 되는 것이고, 실제로 그 사람이 겪었다고 해도 무릇 인간이면 누구나 다 받아들일 수 있는 보편적 차원의 이야기로 재창조되면 소설이 되는 거죠. 다시 말해 소설에서 진실의 기준은 그것이 실재했느냐 아니냐가 아니고 그것이 작가가 말하고자 하는 주제를 잘 드러내는 데 적합한가, 여기에 진실과 비진실의 기준이 있는 거다, 일단 이렇게 말할 수 있어요.

처음 《장난감 도시》를 읽었을 때 저는 계속 눈물을 흘렸습니다. 전쟁 후에 아버지의 모습, 어머니가 돌아가신 다음에 지게를 지고 일을 나가기는 하지만 그냥 일을 나갈 뿐이지 그 인생에 아무런 희망도 없는 아버지의 모습, 주인공인 내가 누나하고 시장에 가서 거지처럼 주워 먹고 요기할 것 타겠다고 교회에도 갔다가 성당에도 갔다가 하는 그런 모습들이 너무나 생생해서 계속 눈물을 흘렸었지요. 이처럼 《장난감 도시》에는 그 시대의 시간과 공간이 잘 드러나 있습니다. 《장난감 도시》의 공간과 그 시대의 이야기를 좀 들려주세요.

이동하 이 소설은 1950년대 중반을 시간적 배경으로 하고 있어요. 전쟁이 막 끝나고 휴전이 되고 전 국토가 전쟁의 잿더미 속에 놓여 있을 때입니다. 특히 《장난감 도시》의 현장은 실제로는 그 무렵에 내가 살았던 대구 태평로 판자촌이었어요. 전쟁통에 피난민들 또 도시 극빈자들 이런 사람들이 모여서 이루어진 대규모 판자촌이었지요. 《장난감 도시》는 이곳을 배경으로 하고 있어서 그 시절의 삶의 신산함이 그대로 노출되는 상황이지요. 게다가 감수성이 예민한 성장기의 화자가 직접 보고 겪고 한 이런 이야기들이 담겨 있다보니 아마 최루탄이 도처에 있지 않나, 생각합니다. 작가로서는 그래도 그런 이야기를 많이 절제하면서 한 것이 작품의 미학적인 면을 살리는 데는 도움이 되지 않았나 생각해요.

《장난감 도시》에서는 당신의 체험도 중요하게 작용했지만 그보다는 판자촌이라는 공간 자체가 더욱 중요한 몫을 하는 것 같네요. 저는 소설을 구분할 때 쉽게 공간 중심, 사건 중심, 인물 중심 소설로 나누기도 하는데요, 《장난감 도시》는 이 판자촌이라는 공간 자체가 굉장히 중요한 역할을 하는 공간 중심 소설이 아닐까, 생각합니다. 그러면 이렇게 공간이 중심이 되는 소설을 쓸 때 팁이라고 할까요, 노하우라고 할까요? 그런 것이 있다면 알려주세요.

이동하 이 소설은 문제의 공간인 50년대의 피난민촌인 판자촌으로 주인공 가족이 이사를 오면서 본격적으로 시작이 되고, 주인공이 마침내 그 마을을 떠나는 것으로 끝나요. 이렇게 보면 이명랑씨가 지금 이야기한 것처럼 《장난감 도시》의 무대인 이 판자촌이라는 공간이 이 소설에서 가장 중요한 부분이다, 이렇게 말할 수가 있는 거죠. 어느 비평가가 "《장난감 도시》는 1950년대 판자촌, 피난민촌의 하나의 풍속화"다, 이런 이야기를 했는데 그것도 아마 그런 관점일 거예요. 그런데 내가 이 소설을 쓰면서 관심을 뒀던 것은 그 무렵의 주인공인 '나'이지요. 그 판자촌에 살면서 내가 만나고 보았던, 그래서 그 마을을 떠난 지 20년 이상의 세월이 지나도 잊히지 않는 이런 이웃들의 초상을 하나하나 말하자면 흑백앨범을 만들듯이 되살려내는데 서사의 초점이 있고 그랬어요. 그러니까 그런 면에서 1950년대 판자촌, 그게 이 소설의 진정한 주인공이다, 이렇게 말할 수 있죠.

그러니까 당신이 판자촌을 떠나고 굉장히 오랜 시간이 흐른 뒤에도 《장난감

도시》의 공간이 된 태평로 판자촌이 당신에게는 계속 어떤 의미로 남아 있었기 때문에 《장난감 도시》라는 소설을 쓰게 된 거군요. 태평로 판자촌은 당신에게 어떤 의미로 남아 있나요?

이동하 이 이야기는 어린 소년의 시선으로 발견하는 삶의 남루함이라든지 또는 난폭한 세계의 모습이라든지 이런 것들을 인물 중심으로 하나하나 이야기하는 그런 소설이거든요. 그러니까 이 성장기적 체험이라는 게 그 작가의 세계관을 형성하는 데 가장 뿌리가 되는 것이기 때문에 나는 사실은 성장기적 체험이 모든 사람의 세계관을 거의 결정한다, 이렇게 생각해요. 그러다보니까 내 소설에서는 성장기적 체험의 이야기가 끝없이 되풀이되는 거죠. 그런 면에서 보면 《장난감 도시》는 내 문학, 내 소설의 모든 요소들이 다 집약된 작품이라고 볼 수도 있겠죠.

어찌 보면 뿌리라고 할 수도 있겠네요. 《장난감 도시》에는 당신의 유년과 성장기가 투영된 소년이 등장합니다. 이 소설의 화자에 대해 말씀해주세요.

이동하 이 소설의 화자는 초등학교 4학년짜리죠. 이 소설의 모든 이야기들은 거의가 실제 체험했던 이야기들에 기초를 둔 건데 원래는 경북 경산군에 있는 조그마한 시골에서 살다가 거기가 고향인데 초등학교 4학년 때 이제 이향, 고향을 떠나서 그때부터 도시 체험이 시작되는 거죠. 그러니까 내 소설들은 거의 대부분이 도시 체험을 다루고 있다, 이렇게 볼 수가 있죠. 이 일인칭 화자도 관찰자, 남이 사는 모습들을 관찰하고 진술하는 데 관심이 있는 화자가 있고, 이 소설처럼 자기 자신의 체험을 자기의 정서를 담아서 그대로 토로하는 주인공인 일인칭 화자가 있을 수 있는데《장난감 도시》는 후자에 가깝죠.

저의 경우에는 소설을 쓸 때, 화자와 내가 너무 일치되면 감정이 북받치기도 합니다. 일인칭 주인공 시점으로 《장난감 도시》를 집필할 당시 당신의 아픈 기억도 많이 드러났을 텐데 어떻게 조절을 했습니까? 절제하는 방법이 있다면요?

이동하 나는 문장을 그냥 한 번에 일필휘지一筆揮之하듯이 한 번에 막 쓰는 타입이 아니고, 문장 하나하나를 차곡차곡 조적공이 벽돌 쌓듯이 쌓아올려가는 편이에요. 이런 식으로 문장을 쓰다보니, 짧은 문장이든 긴 문장이든 문장과 문장 사이에, 말하자면 유예하는 시간이 오래 걸려요. 그런데 그 유예하는 시간에 개인의 감정이 많이 가라앉고, 그다음에 또 그 어휘들을 선택하고 수사를 동원할 때 저는 늘 역으로 생각하는 거죠. 어떤 격정적인 대목은 더 싸늘하게, 차분한 말로 쓰려고 노력하고, 어휘 선택이나 수사를 구사하거나 이럴 때 자기를 절제해야 된다, 그게 언어적 측면에서 절제하면 서사는 내용, 이야기라는 측면에도 필요한데 그럴 때 기준은 항상 내가 나의 자전적 이야기로 소설을 쓰되 내 이야기를 쓰려는 게 아니고 소설을 쓰려고 하는 거니까, 따라서 내가 쓰려고 하는 소설에는 주제나 미학적 의도나 이런 것들이 다 포함되는 거죠. 이 의도에 맞는 이야기냐, 맞지 않는 이야기냐를 엄격하게 분별해서 거기에 맞지 않는 것은 다 배제하는 거죠. 쓸 때도 그렇고 다 쓰고 퇴고하는 과정에서도 거듭거듭 그런 부분은 가지치기를 해요. 잘라내요. 그래서 그런 언어적 측면과 서사 내용의 측면에서 모두 일인칭 주인공 화자의 경우에는 절대적으로 절제, 자기검열 이런 게 필요합니다.

삶의 체험에서 비롯된 소설을 쓸 때 수기가 아닌 소설을 쓰기를 원한다면 절제와 자기검열이 꼭 필요하다! 소설 습작을 하는 분이라면 꼭 기억해야 할 것 같습니다. 한편 《장난감 도시》에는 정말 많은 등장인물들이 나옵니다. 특히 아버지라는 인물이 인상적입니다. 이 아버지상만 해도 전쟁 후에 정말 많이 볼 수 있었던 아버지의 모습일 수도 있고 지금 현대를 살아가는 우리들의 아버지이기도 해요. 이 아버지는 정말 자식들을 사랑하고 가장으로서의 책임도 다하고 싶어 하지만 이 상황에서 일자리를 구하기도 힘들죠. 이런 아버지의 모습은 많은 사람들이 공감할 수 있는 보편적인 인물입니다. 《장난감 도시》에 등장하는 어머니도 그렇고, 남동생을 굉장히 사랑하는 누나의 모습 역시 많은 이들이 공감할 수 있는 보편적인 인물들이지요. 이처럼 《장난감 도시》에는 공감할 수밖에 없는 인물들이 많이 나오는데, 등장인물들에 대해 설명해주세요.

이동하 《장난감 도시》의 주요 등장인물이라는 게 사실은 따로 없어요. 아까 얘기했던 것처럼 그 판자촌에서 살았던 주민들 중에서 내 기억에 의미 있게 남아 있는 인물들의 초상을 그리듯이 데생하듯이 앨범을 하나 만들듯 해보자, 이것이 원래의 내 창작의도였기 때문에 특별한 인물에게 의미가 과도하게 주어져 있거나 하지는 않아요. 그런 의미에서 주요 인물이 굳이 있다고는 생각하지 않는데 그래도 꼽아본다면, 주인공의 가족이 되겠죠. 아버지, 어머니, 누나, 삼촌 이렇게 세 사람인데 실제로는 내 형제들이 누나도 두 분이나 되고 내 동생들은 서넛이나 되고 그 무렵만 해도 식구가 대가족이었어요. 그런데 이 소설에는 딱 그렇게만 등장하죠. 왜냐하면 내 가족사 이야기를 쓰려는 게 아니니까. 내가 쓰고자 하는 건 아까 이야기했던 것처럼 그 시대에 그 마을에서 함께 부대끼며 살았던 이웃들의 초상을 하나하나 그려내는 것이었기 때문에 내 가족 이야기를 다 쓸 이유는 없죠. 그래서 최소한의 필요한 인물들만 등장시켰어요.

이제 시골 고향을 떠나《장난감 도시》의 아버지는 낯선 도시에서 살게 되는데 농사만 짓던 아버지는 도시에서는 무능한 아버지가 될 수밖에 없는 거죠. 도시는 고향인 시골처럼 다 정직하게 사필귀정으로 이루어지는 곳이 아니니까요. 그런 아버지의 상은 실제 내 아버지의 모습이라기보다는 그 시대의 아버지상 하나를 그리고 싶어 등장시킨 인물이에요. 그 마을을 떠난 뒤에 내 기억에 남아 있는 이웃들의 초상도 마찬가진데요. 실제 사람들의 모습이 아니라 문학적으로, 소설로서 허구가 보태지고 해서 구현된 의미 있는 인물들의 초상이다, 나는 그렇게 생각하는 거죠.《장난감 도시》는 1950년대 중반에 대구 태평로 판자촌에 살았던 사람들의 이야기이지만, 그것을 넘어서 그런 역사적 상황, 그런 삶의 풍속에 놓인 모든 사람의 이야기가 되었으면 하는 게 작가의 바람입니다.

어떤 경우 소설을 다 읽고 책을 덮었는데, 우리 세계 전체를, 다시 말해 우리 삶을 이렇게 축소판으로 그려냈다는 느낌이 아니라 장편소설 한 권을 다 읽었는데도 그냥 세상에 이런 일이 있을 수도 있구나, 그런 느낌을 주는 경우도 있습니다. 그냥 특별한 어떤 사람의 이야기, 그러니까 인터넷 화제 뉴스나 기인열전 같은 데서 봤던 이야기, 아 이런 일도 있구나, 아 이렇게 사는

사람도 있구나, 그냥 그렇게 생각하게 되어버리는 소설들도 많습니다. 그런데 당신의 소설은 《장난감 도시》뿐만 아니라 거의 모든 작품들이 읽어보면 정말 공감이 됩니다. 그 이유가 바로 당신이 말한 보편성의 문제인 것 같군요. 대부분의 작가들은 고물상 주인의 이야기를 쓰더라도, 파출부 할머니의 이야기를 쓰더라도 그 할머니의 삶을 통해서 많은 독자가 공감할 수 있는 보편적인 삶을 그리고자 합니다. 그런데 그게 잘 안 되잖아요. 어떤 특정한 직업을 가진 특정한 인물의 이야기를 써도 많은 이들에게 공감을 불러일으키는 보편적인 이야기로 승화시키려면 대체 어떻게 해야 하나요?

이동하 문예창작학과에서 오랫동안 소설쓰기 강의를 맡아왔었는데, 학생들의 초기 습작의 공통점 중 하나가 다들 뭔가 특별한 이야기를 쓰려고 한다는 거예요. 특별한 인물에 특별한 사건. 이렇다보니까 그 소설의 내용이 아까 이야기한 것처럼 〈세상에 이런 일이〉에 등장할 만한 이른바 엽기 발랄한 이야기들을 새로운 소설인 걸로 착각하는 경우가 많아요. 엽기 발랄한 이야기들, 세상의 이런 일은 허구가 아니잖아요. 실제 인물의 실제 이야기를 보여주는 거니까. 만약 소설이 그렇게 간다면 그것은 소설의 정신, 본질에서 많이 이탈하는 거라고 생각해요. 극히 일부이기는 하지만 요즘 특히 젊은 작가들의 경우에 너무 새로운 이야기 새로운 인물, 이것만 추구하다보니 공감이 되지 않는 경우를 더러 만나요. 공감은 그만두고 도저히 받아들여지지 않는 이야기, 대체 내가 이 이야기를 왜 읽어야 하는지, 독자들이 이 이야기를 왜 읽어야 하는지, 이 이야기에서 독자에게 무엇을 취하라는 것인지 이렇게 이해가 안 가는 작품들을 더러 만나요.

물론 작가가 한 편의 소설을 쓸 때 그 전에 많이 들었던 이야기 또는 읽었던 이야기를 재탕 삼탕 한다면 독자는 식상해하겠죠. 그래서 작가는 새로운 이야기, 아직 남이 그리지 않은 인물, 아직 이야기하지 않은 어떤 이야기를 할 의무가 있는 거죠. 새로움이 없다면 그 소설을 새로 쓸 이유가 없으니까요. 독자도 읽을 이유가 없죠. 그런 면에서 새로움이 요구되는 거죠. 그러나 아까 이야기했듯 그 새로움이 그저 기발하기만 하고 그래서 기기묘묘한 이야기로 흘러간다면, 소설의 근본정신인 보편적 진리, 삶의 진정성 이런 것으로부터 자꾸 이탈해가는 것이기 때문에 그것은 바람직한 현상이 아니지 않나 생각합니다. 그런 쪽으로 흐르지 않기 위해서는 작가가 인물을 형상화할 때 그 인물의 해석, 그 인물에 대한 자기 생각이 얼마나 새로운 것인가, 이 인물을 통해서 지금까지 다른 소설들이 이야기하지 않았던 어떤 새로운 이야기가 가능한가, 이런 쪽에 대한 고민이 좀 더 깊어야 되지 않을까, 생각합니다. 하여간 새롭다는 것이 엽기적인 것으로 가서는 그것은 문학이 아니다, 나는 이렇게 생각해요.

소설의 본질, 소설의 정신에서 이탈하지 말아야 되겠구나, 스스로로 다짐을 해보게 되네요. 《장난감 도시》에는 정말 어떤 장면이 좋은 장면이다, 라고 꼽을 수 없을 정도로 훌륭한 장면이 많습니다. 소설을 쓸 때 첫 문장, 첫 장면 쓰기가 가장 어렵다고 합니다. 그래서 시작이 반이다, 이런 말도 있지요. 《장난감 도시》의 첫 문장과 첫 장면에 대해 이야기해주세요.

이동하 첫 문장과 첫 장면, 이게 어쩌면 그 소설의 승패의 절반을 차지한다, 이렇게 볼 수 있어요. 내 경우는, 특히 단편소설의 경우에는 항상 첫 장면을 쓰면서 마지막 장면을 염두에 둬요. 그러니까 마지막 장면이 머리에 있고 그다음에 그 마지막 장면에 가장 효과적으로 도달할 수 있는 첫 지점을 찾으면 첫 장면이 되는 거죠. 《장난감 도시》의 경우에는 도입부가 주인공 소년이 고향을 떠나는 것이고, 마지막 장면은 그 주인공이 도시에 가서 살았던 문제의 판자촌을 다시 떠나는 것으로 끝을 맺는데 이 끝 부분이 처음부터 분명했던 것은 아니고 장편소설의 경우에는 단편만큼 처음 시작하면서 마지막 장면이 분명하게 또 확고하게 서지는 않더라고요. 대체로 비슷하게 끝나거나 또는 처음에 쓸 때 생각했던 마지막 장면하고는 많이 이탈해서 전혀 다른 쪽에 가서 끝나는 경우도 있어요. 그러나 어쨌든 《장난감 도시》의 경우에는 이 소설의 이야기가 소년의 도시 체험이기 때문에, 다시 말해 시골 출신 소년의 도시 체험이 이야기의 중심이기 때문에 시작은 시골을 떠나는 것으로 하고 끝은 마침내 도시 체험의 중심 무대를 떠나는 것으로 되어 있어요.

당신이 꼽는 《장난감 도시》의 핵심 장면이라면 어느 장면입니까?

이동하 《장난감 도시》는 짤막짤막한 장면 중심의 이야기들로 구성된 앨범 형식의 소설이라고 말할 수 있어요. 따라서 우리가 앨범을 뒤져볼 때 특히 관심이 가는 장면들이 있을 수 있겠죠. 그런 것과 관계해서는 역시 이 소년이 도시에 처음 갔을 때 도시의 첫인상을 구성하는 장면을 꼽을 수 있겠죠. 그다음에 2부에 가서는 어머니와 사별하는 장면 이런 것들이 중심일 수 있는데, 작가로서 신경을 썼던 장면들은 늘 첫 부분이에요. 1부 시작하는 부분, 학예회, 그게 1부 전체를 관류하는 하나의 출발점이거든요. 2부는 첫 번째 장면이 잠자리죠.

그 잠자리가 어머니를 상징하거나 연상시키는 것이기 때문이에요. 3부의 첫 장면은 사냥이죠. 아이들이 집단 린치하는 그 유희에 빠져 있는, 그 유희. 이런 것들이 1부, 2부, 3부 그 나름의 어떤 주제의식을 가장 함축적으로 담고 있는 것이어서 나는 첫 장면 구성에 늘 신경을 쓰고 그랬어요.

그러니까 첫 장면은 전체 이야기의 의미를 상징할 수 있는 장면으로 구성해야겠네요?

이동하 그렇죠. 김원일 씨 같은 양반은 언제 보니까 그런 이야기를 썼더라고요. 자기는 첫 장면을 열 번도 더 새로 쓴다는 거예요. 예를 들어 한 편의 소설을 큰 산에 비유한다면 목표는 정상에 올라가는 것인데 어디에서 올라가는 게 좋을까, 들머리를 어디서 잡아야 정상에 가장 효과적으로 닿을 수 있을까, 그걸 찾는 게 중요하잖아요. 그것처럼 소설의 시작도 자기가 의도하는 그런 결과를 얻기 위해 도입부를 어디서 시작할 것이냐를 찾는 게 중요해요. 그래서 이쪽에서 시작해보기도 하고 또 저쪽에서 시작해보기도 하는데, 김원일 씨는 하여간 열심히 소설을 쓸 때 어떤 소설은 열 번 이상 첫 장면을 썼다가 버리고 썼다가 버리고 그랬다는 거죠. 그러다보면 아, 이제 이 길로 계속 올라가면 되겠구나, 확신이 서는 때가 있어요. 그때 비로소 진행하는 거죠.

첫 장면은 산이 정상에 도달할 수 있는 가장 효과적인 길을 찾는 몫을 한다, 그러니까 소설을 쓰려고 한다면 첫 장면은 정말 여러 번 써봐야 될 것 같네

요. 그런데 《장난감 도시》에는 당신이 지금 언급한 1부, 2부, 3부의 그런 이야기들도 담고 있지만 또 다른 여러 사건들도 있습니다. 《장난감 도시》에서는 어떤 사건을 어떻게 만들었고, 또 어떻게 형상화했는지 알려주세요.

이동하 소설의 진행을 좇아가면서 독자는 새로운 인물, 새로운 삶의 풍속과 만나게 됩니다. 이런 것이 소설의 중심이 되어 있는 거죠. 이 소설의 중심 주제가 주인공 소년의 판자촌에서의 도시 체험인데, 주인공 입장에서는 새로운 세계의 발견이죠. 경이와 충격을 동반한 경험을 통해 소년은 점점 이 세계가 얼마나 폭력적인가, 얼마나 비극적인가를 깨닫게 됩니다. 《장난감 도시》는 그것을 하나하나 서술해가는 이야기예요. 그렇다보니 흔히 말하는 장편소설의 중심 사건은 사실상 없다고 말할 수 있죠.

《장난감 도시》에서는 전체 서사를 꿰뚫는 하나의 명확한 중심 사건은 없을지 모르지만 하나의 사건을 집약적으로 아주 집요하게 다룬 그 어떤 장편소설보다도 더 많은 이야기를 하고 있다는 느낌이 듭니다. 《장난감 도시》를 끝까지 다 읽고 책장을 덮었을 때 받는 느낌은 굉장히 스케일이 큰 대하드라마 혹은 열 권 이상의 대하소설을 읽은 듯한 느낌이었어요. 그런 힘은 뭘까요?

이동하 인물과 이야기, 그러니까 사건적인 요소가 사실 간에 많이 들어 있기 때문이겠죠. 인물만 해도 보통 장편소설보다는 많은 인물이 나오니까요. 특히 요즘 일인칭 주인공의 장편소설의 인물은 몇 안 되거든요.

정말 몇 안 되죠.

이동하 그런데 이 소설에는 마을의 이런저런 사람들이 많이 등장하고, 또 그들이 모두 각자의 이야기를 가지고 있어서 그럴 거예요.

인물마다 모두 자기 이야기를 갖고 있다……

이동하 중요한 건 그 인물들의 삶의 자초지종을 다루지 않고 단면만 다뤘단 거예요. 어쩌면 그래서 더 기승전결의 그런 사건이 없음에도 불구하고 많은 인물과 많은 사건을 만난 것 같다는 느낌을 주는 게 아닌가 싶어요. 사건 자체의 진행에 관심을 두었다기보다는 주제를 발전시켜가는 단계를 그렇게 세 단계로 볼 수 있죠. 1부는 입사入社죠. 도시 체험이죠. 1부를 구성하고 있는 자잘한 많은 이야기들이나 인물들은 다 성장기 소년이 처음 맞닥뜨린 이 도시라는 괴물 그 폭력성을 말하자면 충격적으로 깨닫게 하는 장면들로 등장해요. 2부는 시대적 상황과 결부되는 것인데 결핍의 문제 특히 굶주림의 이야기들, 그 짧은 여러 편의 이야기들이 전부 굶주림과 연관된 얘기잖아요. 그러니까 그 주제로 압축되어 있고 결핍 속에서 그 시대, 그 사람들은 어떻게 살아냈는지 말해주는 이야기예요. 그러니까 2부는 결핍의 시대 이야기죠. 그다음에 3부에서는 그 아이들이 결국 어떻게 되었는지, 그런 사회 그런 상황에 어떻게 대응했는지 보여주고 있어요. 그래서 아이들이 의도적으로 집단적으로 린치하고 폭력을 휘두르는. 그런 면에서는 말하자면 사건보다는 주제의 진행 발전이 단계를 쫓아갔다, 이렇게 보면 돼요.

결국 소설에서의 사건은 주제를 발전시켜나가는 단계여야 한다, 라는 생각

을 하게 되네요. 만약 누군가가 소설을 쓰려고 한다면 어떤 사건 어떤 삽화적인 짧은 이야기를 소설에 가져올 때도 그것들이 어디까지나 주제를 발전시켜나갈 수 있는 요소여야 한다는 점을 새롭게 떠올리게 됐습니다. 《장난감 도시》 첫 장면에 대해 이야기하면서, 당신은 첫 장면, 다시 말해 도입부가 많은 것을 결정한다고 했습니다. 이번엔 《장난감 도시》의 문체에 대해서 이야기를 좀 나눠보고 싶습니다. 엽기발랄한 문체도 있고, 해학적인 문체도 있는데 이 작품의 문체적 특징은 무엇인가요?

이동하 《장난감 도시》의 2부 도입의 첫 이야기를 예를 들어볼게요. 독자들도 2부 도입부의 잠자리 이야기를 자주 하고, 나도 이따금씩 다시 그 부분을 들여다보는데 그야말로 잠자리 이야기만 쭉 하는 거죠. 그게 많은 의미들을 함축하고 있다고 생각하는데, 거기에 《장난감 도시》 문체의 특징이 가장 잘 드러나 있다고 생각해요. 그게 뭐냐 하면, 주인공 화자 '나'의 내면과 가장 밀착된 언어다, 이렇게 말할 수 있는 거죠. 그런데 문제는 그 이야기들이 벌써 적어도 15년 전의 어릴 때 이야기라는 거예요. 그러니까 그 문장들을 자세히 들여다보면, 하나는 경험 시간에 충실한 언어들로 되어 있다는 겁니다. 벌써 오래전의 경험이지만 바로 그 시절로 돌아가서 그 나이에 경험했던 이야기를 현장에서 현재진행형으로 진술하는 것처럼 읽히는 부분이 있는데 이런 부분은 경험의 현재성을 드러내기 위한 장치였죠. 그다음에 이제 또 다른 형식의 문장은 뭐냐 하면, 그로부터 10년 또는 20년이 지나서 그 시절을 되돌아보는 회상하고 사유하는 언어들로 된 문장이 있어요. 《장난감 도시》의 문장들은 그 두 가지 유형이 적당하게 섞여 있어요. 그래서 그 문장의 의미를 봐도 일방적으로 과거형 의미로 끝나지 않고, 어떤 것은 현재형 의미로 끝나기도 하고, 어떤 것은 과거형 의미이기도 하고 그렇죠. 똑같은 사건이나 상황을 진술할 때도 바로 그 경험의 현재로 돌아가서 그 현장의 언어로 진술하는 이런 언어구조를 가진 문장이 있는가 하면 세월이 많이 흐른 뒤에 성인이 된 뒤에 그 시절을 되돌아보는 회상의 시점으로 구성된 문장이 있는데《장난감 도시》의 문체에는 이런 것들이 적당히 섞여 있다고 볼 수 있죠.

그러니까 한 편의 소설에서 한 이야기를 다루더라도 어떤 시간을 중심으로 하느냐에 따라 전혀 다른 언어를 조합할 수 있는 거군요. 알겠습니다.《장난감 도시》의 1부에서는 학예회, 2부에서는 잠자리, 3부에서는 학생들, 이런 것처럼 상징이 들어가 있습니다. 많은 소설가 지망생들이 습작 단계에서는 이야기, 다시 말해 줄거리 뒤에 숨어 있는 상징은 만들어내지 못하는 경우가 많습니다.《장난감 도시》에서 당신이 상징을 사용한 방법이라든가, 상징을 어떻게 만들어냈는지 알려주세요.

이동하 모든 신인 작가들이 언어를 다룰 때 희망하는 바가 자기만의 또는 그 작품만의 독창적인 상징을 빚어내고 싶어 한다는 거죠. 비둘기는 평화니 하는 관습적 상징이나 또는 상투적 상징 이런 것에 안이하게 기대는 문장을 써서는 안 되죠. 자기만의 표현, 자기만의 언어구사 안에서 개성적인 독창적인 문장과 상징도 나오게 마련인데 내가 볼 때는 소설의 경우에는 인물과 이야기하고 딱 걸맞은 언어가 구사됐을 때 그런 아름다운 상징이 만들어지는 것 같아요. 하나의 예를 들면《장난감 도시》1부 서두에 보면 이 주인공 소년이 도시에 왔는데 목이 마른 거예요. 농촌에서는 돈 주고 물을 사먹지 않는데 도시에 와서 비로소 물을 사서 마시는 경험을 하죠. 그게 바로 도시적 삶의 상징이잖아요. 또 그 물을 소화 못 시키고, 자기가 마신 딱 한 컵 분량의 오렌지빛 토사물을 뱉게 되는데 이게 결국은 앞으로 이 아이가 주인공이 살아나가게 될 이 도시라는 새로운 환경, 세계에 그만큼 적응하기가 어렵다든지 부적응을 상징하는 의미거든요.

정말 이 짧은 장면 하나로 많은 것을 상징하네요.

이동하 또 하나는 아까 말했던 2부 첫 대목의 잠자리 이야기 같은 것이에요. 잠자리는 그 날개며 이런 게 한없이 투명하고 연약하게 보이는 생명체인데 자세히 들여다보면 육식을 하는 특징을 보여줘요. 끌처럼 생긴 아주 단단한 턱, 불량한 경륜 이런 것을 가졌잖아요. 잠자리를 통해 그 불가사의한 모습 이런 것을 이야기하고 있는데, 이런 것들이 결국은 극한적인 굶주림 속에서 병을 얻어서 누워 있는, 거의 생명의 막바지에 시달리고 있는 어머니를 상징하는 또는 그런 극단적인 결핍의 상황에 처했을 때의 인간의 모습을 상징하는 것으로 독자들이 읽어주기를 바랐어요. 만약에 독자들이 그렇게 느꼈다면 그런 것들은 인물과 이야기와 말, 언어가 잘 맞아떨어진 경우예요. 그리고 그런 상징구조는 그 작품을 떠나서 다른 데서는 볼 수 없는 거죠. 독창성을 발휘한 작가가 그 작품에서 오롯이 빚어낸 상징성이라고 할 수 있어요.

많은 이들이 상징을 오해하는 것 같습니다. 상징이라는 것을 비둘기는 평화

의 상징이다, 이런 식으로 그냥 정해진, 상투적으로 사용되는 문장을 상징으로 생각하는 분들도 있잖아요. 그런데 소설 안에서는 최소한 그 인물과 상황과 언어가 빚어내서 만들어지는 상징이어야 하고, 그럴 때 비로소 정말 개성적이고 독창적인 상징이 나올 수 있다는 거네요?

이동하 좋은 상징은 그 소설을 다 읽고 났을 때 그 감동 안에서 뚜렷하게 떠올라요. 그 소설을 생각하면 그 상징의 이미지가 머리에 떠오르는 거죠.

그런 상징을 만들려면 인물, 상황 그리고 그 인물과 상황이 그려내는 언어까지도 생각해야 된다는 것 꼭 기억해야겠습니다. 당신은 슬럼프에 빠진 적은 없나요? 소설이 잘 안 되거나 소설을 쓰기 싫을 때도 있고, 이 작업을 계속해야 되나 등등 슬럼프가 찾아올 때는 어떻게 극복했나요?

이동하 작가는 글을, 작품을 써야겠다, 하면 벌써 어떤 중압감 같은 것을 느끼잖아요. 이 중압감을 견디지 못해서, 견디더라도 오래 견디지 못해서 결국 작품을 끝내지 못하고 시작만 수없이 하는 경우가 많아요. 그렇죠? 게다가 완전히 슬럼프에 빠져서 시작도 못하는 경우도 많고 그래요. 나는 무작정 기다리는 것 외에 무슨 다른 방법이 있겠느냐, 이렇게 생각해요. 슬럼프에 빠졌든 어쨌든, 쓰는 것이 너무 부담스럽든지 아니든지, 그것을 극복하는 방법은 내가 볼 때 딱 하나 같아요. 참고 기다려라. 결코 포기하지 말고 기다려라. 그 자리에 앉아서. 영화관에 가서 기다리는 게 아니라 책상 앞에 앉아서 기다려라. 어떤 사람들은 슬럼프가 찾아올 땐 가방, 보따리 싸가지고 여행을 하고 그러는데 그것도 도움이 되긴 되겠죠. 나는 해보니까 여행하고 돌아오면 한동안 의식이 가라앉을 때까지 아무것도 못하겠더라고.

그러니까 결국 한 줄을 쓰든 못 쓰든 상관없이 자기가 글을 써야겠다고 생각한 그 시간에는 책상 앞에 가 앉아라, 앉아서 기다려라, 라는 말이군요. 이번엔 문장에 대한 질문을 드리고 싶습니다. 흔히 비문 쓰지 말라는 말을 많이 합니다. 그다음에는 설명하지 말고 보여주라는 말을 많이 합니다. 그런데 설명하지 않고 보여주고 싶은데 그게 잘 안 됩니다. 비문 역시 안 쓰고 싶은데 자꾸 쓰게 되고요. 구성 역시 엉성한 경우가 많고요. 혹시 문장을 제대로 쓰고 구성도 잘할 수 있으려면 어떻게 해야 될까요?

이동하 문장의 경우에는 일찍이 평론가 김현 씨가 이야기한 건데요. 바둑을 잘 두려면 잘 둔 사람의 바둑을 복기하는 것, 그대로 따라가면서 두어보는 것, 그 복기를 해보는 게 바둑을 잘 두는 방법 중에 하나라는 거예요. 그것처럼 좋은 문장을 쓰려면 좋은 문장을 많이 읽어라, 그게 평론가 김현 씨가 한 말인데 나는 100% 동감을 해요. 우선 좋은 문장을 읽어야 해요. 그런데 어떤 게 좋은 문장인지는 작가에 따라 다 다르죠. 그러니까 자기 관점에서 좋다고 생각하는 문장은 물론 거기에는 문장에 대한 안목이 있어야 되죠. 통속소설의 문장도 좋다고 생각하는 게 있을 수 있으니까. 그러니까 기본적으로 좋은 작품, 좋은 문장, 좋은 문장으로 된 좋은 작품을 많이 읽는 것이 중요합니다. 흔히 문장 공부하는 초기에는 그런 좋은 문장으로 된 좋은 작품을 실제 그대로 써보는 필사라는 방법이 있잖아요. 바둑으로 치면 그게 복기이죠. 그러나 문장에 대한 태도, 자세, 의식이 참 중요하다고 나는 생각해요. 많은 작가들이 소설의 문장이 단지 이야기를 실어나르는 수단이다, 이렇게 생각하는 경우가 있는데 이런 문장관을 가진 작가에게 좋은 문장을 기대할 수는 없죠. 왜냐하면 문장을 단지 이야기를 실어나르는 수단이라고 생각하는 작가에게 문장이라는 것은 단순한 이야기의 수단일 뿐이니까요. 그렇지 않나요? 그 의미와 맛이 끊임없이 달라진다는 걸 느낄 줄 알고 그 기본 위에서 문장을 쓸 줄 알아야 되는 거죠. 이런 작가들이라야 좋은 문장을 쓰죠.

소설의 문장은 단지 이야기를 실어나르는 수단이 아니다! 반드시 기억해야 할 것 같습니다. 소설을 쓰려고 하는 분들이 자주 토로하는 어려움이 있습니다. 캐릭터 속에 자꾸 자기 자신이 투영된다는 거예요. 소설을 쓸 때 등장인물에 대해 이런 사람을 등장시켜야겠다, 라고 설정은 할 수 있지만, 어느 정도 그 등장인물들이 자신이 가진 이야기를 풀어내려면 그 인물을 좀 놔두기도 해야 하는데 작가가 자꾸 캐릭터에 너무 많이 개입을 하게 된다는 거예요. 이렇게 자꾸 작가가 소설 속 인물을 간섭하게 될 때 어떻게 해야 될까요?

이동하 자꾸 작중인물을 작가가 생각하는 쪽으로만 자의적으로 끌고 가는 경우가 그런 경우인데요. 작중인물 자체가 작가의 머리 안에서 분명하게 살아 있는 인물이 안 되고 있는 거죠. 실제 살아 있는 인물이라면 작가가 자의적으로 이리저리 끌고 다닐 수 없어요. 출발할 때 인물을 빚어내는 건 작가이지만 소설적 상황 안에 그 인물을 투입하면 그 상황과 인물 사이에 좋은 관계 때문에 그 인물이 개성이 뚜렷하고 그다음에 존재감이 분명한 인물이라면 자기 식의 대응이 항상 있어요. 그래서 원래 작가는 이런 방향으로 끌고 가려 했는데 인물이 맹렬히 저항하기 때문에 다른 방향으로 흘러간 경우도 참 많아요. 그러니까 그게 허구적 인물이든지 실제 모델을 둔 인물이든지 간에 작가가 한 인물을 구성하는 것은 작가의 일이지만 그 인물이 실제로 이야기 안에서 어떻게 반응하고 흘러가는가, 까지 좌지우지하려 하면 안 된다는 거죠. 그만큼 존재감이 분명히 살아 있는 인물이어야 합니다.

작가가 간섭하게 된다는 것은 그 인물 자체가 벌써 존재감이 없는 인물이라는 거군요.

이동하 인물이, 허수아비가 되는 거죠.

당신에게 소설가로 산다는 것은 어떤 의미입니까?

이동하 젊어서는 식구들 부양하느라고 소설을 잘 못 썼고, 또 그다음에는 상당 기간 학교 강단에 있으면서 제자들에게 소설쓰기를 가르치느라고 잘 못 썼어요. 이것도 핑계일 수 있지만 나는 두 가지를 한꺼번에 잘 못해요. 그래서 실제로 소설 쓰는 일은 너무 게을리 하지 않았나, 늘 이렇게 생각하고 있어요. 뭐 어쨌거나 소설을 쓰는 일이 또는 소설가로 산다는 것이 내 경우에는 나 자신의 삶 또 그것을 확대하면 우리들의 삶의 실체가 무엇인가를 늘 되돌아보고 그 의미를 캐보는 이런 작업이었습니다. 또 그런 쪽에 관심이 많은 사람이 작가가 아닌가 생각해요. 그래서 삶의 실제 영역에서 인생의 어떤 승패 같은 것에는 관심이 별로 없어요. 결국에 성공한 케이스나 실패한 케이스나 말하자면 그래서 그게 뭐란 말이냐! 우리들의 삶, 일상적 삶의 실체가 대체 어떤 거라는 말이냐, 이런 것에 더 많이 관심이 있는 사람, 이게 작가이고 글 쓰는 일 아닌가, 나는 그렇게 생각해요.

이동하

1942년 일본 오사카에서 태어나 해방되던 해 귀국했다. 서라벌예술대학 문예창작과와 건국대 대학원 국문과를 졸업했으며, 1966년 서울신문 신춘문예에 단편소설 〈전쟁과 다람쥐〉, 1967년 현대문학사 제1회 장편소설 모집에 〈우울한 귀향〉이 당선되어 등단했다. 소설집으로 《모래》 《바람의 집》 《저문 골짜기》 《밝고 따뜻한 날》(선집) 《폭력 연구》 《삼학도》 《문 앞에서》 《우렁각시는 알까?》가 있고, 장편소설로 《우울한 귀향》 《도시의 늪》 《냉혹한 혀》 《장난감 도시》 등이 있다. 한국창작문학상, 한국문학평론가협회상, 현대문학상, 오영수문학상, 요산문학상 등을 수상했으며, 목포대와 중앙대 교수 및 한국소설가협회 이사장, 김동리선생기념사업회 회장 등을 역임했다.

그 공간이 머릿속에 완전히 장악될 때까지 지도를 그리고 또 그려라

정유정 장편소설 《28》

정유정의 꿈을 꾼 적이 있다. 《내 인생의 스프링 캠프》와 《내 심장을 쏴라》를 연달아 읽은 직후였는데, 그 새벽의 꿈속에서 내 시야를 가득 메우며 나타난 것은 울창한 나무들과 비에 젖어 검은빛을 내뿜는 흙을 밟고 걸어가는 거인이었다. 거인은 묵묵히 걸었다. 내게 등을 보인 채 같은 속도로 꾸준히 걸었다. 거인이 한 발 내디딜 때마다 검은 흙이 움푹 파여 나갔다. 마침내 거인이 빽빽한 나무들 사이를 통과해 산의 정상으로 사라졌다. 거인이 사라진 뒤에도 거인의 발자국들은 무슨 이정표처럼 내 앞에 남아 있었다. 하나같이 깊고 넓게 파여 있는 발자국들마다 물이 고여 있었다. 내가 가까이 다가가서 들여다봤더니, 어느새 떠오른 아침 햇살 아래서 《내 심장을 쏴라》라는 정유정의 책 제목이 물 위에서 출렁거리는 것이었다.

그 뒤로 나는 얼굴 한 번 본 적 없는 정유정의 책이 출간될 때마다 찾아 읽었는데, 그때마다 꿈속 거인의 발자국을 떠올리곤 했다. 매미가 시끄럽게 울기 시작한 어느 여름, 나는 이런 내 이야기는 꽁꽁 숨겨둔 채 시치미 뚝 떼고 소설가 정유정을 만나러 갔다.

작가마다 소설을 시작하는 계기가 있습니다. 당신의 소설은 어떻게 시작됩니까?

정유정 명제로부터 시작한다는 사람도 있고, 또 어떤 사건에서 필[feel]을 받아서 쓴다는 사람도 있는데, 저의 경우에는 여러 가지가 복합되어 있습니다. 그중에서도 저의 소설은 질문으로 시작해요. 만약 뭐뭐 하다면……《28》의 경우는 만약 인수공통전염병이 가축이 아닌 개와 사람에게서 돈다면 어떤 일이 일어날까, 라는 질문에서 시작됐습니다. 그러면 도시가 봉쇄될 것이고, 봉쇄된 도시 안에서는 또 어떤 일이 일어날까? 도시를 봉쇄하자면 군대를 동원할 것이고…… 이런 이야기들이 가지를 치면서 이야기가 진행됩니다. 처음 착상을 시작할 땐 그렇게 질문으로 시작하지요. 그런 다음에는 머릿속에서 그런 식으로 진행된 것들을 시놉시스처럼 A4용지에 여섯 장 정도 분량으로 메모합니다. 탄력을 받으면 하룻밤 만에 써지는 경우도 있고, 잘 안 될 땐 한 달씩 걸리는 경우도 있어요.《28》같은 경우는 전체적인 얼개를 잡는 데 하룻밤 걸렸지요. 이렇게 얼개를 만들고 나면 각 분야에 필요한 지식들이 눈에 보이게 됩니다.

당신의 작가후기를 보면 항상 어디어디에 감사합니다, 라고 감수를 해주신 분이나 도움주신 분들께 고마움을 표현하더군요.《28》도 많은 분들이 감수를 해주셨습니다. 그런데 소설을 쓰려고 하는 습작생들은 도대체 어떻게 취재를 해야 하는지 모르겠다고 토로합니다. 당신만의 취재 비결이 있다면 알려주세요.

정유정 일단 인맥관리를 잘해야 돼요. 평상시에 인맥을 쌓아놓는 게 중요하고, 동생들을 이용하는 경우도 있어요.《7년의 밤》같은 경우에는 스킨스쿠버 다이빙을 해야 되는데, 그런 경우엔 남편을 이용했죠. 남편이 119 구조대원이다보니까, 119 구조대원 중에서 특별히 다이빙을 하는 친구들이 있었고, 남편이 그분들을 소개시켜줬어요.

그러나 쫓아가 만나기 전에 준비를 해야 돼요. 그냥 가서 물어보면 전문분야에 있는 분들은 깝깝해하세요. 그 사람들이 쓰는 전문용어라든지, 그 사람들이 어떤 준비를 하고 일에 임하는지 등등, 기본적인 원리는 미리 이론적으로 다 공부해서 알아가지고 찾아가야 합니다. 미리 책을 사서 공부하고 질문을 다 준비한 뒤에 그다음에 전문분야에 있는 분을 찾아가 취재를 해야죠. 그래야 빠른 시간 내에 가장 중요한 것들, 가장 알고 싶은 것들을 받아낼 수 있어요.

맨 처음에 시놉시스를 다 쓴 다음에 시놉시스를 살피면서, 아 이 부분에서는 바이러스에 대한 공부가 필요하겠고, 119 구조대가 필요하겠고, 군대 이야기가 필요하겠고, 개 이야기가 필요하겠다, 체크합니다. 그러면 일단 그 부분에 관련된 책들을 다 사요. 사도 되고 도서관에 가서 빌려도 되죠. 작가는 좀 자기화된 지식이 필요해요.

자기화된 지식이요?

정유정 어설프게 겉만 핥아도 안 되고, 너무 깊이 들어갈 필요도 없고, 자기화된 지식이 있어야 됩니다. 그러니 그 지식을 먼저 습득해서 초고를 써요. 그것만 가지고 순수한 상상력으로 초고를 전부 써요. 초고는 가능한 빠른 시간 내에 써야 돼요. 길면 3개월, 《28》 같은 경우는 한 달 걸렸어요. 2,500매 쓰는 데 한 달 걸렸어요. 《7년의 밤》은 2,400매 쓰는 데 석 달 걸렸거든요. 말이 되든 안 되든 일단 달리는 거죠. 말달리자…… 하는 것처럼 할 수 있는 때가 초고를 쓸 때예요. 정말 신바람 나게, 문장이 되든 말든 일단은 그걸로 딱 채워요. 그다음에 초고를 앞에 놓고 이제 누구를 찾아가야겠는가, 결정하죠. 이게 써보면 나오거든요. 그럼 이제 그때부터 취재할 사람들 찾아가서 대면하죠. 이렇게 미팅해서 취재하는 것은 초고가 나온 다음이에요.

그러니까 당신은 일단 먼저 초고를 쓴 뒤에 초고가 나오면 취재를 한다는 거네요? 이런 방식이 저에게는 굉장히 설득력 있게 다가옵니다. 저도 예전에 한번 그런 경험이 있었어요. 장편소설의 시놉시스만 짜놓고 곧장 취재를 나갔죠. 그런데 막상 취재를 나가보니까, 제가 생각했던 것들이 와장창 깨져버리는 거예요. 정말 오랜 기간 취재하고 많은 사람들을 만났는데, 오히려 저는 그 작품을 쓸 수 없었어요. 소설화하려고 했던 것들이 막상 실제 삶과 만나버리면, 삶에 잡아먹혀버리더라고요. 결국 그 작품을 쓰지 못했죠. 당신의 방식대로 초고를 먼저 쓴 뒤 취재를 나가게 되면, 그런 경우는 피할 수 있겠네요. 자, 그럼 이제 초고를 쓴 다음에 그다음에 필요한 것들은 어떤 것들인가요?

정유정 네, 필요한 분야의 전문가를 찾는 거죠. 제가 줄이 닿아서 만날 수 있는. 한 분 한 분 찾아가서 제가 준비한 질문들을 갖고 질문을 던져요. 그런 다음 그것들을 다 가지고 돌아와서 수정에 들어갑니다. 1차 수정을 할 때는 한 장, 한 장 끊어서 디테일을 첨가하고 구체적인 상황을 만드는데, 구체적인 상황은 반드시 현장전문가가 아니면 조언을 못해줘요. 이론만 가지고는 절대 못하거든요. 저 같은 경우는 노가다예요. 이런 방식은 장점이 있고 단점이 있어요. 저 같은 경우에는 품이 많이 들고 힘이 많이 들긴 하지만 이런 스타일을 좋아합니다. 소설을 쓸 때 일단 한번 인물 속으로 들어갔다가 나와요. 그 뒤에 오케스트라 무대감독처럼, 마에스트로처럼 전체 이야기를 주무

르려면, 전체를 볼 필요가 있거든요. 특히 긴 장편은 작가가 배우도 하고 감독도 하고 두 가지 다 해야 돼요. 인물 속으로 들어가 직접 그 사람이 되어 행동도 해보고 다시 인물 밖으로 나와서 전체로 보면서 '저 사람 행동한 게 이 이야기에 맞는가' 다시 생각해봅니다. 그렇게 해야지 안 그러면 나도 모르게 그 안에서 제비가 날아다니고 그러거든요. 자기가 만든 세계 안에서는 제비 한 마리도 자기 맘대로 날아다녀서는 안 된다는 게 제 지론이에요. 그러니까 인물 안으로 들어갔다 나왔다를 계속 반복해야 되거든요. 이런 방식을 택해서 쓰다보니, 체력이 굉장히 중요해요. 소설을 쓰시는 분들은, 장편을 쓰겠다고 생각할 때는 먼저 몸을 만들어야 돼요. 체력을 만드는 것도 굉장히 중요합니다. 이런 식으로 시놉시스 작성에서부터 퇴고까지 보통 걸리는 시간을 합해보면, 취재기간이 6개월, 초고가 보통 3개월, 나머지 1년 몇 개월은 수정하는 시간이에요.

작가가 만든 세계 안에서는 제비 한 마리도 맘대로 날아다녀서는 안 된다, 그러니까 당신은 설계도를 미리 짜고 소설을 쓴다는 말이네요. 작품 설계도는 어떻게 구성하나요?

정유정 전 맨 처음에 공간이 확보돼야 돼요. 제가 항상 가상공간을 끊임없이 만드는 이유는 제 약점 때문이에요. 실은 제가 공간 감각이 굉장히 떨어져요. 길치예요. 그러니까 서울에 와도 제가 지하철을 못 타요. 지하에 내려가면 못 올라와요. 방향을 못 잡아서요. 그러니까 《28》 같은 경우는 의정부가 롤모델인데 의정부에 가서 아무리 돌아다녀도 몰라요. 뭐가 뭔지를. 그래서 의정부 지도, 전도를 사다놓고 창에 딱 붙여놓았어요. 그런 뒤 전체 지역만 놔두고 내 맘대로 내 소설에 필요한대로 공간을 만드는 거예요. 여기는 시청이 있고, 여기는 쓰레기 매립지가 있고, 여기는 하천이 있고, 여기는 학교가 있어. 여기가 서울하고 맞닿는 도로야. 뭐 이렇게 그려놓는 거예요. 보통 스케치북 하나 정도 지도를 다 그려넣어요. 머릿속에 그 공간이 완전히 장악이 될 때까지 지도를 그리고 또 그리는 거예요. 공간을 머릿속에 완전히 장악한 다음에 그다음에 그 공간에 인물을 배치해요. 특정 공간에 특정 인물을 배치하고 나면, 그다음에 각각의 인물들에게 제가 원하는 이야기에서 어떤 임무를 수행할 수 있는 직업을 부여해요.

《28》의 경우를 예로 들자면, 인간의 편에서 인간에게 헌신하는 이런 사람을 등장시키려면 119 구조대원이 필요하겠다, 그러면 119 구조대원을 거기다가 배치하죠. 또 이 사람과 대척점에 있는 주인공을 내세우고 그러니까 주인공은 대개 작가가 하고 싶은 이야기를 수행하는 사람이고, 전체 이야기를 끌고 가는 사람이거든요. 이 주인공의 직업은 무엇이어야 할까, 이런 식으로 생각해서 몇 명을 배치하죠. 이렇게 배치를 하고 난 뒤에야 이 인물들의 행동을 설계합니다. 인물과 이야기는 거의 동전의 앞뒷면처럼 굴러가요. 인물이 이야기를 만들고, 이야기가 인물을 만들어요.

당신 소설 속 인물들은 특징이 있어요. 주로 평범한 인물들은 아닌 것 같은데요?

정유정 평온한 일상, 사랑하는 가족, 탄탄한 성장 과정, 이런 사람은 제 소설의 인물이 아니에요. 일단은 제외대상이에요. 제가 좋아하는 인물은 마음속에 욕망을 가진 인물이에요. 욕망과 동시에 마음속에 지옥이 있으면 더 좋아요. 어떤 인물이든 진공상태에서 크지 않기 때문에 지옥을 갖고 있어요. 보통은 다 인간관계 속에서 성장하면서 손상 입고 훼손당해요. 어떤 부분이든지요. 그런데 그 부분이 어떤 사람에게는 항체가 되기도 하고 어떤 사람에게는 지옥이 되기도 하거든요. 항체가 아니라 지옥을 가진 사람이 제 인물이에요. 지옥과 동시에 마음속에 어떤 강렬한 욕망을 가진 사람들이 제 인물이에요.

인물은 욕망을 가져야만 행동해요. 행동해야만 갈등이 빚어지고, 사건이 만들어지고 갈등이 빚어져요. 갈등의 빚어짐으로 인해 그 사람의 행동에 다시 변화가 오죠. 이 변화가 이야기를 앞으로 나아가게 하는 동력이거든요. 그 이야기가 전체적으로 배열될 때, 그 장면 장면이 배열될 때는, 하나의 목적을 향해서 가야 돼요. 이 목적이라는 게 바로 우리가 흔히 말하는 '이야기의 영혼'이죠. 작가가 하고 싶은, 할 말이 숨어 있는 지점이에요. 인물의 행동이나 전체적인 상황에 의해서 작가의 할 말이 드러나야 되는데, 그 부분이 우리가 흔히 말하는 소설의 미학적 요소죠. 작가가 소설 속 인물의 행동이나 상황을 통해서 이렇게 말하고 있는 거예요. 나는 세상을, 나는 인간을, 나는 삶을 이렇게 본다. 당신들은 어떻게 보느냐. 작가는 이 질문을 바로 거기서 던지는 거거든요. 바로 그 지점을 향해서 이야기는 일사불란하게 나아가야 하는 거예요. 물론 이런 방식을 장르적 기법이라고 말하는 사람도 있고, 또 작가가 너무 지나치게 인물을 장악하는 것 아니냐고 말할 수도 있어요. 인물을 너무 장악하고 옥죄는 것이 아니냐고요. 하지만 그렇지 않아요. 그렇게 한정된 공간 안에, 딱 그 조건 안에다가 인물을 가둬놔야만 저는 오히려 창의력이 살아난다고 생각해요. 문을 빠져나가지 못하게 막아놔야만 인물은 어떻게든 빠져나가기 위해서 독창성을 발휘하거든요. 그거하고 똑같아요. 그래서 저는 인물을 설계할 때나 이야기를 설계할 때, 너무 큰 장소, 너무 큰 조건, 너무 큰 한계, 이런 걸 적용하지 않아요. 최대한 작게, 한 뼘 딱, 그렇게 정합니다. 이야기의 기간도 너무 길게 하지 않습니다.

《7년의 밤》을 읽어보신 분은 알겠지만, 제목이 《7년의 밤》이지, 사실 그 안에서 사건이 벌어지는 기간은 딱 2주예요. 정확한 장소, 시기가 진짜 중요하거든요. 진실한 소설은 하나의 시대와 하나의 공간을 갖는 것이지, 여러 가지를 갖지 않아요. 대충 서울에 사는 이십대 남자, 이 정도 갖고는 진실한 이야기가 나오지 않아요. 한꺼번에 머릿속에서 건축 설계도를 그리듯이 그렇게 만들어지지는 않아요.

당신의 작품을 읽을 때마다 일관되게 같은 느낌을 받았어요. '아 이 사람이 소설을 쓰면서 가장 중요하게 생각하는 지점은 인물의 욕망이구나'라는 것이었지요. 《28》에서도 한기준은 한기준대로의 욕망이 있어요. 인물 속의 욕망이라는 것은 삶을 지탱하는 힘이고, 이 상황과 사건을 해결할 수밖에 없는 목표이고 목적이거든요. 그런데 당신의 가장 큰 장점은 등장인물 모두가 욕망을 갖고 있다는 점입니다. 만약에 여섯 명의 인물이 있다, 예를 들면 《28》의 한기준은 가족을 보호해야 하고, 재형은 자기 상처 때문에 지금 이 상황을 자신이 어떻게든 구해야 되고, 그리고 간호사 수진은 남들은 아무도 이해해주지 않지만 이 상황에서도 아버지 밥을 차려주러 가야만 합니다. 그리고 박동해라는 인물 역시 사이코패스지만 자신의 상처가 있기에 욕망이

확실해요. 이처럼 당신의 인물들은 정확하게 자기 안에 욕망을 갖고 있고, 그 욕망에 의해서 행동을 하거든요. 그러다보니 당신의 소설을 보면, 인물들이 다 자기 욕망에 충실해요. 이처럼 각자 살아 있는 인물들이 부딪혀서 갈등을 만들어내기 때문에 읽다보면 정말 생생하단 느낌이 드는 것 같습니다.

정유정 네, 그게 에너지가 되죠.

지금까지 나눈 이야기를 정리해보면, 소설의 설계도를 그릴 때, 가장 먼저 공간을 설계하고, 그다음 소설 속 인물들의 욕망에 대해서 생각한다, 라는 말인데요. 소설의 설계도를 작성할 때, 또 이야기해줄 것은 없습니까?

정유정: 인물들로 하여금 쉬운 것을 선택하게 해선 안 돼요. 인물들 안에 압박을 둬야 합니다. 자기 안에 지옥이 있다, 그런데 그 지옥은 평상시에는 열리지 않아요. 어떤 상황에서 버튼을 눌러야만 이게 열리는 거거든요. 속된 말로 뚜껑 열린다고 하잖아요. 인물 안의 지옥은 평상시에는 열리지 않아요. 이 지옥은 정말 열리지 않으면 안 될 압박 안에 가둬두어야 하거든요. 많은 분들이 제게 상황을 왜 이렇게 극한으로 몰고 가느냐고 자주 말해요. 그래도 어쩔 수 없어요. 죽기 아니면 살기가 되어야만 인물 안의 지옥이 열리거든요. 그래서 저는 그걸 선택하는 거예요. 그런 압박 아래에서 나오는 선택이 그 인물의 진정한 캐릭터예요. 우리가 흔히 말하는 키가 백팔십 센티미터에 미남형, 이런 거는 인물의 카탈로그예요. 잘생기고 못생기고, 얼굴이 네모나고, 이런 건 다 카탈로그고 진정한 캐릭터는 바로 그거예요. 압박 아래에서, 다시 말해 어떤 상황적인 압박이 가해졌을 때, 이 인물이 어떤 길을 택하느냐, 그게 바로 그 인물의 진정한 캐릭터죠.

거짓말을 하면 나는 살 수 있지만, 내 친구는 죽어요. 내가 진실을 말하면 나는 죽지만 친구는 살아요. 이랬을 때 어떤 것을 택하느냐, 이것에 따라서 그 사람의 정체성이 나오는 거거든요. 옳다 그르다가 아니라, 인간의 본성이 나오는 거예요. 작가는 이걸 할 줄 알아야 돼요. 그러려면 인물을 극한까지 끌어올려야 돼요. 밀어붙여야 돼요.

그러니까 그 인물의 진짜 모습을 알 수 있는 버튼을 눌러주는 것, 그게 바로 소설가의 몫이군요. 등장인물의 얘기가 나온 김에 《28》의 주인공인 재형 이야기를 좀 할게요. 재형을 보면서 이 인물은 왜 이렇게 어려운 선택을 하나, 그런 생각을 했어요. 바이러스가 창궐하자 개들에게 이름까지 지어준 주인들은 다 버리고 가잖아요. 그런데 재형은 끝까지 지킵니다. 재형뿐 아니라 다른 인물들, 그러니까 한기준도, 동해도 마찬가지예요. 주요 인물들 모두 일관되게 끝까지 가는 거예요. 《28》의 인물들은 왜 이렇게 어려운 선택을 하고 그 선택을 끝까지 밀고 나가는지, 인물들 얘기를 좀 해주세요.

정유정 첫째는 인물은 자유의지가 있어야 해요. 《28》 같은 경우, 전체적으로 재형이 1번 주인공이지만 여섯 명 모두 주인공이라고 할 수 있어요. 뭔가를 하고자 하면 끝까지 그것을 밀고 나갈 수 있고, 그로 인한 결과를 스스로 책임질 수 있는 인물이 자유의지가 있는 인물이거든요. 이런 인물은 개일 수도 있고, 사람일 수도 있고, 심지어는 달팽이일 수도 있어요. 그러나 중요한 것은 그 인물이 자유의지를 갖고 있어야만 상황을 끌고 나갈 수가 있다는 점입니다. 그래서 저는 인물, 특히 주인공을 설계할 때 욕망이 있으면 끝까지 가는 인물을 설정합니다. 물론 중간에서 이걸, 다시 말해 욕망을 꺾고 다른 방향으로 갈 수도 있어요. 그러나 그건 주인공이 아니죠. 그건 조연이에요. 중간에서 꺾으면요. 주인공이라 함은, 일단 상황을 끝까지 버틸 수 있어야 해요. 최소한 한 번의 기회는 잡아봐야 돼요. 자기 안에 욕망이 있어요. 저기에 천 원짜리가 하나 있는데, 손이 안 닿아요. 그렇지만 저거를 정말 잡기 직전까지 혹은 잡는 순간까지는 주인공은 한번은 해봐야 돼요. 다시 뺏기든 아니면 닿을 듯 말 듯 하다가 못 닿든 일단은 주인공이라면 눈앞에서 그걸 잡을 수 있는 기회까지는 잡아봐야 된다는 게 제 생각입니다. 주인공을 설계할 때 저한테는 그게 중요해요. 되지 않는 것을 끝까지 할 사람은 없거든요. 될 것 같으니까 하고, 또 될 것 같으니까 하는 거예요. 전 인간의 본성이 그렇다고 봐요. 그래서 주인공을 설계할 때는 일단은 주인공은 어떤 의미에서든, 잘생겼든 못생겼든, 이 사람이 착하든 착하지 않든, 그런 것은 중요하지 않아요. 중요한 건 바로 자유의지가 있어야 한다는 거예요.

두 번째는 이렇게 말하면 좀 이상할지 모르지만 매력이 있어야 돼요. 〈양들의 침묵〉에서 렉터 박사 같은 경우 주인공은 아니지만 굉장히 매력적이잖아요. 가령 내가 사람을 먹는 사이코패스라면 나는 렉터 박사처럼 되고 싶어. 이런 정도로 이 남자가 섹시한 면이 있거든요.

악인일지언정 매력이 있어야 된다?

정유정 그렇죠. 악인일지언정 매력이 있어야 됩니다. 또한 주인공과 대척점에 있는 적 역시 매력적이어야 해요. 주인공처럼 욕망을 갖고 있어야 하고요. 욕망이 있는데 갈등이 일어나는 것은 두 사람 모두 필요한 게 있는데 그 필요한 게 하나밖에 없기 때문에 그런 거거든요. 서로 양립할 수 없는 욕망을 가지고 있기 때문에 그런 건데, 이 적이 너무 약하면 이야기가 매력이 없어요. 이 주인공하고 대척점에 있는 적은 주인공보다 강해야 해요.

어린 시절에 저는 만화책을 굉장히 좋아했거든요. 그때 제게 최고 멋있는 남자는 '까치'였어요. 까치는 처음엔 안 이기잖아요. 항상 맞아요. 그러다가 마지막에 이기죠. 그러니까 거의 그런 수준이네요?

정유정 그러니까 적이 굉장히 강력해야 돼요. 주인공보다 강하거나 아니면 거의 동등한 수준으로. 최소한 동등해야 돼요. 그래서 두 사람이 극을 팽팽하게 끌고 갈 수 있어야 돼요. 사실 이런 이야기는 소설을 언어의 예술이라고 생각하시는 분한테는 맞지 않는 이야기일 수 있어요. 그러나 소설을 이야기의 예술이라고 생각하시는 분한테는 아마 제 이야기가 조금이나마 도움이 될 거예요. 이야기라는 것을 천시하면 안 돼요. 이야기는 인간 삶의 도구라고 할 수 있어요. 인간이 역사를 인식하는 것도 이야기적 방식이고요. 연대기적 구성과 인과성을 우리가 이야기라고 하잖아요. 이것에 의해 역사를 인식하고, 상황을 해석하고, 삶을 기억하죠. 하다못해 어젯밤에 꾼 꿈도 우리는 미니멀리즘적으로는 절대 기억할 수 없어요. 받아들이기 싫어요. 어젯밤의 꿈이 파편화 되어가지고 막 돌아다니면 그걸 꿈으로 받아들이지 않잖아요. 어떤 스토리를 형성해서 의미를 줘야만 우리는 파편화된 꿈도 하나의 의미가 있는 꿈으로 받아들이는 거예요.

한번은 인간이 이러는 이유를 생각해봤어요. '나는 왜 이렇게 이야기를 하고 싶어 할까. 그리고 왜 내 이야기를 듣고 싶어 하는 독자가 있을까' 생각해봤어요. 아리스토텔레스가 《시학》에서 이런 얘기를 했어요. 인간은 재현을 하려는 성향과 재현한 것에 대해서 쾌락을 느끼는 성향이 같이 있다고요. 그것 때문에 그러는 거 같아요. 여기 시신이 있다, 길바닥에 누워 있다. 그러면 이 시신을 봤을 때, 실생활에서는 대부분 무섭다, 징그럽다, 도망가고 싶다 내지는 충격으로 얼어붙어서 말도 못해요. 그 순간에 그 시체를 보면서, 우리 삶에 드리워져 있는 죽음의 그림자를 사유하면서, 아 죽음이란 어떻고 이렇게 생각하는 사람은 거의 없을 거예요. 그러나 이야기라는 것 안에서는 이 순간이 일치해요. 그 순간에 느끼는 감정, 정서와 그 순간이 주는 의미가 동시에 딱 일치가 돼요. 그것을 즐기기 위해서 우리는 소설을 쓰고, 소설을 읽는 것 아닌가, 저는 그런 생각이 들더라고요.

인물에 대한 이야기를 하다보니 우리가 왜 소설을 쓰고 읽는 것일까, 에 대해서까지 이야기가 확장되었습니다. 다시 인물로 돌아가서 이야기를 나누도록 하죠. 궁금한 것이 있어요. 당신 소설 속 등장인물들은 다 매력적입니다. 인물을 이처럼 매력적으로 만들 수 있었던 이유는 당신이 그 인물 안에 들어가서, 그 인물의 욕망, 다시 말해 욕망의 덩어리와 그런 선택과 행동을 할 수밖에 없었던 그 인물의 지옥을 아예 끄집어냈기 때문이었습니다. 아무튼 등장인물들 모두 매력적인데 그럼에도 불구하고 《28》에서 당신이 가장 사랑한 인물은 누구였나요?

정유정 제일 사랑하는 인물은 '링고'였어요.

아, 저도 '링고'가 정말 좋았어요.

정유정 개 주인공을 내세운 이유가 있습니다. 동물이 인간 세상에 살면서 제일 불리한 점은 인간의 말을 할 수 없는 거라고 생각하거든요. 근데 동물이 인간의 말을 할 수 있다면 어떨까? 아마 이렇게 말할 거야, 라고 생각하고 링고를 내세웠어요. 링고는 동물의 시점에서 인간에게 대변하는 존재거든요. 동물의 심정 그런 것들을요. 그런데 링고를 쓰려면 제가 개가 되어야 하잖아요. 개가 되니까 너무 자유로운 거예요. 체면 차릴 것 없고, 내 욕망에 충실하면 되고. 그래서 쓰면서 제일 힘든 부분이기도 했어요. 왜냐하면, 심리적인 묘사와 감정적인 묘사만 해서는 되지 않으니까요. 실제로 개의 움직임을 보여줘야 하거든요. 한꺼번에, 같이. 소설을 읽으며 이건 정말 개가 움직이는 것 같다, 또 정말 개 같다는 느낌이 들게 하려면 개의 육체적 움직임과 동시에 심리묘사가 같이 들어와야 하거든요. 링고는 대사가 없잖아요. 전부 심리묘사와 행동묘사로만 이뤄지거든요. 그래서 거기에 관한 공부를 하고 자료를 찾아봐야 했습니다. 그런 것 때문에 링고가 어려웠어요. 또 마지막까지 그렇게 가는 게 너무 슬펐어요. 제가 만약 개라면, 사랑하는 짝을 잃었을 때, 나는 이렇게 끝까지 갈 것 같다, 라는 생각이 들었어요. 그게 바로 링고가 재형이에게 마음을 열었음에도 불구하고 끝까지 갈 수밖에 없었던 이유랍니다. 제가 링고 안으로 들어갔을 때, '나는 내가 사랑하는 짝을 잃었을 때 이렇게 할 거야'라는 생각이 들었기 때문에 끝까지 밀어붙인 거죠.

저 역시 《28》의 수많은 인물들 중에서 링고가 최고였습니다. 링고 같은 남자의 사랑을 한 번이라도 받아보면 좋겠다, 라는 생각까지 했었죠. 링고는

늑대개인데, 다른 개를 물어뜯지 않으면 살아남을 수 없는 투견장에서 오랜 시간 있다 탈출했습니다. 또 어떤 개와 싸워도 지지 않는 개죠. 그런데 재형이 키우는 '스타'라는 개하고 사랑을 나누게 됩니다. 링고의 행동 중에서 '최고로 링고답다'고 느껴진 장면이 있어요. 바로 스타가 주인인 재형에게 링고를 소개하는 장면이에요. 링고는 연인인 스타가 자기와 놀다가도 무슨 소리만 들으면 자꾸자꾸 쳐다보다가 결국 대장한테 가자 으르렁거립니다. 만약 인간이라면 그러지 않았을 겁니다. 어떤 여자가 한 남자와 결혼을 하게 되어 스승에게 남편을 소개한다고 생각해보세요. 선생님 이 사람이 제 남편이에요, 이렇게 소개를 하면, 남편은 속으로는 내 부인이 선생님을 너무 좋아해서 질투가 나더라도 겉으로는, 안녕하세요. 저는 아무개입니다, 라고 인사를 하겠지요. 그러나 늑대개인 링고는 그렇게 행동하지 않아요. 으르렁 으르렁, 재형을 향해 으르렁거리며 재형을 한참 째려보다가 그냥 가버려요. 자리를 피해줘요. 그 장면이 진짜 링고다운 행동이었던 것 같아요. 그리고 그런 장면도 나옵니다. 스타가 죽어요. 이제 링고는 자기가 사랑했던 스타가 죽으니 스타를 죽인 그 사람에게 복수하겠다고 끝까지 찾아갑니다. 《28》의 마지막 장면을 보면, 링고는 많은 군중들 사이에서도 한기준의 냄새를, 자신의 연인인 스타를 죽인 한기준을 놓치지 않으려고 한기준의 냄새에만 집중을 합니다. 몸은 이미 상처를 입어 만신창이가 되었는데도 말이에요. 또 마지막까지 재형의 목을 놓지 않잖아요. 저는 《28》을 읽는 내내 늑대개인 링고라는 캐릭터는 아마 우리 현대인들이 꿈꾸는 캐릭터가 아닐까 싶었습니다. 왜냐하면 우리 인간의 관계라는 것은 너무나 가변적이잖아요. 오늘은 같이 술 마시고 노래 부르며 좋게 지내다가도 뒤에서는 다시 뒤통수치고 그러잖아요, 《28》을 읽은 독자들이라면, 내 인생에, 내 주변에 링고와 같은 존재가 내 옆

에 있으면 좋겠다는 생각을 다들 했을 것 같습니다. 또 한편으로는 내가 먼저 누군가에게 링고 같은 존재가 되어보려고 해본 적이 있는가, 그런 반성도 했지요. 그런 의미에서 당신은 우리에게 아주 멋진 인물을 선물해주었어요. 자, 이번에는 조금 화제를 바꿔보겠습니다. 당신의 소설이 출간될 때마다 영화계에서 큰 관심을 보이는 것 같아요. 소설의 영화화에 대해서 어떻게 생각하나요?

정유정 사실 많은 분들이 이야기를 해주는 영상매체에 소설이 따라갈 수 없다고 생각해요. 그런데 그건 아니에요. 소설이 표현할 수 있는 영역이 따로 있을 뿐 아니라, 소설은 모든 영역에다가 뮤즈를 대는 거예요. 물을 대는 샘이에요. 처음부터 〈은하수를 여행하는 히치하이커를 위한 안내서〉라는 영화를 보고 엄청나게 광활한 우주의 이야기를 할 수 있었을까요? 소설이 없었다면 영화화할 수 없어요. 이런 이야기를 시나리오로 쓰면, 제작자가 얘가 미쳤나 그럴 거예요. 그러나 소설이 이걸 구현할 수 있는 방법들을 다 제시하고 있는 거거든요. 이렇게 보여주면서요. 삶과 인간과 세계를 한계 없이 은유해낼 수 있는 장르는 유일하게 소설뿐이에요. 그래서 우리는 소설이라는 장르의 이야기를 좋아하는 것이고, 또 저는 소설을 쓰고 있어요. 영화로는 깝깝해서 표현할 수 없는 부분들이 있고, 또 드라마로 써도 표현할 수 없는 부분들이 있어요. 오로지 소설만이 표현할 수 있는 그것들. 그것이 표현됐을 때 영화에서 필을 받아요. 아 이걸 영상으로 표현하려면 어떻게 해야 할 수 있을까, 생각해보고, 그러면서 대중예술도 발전하는 거죠.

영화나 드라마의 원작이 되기 좋은 소설을 쓰려고 하는 작가들도 있어요. 그런데 지금 당신의 말을 들어보면, 설령 내 소설이 영화로 만들어졌든 드라마로 만들어졌든 나는 내 소설만이 할 수 있는 그런 걸 하고 있다, 라는 거네요. 그런데 '보여주기'라는 말 때문에 조금 헷갈릴 수도 있을 것 같습니다. 그렇다면 당신이 생각하는 영화에서의 보여주기와 소설에서의 보여주기의 차이점이 뭔가요?

정유정 영화에서의 보여주기는 인물의 표정, 또는 행동, 돌아가는 분위기 이런 걸로 한 장면을 만들어서 보여줍니다. 어차피 카메라가 찍는 거잖아요, 어차피. 그렇지만 소설에서는 그게 아니에요. 이 사람과 저 사람 사이에서, 대화와 서술 밑에서 살아서 꿈틀대는 정서적인 심연구조가 있거든요. 나는 정유정이라고 생각하는데, 저쪽에서는 B라고 생각해요. 둘 모두 자기가 원하는 걸 얻기 위해서 머리를 막 쓴단 말이에요. 물론 영화나 드라마는 배우의 입을 통해서 혹은 행동을 통해서 대사를 통해서 다른 전체적인 분위기를 통해서 이게 나오지만, 소설은 그거 아니거든요. 소설은 심지어 내 혈관 속을 흐르는 피의 온도에 대해서까지도 다 제시해줄 수 있거든요. 그게 보여주기 소설이에요.

보여주기의 소설. 다시 말해 소설에서의 '보여주기'는 예를 들어서 당신과 내가 여기 앉아서 대화를 하고 있는 이 장면을 소설에서 보여줄 때는 이 인물이 무엇 때문에 여기 와서 이런 얘기를 하고 있는지까지 보여줄 수 있어야 한다, 라는 말이군요?

정유정 맞아요. 이렇게 제가 겉으로는 말을 하면서 혼자 속으로는

'아 이명랑 선생님은 살이 좀 빠진 것 같네.' 이런 생각을 하다가 또 '그사이에 예뻐진 것 같네. 뭐 썼지? 좀 있다 화장품 뭐 썼는지 물어볼까?' 뭐 이렇게 생각할 수 있어요. 열심히 이야기하면서 머릿속에 딴생각을 하는데, 그걸 또 우리는 볼 수 있잖아요. 인간은 대자적 존재잖아요. 자기를 대상으로 관찰할 수 있어요. 이런 것들은 소설로 보여줄 수 있지, 영화나 드라마는 절대 보여줄 수 없어요.

당신의 설명을 듣고 보니, 이제 당신이 말하는 '소설에서의 보여주기'가 어떤 것인지 이해가 되는군요. 당신은 등단했을 때부터 지금까지 꾸준하게 장편소설을 써왔습니다. 장편소설과 단편소설의 차이에 대해서 말해줄 수 있을까요?

정유정 흔히 인생이나 삶의 단면을 잘라가지고, 그 안에 들어 있는 의미라던가 인간의 밀도 있는 심리묘사가 있는 게 단편소설이라면, 장편소설은 단편단편을 늘려놓은 게 아니에요. 일단 장편은 이야기적 구조를 가지고 있어야 됩니다. 시작이 있으면, 다시 말해 발단이 있으면 전개하는 부분이 있어야 하고, 전개가 있으면 위기가 있어야 되고, 위기를 해결하는 단계가 있어야 되고, 위기가 해결되고 나면 절정에 올라서 정리를 해줘야 됩니다. 장편의 이야기적 구조를 쌓아간다는 것은, 하나의 건축물을 설계하는 것과 똑같아요.

이런 이야기는 저절로, 굴러가는 대로 만들면 안 되나요? 인물이 하고 싶은 대로 하면 안 되나요? 라고 묻는 분들이 있는데, 그건 아닌 거예요. 이야기의 목적에 맞게 가야 돼요. 많은 분들이 에피소드와 사건을 잘 구별하지 못해요. 이야기라는 것은 사건으로 연결이 돼야 해요. 사건이라는 것은 말 그대로 자기가 하고 싶어 하는 이야기의 메인 줄기에 걸쳐져 있는 거예요. 이 이야기를 함으로써, 이 사건이 일어남으로 인해서 다음 사건이 일어나고, 이 사건으로 인해서 다음 사건이 일어나고. 이러한 인과성으로 인해 이야기가 흘러가면서 목적지를 향해서 가는 것, 그게 바로 사건이에요. 에피소드는 곁가지예요. 가령 이 이야기를 하다가 살짝 옆으로 빠지는 경우가 있는데 바로 에피소드이지요. 사건만 있으면 이야기가 굉장히 퍽퍽하거든요. 등장인물들의 개인사도 나와줘야 되고, 어젯밤에 뭘 먹었는지도 나와줘야 되고. 리얼리티를 부여하기 위해서 말이죠.

사실 리얼리티라는 거, 우리가 흔히 착각하는 게 그런 거거든요. 이야기라는 것은 일상에서 구체화, 추상화된 것이되, 아주 구체적인 삶의 감각을 가지고 있어야 한다고 저는 생각합니다. 추상화되었다는 것은, 필요한 부분만 잘라낸다는 거예요. 어젯밤에 소설을 쓰면서 내가 뭘 먹고, 어떤 티비 프로그램을 보고, 어디서 잔다, 이거 다 이야기할 필요 없어요. 이 사건에 해당되는, 이 사건에 필요한 부분만 잘라서 이야기해주면 되거든요.

예를 들어, 어젯밤에 내가 편의점에 갔는데 어떤 거지 할머니를 만났다. 그런데 이 거지 할머니가 나중에 뒤에 가서 나오게 된다면, 어젯밤에 편의점에 가서 거지 할머니를 만난 이야기가 에피소드가 되어야 하는 거예요. 동시에 복선이 되어야 하는 거죠. 사건은 아니지만요. 나중에 가서 이 할머니를 만나는 건 사건이에요.

당신의 말대로라면 할머니를 만났던 일이 나중에 이야기 속에서 아무 작용

을 하지 않으면, 그 부분은 쓰면 안 된다는 거죠?

정유정 네, 안 되는 거죠. 이 할머니를 만난 뒤에 이야기가 어느 방향으로 굴절이 된다거나, 아니면 어느 방향으로 쭉 뻗어나간다거나 이렇게 됐을 때 이게 사건으로서의 의미를 가지는 거거든요. 그래서 사건이 나올 때는, 반드시 그 전에 복선이 있어줘야 하고, 이 복선에 의해서 인과성에 의해서 이야기가 진행된 다음에, 여기에서 만나서 이야기의 진행을 굴절시키고 혹은 방향을 바꾸고, 앞으로 나아가게 하는 동력이 되어야 해요. 이런 게 바로 사건이에요. 또 에피소드가 너무 많으면 이야기가 뚱뚱해져요.

당신이 설명한 '사건'에 대해 《28》의 경우를 예로 들어보지요. 《28》의 경우, 가장 큰 사건은 '인수공통전염병'이고 이게 중심 사건입니다. 그리고 이 중심사건을 가운데 놓고 여러 다양한 세부사건이 있습니다. 예를 들어 기자인 김윤주는 정확한 진실, 사실을 모르는 상태에서 재형의 드림랜드에 대해서 나쁜 기사를 쓰잖아요. 그리고 이제 또 다른 사건이 터지잖아요. 이런 것들을 사건이라고 한다면 에피소드라는 것은 반드시 뒷사건과 연결이 되지 않더라도 된다는 거죠? 한 인물을 소개하는 짤막한 일화 같은 거요. 예를 들어 김윤주가 무슨 고깃집 딸이라던가 뭐 이런 것이 에피소드라는 말이죠?

정유정 네, 김윤주는 자기 애인하고 헤어졌어요. 그런데 애인이 헤어질 때 비겁하게도 '나는 네가 친누나 같아서, 나는 너랑 잠을 잘 수가 없어'라는 문자 하나로 김윤주를 탁 잘라버리거든요. 이건 뭐 사건하고 아무 관련도 없는 얘기이고 그저 일화일 뿐이지만 이 에피소드가 이야기를 풍성하게 해주는 역할을 하거든요. 인물에 어떤 성격을 부여해주죠. 이 에피소드는 '아, 이 여자가 여성적으로 되게 매력이 없나보다' 이런 느낌을 줄 수 있도록 캐릭터에 어떤 색깔을 부여해주는 정도이지, 이 일이 중심 사건에 영향을 미치지는 않거든요.

사실 《28》에서도 인수공통전염병은 거의 맥거핀에 불과해요. 걸어놓는 간판이에요. 인수공통전염병 얘기를 할 거야, 하고 간판은 걸어놓고, 뒤에 가서 실제로 하는 이야기는 여섯 명의 인물을 놓고 여섯 개의 보조 플롯을 하나의 메인플롯으로 꼬는 구조거든요. 굉장히 복잡해요. 저도 이번에 《28》을 쓰면서 다중 플롯을 처음으로 시도했어요. 처음부터 다중 플롯을 써보겠다는 것은 저한테는 욕심이더라고요. 그래서 지금까지는 소설을 쓰면서 계속 하나의 메인 플롯을 가지고 에피소드와 개인사를 엮어가면서 메인 플롯을 진행시키는 방식으로 소설을 써왔습니다. 그런데 이번 《28》에서는 아예 여섯 개의 보조 플롯을 전부 하나의 메인 플롯으로 새끼줄처럼 꼬아서 가는 형식을 택했거든요. 소설쓰기는 물론 예술이지만, 기술이기도 하다라고 말한 게 바로 이런 의미에서입니다. 기술이 쌓이고 쌓여서 예술을 만든다고 생각하거든요. 그래서 에피소드와 사건을 정확하게 구별하셔야 돼요. 에피소드가 너무 많은 소설, 다시 말해 에피소드와 사건을 구분 못하면 이야기가 뚱뚱해지고, 사건이 앞으로 나가지를 못해요. 반대로 에피소드는 없고 사건만 있으면, 이야기가 너무 앙상해요. 앙상해서 해골을 보는 것 같아요.

우리가 장편을 보는 이유는 그거거든요. 그 안에 들어와서 진창처럼 뒹굴고, 흙도 만져보고, 몸에다 뿌려도 보고. 온갖 것을 만져보고 느껴보고 그러는 재미가 있거든요. 그걸 위해서 에피소드가 있어야 하는 거예요. 하지만 사건은 안에 들어가서 뒹구는 게 아니라 안에 들어가서 걸어가는 것이죠. 이처럼 에피소드와 사건, 두 가지를 적절하게 조화를 잘하는 게 필요해요. 단편은 그렇지 않잖아요.

사실 저도 가끔 습작품들을 읽을 때면, 사건과 정말 아무 상관도 없는 얘기들이 잔뜩 들어 있는 경우를 많이 발견해요. 그런 얘기가 바로 필요 없는 에피소드라는 거, 또 사건과 에피소드는 구분해서 사용할 줄 알아야 된다는 거, 소설 쓸 때 꼭 기억해야 될 것 같아요.

정유정

장편소설 《내 인생의 스프링 캠프》로 제1회 세계청소년문학상을, 《내 심장을 쏴라》로 제5회 세계문학상을 수상했다. 장편소설 《7년의 밤》 《28》 《종의 기원》은 주요 언론과 서점에서 '올해의 책'으로 선정되며 큰 화제를 모았고, 영미권을 비롯해 프랑스, 독일, 핀란드, 중국, 일본, 브라질 등 해외 22여 개국에서 번역 출판되면서 많은 독자들의 사랑을 받고 있다. 이외에도 에세이 《정유정의 히말라야 환상방황》 《정유정, 이야기를 이야기하다》, 장편소설 《진이, 지니》 《완전한 행복》을 출간했다.

특별한 공간을 만들려면 먼저 내 안에 품은 것을 들여다보아라

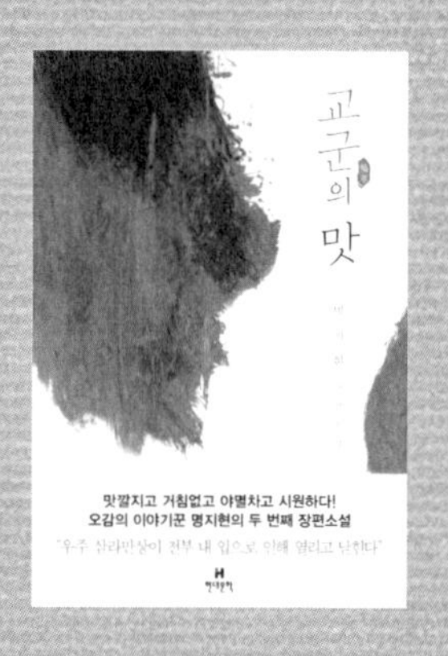

명지현 장편소설《교군의 맛》

명지현 장편소설《교군의 맛》은 교군의 일대 이덕은 여사가 평생을 바쳐 만들어낸 '치명적인 맛'의 비밀과 함께 이대 어머니의 죽음을 받아들이는 삼대 손김이의 여정을 담은 소설이다. 시대 앞에서 나약한 인간일 수밖에 없는 개인, 그 개별적인 신산고초에서 시작하여 민중사로 퍼지는 이 소설은 화기를 품고 탄생한 치명적인 매운맛으로 인간과 욕망, 인생을 은유한다. 무수한 이야기를 간직한 교군이라는 장소와 섭식이라는 행위를 원초적으로 감각하는 다양한 음식들, 교군 삼대를 아우르는 시대와 인간사의 여러 욕망들이 작가의 손에서 흡사 신비롭고 신명나는 제의로 다시 태어난다.

특별한 공간을 만들려면 먼저 내 안에 품은 것을 들여다보아라!

명지현 장편소설 《교군의 맛》

《교군의 맛》은 와삭와삭 씹어 먹는 소설이다. 씹어 먹다보면 너무 맵고 독해서 눈물이 핑 도는 소설이다. 명지현은 대체 무슨 수로 이런 맵고 독한 이야기를 세상에 내놓을 수 있었던 걸까? 겉으로 드러나는 모습은 그저 유순한 사람인데 그 속에 대체 무엇을 품고 있기에 이런 맵고 독한 이야기를 쓸 수 있었던 걸까? 또 어쩌자고 이렇게 대범하고 유장한 서사를 독자에게 내놓은 걸까?

나는 이와 같은 의문을 이정표 삼아 명지현을 찾아갔다.

《교군의 맛》은 야금야금 씹어보는 서사의 맛이 느껴지는 소설입니다. 이 소설을 어떻게 쓰게 됐나요?

명지현 왜 이걸 쓰느냐, 여러 가지 이야기 중에 왜 여기로 접근을 했느냐, 아니면 어떤 서사를 가지고 흘러가느냐, 전체적 맥락을 딱 결정해놓고 쓰지는 못하는 편이에요. 제가 쓰면서 바꾸고 처음에 썼던 것을 완전히 다 지우기도 하고 아주 작은 실마리를 크게 키우기도 하고 장면마다 그렇게도 합니다. 제가 《현대문학》으로 등단하면서 장편을 계약했거든요. 첫 장편은 문학동네 출판사에서 내고 두 번째 장편을 등단하게 된 친정(현대문학)에서 내기로 했는데 계약서에 가제라고 제목을 먼저 쓰잖아요. 그때 염두에 두고 있는 이야기가 있었기에 제목을 '김치원더랜드'라고 적었어요. 작가의 말에 썼다시피 돌아가신 외할머니가 굉장히 음식 솜씨가 남다른 분이셨거든요. 유전자 때문인지 외가 쪽 어른들이 입맛이 남다르고 성정 또한 칼칼하다고 할까, 그런 부분이 있기 때문에 저희 이모들이 '요리를 못하는 놈이 머리도 나쁘다'는 식으로 조리법이나 식습관에 대해 엄격한 잣대를 가지고 있거든요. 어디 가서 그런 얘기를 하면 다들 재미있다고, 그거 소설거리라는 말을 들었기에 이걸 가지고 장편을 쓰고 싶다고 생각했었죠. 그저 식食에 관한 것만이 아닌 근대에서 현대로 이르는 한 가계가 인생을 살아나가는 태도 같은 거요. 서사의 맥락은 작성해나가면서 해결할 것이고 일단 그런 이야기, 내 속에 있는 것을 꺼내겠다고 생각했죠. 언어들은 것이 좀 있기 때문에 이 부분만은 어렵지 않게 쓸 수 있다는 자신이 있었거든요. 예를 들어서 배추는 한겨울에 한 사흘 동안을 얼렸다가 풀렸다가 하는 것이 맛이 달고 아주 좋다, 라는 지혜 같은 거요. 일반적인 생각하고 조금 다른 지혜잖아요.

아, 생각이 나네요. 《교군의 맛》에 살이 좀 있는 사람은 배추 먹으면 더 찐다, 라는 문장도 있었던 것 같은데요?

명지현. 더 살찐다가 아니라 배추의 성질이 습濕하기 때문에 나이 들어 폐경이 된 여성이 김치를 많이 먹으면 뼈마디에 습이 차서 관절염에 잘 걸린다는 구절인 것 같네요. 특히 체구가 작은 분들은 조심해야 하죠. 배추의 성질 때문인데 우리가 다른 민족보다 아무래도 배추를 많이 먹기 때문에.

그런 부분을 읽으면서 저도 굉장히 공감하고 거의 전문가 수준이다, 생각했었어요.

명지현 사람들이 어디서 이런 자료를 찾았느냐고 묻더라고요. 음식에 관련된 것은 궁금해서 도서관에서 빠짐없이 찾아 읽어봤고요. 딱히 자료로 쓰려고 한 것보다는 이참에 알고 싶은 건 다 알고 넘어가자 하는 마음이었죠. 매 끼니를 식구들에게 제공해야 하는 주부이기도 하니까. 음식에 관련된 소설과 에세이는 우리나라뿐 아니라 외국소설들도 거의 다 읽어봤습니다. 음식만이 아니고 독에 관한 것도 다 찾아봤어요. 《교군의 맛》이 매운맛이고 어떻게 보면 독, 사람을 죽이는 그리고 죽음에 대한 얘기거든요. 아는 것은 확실하게 다지고 모르는 것은 확인해야 하니까. 남들이 이미 아는 것을 동원하고 싶지 않기도 했고요.

그렇다면 외할머니의 영향이라든가, 당신의 생활 속에 이 소설의 집필 동기가 있겠군요.

명지현 그렇죠. 저는 소설을 쓸 때, 단편도 마찬가지인데 나의 개별적인 내밀함과 사회적인, 보편적인 것의 결함을 중시하는 편이에요. 저 혼자 착각하는 건지 몰라도 그것이 작품성에서 중요하다고 생각하거든요.

당신의 말에 동의합니다. 살아가다보면 결혼도 하고 직장생활도 하고, 이렇

게 관계를 맺으면 살아가게 되는데 이처럼 우리가 널리 알고 있는 보편적인 것을 그리면서도 나만의 개인적인 내밀한 것들이 더해졌을 때 독특한 소설이 나오는 것 같아요. 요즘 소설에서는 이렇게 삼대 이야기가 별로 없잖아요. 그런데 《교군의 맛》은 우리의 과거와 현재를 다 같이 볼 수 있는 소설이었어요. 미리 짜놓고 쓰지는 않고, 쓰다보니 이렇게 쓰여지기도 하지만 저도 장편을 쓰다보니 집필 전에 미리 밑그림을 그리게 됩니다. 특히 《교군의 맛》은 삼대의 이야기다보니 시대적으로도 굉장히 긴 기간을 그리고 있습니다. 그래도 설계도를 조금이라도 그리지 않았을까 싶은데요? 또 소재라든가 인물, 시대성, 그런 부분들에 대한 당신의 생각도 궁금하군요.

명지현 제가 고등학교 1학년 때 친구 집에 놀러 갔는데 박경리 작가의 《토지》가 눈에 띄더군요. 친구 어머니가 읽으시는 책이라는데, 제가 읽어보지 않은 책에 대해서는 욕심이 많은 편이라 이거 좀 빌려가도 돼요? 라고 묻고는 1권을 집에 가져갔다가 두어 시간 만에 다 읽고 2권을 빌리러 갔어요. 그 후 매년 여름방학이면 되풀이 《토지》를 읽었는데 그게 대학을 졸업하고 광고회사 카피라이터로 취직하기까지 계속되었던 거죠. 아주 깊이 빠져들어서 여름마다 되풀이 읽었어요. 특히 1, 2권은 이렇게 재미있을 수가 있나 매번 감탄하면서.

박경리 작가의 《토지》가 당신에게 큰 영향을 미쳤군요?

명지현 꼭 그렇다고 말할 수는 없지만 아니라고 할 수도 없는 것이, 지금 돌이켜 생각해보면 《토지》의 유장한 구성이나 힘찬 흐름 같은 것이 제 속에서 이글거린다고 할까, 영향을 받았던 것 같아요. 여러 인물이 나와서 뒤엉키고 있어도 겁나지 않고 내가 살아보지 않은 시대를 그리는 것도 아마 이렇게 중간, 중간에 사회적 상황을 요소, 요소 배치하면서 이야기를 밀고 나가면 독자는 충분히 이해가 될 것이다, 하는 배짱 같은 것이 대하소설을 반복해서 읽었기 때문에 나도 모르게 각인되지 않았나 하는 생각이 들어요. 요새는 길고 복잡한 소설이 인기도 없고 그다지 의미도 없다고들 하지만 앞으로 언젠가 한 번쯤은 저도 써보고 싶어요.

당신은 《교군의 맛》을 쓰면서 딱히 소설의 설계도를 그리지는 않았다, 시대적인 걸 어떻게 연결할 것이며 인물들은 어떻게 창조하고 이렇게 미리 계획을 짜지는 않았다고 했습니다. 그러나 이야기는 실은 우리들 핏속에 흘러다닌다고 하잖아요? 어린 시절에 읽었던 《토지》가 당신에게 큰 영향을 미쳤고, 어떻게 보면 그래서 설계도를 그린 것보다도 더 꼼꼼한 소설이 나온 것 같네요. 그런데 움베르토 에코 같은 경우에는 그런 얘기를 했어요. 《장미의 이름 창작노트》에서 "소설은 그 소설 안에서 움직이는 규칙이 명확하면 명확할수록 좋다. 예를 들면 현실에서는 당나귀가 날아다니는 세계가 없지만 소설에서는 규칙을 그렇게 정해놓으면 당나귀도 얼마든지 날아다닐 수 있다" 이런 얘기를 하죠. 소설에서의 제약 조건이라고 할까요? 당신의 소설 《교군의 맛》에서만 통용되는, 인물들을 움직이게 하는 제약 조건들이라고 할 만한 것이 있습니까? 또 현실적인 제약 조건도 있잖아요? 집필을 작업실에서 하느냐, 집에서 하느냐, 집필 공간이라든가 집필 시간이라든지. 또 간혹 소설을 집필하기 전에 미리 계약을 해놓았기 때문에 마감에 쫓겨서 쓰기도 합니다. 당신은 어떤 제약 조건들 속에서 이 《교군의 맛》을 집필했습니까?

명지현 작가들은 감옥에 들어가고 싶어 하죠. 예전에 이외수 작가도 오죽하면 집 안에 감옥을 만들어 집필을 했을까 이해가 갔고요. 저도 사실 이 작품을 쓰면서 고시원에 들어가 집중해보려고도 하고 도서관에도 가보고 이런저런 시도를 많이 했었거든요. 제약 조건이라면 바로 제 현실이 제약입니다. 대중교통이 원활하지 않아 아이들을 일일이 통학시켜줘야 하는 시골의 전원주택에 살고 있고, 텃밭도 가꾸고 산책시켜줘야 하는 개도 키우고 있어요. 다른 주부들처럼 식사 준비도 해야 하고 장도 봐야 하고 세탁이라든지, 소소하지만 끊이지 않는 가사노동은 매일매일 제게서 많은 시간을 빼앗아가죠. 그런데 장편이 계약되어 편집자들에게 안부를 묻듯이 계속 시달리고 있으니까 느긋하게 쓸 수는 없고 계속 원고 매수에 대한 스트레스가 있거든요. 저조차도 이걸 빨리 완성해야 쓰고 싶은 다른 것들도 전개할 수 있다는 생각에 초조해지죠. 집에 저만의 서재가 있기는 한데 지인들에게 전화가 오고, 모임에 나오라고들 하고, 의리는 지켜야 하고 한창 공부하는 아이들도 있으니, 정신이 없어요.

맞아요. 애들은 밥 달라고 성화죠.

명지현 그렇죠. 밥 먹어야죠. 또 저희 집은 부근에 만만한 대중교통이 없어요. 아이들 통학문제가 아주 복잡해서 일일이 실어날라야 돼요. 주변은 논둑길이고 여자애들이고 하니까. 그래서 집필을 위해 마음껏 쓸 수 있는 시간이 오후 네 시까지밖에 없어요. 물론 도중에 집안일을 틈틈이 하고 도서관에 간다든가 마트에 가는 것도 그 안에서 해결해야 합니다. 이것이 제게 주어진 현실적인 제약이기는 해도 뭐 어쩔 수 없는 거죠. 원고 분량을 정해놓고 그 분량까지는 무슨 일이 있어도 해결해낸다, 이렇게 접근하는 작가도 있지만 저는 그렇게는 아니고 주어진 시간 동안에는 자판을 치고 앉아 있겠다, 이런 식으로 하고 있어요. 조금 느려도 하는 수 없다, 매일 조금씩이라도 쓰고는 있자. 실제로 집필을 굉장히 많이 하고, 다작하는 작가로 유명한 조이스 캐롤 오츠 같은 작가는 1년에 장편을 서너 권 내는데 정말 경이롭지요. 이 작가가 쓴《작가의 신념》이라는 책을 보니까 무조건 하루에 13매 쓴다는 목표로 집필을 하더군요. 조이스 캐롤 오츠는 대학교수이면서 문학잡지의 편집자이거든요. 업무가 상당한데도 매일 하루도 빠짐없이 13매라는 거죠. 13매 이상 더 쓸거리가 충분히 떠올라도 집필을 접는대요. 왜냐하면 그래야 내일 집필할 때 신이 나서 쓰고 싶어서 일에 덤벼든다는 거죠. 그러한 성실한 태도와 습관화된 글쓰기 방식에 신선한 충격을 받았어요.《달리기를 말할 때 내가 하고 싶은 이야기》에서 무라카미 하루키가 표면적으로 달리기에 관한 얘기를 하는 것 같아도 실은 집필에 대한 내용이더군요. 새벽에 일찍 일어나고 저녁에는 유흥가에서 사람을 만나거나 하지 않고 일찍 자는 습관. 굉장히 건강하고 성실한 생활을 하죠. 비타민을 찾아 먹고 집필을 한 다음에 오후에는 달리기를 하고, 자기 체력을 위해서. 노벨문학상 수상작가인 오르한 파묵도 요새는 수영을 한대요. 최근 사진을 보니 군살이 빠져 홀쭉해졌더군요. 오래 살아서 오랫동안 많은 글을 쓰겠다는 전략을 세웠다네요.

스스로 습관을 세우는 것은 상당히 중요한 일인 것 같아요. 체력이라는 것도 중요한 제약 조건인 것 같아요. 우리는 알고 있죠. 글을 쓰는 건 사실 굉장한 육체노동이잖아요. 작가들은 아는데 가족들은 몰라요. 그냥 조용히 앉아서 자판이나 틱틱 치고 있는 걸로 보이잖아요. 하지만 머릿속으로는 굉장한 에너지를 사용하고 있는 건데 말이죠. 뱃살은 쌓여 있지만 몸은 완전히 빼가 녹아날 정도로 집중하는 거요. 또 한 가지, 트와일라 타프가 쓴《천재들의 창조적 습관》이란 책을 보면, 집필실에서의 자기 공간, 자기 시간을 준엄하게 지켜야 된다고 말해요. 그리고 그것을 지키기 위해서는 모종의 의식이 필요하다, 라고. 이 책에는 창작을 업으로 삼는 예술가들이 작업을 할 때 겪는 어려움을 극복하는 방법을 일러주는 내용이 들어 있는데요, 다시 말해 예술가의 창조성이 고갈되었을 때 정신적인 도움을 주는 책이더라고요. 이런 얘기가 나옵니다. 집필할 때 커피를 마시는 사람 있잖아요. 커피를 마시면 글을 쓴다는 암시가 있는 거죠. 누구는 담배를 태울 수 있잖아요. 아니면 내가 몇 매까지 쓴 다음에는 담배를 태운다. 아니면 내가 몇 매를 쓴 다음에는 그 보상으로 뭔가를 누릴 수 있다는 식으로 자기 암시를 거는 거죠.

누구나 다 아는 얘기지만 글쓰기는 명백히 자기와의 싸움이에요. 사실 우리 작가들 이런 얘기하잖아요. 누가 전화 걸어서 오늘 몇 매 썼어? 하고 물어봐주라, 제발 나한테. 그리고 상을 줘라. 나를 관리 좀 해주라. 정말 공감해요. 그렇지만 이런 부탁을 누구한테 할 수 없잖아요. 이 정도 나이 들어서 글을 쓰는 입장이라면 내가 나한테 스스로 해주는 거예요. 아직도 완벽하게 저를 관리하지 못하는 입장이라 집중력이 떨어지거나 쓰기 싫을 때는 공연히 일거리를 만들어 딴 짓을 벌이기도 하지만 써야 하는 거죠. 제게는 집필 장소가 크게 상관없습니다. 어디에서 쓰느냐가 중요한 게 아니라 얼마나 집중했느냐가 중요하죠. 평생 쓴다고 생각하면 특별한 곳을 찾는다고 더 잘 써지는 것도 아니고 결국 자신의 공간, 집이든 식탁 위든, 어디든 집중이 잘되는 곳이 내 최적의 집필 장소라고 생각합니다.

글쓰기는 결국 자기와의 싸움이다, 공감합니다. 그런데 《교군의 맛》의 초고가 완성되기까지 어느 정도 집필 기간이 필요했나요?

명지현 굉장히 쓰기 싫어서 질질 끌었어요. 아까 쓰는 방식에 대해서 잠깐 얘기하다가 말았는데요, 저는 미란이 부분을 쓰다가, 또 지겨워지면 덕은이 부분을 쓰다가 김이 부분을 쓰다가 오락가락했어요.

시대적으로 굉장히 꼼꼼하게 잘 맞물려져서 나오기 때문에 저는 그렇게 썼을 거라고는 상상도 못했습니다.

명지현 그냥 머릿속으로 떠오르는 대로 하고 잘못된 건 잘라내면 되는 거니까요.

그러니까 당신은 소설을 창작할 때, 머리에 떠오르는 대로 일단은 무조건 막 쓰고 보는 작가네요?

명지현 네, 분량을 늘려놔야지 내가 안심이 돼요. 나중에 솎아내면 되는 거니까. 이 정도 쓰기까지 이게 천몇백 매 되는데요. 1,700, 1,800, 아마 4천 매 가까이 썼을 거예요. 그리고 그걸 축약해야지 좋은 문장이 나오는 것 같아요.

결국 4천 매 정도의 분량을 쓴 뒤에 다시 읽어보면서 추리고 버려서 엑기스

만 남은 작품이 《교군의 맛》이군요.

명지현 네. 장편은 그 소설이 품고 있는 내용에 따라 흐름의 방식도 구속되죠. 장편소설을 읽다보면 죽은 대사가 많아요. 불필요한 부분이기도 하죠. 제게도 그런 부분이 있는데 장편은 분량이 많아야 되니까 이런 정도의 대사가 오고가도 되겠지, 라고 방심하는 거죠. 일정 부분 쉬어가는 대목이 있어야 읽기에 수월하기는 한데 또 그만큼 풀어지는 거죠. 풀어진 내용으로만 이루어진 소설도 분명 존재의 이유가 있고 저도 언젠가는 그런 유의 소설을 쓰고 싶지만 《교군의 맛》은 인물들이 많이 나오지는 않지만 긴 세월의 여러 가지 이야기가 한꺼번에 들어가고, 사건이 진행되면서 동시에 과거사와 현재가 톱니바퀴들처럼 맞물려가야 되기 때문에 급하다, 헛소리할 시간 없다, 일단은 꾹꾹꾹 눌러서 많이 써놓자, 그렇게 생각했습니다. 그렇게 해야 문장이 응축되고 단단한 맛이 있는 것 같아서요. 나중에 지루하거나 번잡스럽고 반복되는 부분을 뜯어내서 버리는 건 쉽잖아요.

또 제가 다른 작가들과는 달리 나이 들어 등단을 늦게 했기 때문에 저보다 어린 나이의 선배들이 주변에 많아요. 뒤늦게 소설가가 되었으니 모르는 것도 많고 자기관리 부분이며 집필의 비결 같은 게 궁금하죠. 쟤들은 나랑 달라, 다들 무리 없이 순탄하게 글 쓰고 있겠지, 라고 생각하면서 서로 연락하다보면 다들 고생이더라고요. 쓰고는 있는데, 쓰려고 하는 중인데 미치겠다는 애기를 서로 나누게 되죠. 저도 잘 안 돼서 머리를 쥐어뜯고 있는데 작가생활을 오래 하고 있는 이름난 작가들도 비슷한 고통 속에 처해 있더군요. 서로 글쓰기에 관한 갖은 방법을 나누면서 너는 어떻게 하느냐고 묻곤 하죠. 이렇게 저렇게 자신이 터득한 집필의 좋은 방법을 공유하려고 하는데 저는 이런 말을 해준 적이 있어요. 단편 세 편을 같이 쓰라고요. 그러면 대부분의 작가들은 자기는 한 작품 톤 맞추기도 힘들다. 너무 무리한 거 아니냐. 그럼 또 저는 그러죠. 아니야, 단편 세 편을 같이 쓰고 있으면 절대로 놀게 되지 않는다고요. 이거 쓰다가 막히면 저거 쓰고 그러다가 힘들면 또 썼던 거 쓰고. 어쨌든 머릿속에 뭘 쓰겠다는 생각이 있는 거잖아요. 그래서 저는《교군의 맛》을 쓸 때 단편 세 편을 같이 쓴다는 개념으로 막 돌린 거죠. 말이 되든 안 되든 쓰고 있자. 쓰다보면 진짜 핵심이 그 안에 슬그머니 나와 있게 된다. 뭐 이런 무식한 방법이죠. 품이 많이 들기는 해도 글 쓰는 실력은 어디로 도망가는 게 아니라 제게 남아 있게 되니까 아무것도 안 하고 노는 것보다는 낫잖아요.

네,《교군의 맛》은 그러니까 김이, 덕은이, 미란이 세 개의 단편을 동시에 쓰듯이 그렇게 쓴 작품이군요.

명지현 쓰다보면 내가 만든 이야기에 내가 질리잖아요. 막힐 때가 있어요. 막히면 김이한테 가서 앞에부터 주르륵 읽어보는 거예요. 그러면 또 새롭게 흘러갈 수 있어요. 그 인물의 관점으로 쓸 수 있어요. 상황이 있고 인물이 있으니까 저절로 움직이는 거죠. 이런 방식이 어떻게 가능한 줄 아세요? 어빙 고프만이라는 학자가 사람에게는 누구에게나 연극적인 자아가 있다고 말했어요. 연극적 자아라는 건 뭐냐 하면, 이런 거예요. 예를 들어 내가 동창생을 만나면 격의 없이 떠들고 까불지만 누군가에게는 고압적인 태도를 할 수도 있고 또 제게 함부로 무례하게 구는 이상한 사람에게는 차갑고 냉랭하게 대할 수 있죠. 아주 순식간에 조건과 대상에 따라 사람은 변화무쌍한 말투와 다른 태도를 보이게 되잖아요. 이건 공부가 필요한 게 아니라 그냥 사람의 본능인 거예요. 소설을 쓸 때도 마찬가지죠. 우리가 어떤 캐릭터를 만들면 그 캐릭터에 빙의되어 정말 순식간에 그 인물다운 말투와 행동을 추출해내요. 안 될 것 같은데 돼요. 그게 바로 글을 쓰는, 서사를 만들어가는 우리들의 기쁨이라고 생각해요. 내가 아닌 남이 되어보는 기쁨. 전혀 다른 남이 되어 그런 인생을 살아간다는 것, 소설 속에서 능히 할 수 있잖아요. 대개 그런 재미로 소설을 쓰지 않나 싶어요.

이런 창작방법은 저도 한번 적용을 해봐야겠네요. 무척 재미있습니다. 그런데 《교군의 맛》에는 김이, 덕은이, 미란이 말고도 다른 인물들도 등장하잖아요?

명지현 미란의 남편, 손씨는 바보이고 부족한 사람이죠. 그래서 미란의 살해범으로 누명을 쓰게 되죠. 나한테는 이 사람이 바로 인간다움의 원형이라고 생각해요. 억울하게 당하고 무시받고 조롱받았음에도 그것을 원망하지 않고 열심히 살아가는 노동자. 손씨는 수양딸에게도 변치 않는 사랑을 주죠. 반면에 강용수라고 눈 한쪽이 불구인 등장인물이 있어요. 의도하지 않았음에도 과거에 사랑했던 미란을 살해하게 되죠. 그건 누가 시켜서 그렇게 된 것이 아니라 지극히 개인적이고 우연한 사건이기도 합니다. 우리네 인간사가 그렇듯이. 강용수를 일부러 월남전에 갔다 온 사람으로 설정한 이유가 상징적인 거죠. 월남전 파병은 역사적으로 부끄러운 일이죠. 용병으로 가서 전쟁 중이기는 해도 살인을 하게 되었어요. 폭력의 상징이죠. 사실 그 전쟁은 미국에서 저지른 별 의미도 없는 우격다짐의 전쟁이고, 우리는 그 전쟁에 참전해서 무엇을 잃었나요? 인간성을 잃었어요. 전쟁이라는 것은 국가가 저지른 합법적인 폭력이면서 또 동시에 폭력의 대상이 다시 폭력을 파생시키는 그런 상징을 가지고 있어요. 강용수라는 인물의 의미인 거죠. 읽는 사람은 이런 상징을 중요하게 생각하지 않을지 몰라도 나한테는 이런 상징들이 의미를 가질 수밖에 없어요. 그게 쓰는 재미인 것 같아요. 그런 식으로 인물들을 만들어낼 때 기쁨이 있어요. 미란은 얼굴은 예뻐도 조금 모자라고 인생을 내던지듯 아무렇게나 살아갑니다. 사실상 굉장히 순수해요. 플로베르가 내가 보바리 부인이다, 라고 한 것처럼 작품 속 인물들은 내가 아닌 사람이 없기 때문에 내가 현실에서 하지 못하는 자유로움을 누리고 아무 것도 구애받지 않고 맘껏 저지르죠.

이런 식으로 캐릭터들을 만든 뒤에 아까 말한 대로 나의 '연극적 자아'를 실현하는 방식으로 장편소설을 쓰니까 고되기는 해도 나름의 기쁨이 되는 거죠. 스스로 즐거운 작업이 아니라면 대단한 보상도 주어지지 않는 이런 짓을 어떻게 지속할 수 있겠어요. 단편소설을 집필할 때와는 다른 방식이거든요. 쉽게 빨리 쓰는 작가들도 있지만 제게 있어 장편소설은 1년 가까이, 계속 생각하면서 책을 읽고, 조금 쓰다가 고민하고 오래 붙들고 늘어지는 지루하고 긴 작업이거든요. 이야기 전개방식에 대해서도 오래 고민했죠. 늘 하던 방식이 싫으니까. 예를 들면《교군의 맛》의 맨 앞부분에 임신부를 돌에 맞아서 죽게 하는 장면은 참, 고민 많이 했어요. 이 부분을 다른 부분 뒤로 넣어야 되나, 어떻게 해야 되나…… 아니면 이걸 완전히 숨기고 나중에 이러한 현실이 있었다라고 말로만 할까, 이럴까, 저럴까 궁리하다가 결국 맨 앞으로 놓았어요. 장르소설처럼 말이죠. 그런데 그다음부터 글이 갑자기 빨리빨리 진행되는 거예요. 그 사이에 부분, 부분 써놓은 게 있으니까 그걸 마치 조립하듯이, 레고 블록을 맞추듯이 조립하는 거예요. 《교군의 맛》을 완성하는 데 2년 정도 걸렸는데 처음 1년간은 계속 이렇게 저렇게 흩어놓고 무작정 쓰기만 했어요. 미란이 가수 시절 70년대를 쓰다가 이덕은 여사의 어린 시절 일제강점기를 쓰기도 하고. 처음에는 각 챕터 별로 들어가는 〈이딴 얘기 받아 적어서 뭐하려고—교군 이덕은 여사의 채록본〉이라는 구절을 마구 써두었어요. 나중에 사용할 생각은 없고 그냥 마구 적어둔 거죠. 대사 중에 넣을까, 어디에 넣을까 궁리하면서 썼고, 결국 전체적인 모양새를 만들면서 사용하기는 했는데 뭐든 써두는 게 도움이 되는구나, 라고 깨달았어요. 글은 쓰는 도중에 생각나고 진행되는 것이지 아무것도 하지 않으면 윤곽이 잡히지 않잖아요.

자료조사를 하지는 않으셨나요?

명지현 제 소설에는 자료화된 건 거의 없어요. 소설가가 음식이나 이런 것들을 가지고 문학하고 접목하는데 남들은 어떻게 할까, 이게 궁금했지, 자료를 직접적으로 하는 건 별로 없었어요. 왜냐하면 거의 그냥 기본적으로 알고 있는 것, 다시 말해 나의 것으로 알고 있는 게 아니면 문학이 안 된다, 라는 생각을 했거든요. 문학은 생활 속에 들어 있는 것이지, 너희들 이거 몰랐지? 이건 아니라고 생각해요. 당연하게 알고 있는 것, 때가 꼬질꼬질 묻은 이야기이어야만 소설 속에 자연스럽게 녹아들지 않을까, 라고 생각했어요.

그렇군요. 당신은 이 소설을 쓸 때 이덕은 여사 부분을 제일 먼저 썼다고 했습니다. 이덕은 여사 얘기하면서 말 안 할 수 없는 것이 바로 '교군'인데요, 교군에 대해서 설명해주세요.

명지현 어느 날 교군! 갑자기 그 단어가 탁 떠올랐어요. 쉽게 믿기지 않을 얘기라는 걸 저도 아는데 제목을 생각하고 있는 중에 정말 그렇게 떠올랐어요. 그래서 교군이 뭐지, 하고 찾아봤어요. 그런데 가마꾼이 교군, 교군꾼이더라고요. 발음상으로는 '굣꾼'이라고 하거든요. 교군은 가마꾼과 가마꾼들이 쉬어가는 곳. 가마를 만들던 곳이라고 하던데 정말 그런 게 있는지 책을 다 뒤졌어요. 그런데 없는 거예요. 가마꾼들이 모여서 집단적으로 만든, 다시 말해 교군에 대해 상세하게 기록된 역사는 없더라고요. 그래서 이거다, 싶었지요. 《교군의 맛》을 읽어보면 버스종점 같은 공간에서 가마꾼들이 가마를 세워놓고 거기서 밥도 먹고 사용료를 낸다고 나오는데 그건 순전히 제가 만든 거예요. 근처에 그릇을 만드는 곳이 있고 기차역까지 옮기려면 교군이 필요했다, 라는 대목도 이 소설을 위해 만든 내용이죠.

그랬군요. 소설에서 이덕은 여사가 운영하는 교군은 어떻게 보면 굉장히 비싼 요릿집이잖아요? 그런데 소설을 읽어보면, 이덕은 여사가 중시하는 건 비싼 요리와 단순한 맛만은 아닙니다. 이덕은 여사가 김이한테 "매운 걸 먹어라, 매운 걸 먹어야 성정이 독해진다" 이런 말을 하는 부분도 나와요. "먹은 음식에 따라서 성정이 생기는데 세상은 원래 독한 것들이 만들어가는 거

야"라고요. 이덕은 여사의 이런 말들을 떠올려보면, '교군'이라는 것 자체가 삶의 색깔이랄까, 맛을 결정짓는 곳으로 느껴집니다. 당신은 어떻게 삶의 색깔과 맛을 연결하겠다는 생각을 했죠?

명지현 2002년 월드컵 당시에 다들 빨간 티셔츠를 입고 난리가 났었죠. 당시의 희열을 아직도 잊을 수 없는데요, 저도 시청 앞에 나갔어요, 빨간 티셔츠를 입고요. 그때 느낌이 어땠느냐 하면요, 고추장 독이 터졌네, 그런 느낌이었어요. 어떤 집이든 고추장 없이는 음식 안 하잖아요? 고추장이야말로 요리할 때 항상 필요로 하는 소스죠. 이게 우리구나, 고추장이 우리구나, 하는 생각을 했습니다. 저한테 일본인 친구가 있어요. 이토 마사코라고. 그 친구는 한국말 하고 나는 일본말을 못해요. 그런데 그 친구가 항상 하는 얘기가 너네는 마늘도 먹고 맵게 먹으니까 축구도 잘하고, 얼굴도 예쁘다는 거예요. 내가 진짜 그러냐고 했더니 그 친구 말이 정말 그런 것 같대요. 일본에 와서 지하철을 타봐라, 사람들 눈빛이 다 흐리멍덩한데 한국에 오면 사람들 눈빛이 다 초롱초롱, 또릿또릿하다, 그러는 거예요. 우리는 우리 자신을 잘 모르니까 남이 보는 우리 이야기를 듣잖아요. 어쩌면 일본인 친구의 그 말을 듣고 삶의 색깔과 맛을 연결시키게 됐는지도 모르겠어요. 그 친구가 듣기 좋으라고 그렇게 말했을지 몰라도 사람의 에너지에 대해 생각했어요. 마치 재채기처럼 단번에 터져나오는 세고 강한 기운, 붉은 기세, 분노와 비슷한 폭발적인 에너지, 활기에 대해서 생각하고 그것을 형상화하고 싶었던 거죠.

아까 자료조사를 하지는 않았고 거의 그냥 기본적으로 알고 있는 것, 다시

말해 나의 것으로 알고 있는 것이어야 문학이 된다, 라고 말했는데, 삶의 색깔과 맛을 연결시킨 것도 소설을 쓰면서 내 안에 품고 있던 것들을 들여다본 덕분이었네요?

명지현 네, 저는 이런 방식이 좋다고 생각해요. 우리 민족은 가족 중심적이고 뭐랄까, 굉장히 정이 많고 눈물도 많고 노래 부르는 것도 좋아하고 흥이 많고 그렇잖아요. 그래서 《교군의 맛》의 장례식 장면에서도 일부러 더 막 울고, 일부러 눈물을, 감정을 폭발시키는 방식으로 표현했죠.

《교군의 맛》에서 이덕은 여사가 장례음식을 하는 장면을 보면, 정말 맵게 장례음식을 만들잖아요. 너무 매워서 사람들을 실컷 울게 만드는.

명지현 맞아요. 영암에 유명한 어란이라고 있어요. 청어알에 참기름을 바르고 또 바르고 해서 굉장히 단단해요. 물론 집에서도 만들기는 하는데 명인이 만든 어란은 정말 수십만원하거든요. 그런데 그 절기를 놓치면 전국으로 다 팔려나가는 거예요. 이덕은 여사가 그걸 놓치고 열 받은 거예요. 먹고 싶은데 미란이라는 수양딸이 죽는 바람에 이걸 놓치고 못 먹은 거죠. 이덕은 여사는 어란 못 먹어서 열 받아서 장례음식을 더 맵게 엄청 맵게 만들었는데, 사람들은 맛있어서 매워서 우는 거예요. 고인이 죽어서 우는 것도 있지만 울다보면 내 슬픈 일이 생각나서 또 우는 거예요. 집단적으로 같이 울다보니 더 슬퍼지면서 울고 또 우는 그런 대목이 있어요. 울다가 누가 국밥 떨어졌어요, 그러면 가서 또 열심히 국밥 착착착착 만들어내면서 맛있어요? 묻고, 맛있네, 라고 대답하면서 또 가서 우는 이런 감정.

이덕은 여사의 매운맛은 어떻게 보면 우리를 울게 만들어주게 하는 그런 맛일 수도 있겠네요?

명지현 매운맛에 대한 책을 보면, 매운 것을 잘 먹는 민족의 여성의 피부가 곱다는 연구가 있어요. 예전에는 폐결핵 걸린 사람들이 많았잖아요. 그런데 매운 걸 많이 먹었대요, 기침을 삭이려고. 실제로 차도가 조금 있었다고 되어 있어요. 또 매운맛하고 피부하고 무슨 상관이야 궁금해서 찾아보니, 장기간 맵게 먹으면 몸속에서 얘 화상 입었다, 몸의 주인이 화상 입었다, 라고 우리 몸이 생각하고는 재생물질을 내보낸다네요. 피부 재생물질이 나오는 거죠. 그런데 매운데 맛있으니까 계속 먹잖아요? 그러면 피부 재생물질이 더 많이 나오기 때문에 피부가 고와진대요. 이 사실을 알고 나서 어머, 그렇구나, 했지요.

저도 앞으로는 매운 음식을 자주 먹어야겠습니다. 그건 그렇고요, 《교군의 맛》의 대표인물인 이덕은 여사, 김이, 미란을 보면, 캐릭터가 굉장히 독특합니다. 뿐만 아니라 이들의 대사가 정말 훌륭해요. 아마도 당신이 등장인물들을 형상화할 때 가장 신경 쓴 부분이 대사가 아닐까, 그런 생각도 했습니다. 이덕은 여사는 이덕은 여사가 할 수밖에 없는 말만 해요. 미란이는 엄청 예쁜데 백치미예요. 심지어 총재랑 회장이 둘이 같이 미란이를 범하는데도 미란이는 낄낄낄 웃으면서 김가야, 이가야? 우리 셋이 삼각관계야? 이렇게 얘기하거든요. 이처럼 미란이는 정말 백치미잖아요. 저는 《교군의 맛》을 읽으면서 어떻게 하면 이렇게 그 인물이 할 수밖에 없는 대사를 칠 수 있나, 굉장히 궁금했습니다. 이런 대사를 쓸 수 있는 비법을 좀 가르쳐주세요.

명지현 그게 바로 연극적 자아라니까요. 《생각의 탄생》이라는 책은 예술가들이 어떤 패턴이나 시각화를 통해 작업했는가를 고찰한 책인데 거기에 이런 대목이 나와요. 모 소설가에게 사람들이 물었대요. 어떻게 이런 걸 쓸 수 있나. 그랬더니 이 작가가 뭐라고 대답했냐면, "나는 보이는 대로 썼다"고 했답니다.

보이는 대로 썼다?

명지현 보였기 때문에 썼다. 우리가 머릿속으로 상상하는, 상상의 힘은 굉장히 큰 거예요. 제임스 조이스는 '상상력이란 기억이다'라고 말했죠. 관찰한 것을 기억하는 것이 어떤 광경을 구체적으로 묘사하게끔 만드는 것 같아요. 평소에 관찰을 성실하게 잘하고 구체적으로 잘 기억하고 있다면 뭔가를 상상하고 만들 때 큰 재산이 되겠죠. 여기 놓여 있는 이 책, 이 만들어낸 책도 실은 빈 페이지 아닙니까? 이거 누가 채웠습니까? 상상이 채운 거죠. 상상을 할 때 꽤 오래 공들여서 장면을 떠올려야 해요.

장면이요?

명지현 장면을 떠올리는 것, 예를 들어 강용수하고 미란이가 우연히 호텔에서 마주쳤어요. 크리스마스였죠. 그러면 분명 그 시기에 맞게 캐럴이 살짝 들릴 거예요. 호텔의 커피 냄새, 나른한 버터 냄새, 그 당시 가장 비싼 반도호텔에 크리스마스를 즐기러 온 외국인들이 모여서 만들어낸 이국적인 풍경. 강용수와 미란은 그 사이를 이동한단 말이죠. 강용수가 같이 올라가자, 그러면 엘리베이터 타겠죠. 엘리베이터 안은 조용하고 적막해요. 그런데 강용수는 미란이가 몸을 파는 여자구나, 자기 보스하고 그런 관계구나, 하고 알아차려요. 기분은 상하지만 드러내고 질투도 할 수 없는 그런 날 선 어두움이, 차가움이 거기에 있어야 되죠. 그 뒤 둘이 같이 호텔방으로 들어갔어요. 딱히 뭘 하러 들어간 건 아니고 다만 총재가 끝나는 시간을 기다릴 때의 어떤 기분, 아마도 조금 긴장됐을 거예요. 사실 미란이도 강용수라는 남자한테 남자로서의 어떤 가능성을 조금은 느끼고 있고, 나의 어떤 추악한 부분을 이 남자에게 걸리기 싫다는 감정을 느껴요. 또 강용수는 미란을 연모하지만 이 여자를 자기의 위치에 맞게 내려다보고 싶어 해요. 자신의 감정을 숨기고 싶으니까, 숨기려고 하다보니까 자꾸 슬픔을 참는 것 같은 표정이 되는 거예요.

이런 것들에 대해서 작가인 나는 끊임없이 상상해요. 작가인 나는 둘이 있을, 강용수하고 미란이를 상상해요. 강용수와 미란이가 여기 있으면 나는 여기서 제삼자가 되어서 둘을 지켜보면서 둘이 지금 이런 상태다, 라고 기술하는 게 가장 손쉽게 소설을 쓰는 방법이죠. 그래서 멍 때리면서 생각을, 상상을 해요. 그곳으로 내 카메라가 갔잖아요. 훑어가는 거죠. 계속 쫓아가 인물들, 그들의 감정, 그런 것들을 보이는 대로 쓰는 거지 절대로 만드는 게 아니더라고요.

소설 습작생들에게 저도 늘 "제발 설명하지 말고 보여주세요"라고 강조합니다. 보여주려면 먼저 연극적 자아를 동원해서 그 인물이 되어야 하고, 그다음에는 그들이 함께 있을 때, 혼자 있을 때 상상해야 된다는 당신의 말은 염두에 둬야 할 것 같습니다. 보여주기의 핵심인 것 같네요. 자, 그럼 다시 소설의 도입부로 돌아가서 이야기 나눠보겠습니다. 미란이 살해당하는 장면이

도입부로 나옵니다. 미란과 강용수가 만나 강용수의 부하가 미란이를 처리해주는 잔혹한 장면인데요, 도입부를 이렇게 서스펜스suspense 구조로 만들었는데 특별한 이유가 있었나요?

명지현 잔인한 장면으로 소설을 시작한 것이 가끔은 후회가 되기도 하는데 제 딴에는 붉고 강렬한 소설이기를 원했고 또한 궁금하게 만들고 싶었어요. 앞부분의 살해 장면 바로 뒤에 현대로 시작이 되거든요. 김이라는 등장인물이 혼자서 아파트 연립주택에서 아래층 중국집을 바라보는 장면이죠. 그런데 도입부를 김이가 자신의 집에 앉아 있는 잔잔한 장면에서부터 시작하기 싫었어요. 이 소설의 성격이 붉게 넘실넘실거리기 때문에 처음부터 피를 좀 보여도 되지 않을까, 하고 생각했죠. 서스펜스라는 단어는 '매달리다'라는 라틴어에서 파생됐어요. 매달린다는 건, 손가락으로 낭떠러지에 간당간당 매달렸을 때의 아슬아슬함이라는 뜻이거든요. 살해 장면을 흩어놓아서 이야기 중간에 조금씩 넣어주는 게 어떨까, 궁리도 했었거든요. 그런데 아예 숨길 생각이라면 몰라도 어차피 살인 장면이 나온다면 오히려 처음에 확 보여주는 것이 나을 거라고 생각했죠. 편집자가 선생님, 이 장면을 숨기면 어떨까요? 범인이 딱 나오기 때문에 숨기는 게 좋을 것 같다고 말했어요. 그러나 내 소설은 추리소설이 아니니까, 범인을 찾아가는 여정도 아니고요. 범인 밝히기가 중요한 게 아니라는 의미에서 처음부터 그렇게 시작했어요. 죽음으로부터 시작된 이야기, 죽은 자를 애도하는 이야기, 삶의 곡절이 죽음과 대비되려면 그렇게 시작해도 무리가 없을 거라 생각한 거죠.

제가 좋아는 대목 중의 하나는 미란이 몸에서 나온 피가 펑펑 흘러나와 남편 손 서방을 주려고 갖고 온 맵게 볶은 닭볶음탕, 감자조각과 닭고기를 잠식해가는 장면이에요. 언젠가는 그 피가 마를 것이고 땅으로 스며들 테지만 지금은 뭉글뭉글 움직이면서 마치 살아 있는 생명체처럼 피가 혼자 주르륵 번져가서 닭볶음, 닭고기 조각을 적시는 장면이죠. 그 닭볶음도 사실은 원래 빨간색이었다고 얘기하면서 이 소설이 갖고 있는 피의 붉음 그리고 매운 요리에 다 있는 원초적인 피, 이것들 모두 무생물들이지만 이야기 속에서는 살아 있는 것처럼 그린 거죠.《교군의 맛》이라는 나의 이야기는 그런 식으로 마구 흘러갈 것이다, 라는 암시를 이 장면에 넣은 거죠. 도입부니까. 내가 이 소설에서 보여주려고 하는 아주 핵심적인 것을 처음부터 확 보여준 거죠.

처음부터 그렇게 핵심적인 것을 확 보여줄 수 있었던 것은 당신이《교군의 맛》의 초고를 이미 4천 매를 썼고, 그다음에 이야기를 다시 만들어가는 과정에서 이렇게 할 수 있지 않았나, 4천 매의 힘이 아니었나, 그런 생각을 해봅니다.

명지현 꼭 저만 그런 건 아니에요. 다들 몇천 매씩 어마어마하게 쓴대요. 다들 그런 식으로 기를 쓰고 성실하게들 쓰더라고요.

저의 경우에도《꽃을 던지고 싶다》라는 첫 소설 나오고 그다음에《나의 이복형제들》의 집필을 시작했는데 실은 5천 매를 썼었거든요. 5천 매를 써서 다 버리고 남은 것이《나의 이복형제들》이었어요. 그리고 그때 버려진 이야기들이《삼오식당》이 되어서 나왔거든요. 그러니까 소설을 쓰려고 하는 분

들은 쓰는 걸 무서워하면 안 돼요. 일단 많이 쓰는 사람 못 당하는 것 같습니다. 그런데 《교군의 맛》을 보면 처음에 딱 드는 생각이 '정말 잘 만들어진 소설이다'라는 거예요. 한마디로 웰 메이드다, 이렇게 생각했죠. 그래서 전 작가가 굉장히 철저하게 설계도를 짠 다음에, 그러니까 정교한 시놉시스를 짠 다음에 작품 집필에 들어간 줄 알았습니다. 그런데 그게 아니라고 얘기하셨잖아요. 작가가 미리 소설의 설계도를 짜놓고 쓰는 소설의 단점이 틀을 이미 짜놨기 때문에 작가의 개입이 심하게 있어 등장인물들이 스스로 살아서 움직이기가 쉽지 않다는 점이에요. 그런데 이 소설은 시놉시스를 미리 짜지 않았지만 등장인물들이 자신의 의지를 갖고 행동합니다. 당신은 이처럼 소설에 있어서의 작가의 개입문제에 대해서 어떻게 생각하시는지요?

명지현 작가의 개입은 불필요한 부분이라고 할 수 있겠죠. 이를테면 전체 서사가 있는데 강용수가 범인인가, 또는 김이가 교군에 들어가서 살 것인가, 가지랑 사귈 것인가, 하는 에피소드들이 있다고 해봐요. 어떤 흐름이 있는데 자꾸 다른 얘기, 다른 에피소드가 들어가는 게 이상한 걸까요? 인물이 살아서 캐릭터가 제멋대로 움직이고, 이런 날씨에 이런 일을 하고, 저런 고민을 하는 게 사람이잖아요, 실제로. 패턴대로 움직이지 않는다는 말이에요. 장편소설 안에서 인물이 성장하는 단계를, 예닐곱 차례 변화시키는 것이 필요하다는 말을 들었어요. 이때 이 변화를 어떻게 봐야 될까요? 일반적인 어떤 에피소드가 들어가야 되는데 이게 소설의 어떤 흐름과는 그렇게 관련이 없어요. 예를 들어서 《교군의 맛》에는 시장 가는 장면 같은 것도 나와요. 물론 그 사이 대화 속에 정보가 조금 들어가기는 해요. 이덕은 여사가 강용수를 추적하고 있었구나, 추측하게 하는 정보가 들어가기도 하지만 다른 한편으로는 식당에 들어가서 매운 요리를 먹고 어쩌고 한단 말이에요. 매운맛에 대한 반응 같은 것들을 슬그머니 집어넣었단 말이죠. 그러면 이게 과연 필요한가, 필요하지 않은가.

살아 있는 인물이라면 이런저런 짓을 하고 돌아다닌다, 가 맞는 것 같아요. 그렇게 해서 그림자를 가진 입체적인 인물이 뚜렷하게 제 존재를 자리 잡는 거죠. 미란이는 손씨를, 바보 손씨를 보자마자 생각해요. 내가 지금 사생아를 가졌는데 저 인간이라도 우리 집에 데리고 가서 결혼 허락을 맡아야 친정의 맛난 음식, 교군의 음식을 먹겠지. 입덧이 시작되어 식탐이 오른 상황이라 욕망에 충실해졌거든요. 그런데 미란이가 새엄마한테 그렇게라도 해봐야 되겠다고 결심을 하도록 촉발하는 계기가 있어요. 바로 버스차장 여자애와 손씨 둘이서 라면 끓여 먹는 걸 보고 약이 올라서 반편이 손씨가 괜찮아 보였던 거예요. 가난하고 모자란 남자인 손씨가 집에서 혼자 꽁치나 구워 먹고 있으면 별로일 수도 있는데 다른 여자애가 꼬리치는 걸 보니까 미란이 마음에 저 남자를 취하고 싶다는 욕구가 드는 거죠. 그래서 그 에피소드는 필요했어요. 이처럼 하나하나 에피소드들을 건져낼 때 작가는 과연 어떤 장면은 버리고 어떤 장면은 살릴까 선택해야 하는데요. 이때 중요한 것은 이야기의 전체 흐름도 중요하지만 인물이 살아 있는 것처럼 움직이는 장면이 있으면 살려주자는 거예요.

그러니까 작가의 개입 여부에서 중요한 것은, 작가가 처음에 생각했던 전체 이야기보다 살아 있는 인물들에 더 우선을 둔다는 말이네요.

명지현 소설론을 살펴보면 작가의 개입이라는 용어가 있죠. 이를테면 이런 지문이 있어요. 누구는 그를 경멸하는 눈으로 바라보았다, 이러면서 행동이 나온단 말이에요. 경멸하는 눈이 찌그러지면서 째려보기 시작했다. 그는 그를 싫어하는 것이다. 이때 싫어하는 것이다, 가 들어가면 작가의 개입인 거죠. 경멸하는 눈빛 그 자체면 보여주기인데 그는 그의 추함을 싫어하는 것이다, 하면 이 대목 때문에 작가의 개입이 되는 거죠. 예전 고전소설에서는 그런 대목들이 흔하죠. 굉장히 많은 편이에요. 그러나 현대소설에서는 그게 들어가면 촌스럽다, 그냥 인물의 행동 자체를 보여주는 게 좋다, 는 것은 기본적인 것이죠. 또 도덕적으로 판단하지 말라고요. 작가가 개입하지 않고 장면이 슥슥슥슥 지나가면 읽는 사람마다 다른 방식으로 받아 해석하거나 받아들이게 되잖아요.

그런데 어느 선에서는 작가가 개입해야 된다는 견해도 있어요. 이를 테면 헨리 제임스나 버지니아 울프가 의식의 흐름이라고 해서 마치 자기가 혼잣말하듯 이야기하잖아요. 요새 일인칭 소설들을 많이 쓰잖아요. 왜냐하면 일인칭이 쓰기 참 편하거든요. 자기 내면에서 일어나는 독백을 하더라도 주인공이 이런 저런 행동을 하고 판단을 하는 이유가 이미 내면을 통해서 쉽게 드러나기 때문에 일인칭은 쓰기 편해요. 그러나 매력 없는 부분도 있어요. 전통적인 소설이라고 하면 삼인칭으로 인물의 이러저러한 행동만 계속 보여주는 거죠. 그는 화가 났다, 라고 말을 하는 게 아니라 그가 화가 난 행동, 이를테면 그는 그릇을 다 깨부수기 시작했고 갑자기 옷을 쥐어뜯으면서 발로 유리문을 걷어찼다, 이런 행동을 통해서 그가 화가 났구나 하고 독자가 알아차릴 수 있게 하는 것과 그는 충분히 화가 남으로써 행동을 개시하기 시작했다라고 작가가 개입해서 들려주는 것은 완전히 다릅니다.

저도 어느 부분에서는 작가가 개입하는 대목이 있어요. 예를 들어 미란이와 손 서방은 둘이 교군에 들어가서 애를 가져서 신혼을 즐겼는데 걸핏하면 거지같은 밀어를 속삭였다, 이런 대목이 있어요. '거지같다'라는 것은 작가가 판단하는 거죠. 물론 이덕은 여사 관점에서 서술했다면 이덕은 여사가 보기에 거지같은 밀어일 수도 있는 거죠. 이 균형을 살짝 맞춰가면서 슬그머니 개입하는 거죠. 이 소설의 인물들은 지극히 현실적이에요. 미란이라는 인물은 가수가 되겠다고 집안 재산 다 가지고 나가서 결국 이용만 당하고 몸도 버리고 만신창이가 된 인물이에요. 부잣집 딸이었는데 만신창이가 되어버렸죠. 그런데 이제 임신을 해버린 거예요. 임신해서 고향집인 교군으로 돌아가면 아버지가 안 받아줄 것 같은 거죠. 미란이는 백치미인데 자기 딴에는 머리를 써 아무라도 데리고 가서 결혼했다고 하면 아빠, 엄마가 날 받아주겠지. 어떻게 보면 미란이는 이 얄팍한 수 때문에 인생이 망가졌죠. 그 뒤 미란은 손씨를 데리고 교군으로 갑니다. 저도 처음에는 미란이가 꾀를 냈구나, 진심이 없는 텅 빈 관계로 맺어졌다고 생각했어요. 그런데 손씨와 혼사를 치르고 교군에서 살아보니, 실제로 자기가 했던 그런 성생활에서는 수치스럽기만 했는데 정작 이 얼치기 바보 남자와는 진실한 교감이 가능했던 거죠. 교군에서 미란이가 손씨와 지내는 시간은 정말 행복했어요. 저도 모르게 그렇게 쓰게 되더군요.

우리가 머리로 아무리 생각해도 몸으로 작전을 짰어도 실제 그게 됐을 때는 전혀 다르게 돼버리더라고요. 생은 예측불허라서 저 역시 보물찾기 같은 느낌이 들었었거든요. 아마 작가가 인물들을 장악하지 않고, 설령 개입하더라도 작가의 개입을 최소한으로 줄이고 인물들을 실컷 인물답게 살게 했기 때문이 아니었나, 생각합니다.

중국의 작가 위화라고 있잖아요. 그분이 《내게는 이름이 없다》라는 소설집 서문에 그런 말을 썼더라고요. 인물이 만들어지고 시간이 지나지면 자기들이 알아서 살아서 움직이게 된다. 그 글을 처음 읽었을 당시엔 허세를 떤다고 생각했어요. 작품이란 작가가 쓰는 거지, 무슨 소리를 하는 거야? 그런데 맞아요. 작품을 오래 붙들고 있고 늘 그것만 생각하다보니 아까 말했듯이 인물들의 행동을 보고 앉았더라니까요. 자기들이 살아 움직이면서 이야기를 만들어요. 마당에서 둘이 이런저런 대화를 나누는 그런 장면이 슥 떠오르면 아하, 이게 인물들이 자기들이 살아서 움직이는 거구나, 라고 이제 알아들은 거예요. 제각각의 성격대로 말하고 정해진 성격대로 행동하고.

당신과 이야기하다보니, 소설이나 애 키우는 거나 똑같다는 생각이 드는군요. 우리는 자녀가 잘못하고 오면 야, 너 왜 이거 그렇게 했어? 지적하기는 쉬운데 얘가 지금 잘못하는 걸 뻔히 알면서도 꾹 참고 지켜보는 건 사실 쉽지 않잖아요. 그런데 정말 소설 속에서 생생한 인물을 그려내고 또 이게 진짜 우리 삶이라는 느낌이 드는 소설을 쓰려면, 인물들이 진짜 잘 놀 수 있게끔 작가가 지켜봐주는 그런 시간이 필요하네요. 이제 서사구조에 대해서 잠깐 이야기 나눠볼까요? 저는 이 소설의 서사구조가 굉장히 튼튼하다고 느꼈습니다. 이렇게 튼튼한 서사구조를 어떻게 짰나요?

명지현 미란이를 일인칭으로 할까. 그러니까 김이 일인칭, 각기 일인칭으로 해서 진술을 할까, 아니면 그냥 삼인칭으로 할까 고민했어요. 삼인칭으로 해도 어쨌든 진술자 시점을 고정시켜놓기는 했죠. 진술자 시점은 미란이죠. 누가 제 소설에 대해서 어디에 발표한 글을 보니, 주파수를 달리하면서도 그 흡인력을 끌고 갈 수 있었던 이유는 이야기가 계속 진행되면서 맞물려가기 때문이다, 라고 표현하더라고요. 연결되어 있다는 거죠. 결국 이 이야기 중심축이 미란의 죽음이라는 것으로 교군으로 연결되어 있는 거죠. 사실 이야기 앞부분에 어떤 무늬를, 양념을 조금씩 집어넣었어요. 흩어놨죠. 이를테면 자동차, 미란의 노래가 든 레코드, 교군의 손님들 기록, 이 여사의 기록, 강용수의 사인, 글씨체. 이런 것들이 이야기가 흐르면서 아, 그게 중요한 실마리였구나, 하고 풀리는, 힌트처럼 몇 가지 던져놓은 것들이 뒤로 가서 풀리고 사방에 흩어져 있고 그렇죠. 어떤 독자분이 그러더라고요. 소설이 자꾸 얘기를 한대요. 읽어라, 읽어라, 빨리 읽어라, 안 궁금하냐, 뒤를 봐야지. 이렇게 독자를 힘들게 해서 손에서 놓을 수가 없게 만들어서 순간 막 이렇게 됐다고 하는 거, 그게 바로 소소한 장치의 힘인 것 같아요.

그러니까 이렇게 눈에 띄지 않는 장치들을 도입부에서부터 촘촘히 만들어놓은 거군요?

명지현 네, 이렇게 장치들을 눈에 띄지 않게 흩어놓을 수 있었던 이유는 아까 말씀드렸듯이 이거 쓰고 저거 쓰고 계속 쓰다보니까 여기서는 이것이, 저기서는 저것이 넣어지고, 넣어지면서 진행되었던 거죠.

당신 설명을 듣고 나니, 막 웃음이 나는 거 있죠? 《교군의 맛》을 읽다보면 진짜 교묘하게 복선과 암시를 깔아놓았고 군데군데 단서들도 멋지게 심어놓은 거예요. 그러니까 우리가 이 작품만 놓고 보면 명지현이라는 작가는 정말 머리가 좋은가봐, 그런 생각을 하게 되거든요. 그런데 실제로는 그게 아니라 4천 매를 무식하게 쓰고 나서 쓰고 또 쓰고 하다보니까 이렇게 됐다, 라는 얘기잖아요? 정말 이게 엉덩이와 허리와 손의 힘이다, 라는 느낌이 듭니다. 지금까지 단서, 장치 이런 얘기를 해주셨는데요, 저는 이 소설이 삼대의 이야기임에도 낡았다, 예전 얘기다, 우리하고는 상관없는 이야기다, 라는 느낌을 전혀 받지 못했어요. 아마도 미란의 죽음이라는 연결고리로 삼대의 이야기가 자연스레 연결이 되었기 때문이겠죠. 또 아주 자연스럽게 삼대를 연결해주는 것이 있는데 바로 이덕은 여사가 피는 섞이지 않았지만 어쨌든 자신의 외손녀인 김이를 교군으로 불러들이는 거예요. 이때 이덕은 여사가 김이를 불러들이는 이유가 바로 자료정리 때문이었어요. 이 교군이 오랫동안 요릿집을 하면서 음식 자료들이 많은데 남한테는 못 맡긴다, 네가 자료정리를 해라, 그러면서 이덕은 여사가 김이한테 자료정리를 맡겼기 때문에 김이가 교군의 역사와 이곳에서 오랫동안 벌어졌던 일들에 대해 자연스럽게 독자에게 보여줄 수 있었잖아요. 이런 의미에서 '자료정리'는 정말 훌륭한 장치였어요. 이 '자료정리'야말로 삼대를 연결해주는 아주 훌륭한 장치로서 작용을 했거든요. 대체 '자료정리'라는 장치는 어떻게 생각해낸 겁니까?

명지현 쓰는 것에 대한 매력, 기록 그리고 정돈 이런 것을 굉장히 중요하게 여기는 편이라서요. 첫 장편도 기록에 대한 이야기라서 노트라는 말이 제목에 들어갑니다. 우리나라는 기록문화가 덜 발달됐어요. 각 집안의 족보나 행적기록, 일기 이런 거에 조금 소홀히 하는 편이죠. 그런데 저는 그것이 참 중요하다고 생각해요. 앞으로도 관심을 가질 거고요, 다음 장편에도 기록에 대한 얘기가 또 들어가요.

당신의 다음 장편소설이 벌써부터 기대됩니다. 그런데 말이에요, 소설에서 겉으로는 어떤 관계라든가 우정이라든가 이런 보편적인 얘기를 하고 있지만 그 보편적인 얘기만 가지고는 사실 아주 특별한, 맛깔난 얘기를 만들어낼 수 없다, 개인의 내력이나 특별한 것이 거기에 더 더해져야 한다, 이런 얘기들 많이 하잖아요. 소설에 있어서의 보편성과 특별함에 대해서 어떻게 생각합니까?

명지현 보편성이라는 것은 인간이라면 누구나 평등하게 갖고 있는 부분을 말하죠. 이 사회는 왜? 인간의 본질은 왜? 이처럼 인간의 본질, 인간의 문제, 인간의 철학, 인간이 가지고 있는 현대사회의 문제, 문제의식이죠, 결국은. 문제제기를 하는 거죠, 소설을 통해서. 그게 들어 있지 않으면 문학이 아니지 않나, 이런 생각을 하고 있거든요. 만약 어떤 작가가 어떤 문제에 대해서 글을 쓴다고 하면, 그 글을 쓰는 작가는 그에 관해 누구보다 날 선 문제의식을 가지고 있어야 해요. 사회적 문제의식을 가지고 시대를 읽어야 한다고 생각해요. 그것이 작가의 역할이고 작가의 의무지요. 특별한 것은 보다 내밀하게 좁혀진, 누구나 흔히 알 수 없는 고유의 것을 다루는 것이죠. 우리가 흔히 알 수 없는 것이고 낯설기 때문에 흥미가 생기는 것이죠. 제 소설에서는 특별한 음식 이야기, 이를테면 매운맛, 매운맛도 그냥 매운맛이 아닌 독에 가까운 죽음을 염두에 둔 맛이라는 장치를 통해 특별함을 부과한 것이죠. 평범한 것과 독특한 것이 함께 들어 있을 때 소설의 매력이 돋보여지는 것 같아요.

보편적인 것과 특수한 것. 사람한테는 다 보편성과 특수성이 있잖아요. 사회도 마찬가지죠. 예를 들어 지금 특강에서 학생들과 공부하고 얘기를 나누는 것. 이런 특강은 근대에는 없었어요. 현대사회에서 가능한 거죠. 첨단 방식의 커뮤니케이션이죠. 이런 풍경들, 새로운 풍경들. 앞으로 미래는 이런 게 더 많아지지 않을까, 하는 상상을 해보고 현재의 우리 사회가 직면한 문제는 다양하게 많잖아요. 어떤 작품을 그릴 때 내 작품의 의미, 그것이 어떻게 파생될 것인가에 대해서 먼저 기본적인 개념이 있어야 하는 것 같아요.

학교 얘기를 했는데요, 학교에 대해 우리가 보편적으로 갖고 있는 이미지들이 있죠. 그러나 이 학교라는 개념도 조금 자세히 살펴보면 온라인 특강과 같은 조금 특별한 풍경도 있어요. 그러면 《교군의 맛》에서 보편적인 것과 특별한 것은 무엇이었나요?

명지현 《교군의 맛》에서 보편적인 것은 인간은 먹는다는 거예요. 인간에게는 먹는 욕구가 있다는 것과 인간은 죽는다는 것. 사실 인간은 다 죽죠. 소설이라는 것은 '죽은 자의 이야기다. 죽은 자를 애도하는 이야기다'라는 얘기를 하지요. 특별한 것이라면 이 교군의 맛에서는 먹는다는 행위 그리고 또 죽는다는 것이 또 특별한 것이었어요.

먹고 죽는 것, 보편적인 거죠. 그런데 《교군의 맛》에서는 먹는다는 것은 예를 들어 교군의 맛, 그다음에 특별한 매운맛, 그 맛이 특별한 거죠. 죽음도 여러 가지 죽음이 있지만 미란의 죽음이 있고, 강용수의 죽음이 있어요. 그러면 이러한 보편적인 것, 먹는 것하고 죽는다는 것. 이것을 가지고《교군의 맛》이라는 이야기로 만들어내기 위해서는 특별한 것들이 있어야 하죠. 그중에서도 가장 중심에 둔 것, 실은 특별한 것이라기보다는 나는 이 소설이 대결하는 대상은 체제라고 생각했어요. 우리 사회라는 체제. 위압적인 것들. 인간성을 침범하는 것들. 소설 중간에 보면 이덕은 여사가 김이한테 회사 비리를 고발해서 오히려 고발자로서 쫓겨난 것에 대해서 투덜투덜하는 부분이 있어요. 이덕은 여사는 친할머니는 아니지만 김이를 격려한단 말이죠. 이덕은 여사는 김이에게 좀 더 잘 싸우라고 충고하면서 우리 머리 밟고 있는 놈들, 옛날부터 우리를 착취하는 놈들, 얼굴은 다르고 이름은 달라도 원래는 다 똑같은 놈들이다, 원래 그놈이 우리를 착취하고 우리가 우리 머리 밟힌 것을 우리 탓으로 만들게 하는 거다, 우리가 왜 그놈들한테 잘 보이려고 계속 뼈 빠지게 바치고 있냐. 내가 김이 너를 왜 그리 지극정성으로 잘 먹이는 줄 아느냐. 나가면 잘 싸우라고 이렇게 잘 먹이지, 괜히 잘 먹이는 줄 아느냐. 이덕은 여사의 이 말이 저는 핵심이라고 생각해요. 먹는 게 쾌락이고 어쩌고저쩌고가 아니라 너를 착취하는 자들의 얼굴을 똑바로 봐라, 나가서 잘 싸우라고 이덕은 여사가 계속해서 먹이는 거다. 우리에게는 가장 절실한 동력이 있고 내가 살아 있다면 나의 삶을 위해 노력한다.

《교군의 맛》에 그런 얘기가 있거든요. 맵고 짠맛은 아주 천박한 거라 가난뱅이들이 즐기는 맛이다. 그런데 이런 매운 동력이 없으면 우리가 인생 무슨 재미로 살겠느냐.

《교군의 맛》 후기에도 넣었는데요. 요리가 발달하는 시기가 있대요. 어떤 나라든 요리가 발달한 시기를 보면 항상 독재의 압제가 아주 강건할 때 요리가 발달했대요. 매운맛이 기승을 떨 때가 있는데, 삶이 어려울 때 사람들이 매운 걸 찾는대요. 요새 그렇잖아요. 삶이 그만큼 척박한 거죠. 사람이 자기 기승스러움을 불로 더 일으켜서요. 우리 그렇잖아요. 외롭고 힘들기만 하면 집에 가서 드라마 보면서 맵게 비벼 먹고 소주 한 잔 마시면서 풀고 그런 것 있잖아요. 그 심기는 뭘까, 생각했어요. 우리 모두 기운내야 돼요, 지금! 다들 사는 게 굉장히 힘들고 되는 일이 없잖아요. 소설 앞부분에 김이가 그런 얘기를 해요. 원래 엄마가 항상 자기 새끼 챙겨주는 음식에는 엄마의 성분이 항상 들어 있는 거다. 그런데 엄마가 없는 김이는 자기를 위해서 만들어주는 요리사의 등짝이 정말 그립고 그게 사랑스러움이거든요. 그런 감정을 김이가 교군에 가서 느끼는 것은 음식도 맛있지만 지글지글 자글자글하니까 마음이 풍요로워지는 거예요. 그것처럼 소설의 가장 중심이 되는 보편성이 먹고 죽는 것이라고 하면 특수성은 매운 거라고 했는데 그것은 활기라는 말과 같은 뜻이 되겠죠. 활기, 살아가는 데 필요한 생생한 동력이요.

갑자기 뭉클합니다. 《교군의 맛》이라는 제목의 상징을 조금은 알 것도 같습니다. 이 소설은 제목도 굉장히 상징적이지만 등장인물들의 이름 역시 상징적입니다. 이 소설에 손김이가 나오잖아요. 이 인물의 이름이 왜 손김이가 되냐면 엄마가 미란인데 미란이가 고향집에 데리고 온 남자, 김이를 키워준 남자가 손가예요. 그런데 실제로 미란이 김가, 이가하고 셋이서 같이 잠

을 자고 그랬던 거예요. 그러다보니까 사실은 김이가 김가 딸인지 이가 딸인지 모른다는 거예요. 김가, 이가, 김가 하다가 김이가 되어버렸어요. 김이의 성은 미란의 남편인 손가의 성을 따서 손김이가 된 거죠. 등장인물의 이름으로는 정말 최고의 이름인 것 같아요, 손김이. 최근에 읽은 소설 중에 이렇게 훌륭한 이름이 없는 것 같아요. 손김이라는 이 이름만으로 이 인물이 다 설명이 되거든요. 소설에 그런 대목이 있어요. '그 어린아이가 아직까지 내 안에 있는 한 나는 철갑무장을 하고 있어요.' 철갑무장을 하는 그런 장면이 나오잖아요. 이 손김이라는 이름의 뜻을 아는 순간 다 설명이 되어버리거든요.

제목이나 등장인물의 이름을 명지현 작가는 정말 잘 정하는 것 같아요? 소설의 제목을 정하거나 등장인물의 이름을 정할 때 당신만의 특별한 방식이 있나요?

명지현 의미가 있는 이름을 선호하는 편이죠. 제목은 현대적이어야 돼요. 세련되어야 하고 함축적이어야 하죠. 이를테면 19세기 영국 때는《몰 폴랜더스》나《엠마》이런 식으로 등장인물의 이름을 많이 넣었다가 그다음으로는 의식을 핵심으로 삼아《나사의 회전》《전락》이런 식으로 제목을 지었지요. 명사인데 둥 떠 있는 개념을 갖다가 요새는 갑자기 서술형으로 길게 제목이 나오고 있죠. 잭 케루악의《길 위에서》같은 것도 그렇잖아요. 제목이 바로 소설 그 자체니까 즉각 이해가 되죠. 그런 식으로 제목을 잘 다는 작가들이 있더라고요. 사실 제목 정하는 것도 감각이 필요한 것 같아요. 많이 읽어야 되고요.

당신도 제목을 잘 정하는 작가 중 한 명인 것 같아요.

명지현 동의하기는 어렵지만, 노력 중입니다. 장편은 목차를 그냥 쿨하게 1, 2, 3, 4, 5, 6, 7, 8 이렇게 정하기도 있지만 소제목을 붙이는 경우도 있죠. 저는 소제목 붙이는 데 도움을 받으려고 다른 작가들의 소제목을 살펴보곤 해요. 보통은 읽기 바빠서 소제목은 염두에 안 두지만 책을 쓸 때는 서가에 든 책을 훑어보면서 매력적인 제목을 찾아보곤 하죠. 하여튼 쥐어짤 수 있는 한 쥐어짜야 돼요. 다른 것 같으면 여럿이서 힘 합해서 하는 거지만 소설을 쓰는 작업은 전적으로 내가 책임을 지고 내 이름을 걸고 하는 것이기 때문에 내가 머리를 쥐어짜고 나 혼자서 맨땅에 헤딩하는 겁니다. 정말 힘든 일이죠, 작가라는 건.

당신과 이야기하다보니 물어보고 싶은 것이 자꾸 생기네요. 묻고 싶은 것은 너무 많지만 도입부에 대해 다시 한 번 묻겠습니다. 《교군의 맛》의 도입부는 미란이 살해당하는 서스펜스로 시작합니다. 그런데 대부분의 탐정소설, 추리소설 같은 경우는 처음에 살인사건이 일어나요. 그런데 결말은 범인이 밝혀지면서 끝나죠. 그러나 이 소설은 서두는 미란의 죽음으로 시작해서 결말은 손김이와 손김이가 사랑하는 가지와의 사랑의 행위로 끝을 맺습니다. 다시 말해 우리에게 익숙한 탐정소설의 서두와 결말과는 전혀 다르죠. 이 소설의 서두와 결말에 대해서 얘기해주세요.

명지현 사람들이 책을 고를 때 표지가 마음에 들면 고른대요. 그리고 두 번째는 목차를 좀 보고 첫 장면이 어떻게 나를 사로잡느냐에 따라 책의 구입뿐만 아니라 더 읽을 것인가, 말 것인가를 결정한다고 해요. 어떤 사람은 맨 뒤를 본대요. 어떻게 끝나나. 추리소설이 아닌데도 맨 뒤를 본다는 거예요. 여러분들도 장편 쓸 때, 제일 광나는 건 앞에 보내세요. 서두는 사실 여러 번 고치거든요. 뉴스도 톱뉴스, 가장 핵심이 되는 것, 하이라이트에 헤드라인 깔잖아요. 신문도 마찬가지죠. 제일 이슈가 되는 것을 제일 앞에 놓는 것처럼 처음엔 무조건 아끼지 마세요. 어떤 얘기든지 아끼지 말고 처음에 놓으세요. 문장, 문단이라는 것을 형성할 때 저는 도치법을 많이 사용합니다. 가장 흥미로운 부분을 앞에 던져놓는 거예요. 걔 이혼했대. 그러면 어머 누가? 궁금해하잖아요.

무슨 말인지 알겠어요.

명지현 그러면 그다음에 바람났대. 그러면 아니, 누가? 그렇게 물어도 정답부터 주는 게 아니라 숙려기간을 거쳤는데도 잘 안 됐나봐. 결국 이혼했어. 이거 듣는 사람은 감질이 나죠. 뭐가 어떻게 됐는데? 이런 식으로 상대방의 흥미를 완전히 내 페이스로 끌어오면서 조금씩, 조금씩 가르쳐줘요. 그런데 이런 식이 아니라 우리가 아는 누구 있잖아. 그 사람이 바람이 나서 이혼했대. 이런 식으로 이야기하면 재미없어요. 소설도 서두에 미끼를 던져야 한다고 생각합니다. 전체를 아우르는 질문이 들어 있는 문장이 앞부분에 들어가야 글쓰기도 편하더라고요. 마르케스의 장편 《백 년 동안의 고독》의 첫 문장이 대략 이렇죠. "오랜 세월이 흐른 뒤 총살대 앞에 섰을 때 브엔디아 대령은 어린 시절의 오후를 생각했을 것이다." 그 뒤로는 총살당하게 될 대령의 어린 시절이 장황하게 펼쳐지는 거죠. 이런 전개는 독자의 마음을 장악해요. 이 사람이 왜 이렇게 된 거지? 하면서 등장인물의 서

글픈 운명을 머릿속에 담아놓죠. 그러면 그 어린 시절의 화려한 모든 순한 이야기들이 진행이 될수록 읽는 사람은 마음이 아픈 거죠. 불행한 결말을 염두에 두고 보는 풍경이란 남다른 거잖아요. 어떤 중대한 일이 있었기에 이렇게 되었는데 자, 이제부터 잘 보시라. 이런 식의 전개인데요.

소설은 독자와의 미묘한 심리싸움을 계속해나가는 작업이네요. 그렇다면 결말은 어떻게?

명지현 결말은 김이와 가지라는 두 주인공이 사랑으로 맺어진다기보다는 실은 난장이에요. 화려하고 왁자지껄한 한바탕의 난장. 《교군의 맛》의 난장이 뭐냐 하면, 교군에서는 봄마다 생산자들 불러서 초빙행사를 해요. 봄마다 교구 내의 음식 재료들을 납품해주는 사람들, 전국 각지에 있는 분들을 초빙해서 매년 실컷 먹이죠. 실컷 먹인다는 점이 참 중요하게 생각이 되는 게 생산자분들의 의식이 사실은 모든 것을 좌지우지하는 거예요. 요리사가 아닙니다. 재료가 좋아야 돼요, 재료. 그런데 우리는 어떻게 생각하나요? 땅을 다루는 사람들에 대한 개념이나 대접이 그렇지 않잖아요. 이 모든 난장이 가능하도록 해준 것이 생산자 초빙행사와 더불어서 그 안에서 일어나는 일, 다시 말해 이미 지난 일이지만 강용수를 어떻게 했느냐. 죽었는지 살았는지 모르겠는데, 행방불명인데 어쨌든 간에 슬며시 강용수에 대한 이야기를 집어넣어서 아, 앞부분에 그 시골 트럭이 왜 등장했는지 눈치채게 하는 거예요. 아, 그래서 그렇게 트럭 타는 얘기가 가끔 나왔던 거구나. 마지막에 이런 짓을 했기 때문에 트럭이 역할을 했던 거구나. 이런 것들을 풀어주고 우리도 조금 추측을 하게 되는 거죠. 이덕은 여사가 결국 독을 사용한 건가, 안 한 건가, 그런 거죠. 거기서 매운 백김치 얘기는 맵지만 눈 쌓인 시냇물 속에 들어 있는 아주 맑은 것들을 먹게 함으로써 이덕은 여사의 항상 독이 묻어 있는 검은 입술을 깨끗이 지우는 듯한 이미지를 집어넣어주는 거죠. 삶은 즐거움, 쾌락이다, 어차피 살다보면 다 죽는데 일단 먹고 놀자. 느끼게 해주는 거죠. 삶이 독이고 고통이어도 중간중간에 잘 먹잖아요. 대단한 음식이 아닐지라도 한데 모여 왁자지껄하면서 노는 거, 우리네 삶이 그런 거죠. 현재 살아가고 있는 삶의 위대함. 감사할 줄 알고 즐길 줄 아는 그런 삶이요.

이 소설은 죽음에서 시작해 죽음 얘기를 계속하고 있지만 결국 결말에 이르러서는 삶으로 치환되는 그런 소설이어서 의미가 있었던 것 같습니다. 당신이 독자들에게 선사한 그 독하고 매운맛으로 맹맹한 우리네 일상을 채워봤습니다. 아마도 교군의 이 독하고 매운맛은 우리 독자들이 독하고 매운 음식 실컷 배부르게 땀 뻘뻘 흘리면서 먹고 난 뒤에 이거 먹고 나가서, 삶으로 나가서 당당하게 싸우라는 그런 맛일 겁니다.

명지현

1966년 서울에서 태어났다. 2006년 《현대문학》으로 등단했다. 소설집 《이로니, 이디시》 《눈의 황홀》과 장편소설 《정크노트》 《교군의 맛》, 테마소설집 《피크》 《캣 캣 캣》이 있다.

깃발 하나도 제멋대로 세우지 마라

이평재 장편소설 《눈물의 왕》

《눈물의 왕》은 특유의 신화적 상상력을 바탕으로 환상소설의 심미적 가능성을 탐문해 문단에 적지 않은 충격을 안겼던 소설가 이평재의 첫 번째 장편소설이다. 그동안 서양의 신화, 환상, 전설 등을 주로 다뤘던 작가는 이 작품에서 서양 신화적 세계가 아닌 한국적 설화를 끌어들인 동양적인 사후 세계를 그려냈다. 이 때문에 소설 속 작가가 창조한 생령계는 생경한 SF 판타지 세계와는 다른, 낯설지만 푸근한 이미지로 다가온다.

이를 구체화하는 과정에서 작가는 《삼국유사》 중 '비형랑'과 '바리데기' 부분 등을 차용해 문학적 상상력을 발휘했으며 배경도 전설, 민담부터 작품에 등장하는 나무들까지 한국적인 향기를 풍기는 것으로 골랐다.

깃발 하나도 제멋대로 세우지 마라

이평재 장편소설 《눈물의 왕》

우리 삶의 부조리와 부도덕함과 이해할 수 없음을 현실로 담아내기 힘들어질 때, 그 순간 작가인 당신들은 어디로 가는가. 무엇에 담아내는가. 두리번거리다 이평재를 발견했다. 환상과 가상. 존재하지 않으나 묵직하게 존재하는 것들. 이평재가 펼쳐놓은 환상과 가상. 그 속으로 빨려들어가며 소리친다. 당신이 구축한 이 세계는 어디에서 왔나요?

당신은 다른 작가들과는 굉장히 다른 소설세계를 구축하고 있습니다. 특히 장편소설 《눈물의 왕》을 읽어보면 한국에도 이런 소설이 있었나 싶을 만큼 독특합니다. 《눈물의 왕》에서는 바리데기라든가 비형랑이라든가 여희라든가 한국의 신화와 민담을 소설로 재형상화했는데요, 굉장히 공부를 많이 했을 것 같아요. 《눈물의 왕》을 집필하기 전에 그리고 평상시에도 소설을 시작할 때, 어떤 계기가 있어서 소설을 쓰게 되는지, 자료수집이라든가 소설을 어떻게 시작하는지에 대해 좀 말씀해주세요.

이평재　그간에 저의 작품들은 대부분 서양의 신화적 환상 및 전설, 민담 등이 차용되어 있었어요. 그렇게 서양신화를 작품에 녹이다보니까, 언제부터인지 우리나라의 신화와 전설 민담 등을 한 번쯤 다루고 가야 하지 않을까, 하는 생각이 든 겁니다. 스스로와의 어떤 채무감이라고 해야 할까요. 그런 것들이 하고자 하는 이야기와 맞물려 이 작품《눈물의 왕》이 집필된 것입니다.

그리고 저는 평소에도 늘 아이디어 수첩을 가지고 다닙니다. 그러면서 구상을 하거나 앞으로의 소설에 모티프가 되겠다 싶은 것들을 메모해요. 마치 레이더처럼 절로 촉각이 뻗쳐 있는 거죠. 그렇게 거의 매일 메모를 하니까, 한 달만 지나도 상당한 양의 소설거리가 생깁니다. 어떨 때는 거의 100개 이상의 아이디어가 수첩에 적히기도 해요. 어쨌든 저는 한 달에 한 번 그것들을 쭉 훑어봅니다. 그런데 그것을 훑어보고 그냥 막연하게 써야 되겠다, 하고 쓰기 시작하지는 않아요. 그러면 곧 막혀버리지요. 그러기에 아이디어 수첩에 메모된 것들을 추리고 추려 가장 좋겠다는 것을 하나 선택한 뒤, 그것을 끙끙거리며 육화시키는 시간을 갖습니다. 짧게는 하루 이틀, 길게는 한 달도 넘게 걸리지요. 그러고 나서야 감이 잡히면 집중하여 소설을 씁니다. 그러기에 누구나 다 상상하고 유추할 수 있는 이야기가 아닌 독창적인 내용이 나오는 것 같습니다.

그럼 당신은 떠오르는 거라든가 신문기사 읽은 것 등등을 매일 아이디어 수첩에 메모한다는 거군요? 그럼 혹시 아이디어 수첩 적는 요령도 좀 알려줄 수 있을까요?

이평재 '~이라면' 게임을 해요. 이걸 소설로 쓰면 좋겠다 싶은 내용이 포착될 때는 '~이라면' 게임을 하는 거지요. 예컨대, 어떤 기사를 봤을 때 그 기사를 있는 그대로 보는 게 아니라 그 기사에서 어떤 남자가 어떤 일을 벌였다면, 이 사건이 만약 여자라면? 어린아이라면? 할머니라면? 다른 시대의 인물이라면? 사람이 아니라 동물이라면? 물건이라면? 등등 각도를 달리해보는 거죠. 그리고 그로 인해 달라지는 이야기들을 구체적으로, 또 설득력 있게 상상해보는 겁니다. 사실, 이건 저만 가지고 있는 특별한 방식은 아니에요. 아이디어에 관련된 것을 공부한 사람들은 이 게임을 많이 알고 있어요. 다만 실제적으로 이 방식을 사용하려면 몸에 배어 습관화가 되어야 하는데, 그게 어렵지요.

아이디어 수첩에 적는 방법도 똑같습니다. 만약 그것이 신문 기사라면, 일단 그 기사를 그대로 메모하든지, 작게 프린트해 수첩에 붙여놓고 그 위에다 빨간 펜으로 첨삭을 하듯 메모를 하는 겁니다. 해당부분에 동그라미를 친 뒤, ~이라면 게임을 하는 겁니다. 예를 들어 '이 남자가 이 부분에서 집으로 가지 않고 편의점으로 들어가서 물건을 훔쳤다면? 하고 적은 뒤, 그 옆에다 다음에 일어날 수 있는 내용을 상상하여 간략하게 메모를 해놓는 겁니다. 그러고 그것들을 매번 훑어보면서 그때그때 가장 소설로 쓰고 싶은 것을 골라, 구체화하는 작업을 하는 거지요. 기사뿐만 아니라 독특한 직업을 접했을 때도 똑같이 합니다. 그 직업에 대해서 구체적으로 조사를 해 적어놓고, 그 직업의 사람이 이런 상황에 빠졌으면 어떻게 할까, 하고요.

당신 소설 속 등장인물들을 보면, 십대가 나올 때도 있고 이십대가 나올 때도 있는데 정말 깜짝 놀랄 정도로 그 인물이 되어서 그 사람, 그 연령대의 어투라든가를 잘 형상화시킵니다. 아마도 이렇게 아이디어 수첩을 쓰면서 항상

"만약 ~이라면"이라고 그 사람이 되어서 생각해보았기 때문인 것 같네요.

이평재 네, 그렇습니다. 구체적으로 상상하며 소설을 쓰는 과정에서도 중요한 것은 말이 되는 소리를 하는 거지요. 그래야 소설에 있어 가장 중요한 설득력을 얻게 되는 겁니다.

그런데 장편소설 《눈물의 왕》은 특히나 신화라든가 우리의 민담이나 전설을 모르고서는 쓸 수 없는 소설이었거든요. 준비기간이라든가 자료수집에 대한 이야기를 좀 해주세요.

이평재 동양신화는 이 소설을 쓰기 전부터 조금씩 공부가 되어 있었어요. 그리고 이 소설은 거의 2년 정도 틈나는 대로 천천히 즐기면서 집필한 것 같아요. 그러니까 2년 정도는 《삼국유사》라든지 우리나라의 역사, 전설, 민담 등이 실린 상당량의 책을 꼼꼼히 읽으면서, 또 그 외의 것들은 자료수집을 해가면서 썼습니다. 우리나라의 식물에 관한 책도 많이 봤습니다.

《눈물의 왕》은 갑자기 등 뒤에서 누가 불러주듯이 막 쓸 수 있는 소설은 아니에요. 처음부터 많은 제약 조건들을 설치해놨어요. 예를 들면 39쪽에 이런 얘기가 나옵니다. 이 소설의 주인공은 수리인데 이제 수리는 생령계라는 공간으로 갑니다. 그때 수리의 어머니가 이곳이 어떤 곳인지 얘기를 해줍니다. 생령계라는 곳은 모두들 영혼계로 들어가지 못하고 손을 대는 것이 두려워 특별한 경우가 아니면 서로에게 시비를 걸지 않는다, 싸움은 주로 인간계에서 원한이 맺힌 자들이 서로 만났을 때 불꽃처럼 일어난다, 예를 들면 짐승이 자기를 죽인 사냥꾼과 맞닥뜨렸을 때나 사람이 자신이나 부모형제를 죽인 원수를 만났을 때 일어난다, 이런 식으로 이곳의 법칙들을 들려주지요. 이처럼 생령계에는 생령계의 규칙이 있습니다. 그런데 사실 이 생령계의 규칙이란 것도 실은 당신이 만든 거지요. 또 155쪽을 보면 수리가 아파요. 아파서 죽기 직전인데 생령계의 비형랑이라는 인물이 수리에게 자신의 영혼을 나눠줘요. 그래서 수리는 죽지 않습니다. 또 이런 부분도 있어요. "바리데기가 그렇듯 나에 대해 수리에 대해 우려하는 것은 내가 비형으로부터 영혼을 치료받고 있기 때문이다. 비형은 불멸의 육체에 신의 영혼을 가지고 있었다. 하지만 나는 보통 인간 그대로의 육체임에도 비형으로부터 영혼을 치료받는 과정에서 미약하나마 신의 영혼을 얻게 되는 것이었다. 때문에 윤회 사이클을 통해 다시 인간계로 태어난다고 해도 전생의 기억을 고스란히 가지게 되어 있었다." 이런 부분들도 사실은 이 세계의 규칙이거든요. 그리고 이 세계의 규칙을 만든 사람은 실은 작가인 당신인 거죠. 또 《눈물의 왕》에는 생령계라는 곳뿐만 아니라 휴게소라는 공간도 구축되어 있고, 휴게소라는 공간의 규칙들도 있지요. 이처럼 당신은 《눈물의 왕》에서 이 소설 세계에서만 통하는 룰과 규칙과 제약 조건 들을 만들었습니다. 그래서인지 《눈물의 왕》을 읽은 많은 독자들이 죽어본 적도 없는 사람이 어떻게 사후세계를 마치 눈에 본 것처럼 이렇게 묘사해놓을 수가 있을까, 이런 얘기들을 했습니다. 저 역시 《눈물의 왕》을 읽으며 참 궁금했습니다. 사후세계를 경험해본 적도 없을 텐데 어떻게 이런 제약 조건들을 만들었나요? 굉장히 힘들었을 것 같은데요?

이평재 일단 다른 사람들이 이야기한 죽음의 세계와 관련된 자료는 다 찾아봤습니다. 외국의 신화나, 사후세계에 관한 이야기도 다 찾아 정리하면서 소설을 썼어요. 그것을 바탕으로 나름대로 소설의 무대 깔기를 했지요. 수리나 비형랑과 같은 등장인물들이 소설 속에서 마음대로 움직이려면 그럴싸한 배경이 먼저 깔려야 하거든요. 특히 이 작품은 거의 전체가 환상, 가상의 소설이기에 설득력 있는 무대를 구축하지 못하면 실패작이 됩니다. 《눈물의 왕》은 작품의 공간을 잘 구축하면 성공하고, 그렇지 못하면 성공하지 못하는 작품이라는 거지요. 그래서 저는 무엇보다 무대를 구축하는 작업을 치밀하게 했습니다.

그렇지만 이런 무대를 구축한다는 것 자체가 너무 어려운 거죠. 그래서 말인데요, 무대를 구축할 때 어떤 특별한 방법이 있었나요? 예를 들면 정유정 작가의 경우에는 자기는 스케치북 한 권 이상 그림을 그리던가 해야지만 소설을 쓰기 시작할 수 있대요. 《눈물의 왕》의 무대를 구축할 때는 구체적으로 어떻게 했는지요?

이평재 소설가는 농부 같은 작가가 있고 항해사 같은 작가가 있다고 해요. 그런데 저 같은 경우는 완벽하게 후자에 속합니다. 있는 이야기를 그대로 쓴다든지 이야기를 다 짜놓고 쓰는 게 아니라, 써내려 가면서 상상력으로 완성을 시켜나가지요. 그런데 그 상상력이라는 게 그냥 개념 없이 막 튀어나오면 안 되기 때문에 인문학 공부를 많이 하는 편입니다. 상상력이 발아되어 싹이 틔고, 꽃이 피고, 마침내 문학으로까지 열매가 맺히려면 인문학이 뒷받침이 되어야 하거든요. 인문학 공부는 모든 만물을 종합하고 판단하고 분류하는 정신작용의 뿌리니까요. 우리는 직간접 경험을 통해 소설을 씁니다. 그런데 이런 직간접 경험도 통찰력이 있어야 뭐가 뭔지 알면서 이치가 보이고 사유가 생기는 거라고 생각합니다. 바로 그런 통찰력이 인문학을 통해 가능한 것이지요.

게다가, 우리가 소설을 쓴다고 직접적인 경험을 다 할 수는 없잖아요? 그래서 책이나 다른 사람의 이야기를 통해서 간접경험을 하고 있지요. 또한 그것을 소설로 쓰고요. 직접경험은 살면서 얻는 사유가 어느 정도 작용한다지만, 간접경험은 인문학을 통한 통찰력이 없으면 사유를 담아내기가 참 힘들어요. 인문학 공부가 바탕이 되어 통찰력이 생긴다면 사유뿐만 아니라 소설의 무대를 구축하는 것은 저절로 되지 않을까, 하는 생각을 해봅니다.

그러니까 저는 쭉 써내려가면서 완성시키는 타입이라서 미리 그림을 다 그려놓고 소설을 쓰지는 않습니다. 일단 시작한 다음 그때그때 만들어나가요. 이미 공부가 되어 있는 것은 비교적 수월하게 써내려가고, 부족한 부분은 그때그때 자료를 찾아 정리해가면서 써요. 밑그림 없이 그리는 그림이라고 할까요. 물론 큰 그림 한 장은 머릿속에 가지고 있지만요. 에고, 죄송합니다. 바로 앞의 질문에서 어느 정도 답변이 된 듯싶어 조금 포괄적인 이야기를 했네요.

《눈물의 왕》의 제약 조건들을 좀 더 자세히 살펴보면, 영혼들끼리 만나서 싸움이 날 때라든가 비형의 영혼을 나눠 갖는 것, 또 영혼에도 레벨이 있어서 색깔에 따라서 달라지고 이런 조건들이 있습니다. 《눈물의 왕》의 제약 조건들에 대해 설명을 좀 해주세요.

이평재 그런 조건들도 뜬금없이 제가 멋대로 만든 게 아니에요. 영혼에 대한 이야기를 많이 하는 분들의 저서를 읽어보면 공통적으로 비슷하게 되어 있는 부분들이 있어요. 영혼의 레벨이라든지, 색깔이라든지. 그런 부분에 대해 많이 연구한 분들이 봐도 아, 이건 설득력 있다! 해야 되지 않겠어요? 또 그래야 소설이 되기 때문에 그런 자료들에 기반을 두고 보완하여 설정했어요.

그러니까 근거를 바탕으로 만든 제약 조건들이었기 때문에 설득력이 있었던 거군요. 그런데 당신의 설명을 듣고 보니 궁금증이 생기는데요? 사실 사후세계는 우리가 상상하는 거잖아요. 체험해보지는 않았잖아요. 그래서 당신도 《눈물의 왕》을 집필하면서 죽음이라든가 사후세계에 관한 저서를 많이 읽었다고 했는데, 공통적으로 사후세계에 대해서는 뭐라고들 이야기하나요?

이평재 이 부분은 책 속 작가의 말에도 조금 언급한 내용인데요. 사후세계에 관한 저서는 이야기가 두 가지로 나눠집니다. 간단히 말해 서양철학 개념과 동양철학 개념이지요. 서양은 죽으면 끝이라는 타나토스적 의미가 강합니다. 그래서 죽음을 고스란히 슬픔으로 받아들이는데, 반면에 동양은 윤회사상이 있어 죽음이 끝이 아닌 다른 시작이라는 의미로 받아들여져 덜 슬프다는 겁니다.

사실, 이 작품을 쓰기 전에 저의 아버지가 돌아가셨어요. 그리고 작품이 출간되고 얼마 지나지 않아 어머니마저 돌아가셨어요. 아버지가 돌아가시고 무척 슬펐죠. 또한 당시에 어머니도 병상에 있어 저는 어떻게든 죽음과 화해해야 했어요. 그러지 않으면 못 견디겠더라고요. 매일같이 한밤중에 일어나 컥컥 울음을 터뜨렸으니까요. 그랬는데, 언제부터인지 작가라는 말이 무섭게 느껴질 정도로 죽음이라는 화두를 정면으로 돌파하고 있는 저 자신이 느껴졌습니다. 처음엔 당혹스러웠지요. 그런 과정에서 이 소설《눈물의 왕》이 나온 것이고, 《눈물의 왕》을 쓰는 동안 자연스레 아버지의 죽음에 대한 저의 슬픔도 치유된 것이지요. 때문에 막상 어머니가 돌아가셨을 때는 상당히 의연했어요. 육체는 영혼의 옷일 뿐이다, 죽음이라는 것은 영혼이 낡은 옷을 벗고 새 옷으로 갈아입는 것이다, 하고 생각하며 크게 울지도 않았어요.

《눈물의 왕》은 어떻게 보면 당신의 아버지, 어머니의 죽음과도 관련이 있는 작품이었네요. 사실 죽음은 누구도 피해갈 수가 없잖아요. 그러니까 이 작품을 쓰면서 당신은 피하지 않고 정면에서 죽음의 문제를 파헤쳐봤군요. 이럴 땐 정말 글쓰기가, 소설쓰기가 구원의 글쓰기구나, 다시 한 번 깨닫게 됩니다.

이평재 저도 소설을 쓴다는 것이 너무 고맙더라고요, 제가 작가라는 사실도요. 그로 인해 주변의 갑작스런 죽음도 의연하게 받아들이게 되고, 언젠가 다가올 나의 죽음에 대해서도 깊이 생각하게 되더라고요. 제가 만약 병에 걸려서 죽게 된다면, 혹은 어떤 사고로 인해 갑자기 죽게 된다면 제가 그것을 어떻게 받아들일지 대충 그림으로 그려지더라고요.

이제 다시 공간에 대한 이야기로 돌아갈게요. 《눈물의 왕》의 경우에는 작품의 공간을 잘 구축하면 성공하고 그렇지 못하면 성공하지 못하는 작품이다, 또 이 작품은 공간구축이 핵심이었다, 라고 좀 전에 말했는데요, 이 소설에서는 대표적인 공간으로 생령계가 나옵니다. 생령계라는 곳은 어떤 곳인가요?

이평재 24쪽을 보면 이런 부분이 나옵니다. "사람은 죽으면 윤회 사이클로 들어가게 되어 있단다. 그런데 처음부터 윤회 사이클로 들어가는 게 아니고 일단 영혼계로 가서 정화과정을 거쳐야 해. 이곳은 그 영혼계로 가기 전 죽은 자들이 잠시 머무르면서 인간계와 인연을 끊는 생령계란다.”

그러니까 생령계라는 곳은 이승인 인간계와 저승인 영혼계의 중간단계인 곳이네요.

이평재 네, 궁극적으로 인간이었을 때의 연을 끊는 곳이지요.

그런데 생령계에는 비형랑이 있잖아요. 비형랑이 있는 휴게소도 있고요. 또 이 생령계를 살펴보면 자귀나무, 향나무도 있고요. 《눈물의 왕》을 읽다보면 실제로 보지도 않은 곳을 어쩜 이렇게 아름답게 묘사했나, 감탄하게 됩니다. 이처럼 《눈물의 왕》에는 많은 나무와 동물이 등장하는데, 생령계에 있는 동식물이라든가 인물들의 이야기를 해주세요.

이평재 비형랑은 《삼국유사》의 비형랑을 모델로 따온 인물입니다. 인간과 신의 중간존재로 생령계와 인간계를 연결시키는 불멸의 인물입니다. 그리고 물상 해태에서 따온 미르가 나오는데, 미르는 생령계에 존재하는 모든 동물의 왕이라고 할 수 있어요. 아작이나 청하는 영혼의 급이 높아서 조금만 더 참고 자기수양을 하면 인간과 똑같은 영혼계로 들어갈 수 있는 그런 경지에 이른 나무이고요. 그중 청아는 버드나무인데 비형랑을 사랑해요. 다시 말해 나무가 인간을 사랑해요. 그런데 인간을 사랑하면 이 버드나무는 급이 낮아져서 영혼계로 가지 못하죠. 이 버드나무는 그런 안타까운 사연을 가지고 있으며 비형랑과 여희와의 희생적인 사랑 이야기에 큰 역할을 하지요.

145쪽에 보면 이런 장면이 나와요. 비형랑이 여희에게 청아 얘기를 하는 장면이지요. "저 친구는 이곳에서 팔 년째 짝사랑의 열병을 앓고 있다"고요. 사실 저는 처음에 이 문장을 읽으면서 아니 무슨 나무가 짝사랑을 해? 이렇게 생각했어요. 그런데 비형랑은 "지금도 저 친구는 밤마다 울면서 청하에게 사랑을 고백하고 있다"면서 나무와 인간의 사랑을 아무렇지도 않게 들려줍니다. 그랬더니 여희가 비형랑에게 묻지요. "나무와 인간은 영혼을 통해 사랑을 나누나요?" 그러자 비형랑은 이렇게 대답해요. "그뿐이 아니다, 끌어안고 입도 맞추면서 애무도 한다, 때론 서로에게 숨이 막힐 정도로 도취되어 전율하며 하나가 되기도 한다"고요. 그러니까 생령계라는 공간은 비형랑의 말처럼 나무와 인간도 사랑을 할 수 있는 공간인가요?

이평재 네, 그렇게 설정되어 있습니다.

어떻게 이런 아름다운 생각을 하셨어요?

이평재 하하하. 제가 봐도 아름답네요. 구태여 만들어냈다기보다는 제 안에 들어 있는 생각들이 모여 자연스레 이런 장면이 나온 것 같아요. 사실, 저는 동물이니 식물이니, 남자니 여자니, 삶이니 죽음이니, 생물이니, 무생물이니 하는 식으로의 분류를 생래적으로 거부하는 사람인 것 같아요. 그냥 그 모든 것을, 거기다 추상적 개념까지 합쳐 '생명'이라는 큰 의미로 꿰고 있는 모양이에요. 그러기에 인간과 나무라는 물리적 개념보다, 사랑이라는 추상적 개념으로 그들을 엮는 게 더 자연스러웠을 겁니다.

그리고 미르에 대한 부분도 제게는 참 인상적이었습니다. 미르는 용신이지만 평상시에는 해태의 모습으로 다니다가 호수에 가면 비로소 용신으로 변하는데, 미르가 용신으로 변하는 장면이 정말 아름다워요. 또 아작이라는 인물도 나오잖아요, 향나무 아작. 그러면 향나무 아작이라든지 짝사랑도 하고 진짜 인간과 애무도 하고 입맞춤도 하는 나무라든지 용신 미르라든지 이런 생각은 당신 혼자 만들어낸 건가요? 아니면 우리 한국 신화에 근거가 있나요?

이평재 해태나 청용은 한국 신화에 다 근거가 있는 이야기입니다. 하지만 평소에는 해태인 미르가 호수에 가면 용신으로 변하는 것 등의 설정과 장면은 모두 상상력으로 그려낸 겁니다. 버드나무 청아나 그 짝사랑이든지, 향나무 아작이라든지 이런 부분도 신화에는 없는데 제가 우리나라 나무의 생김새나 특징 등을 상세히 공부를 하면서 만들어낸 거죠.

바로 이런 방식이 '낯설게 하기'가 아닐까 생각합니다. 바리데기라든가 비형랑, 실은 많이 들어 알고 있어요. 그런데 《눈물의 왕》에서 이런 식으로 전혀 다르게 설정해놓으니까 우리가 이미 알고 있는 부분과 약간은 다르게 느껴지고 그래서 더 재미가 있는 것 같아요. 이번에는 인간계와 영혼계, 생령계의 징검다리 같은 역할을 해주는 인물인 비형랑이 살고 있는 휴게소라는 곳에 대해 이야기 나눠볼게요. 이 휴게소라는 곳은 대체 어떤 곳인가요?

이평재 44쪽을 보면, 휴게소라는 소제목으로 하여 다음과 같이 적혀 있습니다. "휴게소에는 푸른 깃발이 열두 개가 꽂혀 있었고, 그 깃발에는 이명, 비비, 여설, 기암, 미르 등등 알 수 없는 이름들이 암호처럼 새겨져 있었다. 또한 그 깃발 아래 나뭇가지마다 방울이 달려 있었다. 희한하게 출입구가 보이지 않아 어디로 들어가야 할지 막막한 느낌을 주었다. 어머니는 잠시 서서 깃발에 새겨진 글들을 살펴보았다. 그러다가 '비형랑'이라는 글이 새겨져 있는 깃발 아래로 나를 데리고 갔다." 비형랑의 휴게소로 가기 위한 설득과정으로 설정한 부분이지요. 여기 나오는 12라는 숫자도 십이간지라든지, 동양철학에서는 상당히 많이 쓰이는 숫자예요.

그러니까 휴게소 들어가기 전에 꽂혀 있는 열두 개의 깃발에서의 12라는 숫자가 그냥 나온 게 아니라 동양철학에 근거를 두고 만든 설정이었네요?

이평재 네, 그리고 거기에 나오는 비비, 여설, 기암 이런 이름들도 다 우리나라 신화 속에 나오는 이름들인데요, 신화 속에서는 어느 정도 비형랑과 급이 비슷한 인물이나 물상이에요. 이런 장치를 통해 생령계에도 비형랑의 세계만 있는 것이 아니다, 이런 휴게소가 열두 개나 있다, 다시 말해 비비, 여설, 기암 등등 다른 세계가 펼쳐져 있다, 하는 이야기를 같이 하는 것이지요. 그리고 그 부분의 소설적 장치이기도 해요. 그러기에 뒷부분 동굴 안에서 사라지는 생령들의 묘사가 가능하게 된 겁니다.

죽음, 사후세계, 생령계…… 그냥 아무렇게나 작가 마음대로 작가가 생각나는 대로 여섯 개의 깃발이든 열 개의 깃발이든 멋대로 만든 것이 아니라 열두 개의 깃발처럼 신화에 근거를 두고 환상세계를 구축하신 거네요. 환상세계를 구축할 때는 더 많이 공부를 해야 할 것 같습니다. 그런데 《눈물의 왕》을 읽은 많은 독자분들이 이런 얘기를 하셨어요. 어떻게 가보지도 않은

사후세계를 이렇게 잘 묘사했느냐, 죽음에 대해 많은 생각을 하게 한다. 독자분들이 이런 이야기를 많이 했는데, 저 역시 《눈물의 왕》을 읽고 사후세계에 대한 묘사 때문에 너무 무서웠어요. 《눈물의 왕》 190쪽을 보면, "자연사를 하는 것만큼 중요하고 어려운 일이 없을 거라는 생각을 했다"라는 부분이 있어요. 그다음에 199쪽을 보면 자살한 사람의 얘기가 나옵니다. "자살한 사람에게는 깊은 한이 서려 있다. 자살한 사람은 영혼계로 가도 윤회 사이클로 들어갈 수 없다." 이처럼 이 작품에는 자연사라든가 자살해서 죽은 사람이라든가, 화살에 맞아 죽은 사람이라든가, 죽음의 형태들이 다양하게 나옵니다. 당신이 생각할 때 가장 끔찍한 죽음, 가장 권장하고 싶은 죽음은 어떤 걸까요?

이평재 가장 바람직한 죽음은 아무래도 자연사겠지요. 어떤 자료를 보니까, 엄격히 따져 자연사를 하는 사람이 거의 10% 될까 말까, 이런 내용까지 있었어요. 요즘에는 거의 다 병으로 죽는 경우가 많은데 병으로 죽는다는 것은 이미 자연이 훼손돼 있다는 거죠. 그건 현대인이 거의 다 병에 걸려 고통 속에서 죽는다는 것이고, 참 불행한 일이지요. 그러니 자연사로 죽는다는 것은 스트레스를 받지 않고 사는 삶을 말할 수 있겠지요. 잘 모르겠지만, 그런 삶은 욕심보다는 자기의 본성에 충실한 행복한 삶을 살아야 가능하지 않을까요? 또한 그런 사람들은 굉장히 영혼이 맑을 것 같아요. 그래서 자연사를 하는 것은 그 자체만으로 고귀하다는 생각이 들어요. 그런 죽음이 현대인에게는 얼마나 소중한 것인지, 그런 이야기를 하고 싶었어요. 그런 메시지를 좀 전달해주고 싶었죠.

당신이 《눈물의 왕》에서 자연사, 살해, 자살, 병으로 죽는 등등 여러 다양한 죽음을 보여준 이유가 실은 인간답게 살다 죽어라, 정말 잘 살아야 된다는 이야기를 하기 위해서였네요?

이평재 네, 잘 살아야지 자연사를 한다는 거죠. 이미 정신적으로 물질적으로 자연스러움이 훼손된 이 시대에 너무 원론적인 이야기를 한다고 하면 할 말이 없겠지만.

지금까지 《눈물의 왕》에 대해서 이런저런 이야기 나눠봤는데요, 당신만의 특별한 장편소설 창작론이 있는지 물어보고 싶습니다.

이평재 창작론 쪽으로 얘기를 하자면, 이런 이야기를 들려주고 싶어요. 우리는 보통 소설을 기술적인 측면과 내용적인 측면 두 가지로 나눠 그 완성도를 생각합니다. 기술적인 측면이란 말 그대로 문맥에 맞는 문장 실력이지요. 그리고 내용적인 측면은 스토리와 그 스토리에 담겨 있는 주제나 메시지이지요. 이 두 가지가 어느 정도 갖춰지면 소설이 된다고 여기고 있습니다. 그러나 저는 단지 기술과 내용만 가지고 될까? 하는 생각을 하고 있어요. 시대가 시대이니만큼 눈에 띄어야 하고, 기술과 내용만 있으면 창작의 절대적인 요소인 새롭기가 부족하니까요. 그래서 제 나름대로 방법론적인 측면을 더 추가하여 말씀드리고 싶습니다. 방법론적인 측면은 문체나 구성, 소재 등을 말할 수 있습니다. 그리고 거기에 시대적으로 요구되는 '비주얼'까지 포함하자는 겁니다. 그리고 문체에 대해서 얘기를 하자면 제 생각은 이렇습니다. 예전에는 한 작가가 어떤 특정한 문체로 계속 쓰면 '아, 이거는 누구의 문체구나' 하고 얘기했지만 이제는 그게 꼭 정답은 아니라고요.

제가 소설을 처음 쓰기 시작할 때는 많은 선생님들이 그런 말씀을 하셨어요. 여기 이명랑이라는 이름을 가리고 읽어도 아, 이건 이명랑이구나! 알 수 있을 정도로 나만의 문체를 만들어라. 저는 이런 얘기를 많이 들었는데 당신은 좀 다르게 생각하는 거네요?

이평재 소설이라는 것은 작가가 하고 싶은 이야기를 글로 창작하여 독자에게 가 닿는 작업이라고 생각합니다. 하고 싶은 이야기가 다 다르겠죠. 그런데 어떻게 똑같은 스타일과 문체로 그 모든 이야기를 쓸 수가 있는지 모르겠어요. 너무 답답하고 제한되지 않을까요? 마치 보리나 물방울을 평생 그리는 화가처럼 말이에요. 이야기에 적절하게, 때론 작가의 의도에 맞게 문체에 변화를 주는 것도 글을 쓰는 실력이라고 봅니다. 분명 어떤 이야기는 감각적인 문체와 스타일이, 어떤 이야기는 직설적인 문체와 스타일이 맞는 게 있을 겁니다. 그러니 이제는 문체의 개념이 조금 바뀌어야 되지 않을까 생각합니다.

당신이 생각하는 문체라는 것은 그 작품에 맞는 문체를 만들어라, 그런 말이네요. 그럴 수 있으려면 작가는 끊임없이 변신해야겠네요?

이평재 맞습니다. 변신이라기보다는 끊임없이 갱신해야 하지요. 그것은 창작하는 세계에서는 당연한 일 같아요. 똑같은 걸 계속 찍어내는데 어떻게 새롭다고 할 수 있겠는지요. 또한 시대가 변하고 사람들의 생각도 어제와 오늘이 다르게 변하고 있는데, 그 사람들이 읽는 글을 쓰는 작가가 그대로 머물러 있으면 곤란하지요. 오히려 독자보다 앞선 감각을 가져야 하지 않을까요.
그리고 소설의 구성도 그래요. 예전에는 스토리를 그냥 시간 순서대로 쭉 쓰는 단순한 구성이었잖아요. 그런데 언제부터인가 맨 마지막 장면이 제일 앞으로 오는 과거 회상형 구성이 많이 나왔어요. 조금 더 복잡한 '고리 구성'도 나왔고요. '고리 구성'이라는 것은 카우보이가 말의 목에 걸기 위해 던지는 밧줄 모양을 연상하여 제가 붙인 말인데요, 뒤에 마무리 부분 남겨놓고 첫 장면과 맞물리는 구성을 말합니다. 예를 들면 이런 것입니다. 사랑하는 남자와 방금 이별을 한 여자가 있어요. 그 여자가 혼자 기차를 타고 집으로 돌아가면서, 기차를 타기까지의 남자와의 사연을 시간 순서대로 회상을 하는 겁니다. 그리고 기차에서 내려 집으로 걸어가면서 마무리를 하는 구성이지요. 기차에서 내리는 부분부터가 마무리이지요. 아무튼, 이렇게 소설의 구성도 변화가 있었어요. 작가가 작품을 구상할 때 어떤 구성을 할 것이냐 생각하는 것도 이제는 방법론에 속하는 것 같아요.

그리고 변화된 한 가지를 더 이야기하자면 오래전부터 문학을 이야기할 때 '소재주의'라는 말을 하고 있다는 겁니다. 그리고 비주얼적인 요소를 무시하지 못하고 있다는 겁니다. 반론을 제기할 수 없는 이야기입니다. 사실 주제라는 것은 뻔해요. 사랑, 죽음, 욕망, 부조리, 존재, 본능, 속성 등등. 크게 나눠 이 정도만 나열해도 더 이상 뭐가 있을까 싶어지고, 등등, 하고 말이 막히거든요. 그리고 인간사라는 것이 하늘 아래 새로울 게 없다는 거예요. 그러니 상징과 또는 알레고리로 직조가 되는 소재로 갈 수밖에요. 거기에 이제는 비주얼이 가미되고 있는 겁니다. 소재와 방법론을 통해 새롭기를 보여주면서 주제를 단단하게 구축하여 완성도를 갖췄다면 플러스알파로 요구되는 것이 비주얼이라는 거지요. 문학에 비주얼을 거론하는 것이 조금 위험하기는 하지만요.

그런데 비주얼이라는 것은 보여지는 거잖아요? 비주얼이라는 용어 자체가 무척 신선하게 느껴집니다. 왜냐하면 소설은 글이다, 언어다, 대부분 이렇게 생각하잖아요. 그런데 이렇게 비주얼이라는 얘기를 하니까 소설에서의 비주얼이 뭘까, 의아해지는데요?

이평재 신선하게 느껴진다니 다행입니다. 물론 단순히 비주얼만으로는 문학이 될 수 없습니다. 그러나 지금은 소설가가 '엔터테이너'라는 말에 고개를 끄덕이는 시대입니다. 그러니 이제 비주얼이라는 말의 인식을 조금 달리해야 하지 않을까요? 아무래도 기존엔 '비주얼적'이라는 표현을 써서 가시적이고 부정적의미가 강했지요. 이제는 눈길을 끈다는 긍정적 의미로 해석해야 할 것 같아요. 문제는 완성도 없이 비주얼에만 치우친 작품을 좋다고 평가하고, 신인상과 문학상을 주는 것이겠지요.

어쨌든 긍정적 의미로 본다면 이제 비주얼은 소설작품에서 중요한 요소일 수도 있습니다. 소설은 작가가 하고자 하는 이야기를 글로 형상화하는 작업입니다. 문장 하나하나부터 어떻게, 어떤 방법으로 쓸까? 하는 전략적인 연출이 필요하지요. 문장만 해도 그래요. 너무 똑같은 간격으로 쓰면 지루하고, 절제 없이 미주알고주알 쓰면 지리멸렬하여 읽기 싫지요. 어느 부분은 그저 내용만 전달하듯이 빠르게 지나가고, 어느 부분은 디테일하게 물고 늘어지고, 어느 부분은 한

방을 먹이듯 강하게 치고, 어느 부분은 이런저런 얘기로 변죽을 울리며 맴돌다가는, 그렇게 '쥐었다, 풀었다' 하는 절제의 스킬이 필요하지요. 저는 바로 그런 것도 비주얼이라고 생각합니다. 구성도 마찬가지예요. 효과적으로 전달하는 방법을 찾는 게 구성이잖아요. 그렇다면 비주얼도 방법론에 속한다고 볼 수 있는 건 아닌지요?

예를 들면 강조해야 될 어떤 부분에는 점을 찍는다든가 글자 크기를 좀 크게 한다든가 이런 것도 비주얼적인 것일 수 있겠네요? 이렇게 설명을 듣고 보니까 당신은 그림을 그렸잖아요. 소설창작을 할 때 그림 그리기가 어떤 형태로든 도움이 되나요?

이평재 저는 잘 모르겠는데, 제 작품을 읽은 사람들의 말을 들어보면 독특한 점액질의 색감이 느껴진다고 해요. 아마도 제가 그림을 그렸기에 글도 시각적으로 쓰는 것 같아요. 그래서 비주얼도 부정적 의미를 빼버리고 본래의 의미대로 해석하자는, 시대에 맞게 방법론으로 생각하자는 것일 수도 있어요.

당신은 소설 안에 비주얼적인 요소들도 많이 넣고 실험도 하는데, 그 이유는 이 시대와 또 이 시대가 원하는 것과 상관이 있다는 뜻이군요.

이평재 비주얼적이라는 표현은 부정적 요소가 강한 의미 같아서 어떻게 말씀드려야 할지 모르겠습니다. 하지만 제가 지금까지 이야기한 긍정적 요소인 방법론에 관한 이야기라면 충분히 그렇다고 말할 수 있습니다.

이제 《눈물의 왕》에 등장하는 등장인물들 얘기를 좀 해주세요.

이평재 일단 주인공이고 서술자이기도한 수리가 있습니다. 그리고 수리의 어머니와 아버지, 두 사람은 삼한시대를 근거한 인물입니다. 수리의 아버지는 마한, 변한, 진한 중 한 나라 출신의 약초연구가이고, 수리의 어머니는 옥저 군장의 딸이에요. 그 둘이 사랑을 하게 됩니다. 그런데 옥저에서는 족외혼을 금지하고 있어 온 가족이 평생 쫓기는 신세가 되고, 남자 복장을 하고 도망을 다니던 수리의 어머니가 어느 날 사라져버려요. 그리고 어머니를 찾아다니던 아버지가 실수로 사람을 죽이게 돼요. 그래서 아버지와 수리는 소도라는 공간으로 숨어 들어가게 되죠. 그런데 어느 날, 그곳에서 제천의식이 열렸고, 아버지와 수리는 자귀나무 아래서 그 축제 같은 분위기를 즐겼어요. 그 지점에서 소설의 본 이야기가 시작됩니다. 아버지의 손을 놓친 수리가 자귀나무의 가지를 아버지의 손이라고 생각하며 다시 잡는 장면에서 생령계로 들어가게 되는 거죠. 그렇듯 수리, 아버지, 어머니가 시대를 근거로 만들어진 인물이라면 주인공이나 다름없는 인물 비형은 신화 속에서 그대로 따와 확장시킨 인물입니다.

50쪽에 비형랑이 나오는데 제가 조금 읽어볼게요. "비형은 나와 같은 보통의 생인이 아니었다. 한 나라의 임금이었던 생령과 복숭아꽃처럼 예쁘게 생겨 도화녀라고 불리던 미모의 생인이 맺어져 탄생한 인간이었다. 그러니까 산 자와 죽은 자 사이의 영혼결혼식에 의해서 태어난 인물이었던 것이다. 그런 예사롭지 않은 출생 때문인지 비형은 어린 시절부터 높은 성벽을 단번에 뛰어넘는 등 그 움직임이 남달랐다." 그래서 스무 살부터 도술과 병술도 마

음대로 구사할 수 있고, 스물두 살엔 더 이상 늙지 않는 신선과 같은 능력까지 지니게 되었다는 인물이 비형이잖아요?

이평재 네, 이 소설에서 인간세상과 생령계를 연결하는, 주인공 수리만큼 핵심적인 인물이지요.

이 비형랑은 《삼국유사》에 나오는 인물인가요?

이평재 그렇죠. 《삼국유사》 2권의 기이 제1편, 〈도화녀와 비형랑〉에서 비형랑이란 인물을 그대로 가져와 소설에 맞게 보완하여 설정했습니다. 보완한 부분은 이렇습니다. 51쪽인데요. "아무튼 비형은 귀신들을 소환하여 자유롭게 의사소통을 하고 그들을 지배하여 나라의 정무를 돌본 우리나라 최초의 소환술사이자 초능력자였다. 때문에 생령계의 최고 정령인 바리데기가 그의 능력에 감탄하여 그가 가지고 있는 축지법의 도력을 높여주고, 자신의 일을 돕도록 생령계로 불러들였던 것이다. 그러니까 비형은 생령계와 인간계를 넘나들며 인간계와 생령계의 다리 역할을 하는 아주 특별한 생인이었다."

이렇게 비형을 얘기하고 있자니 여희라는 인물과 바리데기가 떠오르네요. 여희는 비형이 희생적인 숭고한 사랑을 하는 상대 여인입니다. 그리고 그 사이에 비형을 짝사랑하는 버드나무의 청아가 있어요. 아까도 말씀드렸지만 청아는 굉장히 경지가 높은 식물이라서 영혼계로 가면 사람으로 태어날 수 있는 그런 존재죠. 버드나무 가지가 하늘하늘 움직이는 느낌이 매력적으로 묘사되어 여인의 가는 허리를 떠올리게 한다고 독자들이 말합니다. 바리데기는 생령계를 다스리는 으뜸 인물로 사랑을 상징하는 인물입니다.

산 자를 데려간다, 라고 하면 대부분의 사람들은 저승사자를 생각하잖아요. 그런데 당신은 산자를 데려가는 존재를 소설 속에서 안내자라고 표현했습니다. 저승사자가 아니라 안내자라고 표현한 이유가 있나요?

이평재 저승사자라고 하면 아무래도 〈전설의 고향〉 같은 이미지가 떠오르고, 또한 잘못하면 무슨 귀신소설 같아서 안내자라고 표현했습니다. 이것도 현대감각에 맞추자는 의도가 있었지요. 휴게소라는 것도 사실 다른 공간으로 이야기할 수도 있었지만 저승사자를 안내자로 표현한 것과 같은 맥락에서 휴게소라고 했습니다.

맞아요. 휴게소 역시 사실은 저승세계인데 휴게소라고 하니까 무척 신선하게 느껴졌습니다. 어떻게 보면 당신은 소설 속의 안내자나 휴게소와 같은 설정을 통해 독자들에게 은연중에 죽음이나 사후세계가 너무 두렵고 무서운 곳이 아니라 우리가 쉬었다 가는 곳, 우리가 다른 세계로 넘어가는 길이다, 라는 말을 하고 싶었던 것 같아요. 죽음과 사후세계에 대한 이미지를 좀 더 친숙하게 하려는 어떤 장치가 아니었나, 이런 생각이 드는데요?

이평재 네, 그렇습니다, 너무 잘 보셨는데요?

《눈물의 왕》에는 또 어떤 인물들이 나오나요?

이평재 미르가 있어요. 용신으로 생령계 동물의 왕이죠. 우거차비는 실수로 수리를 생령계로 끌어들인 뒤 그 실수를 만회하기 위해 악행을 저지르는 안내자입니다. 비형과 대치되는 인물이지요. 그리고 주인공 수리의 소도 시절의 친구인 익비가 나옵니다. 익비는 인간 세상에 있을 때는 너무 존재감이 없이 아프고 힘들었던 인물이에요. 그런데 죽어 생령계로 들어가면서 우거차비의 꾐에 넘어가 무섭게 날뛰는 인물로 변합니다. 존재감이 없던 사람이 환경이 바뀌어 사정이 달라지자 포악해지는 것을 많이 봤어요.

《눈물의 왕》에는 정말 상징적인 인물들이 많이 등장하네요. 그런데 저의 경우에는 특히나 장편소설을 구성할 때는 첫 장면, 마지막 장면을 생각해놓은 뒤에 과연 내 소설을 덮고 났을 때 독자들의 머릿속에 남는 핵심 장면은 뭘까, 생각하는 버릇이 있거든요. 제 첫 소설이 《꽃을 던지고 싶다》였는데 그 소설의 핵심 장면을 저한테 뽑으라고 하면, 저는 아버지가 돌아가시고 난 뒤 아버지가 항상 누워 계셨던 전기장판을 들추어냈더니 거기에 아버지의 전 재산이 있는 거예요. 백 원짜리, 천 원짜리. 그런데 그 돈이 얼마 되지도 않아요. 그 장면이 제가 생각하는 《꽃을 던지고 싶다》의 핵심 장면인데요, 당신이 꼽는 《눈물의 왕》의 핵심 장면은 어떤 장면들인가요?

이평재 서너 개의 장면이 있어요. 그러니까 전략적으로 만들어낸 장면들이죠. 제가 먼저 말씀드렸듯이 '쥐었다, 풀었다' 하면서 강도를 높인 장면들이 있는데 그중 하나가 비형, 여희, 버드나무 청아의 삼각구도 사랑 이야기를 그려놓은 장면입니다. 비형과 여희는 실제 섹스 장면이 있지만 희생적인 사랑이기에 숭고하게, 청아의 사랑은 섹스 장면이 없음에도 매혹적으로 섹시하게 그리려고 했죠.

대부분의 사람들이 생각하는 삼각관계는 불륜이라든가 남자 한 명 놓고 여자 둘이 서로 싸운다든가 이런 것이지만 버드나무와 여희와 비형랑의 사랑은 통속적이지 않은 것 같은데요?

이평재 셋 모두 결국은 희생적인 사랑을 하기 때문이지요. 희생적인 사랑이 사랑 중에 가장 위대한 사랑이라고 하잖아요. 그리고 또 하나의 핵심 장면은 어머니가 생령계를 떠나는 195쪽 '윤회 사이클' 부분이에요. 수리의 어머니가 생령계에서 영혼계로 떠나는 순간을 묘사한 장면인데요. 부분, 부분 읽어드리자면 이렇습니다. "어머니는 신전 앞에서 다른 생령들과 함께 줄을 서 있었다. 표정이 고요했다. 내가 가까이 다가갔는데도 별다른 동요를 보이지 않았다. 말도 걸지 않고 그저 간간히 깊고 그윽한 눈길을 보내기만 했다. 달그림자의 길을 통과하면서 여한이 없게 된 걸까?" "다음은 어머니 차례였다. 비형은 명부차사가 어머니의 이름을 호명하고 뭔가를 읽어 내려가고 있을 때 나에게 속삭였다. 울지도 말고, 슬픈 표정을 짓지도 말고 웃으면서 보내드려야 해. 알았지? 나는 반드시 그래야 한다고 다짐하고 또 다짐했다. 그리고 어머니가 돌아볼 것을 대비해 밝은 미소를 짓고 있었다. 그런데 어머니는 담담한 표정으로 바리데기에게 고개를 한 번 끄덕이더니 그대로 사라져버렸다."

이 장면은 제가 조금 부연 설명을 해야 할 것 같아요. 수리의 어머니는 생령계에서 인간이었을 때의 연을 끊고 영혼계로 가야 됩니다. 그래서 바리데기 앞에 가는데 수리가 비형랑과 함께 어머니의 모습을 지켜봐요. 수리는 자식이니까 어머니가 떠나기 전에 한 번은 뒤돌아보겠지, 라고 생각합니다. 그런데 어머니는 뒤 한 번 돌아보는 법 없이 떠나가버려요. 비형랑은 섭섭해하는 수리에게 어머니는 이제 정말 인간으로서 연을 끊고 좋은 곳으로 가신 것이다, 라고 말해줍니다. 어떻게 보면 수리 어머니는 득도를 한 거잖아요? 이

장면을 읽으면서 이게 바로 삶과 죽음의 경계구나, 다 털어버리고 간다는 건 이런 거구나, 제 가슴에도 그 의미가 사무치게 전해져 오더라고요.

이평재 네, 많은 사람들이 그 부분에서 울컥했다고 하네요. 특히 나이가 있으신 분들이요. 왜 그런지 알 수 있을 것 같아요.

저는 《눈물의 왕》에서 그 부분과 익비와 우거차비 이런 인물들을 보면서 인간은 죽어서도, 저승에 가서도 살아 있을 때처럼 권력을 탐하는구나, 우리는 죽어서도 왜 이러는 걸까, 그런 생각을 했어요. 《눈물의 왕》은 사후세계의 모습을 그리고 있지만 실은 우리의 살아 있을 때의 모습을 잘 드러내주고 있다고 생각했어요.

이평재 그래서 수리를 영혼계로 보내지 않고 생령계로 들어가게 구상한 거예요. 털어버려야 되는데 못 털어버린 사람들이 머무르는 곳으로요. 어른들이 그런 말씀을 하시잖아요. 돌아가셨을 때 너무 통곡하면 영혼이 저승으로 가지 못하고 구천을 떠돈다고. 그런 것들을 다룰 수 있는 어떤 계(공간)를 만든 거죠. 그래야 현실의 인간세상을 이야기하기에 유리할 것 같았어요.

정말 그랬을 것 같아요. 그런데 《눈물의 왕》을 읽다가 저, 정말 깜짝 놀랐거든요. 165쪽에 갑자기 뜬금없이 기부 리플릿이 나오는 거예요. The end 그러더니 이런 뜬금없는 그림이 나와서 유심히 들여다봤죠. 그랬더니 기부를 권장하는 리플릿이지 뭐예요. 소설에 뜬금없이 기부 리플릿을 넣으신 특별한 이유가 있었나요?

이평재 어떤 외국 사이트에서 소개한 책을 봤어요. 그 책에 동물협회를 후원하는 리플릿이 달려 있었어요. 그걸 보고 충격을 받았지요. 그런 리플릿이 책마다 하나씩 달리면 이 세상이 참 좋은 세상이 되겠구나, 생각했어요. 결국 예술이라는 것도, 다시 말해 소설을 쓰는 것도 인류에 기여하고자 하는 게 아니겠어요? 저도 장편을 쓰면 꼭 해봐야겠다고 다짐했고, 이왕이면 리플릿으로만 그치는 게 아니라, 리플릿조차 소설의 일부가 되게 만들어야겠다고 한 단계 더 발전시켜 생각을 한 겁니다. 그리고 실제 소설을 쓰면서 구조적으로 적용한 거지요. 맨 마지막 장면을 읽으면 리플릿도 소설의 일부였다는 걸 느끼실 겁니다.

이 소설을 쓸 당시 티베트 문제가 심각하게 불거졌고, 또 화가나 작가들이 전시회나 문학작품으로 티베트의 해방을 돕는 작업을 꽤 했어요. 저 역시 예전부터 티베트어로 '돕는 이'라는 사이트 〈록빠〉에 가입되어 있었고요. 인세가 10%잖아요? 10%의 1%를 여기에 기부를 해야 되겠다 생각했고, 실제 10%를 기부했습니다.

저는 이 기부 리플릿을 보면서 당신이 말한 비주얼에 대해 생각했어요. 당신이 말한 비주얼이 바로 이런 것이 아닐까 싶어요. 저는 《눈물의 왕》을 다 읽은 뒤에 잘 살아야겠다, 잘 살아서 정말 잘 죽어야지, 라는 생각을 가장 먼저 했어요. 그리고 좀 전에 당신이 사랑의 최고 경지는 희생적 사랑이라는 얘기를 했거든요. 제 생각에는 아마도 이 두 가지가 《눈물의 왕》이라는 소설을 통해 작가가 독자들에게 전달하려고 한 주제인 것 같아요. 그런데 이 기부 리플릿을 보는 순간 구태여 주제를 설명하지 않아도 은연중에 이 소설의 주제가 정확히 표현이 되는 것 같아요. 이런 것이 바로 당신이 말씀하신 비주

얼적인 요소가 아닌가, 그런 생각을 해봤습니다. 그런데 당신은 〈어느 날 크로마뇽인〉이라든가 〈고양이 변주곡〉 같은 단편소설들에서도 그렇고 많은 작품에 환상, 가상, 이런 초현실적인 요소를 넣잖아요. 환상이라든가 가상 그리고 초현실적인 요소가 들어간 문학에 대해서 어떻게 생각하나요?

이평재 우선 이렇게 말씀드리고 싶어요. 나에게 있어 환상문학의 개념은 단순한 장르 판타지보다 앙드레 브르통이 주창한 쉬르리얼리즘이다. 살바도르 달리이며 막스 에른스트이다. 마그리트이며 미로이다. 또한 카프카이고 보르헤스, 마르케스의 작품세계이다. 너무 어려운가요? 쉽게 접근하지요. 세상에는 눈에 보이는 물리적인 것들보다 눈에 보이지 않는 것들이 더 많다는 겁니다. 그래서 미술사나, 문예사조에 초현실주의라는 게 있는 겁니다. 사조로 정립되었다는 것은 이미 거론의 여지가 없는 겁니다. 그런데 우리나라는 참 이상해요. 아직도 환상을 배부른 소리라고 치부하는 문학평론가도 있어요. 그러면 초현실주의는 어떻게 설명할 거냐는 거예요. 더 이상한 것은 이런 초현실적인 것에 대한 거부감이 문학에만 유난히 심해요. 영화나 다른 장르에 대해서는 상당히 열광을 하면서 왜 그러는지 모르겠어요. 저도 초반에는 노골적으로 폄하하는 아주 심한 비평까지 들은 적이 있답니다(웃음).

독자들 자체도 그런 것 같아요. 예를 들면 영화관에 가요. 〈스타워즈〉를 보러 가요. 아니면 3D 애니메이션을 보러 가요. 영화관에 가서 영화를 보거나 TV를 볼 때는 이건 영화야, 이건 만화야, 그러니까 사실이든 아니든 상관없어, 재미만 있으면 돼. 잘 만들어지기만 하면 돼. 관객들 자체가 그런 생각을

하는 것 같아요. 그런데 소설의 경우에는 소설은 삶이다, 라고 생각하기 때문에 환상문학에 대해서는 거부반응을 보이는 분들도 많기는 한 것 같아요.

이평재 환상이나 가상도 실은 현재의 삶을 얘기하고자 하는 것이에요.《구운몽》을 보세요. 환상소설이잖아요. 환상을 통해서 현실을 이야기하고 있는 거예요. 환상이 문학으로 승화되는 지점에 바로 그것임을 우리가 알아야 합니다. 환상을 통해서 우리의 현실을, 우리의 삶을 이야기하는 것. 그렇지 않으면 문학이 아니라 대중소설인 장르 판타지지요. 그런 것을 모르고 소설은 삶이라서 눈에 보이는 이야기만 해야 한다는 것은 참으로 무지한 생각입니다.

아마도 당신의 이런 생각이 고스란히 담겨 있는 작품이《눈물의 왕》이 아닐까 싶습니다. 생령계라는 공간도 가상의 공간이고 인물들 자체도 환상적인 인물들인데 이러한 가상공간과 환상적 인물들을 통해서 결국은 어떻게 살아야 되는가, 우리 삶을 들여다보게 만드는 작품이니까요.

이평재 그리고 그것이 결국 우리의 사랑이다, 까지 저는 얘기를 하고자 한 것입니다.

아마도 이 작품을 읽어본 독자들은 마지막 장을 덮었을 때 다들 저와 똑같은 생각하셨을 거예요. 아, 잘 살아야겠다, 하고요. 또 어떻게 사는 것이 잘 사는 것인가도 생각하게 될 것 같습니다. 그런데 당신이 생각하는 본인의 작품의 재미는 어떤 건가요?

이평재 제 작품의 재미는 독창적인 이야기라고 볼 수 있을 것 같아요. 물론 인문학적 근거를 바탕으로 하고 있지만, 스토리나 내용 자체는 모두 상상력으로 빚어진 거니까요. 예상이나 유추가 빗나가는 에피소드도 재미있을 것 같아요. 습작하는 사람들이라면 방법론 찾기를 해도 좋을 것 같고요. 유기적으로 엮기 위해 장치가 많이 들어갔어요. 시점 처리도 기존의 방식으로만 쓰지는 않았어요. 전혀 다른 시점이 필요할 때, 장면을 어떤 구성으로 엮으면서 시점 변화로 일으켜야 문맥이 자연스럽게 이어지는지도 연구를 하면서 썼거든요. 또 문장도 많은 부분 절제하여 행간에서 의미를 파악하도록 했는데, 그런 행간을 읽는 재미도 쏠쏠하지 않을까 싶어요. 이건 순전히 제 입장에서의 답변입니다만.

아니에요. 소설의 재미에 대해 질문하길 정말 잘했는데요? 소설을 쓰려고 하는 습작생들의 입장에서는 이 소설의 독창적인 부분은 뭘까, 생각해보고 그다음에는 전혀 예상하지 못한 쪽으로 이야기를 어떻게 전개시켰나, 시점은 어떻게 처리했나, 이런 부분에 대해 생각하면서 작가의 작품을 읽어볼 때 단순히 스토리 위주로 소설을 읽을 때와는 전혀 다른 재미를 발견하면서 공부를 할 수 있을 것 같아요.

이평재

특유의 신화적 상상력을 바탕으로 환상소설의 심미적 가능성을 집중적으로 탐문해온 소설가. 1998년 단편소설 〈벽 속의 희망〉이 《동서문학》 신인상에 당선되어 본격적으로 소설가의 길을 걷기 시작했다. 2000년 〈리아논의 새〉로 올해의 좋은 소설, 〈마녀 물고기〉로 2001년 한국일보 문학상 후보 및 동아일보 '문학 뉴웨이브'에 선정되었다. 2007년 〈그린스네이크 동물지〉 외 단편소설 등으로 한국문화예술위원회의 문예창작 기금을 수혜했다. 장편소설 《눈물의 왕》 《엉겅퀴 칸타타》, 소설집으로 《마녀 물고기》 《어느 날, 크로마뇽인으로부터》가 있다. 현재 문학비단길 동인이며 예술서가의 기획자이다.

II

소설의 인물

소설의 인물에 대하여

소설에서의 인물에 대한 정의는 다양하다. 학자마다 다르다. 대표적인 인물에 대한 정의로 치자면 포스터의 '평면적 인물'과 '입체적 인물'을 손꼽을 수 있다. 포스터는 작중인물을 평면적 인물과 입체적 인물로 나눈다. 평면적 인물은 언제든지 등장만 하면 쉽게 알아볼 수 있고, 독자가 나중에도 이들을 쉽게 이해할 수 있다는 이점이 있으며, 누구나 작품이 오래가고 위안처가 되고, 또 그 속의 인물들이 항상 무변無變하기를 바라기 때문에 스스로를 정당화하려고 한다. 반면, 입체적 인물은 얼마든지 비극적인 역할을 하기에 적합하고, 독자들을 감동시켜 유머나 적당한 것을 제외한 어떠한 감정에도 빠져들어가게 할 수 있는 인물이다. 소설 속에서 인물이 입체적 인물인가를 알아보는 것은 그 인물이 믿음직스러운 방법으로 독자를 놀라게 할 수 있나를 알아보는 것이다. 독자를 놀라게 하지 못하면 그는 평면적 인물이다. 믿지 못하게 하면 그는 입체적인 체하는 평면적 존재이다. 입체적 인물은 작품 속에 무궁한 인생을 갖고 있다. 포스터는 평면적인 인물은 원래가 입체적인 인물만큼 훌륭한 존재는 아니며, 그들이 희극적일 때가 가장 훌륭하며 진지하거나 비극적인 평면 인물은 싫증을 나게 하는 존재가 되기 쉽다고 주장한다.[1]

그렇다면 쉽게 싫증나게 만드는 존재로 전락하기 쉬운 이 '평면적 인물'을 '입체적 인물'로 변화하게 만드는 방법은 무엇인가? 소설 창작, 특히 장편소설 창작에 있어서 소설가에게 중요한 문제는 바로 이것이다. 내 소설의 인물을 얼마든지 비극적인 역할을 하기에 적합하고, 독자들을 감동시켜 유머나 적당한 것을 제외한 어떠한 감정에도 빠져들어가게 할 수 있는 인물, 믿음직스러운 방법으로 독자를 놀라게 할 수 있는 인물로 만들 수 있는 방법은 대체 무엇인가? 단언컨대 이 문제에 대해 고민하지 않는 소설가는 단 한 사람도 없다. 그렇다면 대체 어떻게?

인물의 창조자인 소설가는 이 문제를 해결하기 위해 제일 먼저 인물에 성격[character]을 부여한다. 흔히 캐릭터라고 할 때, 이 단어는 인물을 지칭하는 동시에 성격을 뜻한다. 인물은 반드시 성격을 갖는다. 성격이 없는 인물이 등장하는 소설도 있을 수는 있다. 그러나 문학사라는 커다란 벽면을 화려하게 장식한 액자 속에서 지금도 위풍당당하게 독자들을 바라보고 있는 인물들은 모두 성격을 갖고 있다. 그러나 작가지망생들 중에는 등장인물의 나이, 외모, 직업, 성장 과정의 상처 등등에 대해서는 머리를 싸매고 고민하면서도 정작 인물 창조에

1 E. M. 포스터, 《소설의 이해》, 이성호 옮김, 문예출판사, 1993, 76~87쪽.

있어 가장 중요한 성격에 대해서는 등한시하는 경우가 많다.

《탈무드》에 유명한 이야기가 있다. 개구리 한 마리가 우유 단지에 빠졌다. 게으른 개구리는 아무 행동도 하지 않는다. 움직이기 귀찮아 결국 우유에 빠져 죽는다. 같은 상황이지만 먹을 것을 인생에서 가장 중요한 가치로 생각하는 먹보 개구리는 죽을 때 죽더라도 먹고 죽자, 배가 터지도록 우유를 먹고 배 터져 죽는다. 그러나 또 다른 개구리는 우유 단지에 빠지자마자 연못에 두고 온 사랑하는 연인을 떠올린다. 연인을 만나기 위해서라면 살아야만 한다. 연인을 만나고야 말겠다는 의지가 이 개구리를 쉼 없이 몸부림치게 만든다. 마침내 이 개구리는 우유 단지 바깥으로, 죽음에서 생으로 귀환한다. 생의 의지가 이 개구리로 하여금 갈퀴를 휘젓게 했고, 갈퀴를 휘저을 때마다 액체였던 우유는 점점 단단해져 말랑말랑한 치즈가 되었다. 이 개구리의 의지에 의해 단지 속의 우유는 생으로 귀환할 수 있는, 다시 말해 박차고 뛰어오를 수 있는 발판으로 변한 것이다. 우유를 치즈로, 죽음을 생生으로, 위기를 기회로 변화시킨 것, 그것이 바로 성격이다. 인물은 성격에 의해 저마다 다르게 생각하고, 다른 선택을 하고, 그 선택에 의해 전혀 다른 행동을 한다. 행동이 다르면 행동에 뒤따라오는 사건 역시 달라진다. 이처럼 같은 상황에서도 그 인물이 어떤 성격을 가졌느냐에 따라 전혀 다른 결과가 나타난다.

자, 이제 눈을 감고 당신 소설의 주인공을 떠올려보자. 잘생겼다. 눈은 쌍꺼풀이 져 있으며 코는 조각해놓은 것처럼 오뚝하다. 입술은, 아! 그의 입술은 키스를 부르는 입술이다. 그러나 그래서 어쨌다는 말인가?

쌍꺼풀과 오뚝한 코와 키스를 부르는 입술이 사건의 발단이 되거나 사건 전개에 반드시 필요한 그 어떤 역할을 할 때는 이 인물의 외모야말로 중요한 요소다. 키스를 부르는 입술 때문에 어떤 사건이 벌어지게 됐다면 그것이야말로 이 인물에게서 빼놓을 수 없는 성격, 다시 말해 고유한 특성이다. 그러나 이 인물의 외모가 사건 전개에 아무런 역할을 하지 않는다면 이 인물이 단지 잘생겼다는 것만으로는 당신 소설은 한 걸음도 앞으로 나아가지 못한다. 왜? 소설의 인물은 바로 행위자이기 때문이다. 행위자인 인물은 성격 없이는 아무런 행위도 할 수 없기 때문이다. 성격이 정해져야만 그에 따른 행위를 할 수 있는 법이다.

그런데도 눈을 감고 당신 소설의 주인공을 떠올려보라고 하면, 대다수의 작가지망생들은 으레 주인공의 외모부터 떠올린다. 외모는 지워라. 깨끗이 지워버려라.

자, 눈을 감은 채로 처음부터 다시 시작해보자. 당신 소설의 주인공은 어떤 성격인가. 고집스럽다. 오만하다. 절대로 잘못을 시인하는 법이 없다. 타인에게는 냉혹하고 자신에게는 관대하다. 그런데 어느 날 저녁 모임에서 앞자리에 앉은 사람으로부터 비난을 받았다. 그것도 많은 이들 앞에서. 이제 어떤 일이 벌어질 것 같은가? 당신이 구태여 애써 사건을 만들어내지 않아도 저절로 그다음에 어떤 일이 벌어질지 눈에 보이는 것 같지 않은가?

이처럼 인물에게 성격을 부여한다는 것은 한 걸음도 움직이지 못하는 바위와도 같은 인물을 행동하게 만드는 것이다. 성격 부여야말로 인물을 행위자로 변신시키는 힘이다.

이제 인물은 성격을 갖게 되었다. 밋밋한 백지와도 같은 상태의 인물은 뚜렷한 색을 갖게 되었고, 바위처럼 붙박여 있던 인물은 사건을 향해 움직이기 시작했다. 자, 이제 이 특별한 인물의 이야기를 독자들에게 어떻게 전달할 것인가?

인물이 성격을 갖게 되면 소설가는 다시 고민에 빠진다. 이 특별한 인물의 이야기를 누가 들려줄 것인가에 대해 고민하지 않을 수 없다. 이 지점에서 시점과 서술의 문제가 야기된다.

시점과 서술은 '누가 보느냐(시점)'와 '누가 말하느냐(서술)'의 차이[2]이다. 대개 소설은 화자가 소설세계와 어떤 관계를 갖느냐 하는 관점에서 일인칭 소설이냐 삼인칭 소설이냐로 결정[3]된다. 슈탄첼 Stanzel, F. K은 화자가 작중인물이 살고 있는 소설세계에 속하느냐 속하지 않느냐 하는 것으로 일인칭 소설과 삼인칭 소설을 구별할 수 있다고 보고 있다. 다시 말해 화자가 '허구의 소설세계에 몸담고 있느냐' 그렇지 않느냐 하는 것이 관건이라고 주장한다. 즉 일인칭 소설에는 '실체(몸뚱이)를 가진 나'가 소설세계 안에 존재하는 반면, 삼인

2 시점과 서술의 결정적인 구분점은 전자가 '이야기 세계를 향한' 인식(지각) 행위인 반면 후자가 '독자를 향한' 언어적 행위라는 점이다. 화자는 서사적 거리를 두고 이야기 세계를 바라보면서 독자에게 언어를 통해 이야기를 전달한다. 그러나 실상 화자가 이야기 세계를 바라본다는 것은 그의 눈으로 직접 보기보다는 머릿속에서 지각(인식)하는 행위일 것이다. 이때 화자는 이야기 세계 속으로 자신을 이동시켜 현장(이야기 세계)에서 사건을 보는 위치에 있을 수도 있고 또 인물의 내면에 침입할 수도 있다. 화자가 인물의 내면에 침투하는 것은 실상 인물의 시점을 빌리는 셈이 된다. 따라서 소설의 시점은 이야기 세계 '외부의 화자'와 '내부의 화자', 그리고 '인물'에 의해 수행된다. 화자의 존재가 분명히 부각되는 '화자 시점 서술'에서는 이 세 가지 시점이 모두 사용된다. 반면에 화자의 개입이 극소화된 '인물 시점 서술'에서는 이야기 외부·내부의 화자 시점이 거의 사라지고 주로 인물 시점에 의존한다(나병철, 《소설의 이해》, 문예출판사, 1998, 383쪽).

3 김천혜, 《소설 구조의 이론》, 문학과지성사, 1990, 71쪽.

칭 소설에는 소설세계의 바깥에도 안에도 그러한 '실체를 가진 나'가 없다는 것[4]이다.

리몬 케넌은 화자의 서술 수준에 따라 화자를 스토리 외적extadiegetic 화자와 스토리 내적intradiegetic 화자로 구분한다. 자신이 서술하는 스토리보다 말하자면 '상위'에 있는 화자는 자신이 속해 있는 수준과 마찬가지로 스토리 외적이고, 화자가 스토리 외적 화자에 의해 이야기되는 제1서사물the first narrative에 나오는 작중인물이기도 할 경우에는, 그는 2급, 또는 스토리 내적 화자이다. 스토리 외적 화자와 스토리 내적 화자는 스토리 참여 범위에 따라 다시 스토리에 참여하지 않는 이종heterodiegetic 화자와 참여하는(최소한 어떤 형식의 '자아'의 표명을 통해서라도) 동종homodiegetic 화자[5]로 구분된다. 스토리 외적이자 이종 화자인 화자에게는 흔히 '전지全知, omniscience'라는 자질이 주어지는데, 그 이유는 그들이 스토리 속에 부재하고 스토리와의 관계에 있어서 고도의 권위를 가지고 있다는 사실 때문[6]이다. 스토리 외적이자 이종 화자가 독자에게 스토리를 들려줄 때, 이 스토리는 일종의 '프리즘', '관점perspective' 또는 '시각angle of vision'의 중재를 통해 텍스트 속에 제시[7]된다.

4 위의 책, 90쪽.
5 리몬 케넌, 《소설의 현대 시학》, 최상규 옮김, 예림기획, 1999, 168-169쪽.
6 리몬 케넌은 스토리 외적이자 이종 화자에게 주어진 '전지'라는 자질을 설명하면서, 원칙적으로 작중인물의 가장 내적인 사고나 감정을 익히 알고 있다는 것, 과거와 현재와 미래를 알고 있다는 것, 다른 작중인물들이 가 있을 수가 없는 장소(예를 들면, 고독한 산보 장면이나 자물쇠를 잠근 방 안의 사랑의 장면 등)에도 가 있을 수 있다는 것, 그리고 여러 군데에서 동시에 일어나는 일을 알 수 있다는 것 등을 '전지'라는 말 속에 내포되어 있는 유효한 의미라고 밝히고 있다(위의 책, 169쪽).
7 리몬 케넌은 이 중재를 초점화라 부르고 이 초점화를 수행하는 주체를 초점화자라고 부

리몬 케넌이 초점화라 명명한 이 중재를 많은 학자들은 '시점'이라 부르는데, 브룩스와 워렌은 시점을 서술의 초점으로 해석하고, 시점을 일인칭 주인공 시점, 일인칭 관찰자 시점, 작가 관찰자 시점, 전지적 작가 시점으로 나눈다.

브룩스와 워렌의 분류에 의하면, 소설 속의 인물이 독자에게 직접 이야기를 들려줄 수도 있고, 소설 바깥의 인물이 이야기를 들려줄 수도 있다. 작가가 모든 스토리를 전개하되 관찰자의 위치에서 자기의 주관을 배제하고 객관적인 태도로 묘사해나가는 작가 관찰자 시점으로 이야기할 수도 있고, 화자가 인물과 사건에 대하여 마치 신처럼 다 알고 있는 입장에서 스토리를 전개하는 전지적 작가 시점[8]으로 이야기를 들려줄 수도 있다. 선택은 작가의 몫이다. 그러나 바로 이 선택에 따라 자신만의 독특한 성격을 갖게 되어 이제 막 이야기 속으로 뛰어들려 하는 이 특별한 인물의 이야기는 성공할 수도 있고 실패할 수도 있다. 인물의 의식세계를 드러내는 데 더없이 큰 효과를 거둘 수 있게 만들고 독자가 극적인 반전을 경험할 수 있게 하는 것이 바로 시점과 서술이기 때문이다.

르는데, 초점 화자와 화자(서술자)는 일치할 수도 있고 일치하지 않을 수도 있다(앞의 책, 129~134쪽). 작품《변방의 오중주》다섯 편의 소설들도 화자와 초점 화자가 일치하는 경우와 일치하지 않는 경우가 있다. 나병철은 그의 저서『소설의 이해』에서, 소설에서는 화자의 존재가 어느 정도 부각되느냐에 따라 '시점의 양식화'가 이루어져 화자의 존재가 분명히 드러나는 화자 시점과 화자가 사라진 듯한 인물 시점이 나타난다고 밝히고 있다(리몬 케넌, 위의 책, 378쪽).

8 이상우,《소설의 이해와 작법》, 월인, 1999, 226쪽. 인용 및 요약.

등장인물은
주제와 조화롭게 어우러져야 한다

구효서 장편소설 《랩소디 인 베를린》

구효서 장편소설 《랩소디 인 베를린》은 우리가 방관했던 '코리안 디아스포라'의 삶을, 음악예술과 시공을 넘나드는 액자식 구성을 통해 변주한다. 18세기 말 독일 바이마르와 평양, 그리고 21세기 독일 베를린, 일본, 한국을 잇는 거대한 배경 안에서, 작가는 자유로운 예술혼과 인간애, 역사에서뿐만 아니라 한국소설에서도 소외되었던 디아스포라, 즉 국외자들의 존재 의미와 아픔을 그 어느 때보다도 간결하고 정제된 언어로 해부하며 독자의 미의식과 양심을 동시에 두드리고 있다.

등장인물은 주제와 조화롭게 어우러져야 한다

구효서 장편소설 《랩소디 인 베를린》

한 인물의 생을 소설로 형상화한다는 것이 가당키가 한 것일까? 아버지로 혹은 어머니로 남편으로 아내로 자식으로 친구로 연인으로 혹은 한국인으로 이방인으로…… 한 사람의 삶을 이야기할 때 그(그녀)가 맺어온 수많은 관계들과 그 속에서 어쩔 수 없이, 불가피하게 만들어진 정체성…… 대체 한 사람의 생을 소설로 써낸다는 것은 어떤 의미인가?

잡힐 듯 잡히지 않는 누군가를 글로 써내려가다 동 터오는 새벽 어스름 속에서 나는 그래, 한번 가서 만나봐야겠다고 생각했다. 언젠가 세상이 마치 막막한 바다 같고 나 혼자 이 세상이라는 막막한 바다를 표류하고 있는 것 같던 순간, 내가 움켜쥐었던 소설의 저자, 구효서를.

《랩소디 인 베를린》이라는 소설을 쓰셨습니다. 저는 이 소설을 읽고 도대체 어느 정도 소설을 쓰면 이런 소설을 쓸 수 있을까? 혀를 내둘렀어요. 그만큼 스케일이 크고 훌륭한 작품이 바로 《랩소디 인 베를린》인데요. 이 작품을 집필할 때, 직접 독일에 가서 현장취재도 했지요? 당신은 어느 정도 소설의 아우트라인을 정해놓은 뒤에 현장취재를 하는지 아니면 현장취재를 먼저 다녀온 뒤에 집필에 들어가는지 궁금합니다.

구효서 저의 경우에는 삶의 경험에서 혹은 여행의 경험에서 뭔가 소설이 착상되고 진행되는 것이 아니라 나는 이런 소설을 쓸 거야, 라고 계획한 뒤에 공부도 하고 플랜이 다 짜여진 다음에 그 뒤에 필요한 곳만 찾아가서 빠르게, 집약적으로 현장취재를 합니다. 표적취재라고 합니다. 여행경비가 만만치 않잖아요. 작가가 무슨 돈이 있어요. 그래서 그렇게 기능적으로 현장취재를 했죠. 그렇게 현장취재를 하다보면, 현지에서 뭔가 새롭게 느껴야 될 것들도 많았을 텐데 현지에서 느끼는 감정이나 이런 것들은 조금 소홀했지 않았나 싶기도 해요. 또 내 멋대로 취재를 했구나, 그런 생각도 들더라고요. 갔다 와서 쓰고 나서도 지금도 독일과 제 소설한테 좀 미안합니다.

현장취재를 할 때 또 다른 어려운 점은 없었나요?

구효서 다름슈타트[Darmstadt]라는 곳에 갔는데, 음악의 도시입니다. 윤이상이나 백남준 등의 예술가들이 데뷔한 곳이기도 하죠. 프랑크푸르트 아래쪽인데 의외로 현지인들이 다름슈타트 현대음악제에 대해서 잘 몰라요. 심지어 인포메이션[information]에서 여행안내를 하는 사람들조차 그 음악제에 대해 잘 모르더라고요.

굉장히 뜻밖이네요.

구효서 네. 그래서 사실 찾다가 찾다가 현장에 가지 못하고 하루를 다 보낸 경우도 있었어요. 내가 필요로 하는 부분은 집중적으로 정보도 찾고 공부도 하고 준비도 해가지만 현장은 현장 나름대로의 생태가 있잖습니까? 삶의 문화적 생태라고 할까요? 그런 것 때문에 한 나라의 특징을 느낄 수도 있는 것 같아요. 규모가 작고 잘 알려지지 않은 그런 음악제라는 것이 작가에게는 약간 좀 뭐랄까요, 불필요한 것은 아닙니다만 필요에 의해서 그 비중이 커지는 것을 많이 경험했죠. 특히 바흐 같은 작곡가는 세계적인 작곡가 아닙니까? 뭔가 기대를 하고 갔는데 바흐의 집과 집에 진열돼 있는 오르간이라든가 악기들이 지나치게 소박했어요. 그런 것에서 어…… 글쎄 모르겠습니다. 너무 요란 떨지 않고 과장하지 않는 독일인의 근면하고 소박한 습성 때문인지도 모르겠다, 그런 생각은 했어요.

장편소설 《랩소디 인 베를린》은 독일 바로크 시대에 활약했던 음악가 힌터마이어와 힌터마이어의 일대기를 보고자 하는 김상호라는 인물이 주인공입니다. 그런데 김상호라는 인물은 겐타로라는 일본 이름도 갖고 있는 사내죠. 일본 이름은 겐타로이면서 한국 이름은 김상호인 이 사내가 힌터마이어의 일대기를 보고자 평양에 방문합니다. 그러니까 어떻게 보면 이 소설은 200년이라는 세월이 조우를 하게 되지요. 그래서인지 《랩소디 인 베를린》을 읽다보면 굉장히 광활하다는 느낌을 받습니다. 게다가 시점도 다시점이에요. 구태여 다시점을 선택한 특별한 이유가 있나요?

구효서 삼십대 초반에 첫 장편소설을 썼어요. 《늪을 건너는 법》이라는 작품이지요. 그때부터 다시점이 나와요. 그리고 제가 제 작품 중에 그래도 나름 제 스타일이라고 생각했던 작품들이 그 뒤에 나온 《비밀의 문》, 그리고 지금 이 책이 쓰여지기 전에 나온 《나가사키 파파》라는 작품이 있어요. 그 뒤에 《랩소디 인 베를린》이 나왔고, 이 책 뒤에는 《동주》라는 윤동주 이야기를 다룬 장편소설이 있고, 최근에 나온 《타락》이라는 장편소설이 있는데 이런 장편들이 전부 다시점으로 쓰여지고 있어요. 다시점으로 쓰여지다보니 시점이 왔다갔다 하는 것 아닙니까? 이 사람에서 저 사람으로.《랩소디 인 베를린》에서는 힌터마이어가 있고 김상호가 있고 또 저쪽으로 가면 작센하우젠을 기록하는 기록가가 있고요. 그렇게 세 개 내지 네 개의 시점이 왔다갔다하거든요. 그러다보니 구성 자체가 좀 복잡해요. 처음 읽는 사람은 좀 헷갈릴 수가 있죠. 저는《랩소디 인 베를린》도 그렇고, 오늘 우리 두 사람의 대화의 포괄적인 주제도 어쩌면 탈중심인지도 모르겠다고 생각합니다. 탈중심인지 아닌지는 모르겠지만 어쨌든 중심이 없다는 거죠. 중심 인물, 중심 서사, 중심 시점이 없어지는 거죠. 중심이 없다는 건 나뉘는 거잖아요. 그러다보니 이 소설의 구성 역시 여러 사람의 시점들이 뒤엉키면서 일정하거나 일관된 서사로 흐르지 않고 그 흐름의 줄기가 여러 줄기로 나뉘게 된 거죠. 구성도 다소 복잡해지게 됐고요. 구성과 시점은 소설의 기술적인 측면이자 형식적인 측면이잖아요. 그런데 이런 형식적인 면과 기술적인 면도 실은 주제라든가 내용적인 면에서 비롯된다고 생각해요. 다시 말해, 탈중심이 포괄적인 주제라면 그 주제를 표현해내는 방식도 중심에서 탈피해야 하고, 단선적이지 않고 다선적이어야 하고, 다시점적이어야 하고, 여러 사람이 등장해야 하고, 이런 식이 될 수밖에 없는 것이라고 생각합니다.

이처럼 형식과 내용은 어느 것이 먼저 오는 게 아니라 동전의 양면처럼 항상 붙어 있는 것이죠. 형식은 내용에 영향을 주고 내용은 형식에 영향을 준다, 이렇게 말할 수 있습니다. 그런 면에서 볼 때 제가 생각하기에 제 나름대로 중요한 장편소설들을 쭉 나열했는데 그 작품들이 모두 다시점이었다는 건, 장편소설을 쓸 때 중심이라는 것과 탈중심이라는 사유가 늘 작동하고 있었다는 얘기겠죠. 그리고 그것이 구성이라든가 인물이라든가 혹은 시점에 매우 큰 영향을 미쳤다, 이렇게 보게 되는 거죠.

소설에서 표현하고자 한 주제는 A인데 그 주제를 표현하는 방식은 A라는 주제를 효과적으로 드러내지 못하는 소설들도 굉장히 많습니다. 그러나 《랩소디 인 베를린》을 보면, 디아스포라에 대한 얘기를 하기 위해 시점 자체도 다시점으로 설정하다보니, 그 형식 자체에 작가가 드러내고자 하는 주제가 스며 있는 것 같아요.

구효서 중심 인물이나 중심 서사로 가면, 독자들은 가만히 있어, 작가인 내가 알아서 다 해줄 테니까 그냥 듣고 있어, 이러면서 그냥 따라와, 이런 식이죠. 좋게 말하면 굉장히 친절하고 굉장히 배려심이 많죠. 그러나 다른 한편으로 보면, 너희들이 뭘 알아. 그냥 작가인 내가 하는 대로 듣기만 하라는 거잖아요. 어떻게 보면 독자를 무시하는 것일 수 있거든요. 저는 그런 방식을 권력적이라고 생각해요. 작가가 독자한테 가는데 일방적으로 강요하는 방식. 그것이 소설에서 일관된 서사라든가 아니면 구성의 일관성이라든가 아니면 인물의 중심성 이런 것을 통해서 어떤 전달 효과는 클지 모르겠지만, 전달 효과가 커지면서 한편으로는 굉장히 그 전달 효과의 영향력이 커져서 지배력을 갖게 되고, 그것이 권력으로 작동할 때 작가와 독자의 관계는 뭐지? 이런 생각들을 첫 장편소설에서부터 조금씩 했던 것 같아요. 그래서 지금까지도 제 작업방식이 쭉 이어져온 것이 아닌가 그런 생각이 드네요. 처음부터 아주 전략적으로 마음먹고 그렇게 써야 되겠다, 그랬던 게 아니라 어쩌면 내 안에는 나도 모르게 작동하는 그런 의도들이 있었던 것이 아닌가, 돌이켜보니 그런 것 같아요.

내 안에는 나도 모르게 작동하는 그런 의도들이 있었던 것이 아닌가…… 당신의 말에 저도 공감합니다. 돌이켜 생각해보면, 저 역시 그런 것 같네요. 그런데 《랩소디 인 베를린》에는 정말 많은 인물이 나옵니다. 대부분의 독자들은 장편소설을 읽을 때 이 장편소설은 분명 특정 인물, 다시 말해 중심 인물이 있을 것이다, 중심 인물이 무슨 사건에 휘말려서 어떻게 되겠지, 이런 기대를 합니다. 하지만 《랩소디 인 베를린》은 힌터마이어, 김상호, 그리고 하나코까지 많은 인물이 등장하긴 하지만 이 인물들이 모두 주인공처럼 느껴집니다. 이처럼 딱히 한 인물에게 중심을 두지 않은 것도 중심을 두지 않으려는 의도에서였나요?

구효서 네, 그렇습니다. 중심 인물을 설정하면 얘기가 좀 쉬워지잖아요. 제가 의도적으로 다시점을 택했던 이유가 인물 설정에도 그대로 적용이 되는 거죠. 이명랑 작가가 말씀하셨듯이 18세기에는 힌터마이어라든가 아이블링거 또 레아, 이 세 사람이 삼각관계죠. 그쪽에서는 힌터마이어에게 비중을 뒀다가 현대에 오면 재일교포이기에 야마가와 겐타로라는 또 하나의 이름을 갖고 있는 김상호에게 비중을 두지요. 사실 김상호에게는 다른 이름이 하나 더 있어요. 왜냐하면 김상호는 독일에서 오랫동안 살았기 때문에 토마스라는 이름을 하나 더 갖고 있습니다. 이처럼 한 사람의 정체성과 이름도 지역에 따라서 세 개가 되어버리는 거죠. 이름 하나만 살펴봐도 벌써 한 사람의 정체성이란 이처럼 고정된 게 없다는 것을 알 수 있잖아요? 시대와 지역과 어떤 상황에 따라서 한 사람의 정체성도 이처럼 달라지는데 한 소설에서 한 인물 중심으로 간다든가 하는 것은 좀 그렇지 않습니까? 거듭 이야기합니다만, 한 이야기로 간다는 것 자체가 어찌 보면 이 세계를 구성하고 있는 많은 요소들을 왜곡하거나 배제하는 쪽으로 전개할 수 있겠다, 그러려면 차라리 이 많은 공존하고 상존하는 요소들을 그대로 인정해버리자, 그렇게 생각했습니다. 그러면 물론 우리가 이해하는 데는 조금 어렵겠죠.

예를 들면 지금 우리가 이렇게 대화를 나누는 순간에도 이명랑 작가가 정리를 잘해주고 있어요. 교수님이라 그런가? 하여튼 내가 말을 하면 이명랑 작가가 정리를 잘해주더라고요. 그런데 이처럼 정리를 잘해주는 것이 기능적으로 어떤 효율성은 있지만 어쩌면 정리될 수 없는 것까지도 정리가 되는 것은 조금 위험할 수도 있습니다. 아까도 말했듯이 약간 폭력적인 요소가 좀 있지 않느냐라는 거죠. 이명랑 작가나 나나 우리는 모두 소설 쓰고 문학하…… 예술하는 사람들 아닙니까? 예술가들은 그런 것을 되게 싫어하잖아요. 뭔가 틀에 맞춰서 전달하고 그것을 가지고 소통하고 감동하고 우리 서로 마음이 맞았다고 하거나 서로 이해했다고 하는 것에서 오는 너무나 많은 큰 불행한 오해와 곡해들이 있잖아요. 그러니까 어쩌면 이해하기 쉬운 것보다는 뭔가 이해하는데 굉장히 어려운 고비를 거쳐서 가는 과정, 이런 것들을 특히 장편소설에서 경험하지 않으면 어디서 경험할 수 있겠어요? 소설을 쓸 때도 나의 그런 생각이 조금씩 조금씩 작품에 흘러나오는 것 같아요.

당신 말을 듣다보니, 굉장히 어려운 고비를 거쳐서 이해해가는 과정, 그 과정을 생략해서는 안 되겠다는 생각이 드네요. 그런데 《랩소디 인 베를린》에는 여러 인물의 여러 사연이 나오는데요, 등장인물들의 이야기를 다 읽고 나면 이들 모두 자기 천형을 안고 사는 시시포스다, 그런 생각이 듭니다. 당신의 〈포천에는 시지프스가 산다〉라는 단편소설에서도 역시 각자의 천형을 안고 사는 인물들을 여러 명 등장시켜 하나의 주제를 이끌어냈잖아요. 이처럼 당신은 여러 사람의 삶의 모습을 조화롭게 형상화시켜서 하나의 주제로 이끌어내는데요, 처음부터 이런 방식을 썼나요?

구효서 의도된 것은 아니라고 생각해요. 그러나 의도되지 않았다는 것을 또 우리가 어떻게 이해해야 하느냐, 라는 문제가 남죠. 오늘 우리가 이야기 나누고 있는《랩소디 인 베를린》이라는 소설 역시 제목도 그렇고 음악 이야기 아닙니까? 용어가 있어요. 폴리포닉polyphonic이라는 음악 용어가 있는데, 다향성이라고도 해요. 다시점처럼 울림, 진동…… 예를 들어 오케스트라 같은 것은 여러 악기가 동시에 울리는 거잖아요, 다향성이죠. 그러니까 심포니인 거예요. 독립된 악기들이 동시에 연주를 시작하면서 아주 풍부한 음향을 만들어내지 않습니까? 그걸 분석한다는 것은 난센스한 일이죠. 통째로 들리는 거죠. 음악이든 소설이든 작품이란 그런 것이라 생각해요.

맞아요. 수많은 악기들이 동시에 만들어내는 음악은 그 자체로 통째로 들어야 하는데 분석하면서 이건 바이올린 소리야, 이건 피아노 소리야, 이런 식으로 음악을 듣는다는 것 자체가 정말 난센스네요.

구효서 전문가들, 다시 말해 프로페셔널한 사람들이 직업적으로 음악을 들을 때는 안 그럴 수가 없죠. 소설 역시 문학을 업으로 삼고 있는 사람들은 막 분석하잖아요. 직업인들은 그렇겠지만 작품이라는 것은 직업적인 사람들을 대상으로 쓰는 것은 아니죠. 일반 독자를 대상으로 하기 때문에 분석하는 것보다는 스며들기를 원하지 않습니까? 그럴 때 이 다향성, 이 폴리포닉한 어떤 모습들이야말로 소설이나 음악이나 미술이나 춤이나 이 모든 것의 공통된 하나의 뭐라고 그럴까요? 공통된 목표? 추구해야 될 지점? 이렇게 볼 수가 있겠죠. 그런데 〈포천에는 시지프스가 산다〉라는 단편소설은 굉장히 오래전에 발표했던 소설인데 이명랑 작가가 어떻게 기억을 하고 있네요?

당연히 기억하죠. 너무 좋아서 필사도 했었던 작품이거든요. 아마 소설을 쓰려고 하는 습작생들 중에는 저처럼 이 작품을 읽고 필사한 분들도 많을 겁니다. 또 당신의 〈명두〉라는 작품 역시 많은 분들이 기억하고 계실걸요? 〈명두〉라는 작품을 읽었을 때, 처음엔 아무 생각 없이 침대에 누워서 읽다가 몇 장 넘기자마자 벌떡 일어나 정자세를 하고 읽었어요. 〈명두〉의 한 구절을 읽다 말고 엉엉 울었어요. 명두집이라는 무당이 자신을 찾아오는 여자들한테 늘 말하잖아요. 잊지 말라고. 절대로 잊지 말라고. 당신들이 만약 아이를 낙태했다면 왜 했느냐. 살려고 그런 거 아니냐. 그러니까 잘 살아라. 더 잘 살아라. 열심히 살아라. 무당인 명두집이 동네 아낙들을 야단치는 장면이 나오는데, 그런 장면이야말로 당신 작품의 매력이 아닌가, 그런 생각을 했었답니다. 《랩소디 인 베를린》에 대한 이야기를 나누다보니, 명두집의 잊지 말라는 이야기가 무슨 뜻인지 비로소 감이 잡히는 것 같습니다. 그런데 《랩소디 인 베를린》을 읽다보면, 문장 자체가 어떤 진행상황이라고 그럴까요? 그것을

충실히 반영해내려 한다, 이런 느낌이 듭니다. 그래서인지 비유나 수사가 적고 길이도 좀 짧잖아요. 어떻게 보면 당신의 단편소설의 문장이 미학적이라면 《랩소디 인 베를린》의 문장은 좀 기능적이다, 이런 느낌도 듭니다. 게다가 아주 많은 부분에 음악이 나옵니다. 음악을 묘사하는 대목 말고는 대체적으로 기능적인 문장을 썼는데, 의도한 것입니까?

구효서 문장 하나하나에 공을 들였던 때가 있었죠. 그러나 이 작품을 쓸 때는 문장 하나하나에 공을 들인 게 아니라 아니, 공을 들이고 있지 않다, 그런 생각을 했습니다. 그럼 내가 무엇에 공을 들이는가 했더니, 한 문장에 공을 들이는 게 아니라 그 문장이 모여서 이루어지는 문단이 있지 않습니까? 문단에 공을 들이고 있더라고요. 그러니까 저는 문장을 하나의 선이라고 생각했던 모양이에요. 이어져 나가는 선이라고 생각했던 모양입니다. 문장이 하나의 문단이 되면 시각적으로도 이미 이건 면이잖아요. 그렇죠? 면 속에 작은 선들이 들어가 있는 거죠. 선이 모여서 면을 이루니까, 문장이 모여서 문단이 된다는 것은 선이 모여서 면을 이룬다, 이렇게도 말할 수 있겠구나, 싶었습니다. 그럴 때 이 선이 비중이 있고 선이 강렬하고 선이 진하면 이 면적인 요소가 적어지거나 훼손되거나 줄어들겠죠. 저는 면을 위해서 이제 슬슬 선을 조금씩 말하자면 희생이라기보다는 뭐랄까요? 선보다는 면을 중요시하려고 했던 것 같습니다. 왜 이런 생각을 했느냐 하면, 이 선적인 것은 뚜렷한 것을 드러내기 위한 것이고 선적인 것은 일관성이 있어야 하고 일관성을 갖기 위해서는 힘이 있어야 된다, 이렇게 생각했어요.

예를 들어 우리가 그림을 그릴 때 스케치북에다 미리 진한 선을 긋고 그리잖아요. 유치원생들이라든가 어린 애들은 그림 그릴 때 그렇게 그리잖아요. 또 그렇게 그림을 그리라고 방법을 알려주는 책도 있어요. 아예 미리 굵은 선이 그려져 있는 스케치북도 있어요. 그처럼 우리는 무언가를 그릴 때 항상 윤곽선을 먼저 그리고 거기다 색을 칠해서 이쪽과 저쪽이 서로 대비되는 효과를 통해서 시각적인 것을 창출해내잖아요.

저는 이런 식의 방식에는 다소 뭐랄까요? 작가의 지나친 의도가 개입되어 있다? 그렇게 생각하고 싶었던 모양이에요. 그러다보니까 이제는 미리 선을 진하게 긋고 빨간색, 노란색을 칠하는 게 아니라 빨간색을 칠한 옆에다가 노란색을 칠하면 선을 긋지 않아도 윤곽선은 저절로 드러난다, 그렇게 생각해요. 뚜렷하게 빨간색과 노란색을 나란히 칠하면 선이 생기는 효과가 나죠. 선이라는 것은 긋지 않아도 생길 수 있다, 면과 면이 만나면 선이 생길 수 있다, 그런데 굳이 선을 왜 긋겠는가, 라는 거죠. 그러니까 앞에서도 얘기했지만 다시점이잖아요. 한 사람의 시점으로 가다가 다른 사람의 시점으로 갈 때 이 사이에 보이지 않는 선이 존재하는 것 아닙니까? 그런데 이게 다시점이 아니라 하나의 시점이라면 그건 한 줄의 진한 윤곽선을 미리 그려놓고 나가는 것과 같아요. 그런데 면과 면이 만나면 면과 면이 만나는 장소에 인식의 선이 저절로 생겨요. 저절로 생기는 선과 이미 그어놓은 선 사이는 굉장히 많은 차이가 있을 것 같다는 생각을 하게 되는 거죠. 그래서 점점 한 문장에 그렇게 많은 정성을 들이지는 않지만, 그 문장이 만나서 하나의 면적인 문단을 구성했을 때 거기서 느껴지는 느낌, 냄새, 향기, 빛깔 이런 것들에 오히려 더 신경을 쓰게 되는 것 같아요. 아마 그래서 제가 문장 하나하나에 마치 신경을 안 쓰는 듯 보였겠지만 다른 식으로 신경을 쓴 겁니다. 안 쓰는 듯, 시침 뚝 떼고 나가다보니까 하나하나는 그냥 약간 건조하고 드라이하고 쿨해지지 않았나 싶어요. 그런데 그런 것들이 모인 문단은 영화의 시퀀스가 되는 것 아니겠는가, 그런 생각을 했죠.

우와, 갑자기 당신이 멋져 보이는 거 있죠? 이런 부분까지 생각하다니, 정말 멋진걸요?

구효서 아, 진짜요? 말해놓고 보니 그랬나 싶네요. 내가 정말 그랬나, 싶은걸요? 그런데 가만히 생각해보면 결과적으로 그랬다라는 거죠 뭐.

당신 말을 듣고 보니, 정말 그랬던 것 같아요. 저희 어렸을 때는 미술 숙제 할 때 스케치를 할 때도 먼저 눈에 별로 안 띄는 노란색 같은 거나 살색 같은 크레파스로 선을 그려놨어요. 그러다보니 선을 안 넘어가려고 했고 색칠하다가 선 넘어가면 또다시 하고 그랬죠, 정말.

구효서 넘어가면 안 되게 되어 있죠.

저도 아이들 어렸을 때는 미술 교육에 관심이 참 많았어요. 스케치북에 딱정벌레, 공, 연필 등등이 미리 그려져 있었어요. 까만 선으로 모양이 미리 그려져 있고, 아이들은 정해진 틀 안에 색을 칠해 넣을 뿐이었죠. 딸아이는 굉장히 규칙적인 걸 좋아하는 편이라 그림 그리다 선 넘어가면 정말 큰일 나는 줄 알고 지우개로 막 지우고 그랬어요. 그래도 지운 자국이 남잖아요? 그러

면 막 울고 그랬던 기억이 나네요.

구효서 어떤 사고라든가 어떤 상상이 제한되고 그리고 사실 그렇게 그림 공부해서는 그림 실력이 결코 늘지 않잖아요. 아마 화가들이 그런 것을 보면 끔찍해할 거예요.

당신 말처럼 《랩소디 인 베를린》에서 말하고자 했던 바가 탈중심이라면 이렇게 까만 선을 미리 그려 놓는 식의 문장은 옳지 않은 것 같네요. 그런데 당신과 이야기를 나눌수록 겁이 나는데요? 자신만의 확고한 창작론을 갖고 소설을 쓰는구나, 그런 생각이 드는 거 있죠?

구효서 아이고, 무슨 말씀을. 이명랑 작가가 자꾸 말을 시키니까 얘기하는 거죠, 뭐. 말 안 시키는데 이런 말을 왜 합니까. 소설 쓸 때 나는 이렇게, 이렇게 쓸 거야, 라고 머릿속에 미리 생각하고 쓴다면 그것도 역시 까만 선을 미리 긋는 거죠. 쓰다보면 내 안의 어떤 것들이 슬슬 작동하죠. 그것은 아마 오랜 시간의 경험과 자기반성과 회의, 부정, 사유를 통해서 내 안에 체득되어 있던 것이 나오는 거겠죠. 이렇게 이명랑 작가가 물어보니까 그제야 구체적으로 생각하게 되고, 그게 왜 그랬을까 생각하다보니까 이렇게 정리가 되는 것 같아요. 그래서 인터뷰가 나름 필요한 거겠죠.

이제 배경에 대한 이야기를 좀 할게요. 《랩소디 인 베를린》의 배경이 저에게는 굉장히 중요하게 느껴졌습니다. 왜냐하면 스케일이 너무 커서 저는 엄두도 못 낼 소설이었거든요. 이 소설을 살펴보면, 시간적으로는 18세기 후반에서 현재까지 그리고 공간적으로는 독일, 일본, 서울, 평양, 이처럼 굉장히 길

고 넓습니다. 이 소설의 스케일을 이렇게 크게 가져간 것도 이 작품의 깊이, 무게 그리고 어떤 품격, 이런 것들을 염두에 둔 건가요?

구효서 독일과 일본 그리고 남북한이 있는데요. 독일과 일본은 사실 공통점이 있잖아요. 2차대전 전범 국가죠. 그리고 2차대전의 가장 큰 피해를 본 민족이 바로 우리 민족이에요. 그렇죠? 우리가 뭐 잘못했다고 분단을 시켜놓습니까? 독일을 동서독으로 나눈 것은 이유가 있지만, 우리가 남북으로 갈린 데에는 이유가 없어요. 우리는 정말 큰 피해를 입었고 그들은 가해자인데 가해자인 그들이 소설의 배경이 됩니다. 그리고 피해자 남북이 또 배경이 됩니다. 자, 지리적 배경이 나왔어요. 이렇게 공간이 나왔고, 시간은 그것을 포괄하고 있는 근대라는 시간을 다뤄요. 그러니까 이 소설을 탈중심의 어떤 것이라고 했을 때 이명랑 작가는 눈치를 챘을지도 몰라요. 탈중심은 다른 말로 하면 탈근대 아닙니까? 그러니까 중심주의가 근대의 이념요소라면 그것을 벗어나고자 하는 것이, 다시 말해 근대로부터 벗어나고자 하는 것이, 운동의 현대적 방향성 아니겠어요? 그러다보니까 대답이 나왔죠. 독일과 일본이 왜 여기에 등장하고 남한과 북한이 왜 등장하고 그리고 왜 그것이 18세기 후반부터 현재까지여야 되는지. 그러한 시공간의 등장 이유가 이렇게 밝혀지는 거예요. 그것이 아까 말했던 탈중심 즉, 탈근대하고 맥락이 맞아떨어지기 때문에 그렇게 갈 수밖에 없었다, 이렇게 되는 거죠.

탈중심과 탈근대라는 주제에서 이미 시공간적 배경이 나올 수밖에 없었다, 무슨 말인지 알겠습니다. 그런데 《랩소디 인 베를린》 같은 경우에는 평소 자

주 접했던 장편소설들과는 굉장히 많이 다르다는 느낌이 들어요. 시공간적 배경이 길고 넓기 때문이 아닌가 싶어요. 예를 들면 요새는 스토리텔링이라고 해서 장편소설 집필 방식을 아예 가르쳐주기도 합니다. 또 요즘 만들어지는 영화들도 그 방식에서 조금도 벗어나지 않는 것 같고요. 예를 들어 열차 안에 인물을 가둔다든지, 24시간 안에 일어나는 사건이라든지, 특정 공간과 제한된 시간에서 벌어지는 사건들을 다루고 있거든요. 그런데 《랩소디 인 베를린》의 경우에는 200년이라는 시간이라든지 한국, 독일, 일본이라든지, 참 넓잖아요. 반면 요새 우리가 자주 접하는 장편소설들은 관람열차 안에 인물들이 있는데 갑자기 작동이 멈추고 납치범이 온다든지, 한정된 시간과 한정된 공간에서 이 주인공들이 이 상황에서 어떻게 하는가? 이런 식으로 밀폐된 곳에 등장인물들을 몰아넣고 그것을 지켜보는 듯한 그러한 스토리텔링, 장편소설 창작 방식대로 쓰여진 소설들이 많습니다. 영화 역시 그렇고요. 《랩소디 인 베를린》은 전혀 다른 방식의 장편소설인데, 당신은 스토리텔링의 그런 식의 방식에 대해서는 어떻게 생각합니까?

구효서 그런 식의 방식은 현실적 삶을, 아니면 아주 오랜 시간의 역사를 제한된 무대 위에 올려놓고 이야기를 해야 되잖아요. 무대예술인 연극이 시간예술이듯이 소설이라는 것 역시 일정한 시간에 이야기를 끝내야 돼요. 다 얘기할 수는 없어요. 마음껏 열어놓을 수가 없잖아요. 그래서 축소시키는 거죠. 축소시킬 때 많은 이야기를 하면 복잡하니까, 이해할 수 없고 정리가 안 되니까, 그것을 잘 정리해야겠죠. 이문열 선생님의 〈필론의 돼지〉 같은 작품을 보면 달리는 버스 안에서 일어나는 일들이 있고요. 또 최근의 어떤 영화는 정말로 17년 동안 달리는 고속열차 안에서 일어나는 일들인데 그게 세상을 축소한 거잖아요. 달리고는 있지만 무대 위의 이야기랑 똑같아요. 무대 위의 혹은 열차 안의 상황이 그 바깥세상의 상황과 어떤 관계에 있는가? 비록 작은 이야기를 하고 있지만 사실 인류와 인류사를 이야기하고 있다, 이런 식이잖아요. 유비적인 관계죠. 그래서 이렇게 크고 무한히 열려 있는 세계를 이야기하기 위해 닫힌 구조를 갖고 가는 거잖아요. 그러려면 뭐가 필요하냐. 가공이 필요하고 통제가 필요하고 틀이 필요하잖아요. 거기에 넣어야 하니까. 그러나 여기에서 배제되고 누락되고 훼손되는 부분을 우리가 어떻게 해결할 것인가, 라는 부분을 따지면 잘 짜여지거나 잘 정리된 이야기라는 것, 특히 스토리텔링 같은 것들이 얼마나 현실을 왜곡할 수 있는 위험성을 지니고 있는가에 대해서도 함께 생각해봐야겠죠. 단지 효율적인 것, 전달력과 감동을 위해서 그런 장치들을 전가의 보도처럼 끌고 온다는 것은 적어도 문학이 예술이 되기 위해서는 지양되어야 되지 않을까, 그런 생각도 드네요.

결국 지금 당신의 말은 주제를 드러내는 방식에 대한 이야기인 것 같네요. 《랩소디 인 베를린》의 주제가 바로 탈중심이니까요. 그런데 당신은 이러한 방식 말고 소설 속에서 또 어떻게 구체적으로 이 주제를 드러내고 있나요?

구효서 디아스포라라는 주제를 살펴볼 때, 이 디아스포라라는 것은 사실 유대인들이 그때, 벌써 그때가 언제입니까? 연도를 정확하게 기억할 수 없지만, 이쪽저쪽으로 끌려다니고 그러면서 뿔뿔이 흩어지게 되죠. 유대인들은 돌아갈 곳을 찾지 못하고 지금껏 전 세계에 흩어져 있는 그야말로 대표적인 디아스포라인데 현대적 의미의 디아스포라는 무엇이겠는가라는 거죠. 결국은 자기의 터전을, 자기의 삶의 근거를 잃은 것이 아니라 빼앗기고, 추방당하고 그래서 떠돌 수밖에 없는 존재를 우리는 디아스포라라고 하는데 그런 현대의 디아스포라는 어디서 왔을까, 라는 거죠. 근대라는 시기를 주목해야 해요. 유럽이 민족국가로 분리가 안 된 로마제국, 신성로마제국이었고 그러다가 근대에 와서야 그들이 독일이라든가 오스트리아, 프랑스, 영국 이렇게 나누어지죠. 나누어지면서 근대국가가 형성되는 것 아닙니까? 근대의 출발. 그렇게 근대국가가 형성되어서 그들이 무슨 일을 하느냐 하면 결국은 대립을 해요. 싸우잖아요. 그래서 1, 2차 대전이 생기는 거잖아요. 그러면서 강화되는 것은 바로 민족주의이고 국가주의 아니겠습니까? 나치가 아주 대표적이죠. 일본 같은 경우도 자꾸 극우화되는 것이 뭡니까? 아직도 그들은 근대적 국가주의 즉 군국주의죠. 그런 데서 벗어나기는커녕 오히려 더 심해지는 것은 무엇이겠는가, 라는 거죠. 그런 갈등관계 속에서 재일한국인인 겐타로, 즉 김상호는 일본에 발을 못 붙여요. 결국 어디로 갑니까? 독일로 가죠. 독일에서도 결국은 죽죠. 한국에 왔었으나 고문 받죠. 이런 식으로 한 사람이 끝없이 끝없이 떠돌 수밖에 없었던 이유는 그를 포용하고 배려하는 국가, 민족, 지역이 존재하지 않았기 때문이에요. 너무나 배척적이어서 김상호는 중심을 갖지 못한 거예요. 돌아갈 중심이 없는 거예요. 왜냐하면 아이로니컬하게도 각 국가가 각각 너무나 중심을 잡고 있기 때문에 김상호가 끼어들 중심이 없어진 거죠. 이런 아이러니가 국민국가 혹은 민족국가의 체계를 점점 더 강화하면서, 그 사이에 추방되거나 정착하지 못하는 사람들은 결국 죽음으로 갈 수밖에 없게 만드는데, 이 소설은 바로 이런 비극적인 사태를 다루고 있는 것 아닙니까? 탈근대, 탈중심이라는 포괄적 주제가 이 소설에서는 이렇게 구체화되어서 나타나는 거죠.

각각 너무나 중심을 잡고 있기 때문에 자신이 끼어들 중심이 없었던 사내, 김상호의 이야기에 저는 정말 공감했습니다. 아마도 지금 이 시대를 살아가는 분들 중에는 저처럼 공감한 분들도 많을 거예요. 거창하게 조국이라든가 국가, 이런 개념이 아니라 문화라는 개념으로 따져봐도 김상호와 같은 처지에 처한 분들이 많거든요. 그러니까 이쪽 문화에도 저쪽 문화에도 속하지 못하는 현대의 디아스포라들이 너무나 많으니까요. 제 주변에만 해도 자녀의 교육 때문에 아이를 어렸을 때부터 외국에 보낸 분들이 많습니다. 캐나다, 미국, 일본 등으로요. 그런데 이 자녀가 학위를 받고 한국에 돌아왔는데 한국 사람이 아닌 거예요. 그러면 이 자녀들도 행복하냐 하면, 그렇지 않아요. 한국 사람도 아니고 그렇다고 외국 사람도 아니고. 이처럼 문화적으로 정체성을 찾지 못해서 괴로워하는 현대인들도 굉장히 많거든요. 아마도 그렇기 때문에 어떤 곳에서도 자기 자리가 없는 사람들의 이야기, 그들의 아픔이 많은 독자들에게 감동을 주지 않았나 싶습니다. 이제는 《랩소디 인 베를린》의 사건적인 구도를 좀 살펴볼게요. 사건적인 구도는 어떻게 만들었나요?

구효서 사건적인 구도라는 것은 주제를 드러내는 하나의 방도이기도 하지만 흥미를 끌 수 있는 사건들을 끌어들여야 하는데 뭐가 좋을까라고 생각하다가 만들어지는 것이기도 하죠. 그렇다보니, 판타지도 있고 추리도 있고 범인 잡는 이야기도 있지만 저는 사랑을 택했잖아요. 사랑. 힌터마이어 라인의 사랑이 하나 있고요, 또 하나는 김상호 라인의 사랑이 하나 있죠. 둘 다 사랑이 안 이루어지잖아요. 얼마나 애석해요. 애석한데 애석한 이유, 그들의 사랑이 이루어지지 못하는 이유가 바로 한국인과 일본인이라는 그런 이유, 그리고 또 독일인 여자와 조선인 후예, 그게 문제가 되죠. 사랑이 이루어지지 못하기 때문에 더 안타까운 거예요. 인종 민족 그런 것이 없었다면 이루어졌을 텐데 그게 뭐길래 안 이루어지는 걸까요. 이루어질 수 없을 뿐 아니라 그들은 음악까지 잃게 되잖아요. 그렇죠? 음악까지 잃게 되고 나중에는 목숨까지 잃잖아요. 사랑을 잃고 예술을 잃고 목숨까지 잃는 이런 비극적인 사건을 통해서, 단지 비극적인 사건에 대한 관심이 아니라 이 사건의 기원은 어디 있을까, 들여다보는 거죠.

들여다봤더니 민족이라는 개념이 나오는데, 민족이라는 것은 실체가 없다고 그러잖아요. 누구입니까? 베네딕트 앤더슨이었나요? 그 사람 말이 민족이란 상상의 공동체에 불과하다, 그러지 않습니까? 그런데 우리는 단지 그 상상의 공동체에 불과한 민족이라는 것을 마치 실체가 있는 것처럼 믿고 그걸 강요하고 그걸 절대적인 것으로 받아들여서 우리 민족이 아니면 배척하거나 아니면 대립하거나 아니면 경계하거나 심지어는 전쟁을 해서 몰살시켜야 되는 대상으로만 알게 되는 거예요. 실체도 없는데 말이죠. 언어학적으로 말하면 실체가 없는 말일 뿐이죠. 기호일 뿐이죠. 민족이라는 것은요. 우리 한국작가회의도 예전에는 민족문학작가회의였는데 이름을 바꿨죠. 민족을 뺐잖아요. 사실 이 민족이라는 게 개념이나 관념 그런 것에 지나지 않는 것인데 그것을 빌미로 사람을 죽이고 지배하고 멸하기도 하지 않습니까? 하나의 시니피앙signifiant에 지나지 않는 것 때문에 사랑이 이루어지지 않고, 음악을 잃어야 되고, 심지어는 목숨까지 잃어야 하는 아이러니 혹은 비극성, 저는 이것을 사건으로 삼은 거죠. 그래서 18세기의 러브 라인과 현재 김상호의 러브 라인, 이 두 개를 비극적으로 운용해서 이 비극의 기원이 바로 실체도 없는 시니피앙 덩어리에 의한 것이다, 실질적으로 우리 삶이 평생 고단해질 수 있고 절망에 빠질 수 있고 좌절에 빠질 수 있고 심지어는 목숨까지 잃을 수 있다, 이것 때문에. 이것이 이처럼 아주 무서운 것이다, 이런 경고를 하고 싶었던 모양이에요. 이런 것을 어떤 사건으로 얘기해야 가장 좋을까, 고민해서 저는 사랑을 택한 거죠. 그래서 하나코가 옛사랑 겐타로를 찾아서 독일로 오고, 힌터마이어와 레아의 사랑이 안타깝지만 이루어지지 않고, 이런 것들을 배치해놓은 거예요.

그런데 독자로서는 계속 해피엔딩을 기대했어요. 김상호가 죽었고 그래서 하나코가 그를 찾아가잖아요. 그럼에도 불구하고 이 소설을 읽는 내내 아마도 죽은 줄 알았던 김상호가 어딘가에 분명히 살아 있을 거야. 마지막에 하나코와 김상호가 분명 만나게 될 거야, 기대를 했어요. 반드시 이 두 사람의 사랑이 이루어질 거야, 기대하며 이 소설을 끝까지 읽었어요. 그런데 이루어지지 않잖아요. 이 작품을 긴 시간 쓰다보면 작중인물들을 분명 사랑하게 되셨을 텐데, 이런 비극적인 사랑으로 끝맺기 힘들지 않았나요?

구효서 가슴이 아팠죠.

그랬을 것 같습니다.

구효서 어차피 이 소설은 가슴 아픈 떠돌이, 디아스포라, 예술가 떠돌이에 대한 얘기였으니까요. 김상호는 한국에서 살아보지도 못했고 한국말도 모르잖아요. 일본에서 태어나서 일본어를 모국어로 알고 살았는데 일본인이 아니라는 이유로 사회가 받아주지 않고 사랑도 이루어지지 않고, 세상에 이런 게 어디 있어요? 도대체 무엇이 이런 것을 만들어냈는가? 그런 사태를 끝없이 유발해내는 그 무엇은 무엇인가, 라는 물음에서 이 소설이 시작됐는데, 포괄적으로 말하면 그것이 바로 근대성이었다는 거죠.

제가 알기로는 바흐의 오르간곡을 듣다가 이 소설을 처음 구상했다고요? 처음에 《랩소디 인 베를린》을 어떤 계기로 쓰게 되셨고, 이 착상을 어떻게 발전시켰는지 좀 들려주세요.

구효서 정말이지 바흐라는 인물은 알면 알수록 이자가 인간인가 할 정도로 엄청난 곡을 만들었죠. 사실 바흐는 생활인이었어요. 열세 명에 이르는 자식 먹여 살리느라고 애썼죠. 눈물겹죠. 어느 날 아침을 먹는데 〈토카타 운트 푸가〉가 들려오기 시작했어요. 거실에 틀어놓은 라디오에서. 그래서 그냥 그렇구나, 아무 생각 없이 듣고 있는데 그게 파이프오르간곡이잖아요. 밥 먹다가 우연히 듣고 있는데, 저 파이프오르간이라는 것은 규모가 굉장히 큰데? 저 시대에는 전기도 안 들어왔을 텐데 대체 누가 바람을 넣어줬지? 그런 생각이 드는 거예요. 언제인가 무슨 영화를 보는데 파이프오르간에 바람을 넣는 장면이 2초쯤 나왔어요. 그런데 그 모습이 엄청났어요. 갤리선이라고 하는 노예선 있잖아요? 영화에서 보면 노예들이 배 밑창에 들어가서 일사불란하게 노를 젓는 그런 모습들이 나오기도 하잖아요? 그 정도예요. 워낙에 오르간이 크니까. 그렇구나. 그래, 맞아. 저렇듯 아름다운 음악이 나올 수 있었던 것은 그 뒤에서 바람 넣는 사람들의 엄청난 노고가 있어서 저 음악이 가능했겠구나, 그런 생각이 드는 거예요. 아침부터 왜 그런 생각이 들었는지는 몰라요. 그런 생각이 드니까 그다음엔 그럼 바람 넣는 사람 중에 혹시 음악적으로 트인 귀를 가진 사람은 없었을까? 있었다면 그는 바람을 넣으면서 어떤 생각을 했을까? 그런 사람이 음악가로서 성공했던 케이스는 없었을까? 생각이 여기까지 간 거예요. 그래서 하층민층인 풀무꾼이 음악가로 대성공하는 과정을 그려볼까? 그런 생각을 하게 되었죠. 그런데 그러면 그건 독일문학이잖아? 한국문학이 아니잖아? 그러면 그 풀무꾼을 한국인으로 할까? 생각했더니, 말이 안 되잖아요. 그 당시는 전기도 안 들어오는 18세기인데 한국인이 무슨 수로 거기에 가서 파이프 오르간에 바람을 넣겠어요? 도대체 한국인을 끌어들이려면 어떻게 해야 되지? 독일에 한국인을 어떻게 끌어들이지? 계속 고민한 거예요. 이 이야기가 한국문학이 되려면 한국인이 등장해야 되니까요. 그러다가 《베니스의 개성상인》이라는 소설을 떠올렸어요. 어떻게 조선인이 16세기, 17세기에 유럽에 갈 수 있었는가, 라는 의문에 대한 답이 그 소설에서 나왔어요. 임진왜란 때 악공들, 도공들 다 끌고 갔잖아요. 일부는 거기서 살았지만 일부는 유럽 노예상인들, 포르투갈, 스페인 노예상인들한테 팔려 갔다는 겁니다.

그렇게 이 이야기를 고민하게 됐어요. 사회에서 포용이 안 되고 더구나 사랑도 받아들여지지 않고 그래서 밀려나고 쫓겨나고 음악을 떠날 수밖에 없고 결국 죽음에 이를 수밖에 없는 이런 얘기에 일주일 정도 집중하다보니 하나하나 이야기가 만들어지기 시작하는 거예요. 그래서 기본적으로 18세기 이야기가 만들어졌고요. 그때 유럽으로 끌려간 조선 디아스포라가 있었듯이 현대 디아스포라도 만들어보자, 그래서 나온 게 누구냐 하면 윤이상 선생이었어요. 윤이상 선생이 독일에서 못 돌아왔잖아요. 나름 디아스포라라고 할 수 있죠. 그래서 윤이상 선생의 글을 읽다보니 김상호라는 인물이 등장하게 된 거죠. 이제 두 가지 얘기가 같이 진행될 수 있게 된 거죠.

그러니까 정말 훌륭한 작품은 물음표에서 생겨나는군요. 그런데 평소 음악을 굉장히 좋아하나요? 음악에 대해 굉장히 잘 아는 것 같습니다. 그래서 음악이란 소재를 택한 건가요? 음악이란 소재를 선택한 어떤 이유가 있었나요?

구효서 내가 음악을 잘 모르니까 음악에 대해 전문적이지 않은 일반 사람들의 입장을 내가 대역할 수 있겠구나, 그렇게 생각했어요. 전문가들은 일반인들이 어느 정도 음악에 대해 알고 있는지, 일반인들에게 어떻게 음악을 전달해야 될지 잘 모를 수도 있어요. 그런데 나는 모르니까 그냥 내가 알아가자, 내가 하나하나 아는 것, 내가 느끼는 것 이것이 곧 내 책을 읽을 독자들이 순수하게 받아들일 점이 아니겠는가? 오히려 모르고 시작하는 게 좋겠다고 생각했고 다행히 몰랐어요. 다만 학교 다닐 때 제가 교양학점이 좀 모자랐어요. 졸업을 해야 하는데 1, 2학점이 모자라더라고. 그래서 들었던 수업이 고전음악 감상 수업이었는데 그 수업을 들으면서 기본적인 교양을 좀 쌓았죠. 내가 음악을 모른다고 음악에 관한 소설을 못 쓴다면 내가 무슨 소설을 쓸 수 있을까? 내가 법률에 대해서 모른다고 내 소설에 변호사를 등장 못 시키고, 의학을 모른다고 의사를 못 등장시키는 거냐? 이건 아니다! 나는 작가다! 작가는 뭐든 쓸 수 있어야 한다, 그렇지 않으면 작가이기를 포기해야 된다, 이런 생각을 했어요. 그래서 과감하게 음악을 끌어들였죠.

쓰면서 정말 공부 많이 했을 것 같아요.

구효서 서양 음악사를 공부한 뒤에 음악이 적절하다고 생각했지요. 음악은 동적이고 소리가 있어요. 미술을 소재로 택하는 것도 가능했었는데 미술은 정적이고 소리가 없잖아요. 그런데 음악은 동적이고 소리가 있어요. 큰 소리도 낼 수 있고 조용한 소리도 낼 수 있어요. 우리의 감성을 역동적으로 받아들일 수 있잖아요. 그래서 음악을 택했는데 아까도 말했듯이 민족이라든가 국가라든가 하는 것들이 하나의 시니피앙에 지나지 않듯이, 음악이 그렇더라고요. 왜냐하면 음악은 기본적으로 8음계 아닙니까? 8음계로 정해져 있어요. 8음계 안에서 다 해결해야 해요. 어떻게 이 세상의 많은 소리들을 8음계만으로 표현할 수 있어요? 말이 안 되잖아요. 그래서 나중에 12음계로 확장이 되죠. 나중에는 어떻게 돼요? 이 음계 자체를 거부하는 음악이 탄생하기 시작해요. 재미있잖아요. 8음계에 가둬놨던 음을 해방시키는 거죠. 이게 현대음악이에요.

당신의 설명을 듣다보니, 주제와 등장인물, 등장인물들의 역할과 소재, 이런 것들이 정말 잘 조화를 이룬 작품이 《랩소디 인 베를린》인 것 같습니다. 그런데 당신이 생각하는 《랩소디 인 베를린》의 핵심 장면은 어떤 장면인가요?

구효서 이 소설에서 음악을 빼놓을 수 없죠. 음악을 빼놓을 수 없고 또 하나는 사건적인 측면. 즉, 남녀의 사랑 관계를 빼놓을 수가 없다고 생각해요. 그러고 주제를 생각하죠. 사실 제가 포괄적 주제라고 말하기는 했지만 우리가 소설을 읽을 때 꼭 주제를 읽기 위해서 읽는 것은 아니잖아요. 그래서 제가 자꾸 포괄적이라는 전제를 꼭 다는 겁니다. 굳이 말하자면 그렇다는 뜻이죠.

그런 것들을 두루 연관해서 어떤 장면을 떠올린다면 아무래도 저는 맨 마지막 장면을 손꼽고 싶어요. 맨 마지막 장면이 드레스덴 교회에서 경연을 벌이는 장면인데요, 거기서 아이블링거가 자기의 제자나 다름없었던 힌터마이어에게서 훔친 곡을 연주하죠. 그리고 대성공을 거두죠. 대성공을 거두는데 그 시간에 힌터마이어는 동방을 향해서 끝없이 끝없이 걷죠. 조상의 땅을 향해 끝없이 걷고 드레스덴의 마지막 경연에서 아이블링거가 성공적으로 곡을, 훔친 곡을 연주합니다. 대상을 받고 나서 아이블링거가 청중에게 고백하는 광경, 과정, 느낌, 이런 것들이 이 소설에서 빠질 수 없는 장면이라고 생각해요. 마지막에 아이블링거가 양심선언을 하죠. 사실 내 곡이 아니라 힌터마이어의 곡이었다고 음악 앞에서 고백하는 장면. 이런 것들은 참 괜찮다는 생각을 했어요. 그건 무엇이냐 하면, 연적으로서 힌터마이어를 경계했고 또는 인종적 차원에서 제자를 경계했지만, 음악에서 아이블링거는 자신의 불찰과 실수와 잘못을 스스로 인정했어요. 아이블링거는 선 안에 갇혔던, 중심 안에 갇혔던 사람이었는데 그것을 스스로 벗어날 수 있게 된 것이죠. 그것이 마지막 드레스덴 연주예요. 저는 그 장면을 공들여서 썼고요.

또 하나는 하나코와 김상호 간의 사랑이 있지 않습니까? 이루어지지 않죠. 하나코야말로 우리가 미리 그려놓은 진한 검은 선, 그 중심에 포함되지 않는 인물이에요. 하나코는 굉장히 열린 인물이지요. 하나코는 북한에도 주기적으로 봉사 활동하러 갔다왔다하고, 젊었을 때는 부모의 반대가 있었지만 겐타로를 사랑하고, 또 맨 마지막에 겐타로를 찾아오잖아요. 겐타로의 모든 것을 알고 이해하고 그의 음악과 정신과 기타, 심지어는 그의 불행까지도 다 안고 갈 수 있는 사람이 하나코거든요. 그래서 이 소설에서 자기 삶을 주체적으로 운영해 나가는 사람으로 하나코가 그려져 있어요. 서로가 좋아했던 사람들의 슬픔은 겐타로의 묘지에서 확인됩니다. 아, 이렇게 되었구나, 하나코는 탄식하지요. 우리 향후의 삶은 어떻게 되는 것인가에 대해 하나코는 서글프면서도 담담한 여운을 남기고 자신의 갈 길로 떠나게 됩니다. 이 두 장면이 저 나름대로는 인상적이지 않겠는가 생각해요.

소설에서 읽었던 대목이 막 스쳐가면서 눈물이 날 것 같아요. 얘기 듣다보니 우리가 세계명작을 읽는 이유에 대해 다시금 생각하게 되는걸요? 예를 들면 저는 《카라마조프가의 형제들》을 굉장히 좋아했었거든요. 그런데 한국에서 벌어지는 일들은 아니잖아요? 그럼에도 불구하고 우리가 다른 나라, 다른 나라 사람들의 이야기를 읽는 것은 그 안에 묻혀 있는 보편적인 것 때문이죠. 저는 이 작품에 등장하는 아이블링거라는 인물에게서 보편적인 것을 발견했어요. 아이블링거는 정말 음악하는 사람입니다. 그런데 자기 제자인 힌터마이어가 자신이 갖지 못한 재능을 갖고 있어요. 옳고 그름을 떠나서 자신이 갖지 못한 것을 가진 자에 대한 근원적인 질투, 이런 감정들은 정말 보편

적인 것 같아요. 그래서인지 아이블링거도 비록 나쁜 짓은 했어도 그럴 수밖에 없었던 아이블링거의 심리는 공감이 되더라고요.

구효서 제가 살짝 말씀드리자면, 아이블링거와 힌터마이어의 대립 관계를 설정할 때 무엇을 떠올렸겠어요? 사실은 아마데우스를 떠올렸고요. 거기에 모차르트와 살리에르를 떠올렸어요. 안 떠올릴 수가 없더라고요. 말씀을 안 드렸지만 그런 것들을 변형해서 쓰는 것도 나름 재미있었어요.

이런 장편소설 작법에 당신만의 연속성이 있을까요?

구효서 《랩소디 인 베를린》에서는 음악을 갖고 이야기하는 거죠. 음악은 기호다. 8음계 체제에 갇혀 있는 기호다. 우리는 왜 그 기호를 공유하면서 그 안에서만 감정을 나누며 예술이라고 하는가. 그것을 벗어나는 것은 어떤 의미가 있는가? 이런 얘기를 했죠. 그런데 《동주》에서는 언어를 갖고 얘기했죠. 본격적으로 언어로 막바로 온 거예요. 동주는 시인이고 언어를 다루지 않습니까? 음악 말고 이제 언어를 얘기하자. 말을 얘기하자. 말이 무엇인가? 민족이라는 것도 말이었듯이 조선이라는 것, 일본이라는 것 이게 다 말이거든요. 말에 갇혀서 섞이지 못하고 서로 배척하는 거잖아요. 그래서 이 《동주》라는 장편을 보면 소제목이 다 '말'로 끝나요. 그러니까 이 소설은 말에 관한 소설입니다. 이 소설에는 기본적으로 조선어가 등장하고 그다음에 일본어가 등장하죠. 배경이 일본이니까. 말 하나가 더 등장합니다. 무엇이냐 하면 일본이 아니었는데 지금 일본이 되어버린 땅이 있어요. 홋카이도, 북해도죠. 그것은 아이누의 땅이었어요. 아이누의 문화와 아이누의 언어가 존재했던 땅인데 일본이 식민화시킨 곳이죠. 그 식민화의 기술로 대만, 한국을 식민화시켰어요. 식민화 연습을 거기서 했어요. 지배하는 방식이죠. 그럴 때 언어라는 건 굉장한 무기가 되는 거죠. 굉장한 무기가 되는 이 언어란 무엇이겠어요? 일본어와 조선어와 아이누어가 등장하는데 그것이 과연 각각의 민족 정체성과 어떤 관련이 있는가? 실질적으로 어떤 힘을 갖는가? 단지 하나의 기호체계에 지나지 않는데 어째서 우리는 그것을 실제로 맹신하고, 경계 짓기와 반목과 갈등을 초래하고 결국 죽음에까지 이르고 지배에 이르게 되는가. 이런 궁금증은《랩소디 인 베를린》의 연속선상에 있는 것이죠.

앞에서는 음악을 갖고 이야기했다면 다음에서는 언어를 갖고 얘기했죠. 즉 윤동주를 갖고 이야기했는데 윤동주를 죽인 것은 일본의 국가주의입니다. 내셔널리즘nationalism이죠. 일본의 국가주의가 결국은 윤동주를 죽이게 된 거죠. 그런 윤동주가 해방된 조국에서는 어떻게 불리느냐 하면 '민족저항시인'이라고 불려요. 그는 민족을 위해서 죽은 거예요. 윤동주 시 보세요.

굉장히 서정적이죠.

구효서 일본의 국가주의가 윤동주를 죽였는데 대한민국의 국가주의는 윤동주를 민족저항시인으로 만들어놔요. 이것은 뭔가요? 똑같은 거잖아요? 그래서 저는 윤동주는 민족 저항시인이 되어야 하는 게 아니라 정말로 훌륭한 '인류의 시인'이어야 한다고 생각했어요. 조선 민족을 위해서 한 목숨 바친 것 같은 이런 내셔널리즘의 멍에를 지어놓고 어째서 아직 풀어주지 않지? 문학연구가라든가 유족들도 왜 그러지? 민족을 위해서 희생당했노라는 명에, 영웅적 투구, 이런 건 좀 벗겨줘야 하는 것 아닌가. 이런 궁금증과 반성이 《동주》라는 소설에 실려 있다고 보면 앞 작품과의 연속성이 있는 거겠지요. 그 뒤에 출간한 장편소설 《타락》에서는 좀 더 뭐랄까? 래디컬radical하다고 해야 할까? 좀 급진적으로 확 변해버렸어요. 명명을 거부하자. 한국사람이다, 조선사람이다, 서울사람이다, 런던사람이다, 이런 것 다 없애고 그냥 기호로써 쓰자. 마, 바, 파, 하, 이렇게 사람 이름을 쓰자. 그리고 어느 나라 사람인지도 모르게 쓰자. 어느 도시에 머물고 있는지도 모르게 하자. 선입견이라든가 정체성이라든가 하는 것들을 아예 차단해버리자. 그러면 어떤 일이 벌어질까? 《타락》에서는 그런 얘기를 한번 써봤어요. 그래서 이름이 무언지, 이게 어느 나라 사람 얘긴지? 도대체 이 애들이 살고 있는 도시가 어딘지? 왜 이렇게 사는지? 애들이 이러는 동기가 뭔지? 이런 것까지 아주 급진적으로 배제해버리면서 굉장히 실험적인 소설을 써봤어요.

한 작가의 작품은 그 작가의 첫 작품에서부터 그가 죽음에 이르기 직전까지, 정말 끝까지 다 읽어봐야겠다는 생각이 드네요. 당신 말을 듣다보니, 작가도 변화해가는 것 같습니다. 주제적인 변화, 작법의 변화 등등 작가는 끊임없이 변화해나가는군요. 당신은 장편소설도 많이 쓰고 단편소설도 많이 썼어요. 특히 장편소설을 쓸 때 염두에 두는 것이 있습니까?

구효서 이 질문에는 작품에 대한 이야기라기보다 작가에 대한 이야기를 해야 될 것 같네요. 작가는 소설을 쓰는 본인이잖아요. 그리고 이 땅에 발을 딛고 있는 생활인이잖아요. 두 아이의 아버지고 그들의 생계를 책임져야 하고 거기다 아직도 둘 다 학생이라서 학비를 대야 하잖아요. 그런데 나한테 작가라는 소명이 떨어져 있잖아요. 나는 뭘 해야 하는가? 특히 장편을 써야 하는데.

돈이 되는가, 안 되는가를 일단 염두에 두어야 하나요?

구효서 그것은 나중에 책을 내고 나서. 물론 내기 전에도 생각해야 되지만, 제가 장편을 쓸 때 진짜 염두에 두는 것은 체력이에요. 보디빌딩 이야기 같은데, 장편에 들어가기 위해서는 그 전부터 몸을 만들어 가야 된다는 거예요. 마치 스님들이 하안거, 동안거 3개월씩 들어가는 것처럼요. 몸을 만들어가는 것은 건강을 유지하는 거죠. 감기도 걸려서는 안 되죠. 그다음에, 소설이 끝날 때까지 계획했던 대로 써갈 수 있으려면, 뭐랄까요? 장편은 최소한 육 개월에서 1년 걸리는 것 아닙니까? 장편을 쓰는 데 상상력과 의지와 주제만 가지고 쓰는 게 아니잖아요. 물리적인 생산물이잖아요. 물리적인 생산물.

장편소설을 쓸 때 정말로 중요한 것은 내가 이 작품을 만드는 데 얼마만큼 올인할 수 있느냐라는 거지요. 이런 현실적인 여건은 작가가 만들어나가야 돼요. 큰 숨을 쉬고 잠수해서 최대한 잠수 시간을 견디는 그런 거라고 생각해요. 그런 뒤에 다 쓰고 나면 푸! 하고 내뿜어야 하는데 잠수하고 있는 동안은 모든 것이 정지되죠. 작품 이외의 것들은 다 정지되는 이 무시무시한 시간. 저는 장편을 많이 써봐서 지금은 어느 정도 숙달이 됐지만, 처음에는 얼마나 몸이 아프고 힘들었는지 몰라요. 다른 생활적인 게 끼어들면 한동안 글을 못 쓰고, 이어 쓰느라고 또 고생하고 그랬습니다. 한 사람이 올림픽에 나가서 금메달을 따기 위해서 4년이라는 기간을 어떻게 태릉선수촌에서 지내는지 안다면 아마 아무도 스포츠 선수를 안 하려고 할 거예요. 우리도 그렇잖아요. 이것 하나 쓰는 데 어떤 과정을 겪는지 안다면 과연 해야 될까? 이럴 것 같아요. 그래서 자기 피지컬physical을 어떻게 유지해갈지를 알아야 하고, 소설 한 편을 위해서 정말 작은 감기 하나라도 안 걸려야 된다는 것을 지상명령으로 알아야 해요. 그런 연습, 그런 각오를 다지는 것이야말로 장편소설을 쓰면서 가져야 할 중요한 것이라고 생각해요.

한 권의 장편소설을 쓰기 위해서는 감기조차도 허락하지 않겠다! 그런 각오로 소설을 쓴다, 당신의 이 말은 잊지 않겠습니다.

구효서

1957년 강화에서 태어나 1987년 중앙일보 신춘문예에 단편 〈마디〉가 당선되어 등단했다. 장편소설로 《늪을 건너는 법》《슬픈 바다》《추억되는 것의 아름다움 혹은 슬픔》《낯선 여름》《라디오 라디오》《비밀의 문》《남자의 서쪽》《내 목련 한 그루》《몌별》《나가사키 파파》《랩소디 인 베를린》《동주》《타락》《새벽별이 이마에 닿을 때》《옆에 앉아서 좀 울어도 돼요?》《빵 좋아하세요?》, 소설집으로 《노을은 다시 뜨는가》《확성기가 있었고 저격병이 있었다》《깡통따개가 없는 마을》《도라지꽃 누님》《아침 깜짝 물결무늬 풍뎅이》《시계가 걸렸던 자리》《저녁이 아름다운 집》《별명의 달인》《아닌 계절》, 산문집으로 《인생은 지나간다》《인생은 깊어간다》 등이 있다. 한국일보문학상, 이효석문학상, 한무숙문학상, 허균문학작가상, 황순원문학상, 대산문학상, 동인문학상 등을 수상했다.

작가 자신을 놀라게 하고
슬프게 하고 전율시키고
감동시킨 인물이
바로 소설의 주인공이다

방현석 장편소설《그들이 내 이름을 부를 때》

방현석 장편소설《그들이 내 이름을 부를 때》는 2011년 12월 13일 작고한 고 김근태 씨의 삶을 그린 소설이다. 최근 고인의 수기를 바탕으로 한 정지영 감독의 영화 〈남영동 1985〉가 개봉하면서 많은 사람들이 고인의 삶에 다시 한 번 관심을 갖게 되는 계기가 된 바 있다. 소설은 실제 우리 현대사에서 일어나는 굵직한 사건들을 배경으로 김근태가 실명으로 등장해 흥미를 끈다. 잘 알려지지 않은 김근태의 개구쟁이 유년 시절과 학생운동이나 정치 활동과는 거리가 멀었던 학창 시절의 모습, 대학생이 된 후 역사에 대한 인식이 변화하는 계기 등을 흥미진진하게 읽을 수 있으며, 소설 중간 중간 삽입된 인터뷰 형식의 증언들이 사실감을 준다.

작가 자신을 놀라게 하고 슬프게 하고 전율시키고 감동시킨 인물이 바로 소설의 주인공이다

방현석 장편소설 《그들이 내 이름을 부를 때》

언제부터인가 나는 캐릭터에 대한 이야기를 하고 있었다. 소설의 사건을 이끌어 나가는 행위자로서의 인물에 대해서. 소설 창작과 관련된 수업을 하기 위해 강의실에 들어설 때마다 소설의 인물에 대해 질문을 받고, 대답한다. 입체적 인물과 평면적 인물, 개성적 인물을 만들어내는 방법, 인물의 성격을 드러내는 방법 등등. 그런 시간들 속에서 어느새 나의 인물들은 마모되어가고 있었다. 나만큼 비루하고 남루하고 희망 없는 인물들을 내 소설 속에 불러내어 함께하고자 했던 이유, 사랑 없이는 그 기원을 상상조차 할 수 없었던 인물들에 대해 나는 전혀 엉뚱한 이야기를 하고 있었다.

어느 날 문득 강의실을 빠져나오며, 당신은 왜 구태여 이 인물에 대한 이야기를 쓸 수밖에 없었나요? 라는 질문에 대답해줄 수 있는 사람과 만나고 싶어졌다. 강의실을 빠져나오기 무섭게 나는 소설가 방현석에게 전화를 걸고 있었다.

장편소설 《그들이 내 이름을 부를 때》는 아껴가며 읽고 싶어서 침대 머리맡에 올려놓고 매일 저녁 잠들기 전에 표지만 만져보다 일주일 뒤에 읽었던 작품입니다. 읽는 내내 당신이 이 작품을 집필하기 전에 굉장히 많은 선행 작업을 했을 것 같다는 생각을 했습니다. 어떻게 이 작품을 시작하게 됐는지, 자료수집이라든가 취재와 관련된 이야기를 해줄 수 있을까요?

방현석 사실은 제가 이십대 중반이었을 때 처음 만나게 되었던 사람에 대한 이야기였어요. 그때 그분의 얼굴을 처음 본 건 아니었고 처음에는 그분의 이야기만 들었죠. 그분이 쓴 수기를 보고 굉장히 놀랐었죠. 그리고 오랜 세월이 지난 다음에 또 그분이 병실에 누워서 생애의 마지막 순간을 맞이하고 있을 때 같이 있게 되었었죠. 이분의 생애를 정리하고 싶다는 가족들의 요청을 받고 제가 병실로 찾아가 이분의 이야기를 다시 기록하기 시작하면서 소설을 썼죠.

생존 인물을 소설로 형상화하는 작업이 쉽지는 않을 것 같아요. 사실 지나간 시절에 대한 이야기나 역사소설을 쓸 때도 제한되는 것이 많잖아요. 그런데 이렇게 생존인물을 소설로 쓸 때는 어려움이 더 많을 것 같거든요? 이 소설을 집필하면서 어려움은 없었나요? 혹 집필 전에 염두에 두었던 점은 없었는지 궁금하네요.

방현석 그분 이야기를 평전이나 또는 자서전 형태로 쓰려고 시작했었죠. 저는 정리자로 참석했었는데 이분이 저를 만나고 나서 얼마 지나지 않아 사실은 더 이상 진술을 하는 게 가능하지 않은 상황이 되었습니다. 나머지 부분은 제가 조사하고 취재해서 채워 넣는 작업을 해야 되는 상황으로 바뀌면서 불가피하게 허구의 형식을 빌리지 않을 수 없는 사정이 생겼죠. 다른 하나는 이분의 삶, 내면을 가장 진실에 가깝게 그리는 방법이 논픽션nonfiction의 형식이 아니라 사실은 픽션fiction의 형식을 통해서 더 잘 보여줄 수 있겠다는 판단이 섰어요. 그 두 가지가 결합돼서 처음의 형식에서 벗어나서 소설로 그 형식을 바꾸게 되었죠.

네, 그런 사정이 있었군요. 혹 논픽션과 픽션의 차이에 대해 설명해줄 수 있나요?

방현석 이명랑 작가 역시 소설을 쓰니까 잘 알겠지만, 실존했던 인물을 소설에서 형상화하는 과정에서 발생하는 어려움은 함부로 상상력을 동원해서 바꿔낼 수 없는 현실적 사실이 갖는 제약성들이 강하게 작동한다는 점이죠. 그럼에도 이것을 소설의 형식으로 가져가야만 하나의 개인적인 체험에 그치지 않는 아주 특별한 개인의 내면이자 또 한 측면에서 보면 한 시대 그리고 그 시대를 함께 살았던 사람들의 추억의 전범으로 바꿀 수 있는, 작가만이 가지는 특권을 행사할 수 있게 되지요. 그래서 허구의 형식을 취했는데 막상 허구화를 하면서 사실 그렇게 큰 어려움은 느끼지 않았어요. 왜냐하면 저는 픽션과 논픽션에 대해서 보통 사람들이 갖고 있는 견해와는 조금 다른 견해를 가지고 있기 때문이에요. 흔히들 소설이라고 그러면 지어낸 이야기, 그래서 있는 사실과는 반대의 이야기, 논픽션의 반대가 픽션인 것처럼 이야기하죠. 흔히 정치인들이나 이런 사람들이 거짓말을 할 때 소설 쓰지 마라, 저것은 완전한 픽션이다, 이렇게 이야기하잖아요. 그런데 그것은 소설이나 픽션에 대한 오해죠. 그러니까 픽션이라고 하는 것, 소설이라고 하는 것은 논픽션의 반대말이 아니고 논픽션이 가닿지 못한 그 너머의 진실까지 가닿으려고 하는 시도 속에서 나오는 작업이죠. 다시 말해 논픽션의 너머에 있는 게 픽션이죠. 소설이라고 하는 것은 사실의 세계 너머에 있는 진실에 다가가는 일이죠. 사실에 그치는 것이 아니고요.

그러면 우리가 소설이라고 지칭할 때는 논픽션, 다시 말해 사실 그 자체로는 그려낼 수 없는 것도 그려낼 수 있어야 되는 것이네요?

방현석 그렇죠. 우리가 작가가 되는 이유는 거짓말을 하고 싶어서가 아니고 이 사실이 감추고 있는 사실 뒤에 있는, 사실 너머에 있는 진실에까지 다가가고자 하는 시도, 다시 말해 사실만 가지고는 그 진실을 볼 수 없을 때 그것을 허구라는 것을 통해서 보여주고 싶기 때문이잖아요? 허구를 통해서 사실조차도 감추고 있는 진실을 보여줄 수 있다고 믿기 때문에 그래서 작가가 되는 거죠. 그것이 작가라는 존재가 가지는 가장 큰 특권이고 행복이라고 생각하죠. 그게 아니라면 뉴스를 전달하는 기자나 기록물을 쓰는 사람과 작가가 다를 게 없다고 생각해요.

당신의 말을 들어보니, 팩트를 바라보는 시각이라든가 소설을 바라보는 자세에 대해서 다시 한 번 돌아봐야겠다는 생각이 듭니다. 그런데 《그들이 내 이름을 부를 때》에는 어쨌든 실존인물과 실제 사건들이 굉장히 많이 나옵니다. 이런 사실들을 가지고도 도저히 담아낼 수 없는 진실을 드러내기 위해서 소설을 쓰기 전에 또 소설을 쓰면서 당신이 가장 염두에 두었던 점은 무엇이었나요?

방현석 물론 지금 얘기했듯이 사실을 왜곡하지 않는 범위 내에서 그러니까 사실에 기반을 두고 사실이 보여주지 못하는 것까지 보여줬을 때 소설의 이름에 값하는 작업이 되겠죠. 물론 논픽션 그러니까 기록적 글쓰기가 하위의 일이다, 다큐멘터리는 드라마보다 하위에 있고, 또 전기나 논픽션은 소설보다 하위에 있는 작업이다, 저는 그렇게 이야기하는 것은 아닙니다. 논픽션과 픽션은 굉장히 다른 작업이다, 그렇게 이야기하는 것입니다. 서사라는 점에서는 같죠. 논픽션과 소설도 같은 서사이고 드라마나 다큐멘터리도 같은 서사죠. 다큐멘터리나 논픽션도 굉장한 실감에 입각한 감동이 있잖아요. 우리가 많이 읽었던《전태일 평전》이나 잭 런던의 글이라든가 또 최근에 나온 〈아마존의 눈물〉 이런 다큐멘터리는 굉장히 감동적이잖아요. 그런데 그것들이 소설이나 드라마보다 못하다고 이야기할 수는 없죠. 사실은 일정 부분까지는 같은 작업을 하거든요. 드라마와 마찬가지로 논픽션도 이야기를 질서화하고 이야기를 생략하고 강조하는 작업을 통해서 자신이 전달하고자 하는 메시지를 최대한 잘 효과적으로 전달하기 위한 미학적 노력을 기울이죠.

논픽션도 사실은 있는 사실 그 자체의 기록은 아니죠. 작가의 의도에 따라서 자신이 전달하고자 하는 것을 체계화해서 질서화하고 가장 효과적으로 자신의 의도가 상대에게 전달되도록 편성하는 일 그리고 거기에 필요한 부분에서 강조하고 의도에 맞지 않는 부분은 생략하는 절차들 여기까지는 픽션의 작업방식과 같이 가죠. 사실 소설이나 픽션을 만드는 작업은 허구에서 출발하는 것이 아니고 논픽션이나 다큐멘터리와 마찬가지로 똑같이 사실에서 출발하죠. 그래서 두 단계의 작업을 저는 함께 간다고 봐요. 그리고 논픽션을 쓸 때도 이야기를 재배열하는 거죠. 있는 이야기를 어떤 순서로 짤까. 이 이야기 순서에 따라서 사실은 그것의 메시지는 전혀 달라지잖아요. 흔히 드라마에서도 그렇지만 재판에서도 마찬가지거든요. 무엇이 앞이고 무엇이 뒤였느냐죠. 어느 것을 앞에 놓고 어느 것을 뒤에 이야기하는가에 따라서 달라지죠.

가령 그 시어머니하고 며느리가 다퉜단 말이에요. 그런데 시어머니의 말을 먼저 들으면 그 며느리는 정말 나쁜 여자예요. 그런데 며느리의 이야기를 먼저 들어보면 시어머니는 정말 해도 해도 너무하는 사람이에요. 어느 이야기를 먼저 하느냐의 차이죠. 그리고 그다음에 서사를 만들어가는 과정에서 하게 되는 작업이 생략과 강조죠. 가끔 저도 학생들하고 이런 이야기를 할 때가 있어요. 커플이었던 학생들 둘이 같이 손잡고 다니다가 어느 날 같이 안 다니는 거예요. 그래서 너희 어떻게 된 거야? 하고 그 남학생 이야기를 먼저 들어보면 여자가 좀 심해. 이건 정상적이지 않아. 그래서 너희들은 잘 헤어졌구나, 진작 헤어질걸 그랬다, 이렇게 이야기해요. 그런데 반대로 여학생 이야기를 들으면 남자가 정말 한심해. 왜 이렇게 한심한 애하고 지금까지 사귀었니. 그 여학생 얘기를 들어보면 정말 남자친구가 한심하기 그지없어요. 이처럼 두 사람의 얘기는 전혀 다르잖아요. 그런데 이 두 사람이 거짓말을 했느냐. 물론 거짓말을 할 경우도 있지만 내가 만난 두 사람은 대체로 어느 쪽도 거짓말하지 않았어요. 둘 다 사실을 이야기했죠. 다만 여기에서 자신에게 유리한 것을 좀 강조하고 자신에게 불리한 이야기는 생략한 거죠. 두 사람 다 거짓말을 하지 않았음에도 불구하고 어느 것을 강조하고 어느 것을 생략하느냐에 따라서 이 이야기는 전혀 다른 이야기가 되는 거죠.

논픽션과 소설, 다큐멘터리와 드라마는 똑같은 서사죠. 그런데 그다음 단계에서 논픽션과 소설은 다르게 되죠. 이렇게 이야기를 재편성하고 또 필요한 이야기를 생략하고 강조하기도 했는데 미흡한 게 있다고 느껴졌을 때, 이게 성이 차지 않을 때, 이것으로는 이 이야기에 담겨 있는 진실 혹은 보여줘야 될 것이 부족하다고 느껴질 때, 소설을 생각하게 되는 거죠. 드라마는 여기에서 허구를 가미할 수 있게 되죠. 그러나 논픽션이나 다큐멘터리가 여기에다 허구를 가미하면 그것은 더 이상 논픽션이나 다큐멘터리가 될 수 없죠. 아까 두 가지까지는 의도가 개입되지만 논픽션과 다큐멘터리라고 하는 사실적 글쓰기, 사실적 서사에서 용인되는 과정이지만 여기에서 허구가 개입되면 그것은 논픽션의 윤리에 사실상 벗어나게 되죠. 여기에서 더 작업을 하고 싶을 때 소설을 선택하게 되는 거죠.

그러면 당신도 《그들이 내 이름을 부를 때》를 쓸 때 어쩔 수 없이 생략과 강조를 하게 되었겠네요? 굉장히 많은 증언들을 녹취하고 굉장히 많은 주변 분들을 만났잖아요. 취재도 직접 하고요. 그런 다음에는 어떻게 그 자료들을 재배열했습니까?

방현석 여기에서 최대한 배제하고자 했던 것은 우리가 다 알고 있는 이야기들 그리고 당위적인 이야기들이었어요. 그것들로부터 좀 가려져 있는 우리가 보지 못했던 그 사실들 이면에서 겪어야 했던 인물의 갈등과 고민 그리고 결단과 그것으로부터 비롯되는 비애와 또 감당해야 됐던 고통들, 이런 것에 저는 최대한 주목하고자 했죠.

그래서였을까요? 계란 훔치는 이야기라든가 이분의 유년 시절의 이야기는 전혀 몰랐던 이야기들이 많아서 이분의 인간적인 면모를 굉장히 많이 느낄 수 있었습니다. 그러니까 당신은 이분의 어떤 인간적인 면모, 이런 것을 더

강조한 건가요?

방현석 이분의 삶에 대한 질문의 방법으로서 선택된 것이지 그 자체가 목표는 아니라고 봐요. 그랬을 때 이분이 가지고 있었던 내면의 풍경들을 보여주고자 했죠. 이분이 나중에는 정치를 했었잖아요. 현실 정치를 했기 때문에 그것에 대해 우리의 부정적인 선입견들이 있죠. 하지만 사실 이분은 정치인이었다기보다 우리 시대의 인간이 정신적으로 도달할 수 있었던 가장 높은 지점까지 가본 사람, 자신의 행동과 생각을 일치시켜보고자 했던, 더 높은 인간의 높이까지 솟구쳐오르려고 도전했고 또 그럼으로써 누구보다 많은 대가를 치렀어야 했고 그랬기에 또 고독해야 했던 사람이었어요. 만약에 그가 단순히 현실적인 이익이나 영예, 이런 것들을 취하려고 했다면 그렇게 외로워지지는 않았겠죠. 저는 이분의 그런 부분에 주목했었어요. 이분은 실패를 통해서만 자신의 옳음을 입증할 수밖에 없었던 사람이다. 그러니까 이분이 아마 현실적으로 크게 성공했다면 그것은 그가 틀렸다는 것을 스스로 입증하는 결과였을 거다, 저는 이렇게 생각해요.

그는 이중적인 것 우리 사회의 이중성 그리고 현실과 이상은 다르다는 것, 이런 것을 참지 않았어요. 언제나 현실과 이상은 끊임없이 일치를 향해서 달려가야 하고, 꿈은 현실과 달라서는 안 된다는 생각했어요. 자기의 삶이 자기의 이상을 배신하지 않도록 끊임없이 돌아봤어요. 공공의 선을 이야기하다가도 막상 자기 문제에 닥쳤을 때는 자기는 예외로 하는 그런 행동들, 이상적으로는 옳지만 현실이니까 안 돼, 어쩔 수 없어, 이렇게 하는 것에 대해서 용인하지 않았죠. 현실은 그 사람에게도 그런 것들을 강요했죠. 그런데 그 사람은 그것을 받아들이지 않았어요. 그렇게 해야 된다고 생각하지 않았기 때문에 실패할 수밖에 없었죠. 그 실패를 통해서 그는 그가 옳았다는 것을 결국 증명할 수밖에 없었는데 저는 그게 이분의 불행이고 또 한국 사회의 불행이었다고 보죠. 저는 그가 어떻게 눈앞의 이익을 포기하고 현실적 패배를 감수하고, 모욕과 외로움을 견뎌내는 마음을 갖게 되었을까, 그 점에 주목했어요. 유년 시절에 그는 작은 달걀 하나를 훔쳐 먹기도 하고, 또 그것으로 인해서 혼이 나기도 했어요. 자신의 잘못에 대한 질책은 기꺼이 받아들였지요. 그렇지만 자신이 결백한 일에 대해 거짓으로 동의하는 걸 끝내 받아들이려고 하지 않았는데, 이런 것들이 어떻게 축적되어 자신의 목숨이 위협받는 상황 속에서도 자기 앞에 정직하려고 했는가, 저는 이런 점을 끝까지 보고자 했죠.

그럼 이 이야기를 허구화할 때 어떤 과정들을 거쳤는지 좀 알려주세요.

방현석 허구와 사실의 아슬아슬한 경계들을 가능하면 계속 유지하려고 저는 애를 썼어요. 이 소설에 보면 주인공이 과외했던 집에 여학생이 있어요. 굉장히 애틋한 이야기인데 이 주인공이 사실은 고등학교 입시에 실패했었죠. 중학교였죠. 그때는 중학교도 시험 봐서 들어갔으니까 중학교 입시에 실패해서 자기가 원하는 중학교에 못 가고 삼 년 동안 모자를 푹 눌러쓰고 다니면서 혼자서 공부했죠. 그렇게 해서 그 당시에 최고 수재만 가던 경기고등학교에 입학하게 되죠. 그런데 그때 경기고등학교 다녔던 동기들 선배 후배들 중에는 이름만 대면 알 만한 사람들, 그러니까 우리 사회에서 아주 쟁쟁한 사람들이 아주 많죠. 그런데 그 사람들을 제가 만나서 이야기를 들어봤어요. 그때 그 사람들 중에 김근태라는 인물이 가난했다거나 힘든 생활을 했다는 사실을 아는 사람이 아무도 없었어요. 다들 그를 아주 귀공자로 기억하고 있어요. 그런데 사실 그 당시 김근태는 문도 없는 판잣집에 살았고 장마에 그 판잣집마저 무너져서 흙더미에 다 묻혀 버렸어요. 그래서 고등학교 삼 년을 거의 입주 과외를 해야 했어요. 고등학생 신분으로 중학생이나 고등학생을 가르치면서 자기가 돈을 벌어서 학비뿐 아니라 집의 생활비까지 보태면서 학교에 다녔어요.

이렇게 어렵게 생활을 했는데 그 주변의 친구들은 아무도 그가 그렇게 어려웠다는 것을 몰라요. 누나의 증언에 의하면 한 달에 한 번 정도 집에 다니러 오면 저녁을 안 먹고 갔다고 그래요. 집에 있는 가족들이 먹을 게 줄어드니까 자기는 안 먹고 과외 집에 가서 한 끼를 해결하면서 학교를 다녔던 거죠. 그런데 이런 사실을 아무도 기억하지 못해요. 그렇게 그는 항상 사람들한테 누추한 모습을 보이려고 하지 않았죠. 그리고 우리는 그를 대단한 운동권의 대부로 알고 있지만 사실 고등학교 때까지 김근태는 공부만 했었고, 박정희 대통령의 지지자이기도 했었죠.

대학에 가서도 다들 데모하러 가는데 혼자만 강의실에 남아 있었고요?

방현석 끝까지 버티고 그랬던 사람이죠. 그의 생각이 바뀐 것도 어떤 과격한 생각이나 이런 것에 의한 것이 아니었어요. 그는 박정희 대통령의 '혁명공약'에 공감했는데 민간에 정권을 이양하겠다고 한 것을 비롯한 약속들을 지키지 않는 것에 실망했죠. 사람이 변화할 때는 어떤 변화의 과정이 있어야 하는데 그 변화를 설명하지 않고 사람이 변화하는 것을 보면서 의문을 갖게 됐던 거예요. 그 바뀐 과정들에 대한 설명이 있다면 자기는 납득할 수 있을 텐데 앞에서 이렇게 주장했던 사람이 다음에는 전혀 다른 주장을 하고 행동을 하면서도 아무런 설명도 해명도 없는 것. 거기에 대해서 질문을 던지기 시작하면서 사실은 변화했던 거죠. 다시 아까 했던 이야기로 돌아가면, 이 소설을 쓰면서 취재했던 하숙집 여학생 같은 경우도 이 김근태라는 인물이 어떤 생활을 하는지 사실은 잘 몰랐었죠.

심지어 입주를 하고 있는데도요?

방현석 그렇죠. 이 소설의 주인공은 자기도 공부를 해서 대학에 가야 되잖아요. 그런데 나중에 대학교에 가서 이 정직하지 못한 현실 그러니까 부정한 선거, 부정을 통해서 권력을 유지하는 것에 대한 참을 수 없는 분노를 느꼈고, 이런 것 때문에 끌려가게 됩니다. 이때 사실은 이 과외집 주인이 큰 피해를 봤었죠. 김근태도 사실은 몰랐었죠. 과외집 주인이 큰 피해를 봤다는 사실을 김근태가 안 것은 굉장히 많은 세월이 흐른 다음이었어요. 그 당시 김근태가 과외를 했던 집의 주인이 보건사회부의 고위관료였어요. 과외를 가르쳤던 집 딸의 부모님이요. 그런데 김근태가 학교에서 제적당하고 이랬을 때 그런 사람을 보호해주면 이 집 주인은 굉장히 위험해지죠. 그런데도 이 집 주인은 자기 집에 와서 요양하게 해주고, 군대에 갔다 왔을 때는 자기 집에서 학교도 다니게 해주죠. 김근태 이 주인공은 그 집에 누가 되지 않기 위해 그 집을 나오죠. 오갈 데도 별로 없으면서 피해가 되지 않으려고요. 그러나 김근태는 몰랐지만 실제로 그 집을 나온 뒤에 그 집 주인은 잡혀가서 비리가 있는지 없는지 혹독하게 조사를 받고 지방으로 내쫓기고 그랬어요. 심하게 고문도 당하고 매질도 당하고 그래서 결국 이 사람은 한국이 너무나 징그럽게 싫어져서 이민을 가요. 그 사람은 아주 선량하고 양식이 있는 공무원이었고, 그 가족들도 아주 선량한 사람들이었죠. 이 사람들은 반체제도 아니고 너무나 체제적인 사람들, 체제 안에 있고 그것을 옹호하는 사람들이었는데 그 뒤로 한국이 너무 싫어져서 아르헨티나로 전 가족이 이민을 가죠. 그 뒤 수십 년이 지난 다음에 그분이, 그 딸이 이제 김근태한테 연락을 해오죠. 그런 이야기들 중에 제가 일부만 쓰고 일부는 감춰두고 그랬죠.

당신의 이야기를 듣다보니, 현실과 허구의 이 아슬아슬한 경계 위에서 진실을 그려내기 위해서 얼마나 많은 시간 고뇌했을까, 가슴이 먹먹해집니다. 이제 다시 작품 안으로 들어가서 첫 장면에 대한 이야기를 해보고 싶습니다. 《그들이 내 이름을 부를 때》의 첫 장면, 굉장히 인상적이에요. 그런데 첫 장면 쓰기가 굉장히 어렵잖아요. 이 소설의 첫 장면, 어떻게 쓰게 되었나요?

방현석 이게 프롤로그라고 되어 있는데요. 사실은 이 앞에 붙어 있는 게 있거든요. '책머리에'라는 게 붙어 있고 또 그 앞에 보면 '일러두기'라는 게 또 있어요. '일러두기'는 뭐고 '책머리에'는 뭐고 '프롤로그'는 뭔지, 이걸 유심히 보면 재밌어요. 제가 나름대로 생각해서 써놓은 거거든요.

그럼 '일러두기'부터 이야기해주세요.

방현석 '일러두기'의 1에 보면 이 책은 소설입니다, 이렇게 써놨어요. 그리고 3에 보면 이 책의 '책머리에'는 작가의 말이 아닌 소설의 일부입니다, 이렇게 써놨어요. '책머리에'라고 한 말이 작가의 말이 아니고 소설이다, 이렇게 이야기했거든요. 그리고 '프롤로그'에는 이렇게 썼습니다. "이제 내게 남은 시간이 얼마 되지 않는다는 것을 나는 안다. 느낌이 있다. 체포되기 전에도 늘 그랬다. 이번에는 잡혀가겠구나, 하면 어김없이 그랬다. 스물여섯 번 중에 어느 한 번도 피해가지 못했다. 이번에도 나는 피해가지 못할 것이다. 체포는 피하지 않은 것이고, 죽음은 피할 수 없다는 것이 차이라면 차이다. 그러나 그 차이도 사실은 차이가 아니다. 나는 지금 꼼짝 못 하고 병상에 누워 있다. 겨우 눈동자를 움직이고 있을 뿐이다. 그러나 지난 시절에도 나는 여러 번 꼼짝없이 묶인 채 내 운명을 지켜보아야 했다. 아내는 지금 자기가 반드시 나를 일으켜 세울 테니 지켜보라고 당신에게 큰소리를 치고 있는데, 아니다. 이십육 년 전에는 인재근이 나를 살려낸 것이 맞다. 그러나 이번에는 아무래도 안 될 것 같다. 내게 남은 시간이 얼마인지 모르겠다. 싫지만, 떠오르는 대로 두서없이 이야기할 수밖에 없다. 내 기억의 편린을 정리하는 것은 이제 내 몫이 아니게 되었다. 어떤 것은 현실 같기도 하고 꿈같기도 하다. 내가 지금까지 누구에게도 하지 않은 이야기도 있고, 하지 못하게 한 이야기도 있다. 여전히 하지 말아주기를 바라는 이야기도 있다. 이제는 이것도 내 몫이 아니게 된 것 같다."

죽음을 앞에 둔 이의 심정이 너무나도 담담하게 그려져 있어요. 그래서 더 가슴을 울리는 장면인데요, 이런 문장을 쓰기까지 도대체 어떤 시간들을 견디다가 이 첫 장면을 쓰게 된 건가요?

방현석 시작이 반이다, 라는 말이 소설에서는 정확히 맞아요. 시작하면 반 이상 쓴 거죠. 그러니까 첫 문장을 쓸 수 있다는 것은 이야기 전체에 대한 어느 정도의 정리가 다 되었을 때 첫 문장을 쓸 수 있죠. 첫 문장 쓰기의 어려움이라는 것은 제 대학 시절을 한번 떠올려보면 좋을 것 같아요. 제가 대학 1학년 때 김동리 선생님한테 소설을 배웠어요.

정말로요? 저희들한테는 전설 속의 인물이시잖아요.

방현석 그런데 그때는 선생님 하기도 좋았고 학생 하기도 참 좋았어요. 그때는 지금처럼 복사시설이 발달하지 않아서 원고를 200자 원고지에다가 전부 써가지고 와서 철끈으로 묶어서 들고 갔어요. 그럼 복사를 해서 미리 나눠주거나 파일로 돌리는 게 아니고 그 자리에서 목소리가 제일 낭랑한 여학생이 소리 내서 읽어요. 소설을 낭독하면 나머지는 눈을 지그시 감고 소설 한 편을 다 듣는 거예요. 그러면 한 시간이 가잖아요. 미리 읽어갈 필요도 없어요. 그러면 김동리 선생님 같은 경우에는 칠판에 대충 한 문장 정도를 적어요. 한 시간 내내 원고지 첫 장 얘기하다가 한 시간이 다 끝나요. 그런데 원고지 한 장이라고 해봤자 200자 원고지 한 장에 제목 쓰고 한 줄 건너서 이름 쓰고 다시 한 줄 건너서 쓰면 두세 문장이 안 나와요. 한두 문장뿐인데 그 한두 문장 가지고 한 시간을 다 보내요. 그래서 처음에는 영감님

이 소설 읽기가 싫으니까 두 문장으로 다 때우는구나, 이런 생각도 안 한 게 아니었어요. 그런데 이제 시간이 많이 지나고 보니, 그게 얼마나 굉장한 수업인가 하는 것을 알았어요. 아마 그때 김동리 선생님은 첫 문장은 인격이다, 이런 이야기를 하셨던 것 같아요. 첫 문장을 가지고 한 시간을 이야기한다는 것은, 소설 전체를 안 보는 것이 아니고 그 첫 문장 속에 작가의 구상, 사유의 방식, 서사의 전략이 다 담겨 있다는 거죠. 그 첫 문장 속에는 이 소설을 어떤 분위기로 쓰겠다, 그 분위기에 따라서 문장이 단문일 수도 있고 중문일 수도 있고 복문일 수도 있고, 그리고 이 쓴 용어들이 굉장히 극적인 용어들, 과장된 단어를 쓸 수도 있고 매우 냉정한 객관적인 용어들을 쓸 수도 있고, 그것을 통해서 이 문장을 쓰고 있는 화자의 심정, 심리상태 이런 것들까지 다 담겨 있는 거죠. 바로 그 한 문장에. 그러니까 그 첫 문장은 결국 이 소설 전체를 어떻게 끌고 가겠다는 것의 압축적인 표현, 나는 이 소설을 어떻게 쓸 거야, 나는 독자들이 어떤 태도로 이 소설을 읽어주기를 바란다고 하는 희망이 이 첫 문장 속에 사실은 다 나와 있죠.

《그들이 내 이름을 부를 때》의 첫 장면은 죽음을 앞에 둔, 병상에 누워 있는 분의 모습입니다. 그럼 이 첫 장면을 쓰면서 당신은 어떤 것을 결정한 건가요?

방현석 이 사람한테 가장 진실하게 이야기할 수 있는, 무엇도 고려하지 않고 오로지 자기가 남기고 싶은 생각, 자기가 살아왔던 삶, 소중했던 장면들은 뭘까? 어떤 것이 이 사람에게 빛나는 시간이었을까?

이 사람에게 가장 아팠던 시간은 어떤 시간이었을까? 이 사람에게 가장 행복했던 시간은 어떤 것이었을까를 들려주겠다고 생각했어요. 죽음은 한 인간이 살아온 생애의 최종지죠. 이야기할 수 있는 시간이 정말 얼마 남지 않은 마지막 순간에 들려주는 이야기의 형식을 이 첫 문장에서 프롤로그로 공표하고 있는 셈이죠.

당신은 이 소설을 쓸 때 이 인물의 내면의 풍경들을 가장 염두에 두었다고 했습니다. 어떻게 보면 그 내면의 풍경들 중에서도 가장 절실하고 절박한 순간을 독자에게 가장 먼저 보여준 거네요. 그런데 당신이 집필한 창작론 책을 읽어보면 첫 장면과 마지막 장면을 먼저 생각하고 그리고 그 안에 몇 개의 장면들을 징검다리 놓듯이 연결한다고 했어요. 그렇다면 《그들이 내 이름을 부를 때》의 마지막 장면도 이 첫 장면을 쓸 때 어느 정도 미리 생각해놓은 거잖아요. 또 소설의 결말에는 내화형 결말과 확장형 결말이 있다고 했는데 《그들이 내 이름을 부를 때》의 마지막 장면은 어떤 결말인가요?

방현석 마지막 장면은 인생에서 가장 고통스러웠던 시간들을 견뎌내고 나서 죽음보다 더 고통스러운, 죽음보다 못한 시간에서 빠져나오면서 다시 생환하면서 느끼는 감정들을 그려놓은 거예요. 이 부분은 이 사람의 문제의식, 사람에 대한 태도, 인생에 대한 태도를 가장 잘 보여주는 장면이죠. 어떤 사람도 당하기 어려웠던 가혹한 대우, 인격적으로 육체적으로 인간으로서 참을 수 없는 모멸과 고통을 당하고 나서 다시 이 세상으로 발걸음을 내디딜 때, 이게 마지막 장면이거든요. 그러니까 자신을 짐승처럼 고문했던 그리고 자신의 인격을 무참하게 짓밟았던 사람들과 작별하고 그것으로부터 빠져나오면서 다시 살았구나 하는 생각을 하는 장면인데요, 결국 죽음의 문턱에서의 이야기들이죠. 소설의 첫 시작은 이제는 정말 돌이킬 수 없는 죽음의 문턱에서 26년 전이라고 하는 게 아내가 나를 살렸다고 하는 게 여기서 구출해낸 게 부인이었거든요. 아니었으면 이 사람이 살아서 나올 수 없을지도 모르죠. 그리고 이 용기를 발휘해서 여기에서 용기라고 하는 것은 인간에 대한 신뢰를 저버리지 않는 거죠. 보통 사람이었다면 여기서 그 무엇보다도 자기 자신에 대한 신뢰, 인간에 대한 신뢰를 버렸을 가능성이 큰데 그것을 회복하는 과정이에요. 이 소설의 마지막 장면은 제가 성숙형이라고 한 결말과 개방형이라고 했던 결말, 두 가지가 다 섞여 있는 결말의 형식인 것 같아요. 마지막 부분을 한번 읽어볼까요? 에필로그가 좀 긴데요, 일부만 읽을게요.

"1985년 겨울은 지독히 추웠다. 남영동에서 서울구치소로 옮겼지만 나로서는 공간의 이동을 감각할 수 없었다"로 시작하는 장면이에요. 여기서 주인공은 사실은 생쥐들하고 같이 생활해요. 쥐들이 왔다 갔다하는. 벽은 꽝꽝 얼고 안쪽에 습기가 차서 얼음, 빙벽이 된 감옥 안에서 생쥐들이 오가는 것을 지켜보는 그 감옥의 풍경들 속에서 자신을 고문했던 사람들을 생각하는 거예요. "쥐를 보면서 나는 고문자들의 이름을 잊지 않으려고 쥐들에게 그들의 이름을 하나씩 붙여주었다. 그중에 귀가 한쪽 뜯기고 앞다리 하나를 못 쓰는 생쥐가 있었다. 그 쥐를 발견했을 때 나는 혐오감을 느꼈다. 그 생쥐는 가장 나중에 나타나서 가장 나중에 사라지고는 했다. 나는 그 쥐가 내 곁으로 오는 게 끔찍이 싫었다. 내가 아는 고문자들의 이름을 생쥐들에게 다 붙여주고 나서 그 생쥐만이 남았다. 나는 그 병들고 허약한 생쥐에게 그처럼 강인하고 거대한 사람들이 어울릴 리 없다고 생각했다. 그렇지만 내게는 아직 이름을 모르는 자가 하나 남아 있었다. 남영동을 나올 때까지도 이름을 알아내지 못한 고문기술자 이 실장이었다. 나는 그 이름을 몰랐으므로 내 기억투쟁이 미진하게 여겨졌다. 마치 그 기억투쟁은 내 생명장치처럼 여겨서 나는 예민해지고는 했다. 때로는 꿈속에서 그의 이름을 찾기 위해 산처럼 쌓인 서류를 뒤적이다가 깨고는 했다. 나는 못난 생쥐에게 이 실장이라는 이름을 지어주었다. 왠지 그 쥐는 아주 오랫동안 보고 살 것 같은 느낌이 들었다. 나는 그 쥐의 몫으로 따로 밥알을 챙겨주기도 했다. 나는 생쥐들에게 붙인 내 친구들의 이름, 내가 끝내 지켜낸 이름과 지키지 못한 이름을 입안에서 불러보며 안도하고 슬퍼했다. 그리고 이 실장 쥐가 나인지도 모른다는 생각에 이르러서는 오열했다. 내가 할 수 있는 일이 남아 있지 않다는 사실은 견디기 어려웠다. 나는 몸을 바닥에 두고 가벼이 일어나고 싶은 열망에 사로잡혔다. 남영동 고문실 칠성대에서 수없이 충동질했던 기도였다. 나는 내 몸이 그만 쉬기를 요구한다. 신도 이해하지 않을까. 그래서 용서하고 거둬주지 않을까. 창문에 덧댄 비닐이 북처럼 울었다. 나는 입을 달싹거려 한 사람씩 불렀다. 내가 지켜낸 이름과 지켜내지 못한 이름, 나를 모욕하고 유린했던 이름, 끝없이 그리운 이름, 이름들. 그들의 이름을 기억하려는 안간힘으로 그들이 불러준 내 이름을 잊지 않으려는 몸부림으로 그해 겨울 나는 죽지 않았다."

마지막 장면을 읽다가 가슴속에서 뜨거움이라고 불러도 좋을 그 어떤 것이

제 안에서도 꿈틀거리는 것을 느꼈었는데, 이렇게 다시 작가의 육성으로 직접 들으니 감회가 새롭습니다. 그런데 나는 이 실장이라고 이름을 붙인 쥐에게 따로 밥알을 챙겨주었다고 했는데, 이 문장을 잘못 해석하면 나를 괴롭힌 자, 나의 어떤 상처와 증오의 뿌리일 수도 있는 이 사람을 혹시 용서한 거 아니냐? 그렇게 해석이 될 수도 있을 것 같아요. 마지막 결말에 그냥 어떤 도식적인 화해, 도식적인 용서로 끝나는 소설을 저는 개인적으로 받아들이기 힘들거든요. 소설을 전개시해가다가 그냥 화해하는 소설들은 쉽게 받아들여지지가 않아요. 나에게 상처준 사람, 내 괴로움, 증오의 근원일 수 있는 사람이라든가 상황을 용서한다는 것은 쉽지 않으니까요. 저는《그들이 내 이름을 부를 때》의 결말 부분에서 김근태라는 주인공이 이 실장이라는 쥐한테 밥알을 주는 행위가 그런 도식적인 용서와 화해는 아닐 거라고 생각하거든요?

방현석 제가 이 소설의 인물하고 만나서 한번 크게 놀랐던 적이 있었는데, 병상에 눕기 전이었어요. 고문자는 우리 사회에서 한때 굉장히 유명했던 사람이었잖아요. 결국 감옥에 가 있었죠. 감옥에 가 있을 때 그때 이분은 아마 장관인가 그랬을 거예요. 장관으로 있을 때 이 고문자를 면회하고 왔었죠. 사실은 공개하지 않기로 하고 면회를 갔다 온 건데 본인 의사와 관계없이 다른 사람에 의해서 면회 갔다 온 사실이 공개됐었죠. 감옥에 있는 그 고문자를 만나고 온 다음이었는데, 사람들이 용서한 거냐? 안 한 거냐? 이런 질문들을 이분에게 많이 던질 때였어요. 그때 이 주인공은 굉장히 고통스러워했어요. 사실 자신은 용서하고 싶어 했어요. 제가 만나서 들은 바로는 이분은 분명히 용서해주고 싶어 했어요. 그런데 이분이 제일 고통스러워했던 것은 그 고문자가 자기 앞에서 눈물을 흘렸는데 그 눈물이 어딘지 가식 같았다는 거예요. 진실 같지가 않더라는 거예요. 그 고문자가 막 무릎을 꿇고 흐느껴 말하면서 용서해달라고 이야기했지만 그의 눈에서 눈물 한 방울이 안 나더라. 자기가 진심이었으면 눈물 한 방울은 흘렸어야 되지 않을까, 그랬다면 자기가 정말 마음으로부터 용서할 수 있을 텐데. 이 사람이 지금 거짓 용서를 나한테 구하고 있는 게 아닌가. 김근태가 거기서 용서하고 말고의 문제는 자기가 지금 거짓하고 타협하고 있는 것이 아닌가라는 거였어요. 이 사람이 거짓 용서를 구하는 것에 대해서 내가 거짓 용서를 하는 게 아닌가. 자기한테 자기를 거짓되게 하는 게 아닌가. 이것 때문에 고통스러워했어요.

아마 당시의 그 사람의 이상이나 이런 것을 보면 이런 것을 용서하고 아주 통 큰 정치인처럼 보여질 수 있었겠지요. 그러나 그것은 거짓이 되는 거죠. 진실에 대한 거짓. 이 사람이 마지막까지 그렇게 이야기했던 그 모습들을 보면서 저는 아, 어떤 사람도 이럴 수는 없을 것이다, 진실을 감당하며 살아야 할 어떤 종교인도 이럴 수는 없을 것이다, 이렇게 진실에 대해서 천착하지는 못할 것이다, 라고 생각했어요. 그때의 인상이 이 소설의 마지막 장면에 굉장히 많이 투영되어 있어요. 그래서 그 고문자를 용서했느냐, 안 했느냐는 문제에 대해서도 그때 최종적으로 정리한 것은 그것이었어요. 다른 목사님하고 이야기하면서 자기가 내린 결론이었다고 그랬는데 용서하고 안 하고는 내 몫이 아니다, 그냥 그것은 하나님의 몫이다, 라고요.

마지막 장면은 많은 독자에게 큰 울림을 주었을 것 같습니다. 그리고 저한테는 또 다른 장면이 뇌리에 강하게 남았는데요, 바로 아버지가 점심은 어떨

게 해결하느냐고 주인공에게 묻는 장면이었어요. 아버지가 교직에서 물러난 뒤 가족 모두 판자촌에서 살게 되는데, 자녀들 모두 돈을 법니다. 주인공 역시 집을 나가 입주 과외하며 돈을 벌죠. 또 학교 갈 때 도시락도 안 싸가잖아요. 그런데 아버지가 점심은 어떻게 해결하고 있냐고 물어보시는 거예요. 주인공은 아버지가 묻지 말았어야 된다, 라고 합니다. 저한테는 그 장면이 가장 뇌리에 남는 장면이었어요. 왜냐하면 내 주변 상황들이 아무리 나를 힘들게 해도 내가 지켜야만 하는 나의 존엄을 지키기 위한 최소한의 자존감을 지키고 싶어 하는 주인공의 각오와 모습이 제게는 정말 큰 감동으로 다가왔었거든요. 혹시 이 소설의 핵심 장면을 꼽으라고 하면 당신은 어떤 장면을 꼽나요?

방현석 이분이 잠깐 자기 신분을 속이고 회사원이 되어서 무역회사에 취직해서 아주 유능한 직원으로 일한 적이 있어요. 그때 무역회사 직원 중에 여상 출신의 유능한 경리가 있었어요. 아주 발랄하고 발칙하고 상냥한 그래서 혼자 야간대학에 가려고 공부하는 여직원인데 주인공한테 호의를 가지고 있죠. 아저씨, 아저씨 하며 반말도 하고 주인공에게 호감을 표현하는데 주인공은 자기는 수배자고, 언제 이 회사를 그만둬야 할지 모르고, 도망가야 될지 모르니까 정을 주지 못하죠. 살갑게 대해주면 서로 상처를 입게 될 테니까요. 그때 이 두 사람이 주고받는 절묘한, 미묘한 게 있어요. 그런데 이걸 지나치게 발전시켜 확장하면 사실의 기반이 흔들리게 되잖아요? 그런데 이 소설은 사실과 허구 사이를 아슬아슬하게 타고 가기 때문에 사실의 기반을 흔드는 허구로 가지 않으면서 이 감정을 살려내고자 했어요. 사실을 흔들지 않으면서 이 감정선을 살려내는 섬세한 기술, 이 부분에서 제가 그런 기술을 좀 잘 발휘하지 않았나, 싶거든요.(웃음) 실은 제가 거기에 용기를 얻어서 요새 짧은 연애소설을 처음으로 쓰고 있답니다.

정말요? 방현석 소설가가 쓴 연애소설? 상상이 가지 않는데요? 아무튼 그 장면을 다시 읽어보고 가능성을 점쳐보겠습니다. 그런데 이 소설은 일인칭 시점이면서 중간 중간 주인공의 주변 인물들인 누나나 친구들의 증언이 삽입이 됩니다. 일인칭 주인공 시점과 이런 증언들이 교차적으로 나오거든요? 왜 이런 시점을 선택했습니까?

방현석 이 소설에서는 특히 이 인물의 내면을 드러내는 게 가장 중요했고 그러자면 주관적인 진술이 상당 부분 필요했어요. 그런 주관적인 진술을 위해서는 일인칭이 가장 효과적이기 때문에 일인칭 시점을 선택했어요. 지금 생의 마지막 순간에, 병상에 누워 있는 사람이 진술한다는데 여기에 대해서 그게 사실이냐고 따져 물을 사람은 아무도 없잖아요. 그렇게 일인칭이 갖는 힘을 활용하고자 했고, 그게 가장 적합하다고 생각했어요. 그러면서도 한편으로는 이 소설 속에 인터뷰 형식의 글들을 삽입해놓은 이유는, 일인칭이 갖는 주관성을 보완하고 싶었어요. 일인칭은 객관적인 진술이 아니잖아요. 이 사람한테 정말인지 물어볼 수는 없지만 거짓말을 하고 있는 것인지 아니면 사실인지를 객관적인 진술을 통해서, 증언을 통해서 이 사람의 진술들을 입증해주고 이게 사실임을 뒷받침해주려고 한 것이지요. 일인칭은 자기 시선이 닿는 바깥은 볼 수 없는 시점이잖아요. 머리 뒤는 볼 수 있는 게 아니니까요. 자기를 포함한 전지적 시점으로 그것을 보아주기 위해서는 객관적인 시점, 객관적인 시선, 객관적인 사실이 필요하죠. 그래서 균형을 맞추기 위해서 일인칭과 증언들을 교차시켜 섞어놓은 것이죠.

그래서인지 이 소설을 읽다보면 일인칭 소설인데도 삼인칭 소설을 읽는 듯한 느낌이 들었습니다. 그런데 이렇게 당신과 소설에 대한 이야기를 나누다보니, 소설 주제의 변화가 느껴지는 것 같아요. 첫 소설에서부터 《랍스터를 먹는 시간》까지, 지금까지 당신이 써온 소설과는 다르게 요즘은 연애소설도 쓰고 있다고 했는데요, 소설 주제가 어떻게 변화해왔는지 이야기해줄 수 있나요?

방현석 제가 소설가로 데뷔한 작품은 노동자들의 이야기를 다룬 작품이었어요. 저는 고등학교 때부터 글을 쓰겠다는 결심을 해서 문창과에 들어간 문학소년이었죠. 그런데 제가 대학에 들어가던 해는 어떤 분이 총으로 권력을 잡았던 해였어요. 그렇다보니, 글을 쓰는 일이 이 세상의 불의 앞에서 무엇을 할 수 있을까? 거짓이 진실이 되고 불의가 힘이 되는 시대에 글을 쓰고 있는 일이 과연 떳떳한 일일까? 하는 회의들이 많았던 시대였죠. 그런 권력에 저항하지 않으면서 어떻게 작가가 되겠다고 할 수 있나, 그런 분위기 속에서 어쩌다 총학생회 일을 맡게 되었지요. 그런 자리를 맡으면 거룩한 주장을 많이 할 수밖에 없게 되잖아요. 민주, 민족, 민중…… 그렇게 한 거룩한 말을 나중에 감당하는 일은 참 어려웠어요. 내가 한 그 말로부터 도망가지 못해서, 요만큼은 내 말에 책임지겠다는 생각으로 공장에 들어가게 되었어요. 한 10년 동안 인천에 있었는데 그때는 사실 소설 쓰는 일이 부끄러운 일이라고 생각했으니까 소설을 포기했었어요. 그런데 노동자들하고 같이 생활하다보니, 이것은 누군가 이야기해야겠다, 남들보다는 내가 좀 더 잘할 수 있겠다, 그런 생각을 하게 됐어요. 그래서 노동자들 이야기를 썼는데 그게 그렇게 큰 반향을 불러일으키게 될 줄은 몰랐어요.

1980년대에 당신의 작품을 안 읽은 사람은 거의 없을 정도였잖아요?

방현석 1980년대, 그 질풍노도의 시대는 저에게 고통스러웠지만 행복했던 시절이기도 했습니다. 저는 언제나 문학은 인간의 삶에 관계하는 일이라고 생각합니다. 그 소설들도 노동자의 이야기이기 이전에 가장 아름다운 사람들에 대한 이야기였어요. 그 시대, 80년대, 90년대 중반에 저한테 가장 아름다웠던 사람, 가장 감동적인 사람들이 바로 노동자들이었어요. 제가 공장 다닐 때 하루 일당을 3,750원인가 받았어요. 3,750원, 하루종일 아침부터 밤늦도록 일해서 받은 3,750원은 설렁탕 두 그릇을 먹고 담배 한 갑을 사면 끝나는 돈이었어요. 그 돈을 받고 아무런 권리도 없이 일했어요. 퇴근 시간도 정해져 있지 않았어요. 다섯 시 반 다 되어서 오늘은 여덟 시 퇴근이야, 그러면 여덟 시 퇴근이에요. 오늘은 철야야, 그러면 내일 새벽까지 일해야 돼요. 오늘 저녁에 애인하고 약속한 거 아무 소용없어요. 그냥 일해야 돼요. 그렇게 일했던 사람들이 당시의 1980년대 한국의 노동자들이었어요. 그 무권리, 저임금의 열악한 환경 속에서 일하면서도 꿈을 잃지 않고 인간답게 살기 위해 몸부림치고 싸웠던 사람들, 그 사람들이 그 시대에 가장 아름다웠던 인간의 모습이라고 생각해요.

그 시대의 가장 아름다웠던 인간들이 노동자들이었기 때문에 그때 저는 노동자들의 이야기를 썼었고, 그런 다음에 그분들의 노력에 의해 이 사회가 민주화되고, 경제적으로 성숙해지고 이러면서 그런 정도의 야만을 통과하게 되었죠. 우리 사회가 그렇게 변화되고 나서 저는 제자리로, 글 쓰는 자리로 돌아오게 되었죠. 그다음에 베트남 이야기를 좀 썼었어요.

베트남 이야기를 담은 소설집이 《랍스터를 먹는 시간》이었지요? 저 개인적으로 《랍스터를 먹는 시간》과 관련된 에피소드가 있어요. 사실 저는 《랍스터를 먹는 시간》을 읽고 굉장한 충격을 받았었어요. 자신의 모든 것을 다 던져서 생애의 어느 한 시기를 살았는데 그것이 실패로 남는 경우가 사실은 인생이잖아요. 아마도 우리에게 80년대가 그런 시대가 아니었나 싶은데요, 90년대 후반으로 접어들면서 80년대의 이야기가 후일담으로 취급되고, 많은 선배작가들이 이제 나는 삶의 어떤 이정표를 찾지 못하겠다, 이런 이야기들을 할 때였어요. 그런 상황에서 《랍스터를 먹는 시간》을 읽으면서 저는 당신이 이제 새로운 것을 찾았다는 생각을 했습니다. 《랍스터를 먹는 시간》에서 당신은 베트남의 이야기를 통해 비록 그때와는 다른 모습이지만 한순간이나마 자신의 삶을 치열하게 산 사람들이 이제 자기 삶의 자리에서 살아가는 모습을 들려줬는데 저한테는 큰 감동으로 다가왔었거든요. 그러나 당신 본인은 첫 소설에서 시작해 《랍스터를 먹는 시간》이라는 소설에 이르기까지, 인간으로서 작가로서 큰 고뇌와 아픔이 있었을 것 같아요.

방현석 자기가 가치로 삼았던 것이 어느 날 아무것도 아닌 것이 되어버린 것 같은 그런 국면의 변화들이 있었죠. 그랬을 때 참 당황스럽죠. 내가 무엇을 잘못했을까? 우리는 잘못 산 게 아닐까? 우리 지금까지 헛일을 한 것인가? 그랬을 때, 그러면 우리와 비슷하면서도 다르게 살았던 사람들은 어떻게 살았을까? 그리고 그 사람들은 지금을 어떻게 받아들이고 있을까? 이 시대를? 우리가 청춘을 거의 바치고 살았다고 하지만 아예 목숨을 내놓고 살았던 사람들도 있는데, 그들은 어떻게 견뎌냈을까? 그 사람들은 그 시간이 지나가고 난 다음에 회한이 없을까? 베트남 같은 경우에도 미국과 싸우면서 자주독립을 한다고 했고 그래서 얼마나 많은 사람들이 죽었어요? 10,000일 동안 전쟁을 한 사람들인데 그리고 나서 되찾은 독립, 그것은 과연 행복할까? 그리고 지금은 또 그렇게 어렵게 독립해놓고는 다시 미국을 받아들여서 개혁하고 개방했잖아요.

이러려면 왜 싸웠지? 그 사람들은 무엇 때문에 싸운 것일까? 그리고 이 상황을 이 사람들은 어떻게 받아들이고 있을까? 궁금했어요. 그래서 그 거울에 비춰보면 우리 모습도 좀 볼 수 있겠다, 그들의 거울은 또한 우리의 거울일 수 있겠다, 그들이 우리에게 비춰볼 수 있을 것이고 우리가 그들에게 비춰보면 다음 시대가 조금 보일 수 있겠다. 그렇게 해서 제가 베트남에 관심을 가지게 되고, 베트남 친구들을 만나게 되고, 매우 감동적인 인물들을 만나게 됐어요. 저의 경우에는 그 사람들과의 만남이 저 스스로에 대한 자괴감, 무력감 혹은 어떤 배신감, 이런 것들로부터 빠져나오는 데 큰 도움이 됐었어요.

《랍스터를 먹는 시간》은 제게도 큰 도움이 됐습니다. 어느 순간 그럴 때가 있잖아요. 삶의 나침반으로 삼았던 것이 갑자기 없어졌을 때, 어떻게 살아야 되는지 막막해지잖아요. 어쩌면 당신의 소설 속 인물들은 어떤 삶의 국면 때

마다 어떻게 살아야 될 것인가라는 물음에 답해줄 수 있는 그러한 인물들이 아니었나 싶습니다. 그럼 당신은 요새는 어떤 인물들, 어떤 이야기에 매료되어 있는지 궁금한걸요?

방현석 저는 소설을 쓰면서 저를 울리지 않는 이야기는 쓰지 않았어요. 그 이야기가 또 그 인물이 나를 울렸을 때, 내 마음을 울렸을 때, 내가 느낀 이 감정을 독자들하고 나누고 싶다, 다른 사람들이 더 많이 나와 같은 감동, 전율을 느꼈으면 좋겠다는 생각을 했어요. 제 소설은 나를 전율시킨 인물들의 이야기들이에요. 노동자들 이야기를 담은《내일을 여는 집》이나《새벽출정》도 그렇고, 베트남을 배경으로 쓴《존재의 형식》과《랍스터를 먹는 시간》도 그렇고, 제 소설의 주인공들은 다 제 마음을 울린 사람들이었어요. 저는 나를 울리지 않는 사람의 이야기는 쓰지 못해요. 어떻게 나도 못 울리는 사람의 이야기를 가지고 다른 사람을 감동시킬 수 있겠어요? 저는 그런 자신이 없기 때문에, 적어도 나 스스로를 울릴 수 있는 것이어야 했어요.

《랍스터를 먹는 시간》이나《존재의 형식》을 쓸 수 있었던 것도 반 레와 같은 인물이 있었기 때문이에요. 반 레라는 인물이 전쟁에 참여한 10년 동안 4명 살아남고 부대원 전원이 전사했어요. 전쟁이 끝났을 때 죽어버린 300명이 넘는 친구 중에 시인을 지망했던 친구가 한 명 있었어요. 그 친구는 시인이 되지 못한 채 전장에서 죽어버린 거죠. 늘 틈만 나면 시집을 꺼내 읽고 시를 쓰곤 했던 그 사람은 전쟁이 아니었으면 반드시 시인이 됐겠죠. 그런데 그 전쟁 속에서 400명이 입대해서 396명이 죽었고 살아남은 4명에 속한 나는 시인이 되었지만, 그는 레지 투이라는 자신의 이름을 쓰지 않고 시인이 되고 싶었지만 끝내 시인이 되지 못한 채 전장에서 삶을 마감한 친구 반 레를 기억하고 그 이름으로 시를 발표했죠. 그 친구는 죽었지만 이름으로 살아남아서 지금도 시를 쓰고 있는 셈이죠. 반 레라는 인물을 만났을 때 굉장히 전율적이었어요. 그런 사람들이 저에게 소설을 쓰게 했어요.

《그들이 내 이름을 부를 때》의 주인공인 김근태라는 인물도 사실은 저를 놀라게 하고 슬프게 하고 또 전율시켰던 그런 인물이었기 때문에 썼어요. 지금 제가 쓰고 있는 소설 역시 지금까지의 인물들과는 조금 다르지만, 순애보를 하나 쓰고 있어요. 사랑했기 때문에 가까이 가지 못했고 그래서 1년에 한 번이라도 만날 수 있기를, 볼 수 있게 되기를 꿈꾸고, 그것만으로도 행복한 인물, 1년에 한 번 만나는 것, 그 1년의 하루를 기다리면서 1년을 견뎌내고 그리고 하루 만난 그 힘으로 또다시 1년을 살아내는 인물의 이야기를 지금 쓰고 있어요.

당신이 지금 말한 소설이 출간되면 제가 제일 먼저 읽고 싶네요. 하루 만난 그 힘으로 또다시 1년을 살아내는 사랑…… 어떤 사랑일까, 벌써부터 궁금합니다. 그런데 소설을 처음 쓰려고 하는 습작생들이 자주 묻는 것들이 있어요. 제대로 된 문장을 쓰려면 어떻게 해야 되나요? 소설을 쓰려면 이야기를 재배열해야 되는데 플롯을 어떻게 만들어야 되는 건가요? 이런 질문을 많이 하는데, 연습 방법이 있다면 좀 알려주세요.

방현석 저는 이렇게 문장 훈련을 해보라고 얘기해요. 처음부터 타이핑하지 마라. 타이핑이라는 것과 필기라는 말은 전혀 다른 거예요. 도구가 형식을 결정해요. 그 형식이 또 내용을 결정해요. 타이핑이라는 것은 지우고 오려 붙이고 옮기는 게 자유로운 글쓰기예요. 컴퓨터를 이용한 글쓰기는 손으로 쓰는 글하고는 전혀 달라요. 감각이 다르고 도구가 다르다는 것은 사유의 방식이 다르다는 것을 의미해요. 생각의 방식도 다른 거죠. 저는 쓰기 전에 말로 해보라고 권해요. 첫 문장, 첫 단락, 한 단락 정도를 말로 써봐라. 자연스러운지, 끊임없이 말로 읊조리고, 입안으로 굴려보고, 소리 내서 읽어보라고요.

처음부터 문장을 그냥 타이핑을 쳐놓으면 그것은 기계적인 글쓰기의 한계에서 벗어나기 어려워요. 말을 하면서 그 어감이 어떤지, 이 문장의 느낌은 어떤 것인지, 이때의 심정은 어떨 것인지, 이것을 듣는 사람은 어떨 것인지, 써놓은 문장을 끊임없이 말로 소리 내어 읽어보면 달라져요. 조사 하나도 '아' 다르고 '어' 다르단 말이에요. 이 문장을 끊임없이 굴려보는 거예요. 그러면 버스를 타고 가면서도 이 문장을 써 봐요. 한 문장을 쓰면 그다음 문장을 또 붙여서 써봐요. 한두 문장 붙여서. 그리고 한 단락 정도는 외울 수 있게 써보라고 권해요. 외울 수 있게 그렇게 굴려보면 절대 이상한 문장이 나오지 않아요. 가장 입에 붙는 감각이 살아 있는 문장이 되고, 한 장면이 생기게 돼요. 그 장면 하나가 생기면 그다음은 타이핑해도 무방하다. 그 탄력으로 적어도 하나의 힘 있는, 정련된 장면이 나오면 그 힘으로 나머지를 밀고 갈 수 있다. 그래서 저는 그렇게 해보라고 권해요. 그다음에 손으로 옮겨봐라. 그다음에 타이핑을 해라. 이 세 단계를 거치면 완벽한 문장이 나온다, 최상의 문장이.

처음부터 막 타이핑을 치는 것보다 그렇게 하면 정말 살아 있는 문장이 나올 수 있을 것 같은데요?

방현석 강요된, 기계적으로 만들어진 문장은 곤란하죠. 억지로 문장은 만들 수 있지만 그 문장에 숨결과 생명력이 있느냐는 거죠. 저는 거꾸로 가야 된다는 겁니다. 여기서부터 출발해서는 안 된다. 활자화되는 데까지는 이 몸 안의, 우리의 생체리듬 속에서부터 시작되어서 글자로 바뀌는 과정을 거쳐야 된다는 겁니다.

그럼 어떤 것은 생략하고 어떤 것은 강조해서 재배열하는 작업을 플롯이라고 할 수 있는데, 플롯을 잘 만들려면 어떻게 해야 될까요?

방현석 이야기의 앞과 뒤, 그리고 그 사이의 이야기를 어떻게 신비롭게 만들 것인가? 처음에는 논리화 작업, 추상화 작업이 필요한 거죠. 전 소설을 쓰는 과정은 추상화와 구체화의 반복이라고 생각해요. 내가 무슨 이야기를 하고 싶다, 다시 말해 수다 떠는 이야기만 있다고 소설이 되지는 않잖아요. 이야기에 의미가 부여되어야 하잖아요. 그러면 이 의미는 무엇일까? 이 이야기는 우리에게 인생의 무엇을 던져주는 걸까, 하는 것을 궁리하는 과정이 필요하죠. 아, 저 이야기는 도대체 우리의 삶의 어떤 진실을 은유하고 있는 거지? 그것을 뽑아내는 추상화시키는 과정이 있고, 또 추상화되면서 거룩한 뜻을 거룩하게 이야기하면 그것은 철학자의 이야기이지 작가의 이야기는 아니잖아요. 그러면 다시 이것을 구체적으로 그것을 보여주는, 예를 들어 그 주인공이 정말 인간적이라고 한다면 그 인간적인 것을 구체적으로 어떤 행동과 어떤 구체적인 상황과 사건으로 보여줄 것인지, 이 두 가지의 과정을 왔다갔다 해야겠죠. 소설을 쓰려면 한편으로는 논리화의 과정이 필요하지만 단순히 논리화만 되면 이것은 기술자들의 딱 짜여지는 이야기가 되겠죠. 우리는 사회학자도 아니고 윤리학자도 아니죠. 이것을 다시 우리는 이야기로 바꿔내야 하는데 이때 신비화가 필요하잖아요. 논리로 되어 있는 것들을 신비로 대체하는 작업, 이게 미학적인 작업이죠. 삶에는 분명히 존재하지만 어떤 논리로도, 공식으로도 설명할 수 없는 진실, 그것을 매혹적인 신비를 통해서 보여줄 수 있는 것, 이게 소설의 힘이고, 소설 쓰는 작가의 즐거움이고 또 긍지라고 생각해요.

삶에는 분명히 존재하지만 어떤 논리로도, 공식으로도 설명할 수 없는 진실, 그것을 매혹적인 신비를 통해서 보여줄 수 있는 것, 이게 소설의 힘이고, 소설 쓰는 작가의 즐거움이고 또 긍지다, 기억하겠습니다.

방현석

중앙대학교 문예창작학과와 동대학원에서 공부했다. 소설집 《내일을 여는 집》 《랍스터를 먹는 시간》, 중편소설 《세월》, 장편소설 《십년간》 《당신의 왼편》 《그들이 내 이름을 부를 때》, 산문집 《아름다운 저항》 《하노이에 별이 뜨다》, 서사창작방법 안내서 《이야기를 완성하는 서사패턴 959》와 《글쓰기 수업비법》(공저) 등을 냈다. 신동엽창작기금, 오영수문학상, 황순원문학상을 받았으며, 현재 중앙대학교 문예창작학과 교수이자 '아시아스토리텔링위원회' 위원장이다.

인물을 통제하려고 하지 마라

심윤경 장편소설《사랑이 달리다》

《나의 아름다운 정원》으로 제7회 한겨레문학상을 수상하고 《달의 제단》으로 제6회 무영문학상을 수상하며 평단과 독자들의 열렬한 지지와 관심을 한 몸에 받아온 작가 심윤경의 장편소설. 부모의 황혼이혼으로 펑펑 써대던 아빠 카드도 사라지고, 난생처음 돈을 벌게 된 서른아홉 살의 혜나. 그녀의 미치광이 가족들과 그녀를 사랑하는 두 남자, 우리를 만만하고 시시하게 대할 뿐인 화려하고 도도한 세상에 대한 이야기다.

인물을 통제하려고 하지 마라

심윤경 장편소설 《사랑이 달리다》

예전에는 참 많이 들었다. 그런 말들을. 당신은 팔색조 같아요. 팔색조라니? 볼 때마다 다른 사람 같다는 거다. A가 기억하는 이명랑은 노랑색이고, B가 기억하는 이명랑은 초록색이고, C가 기억하는 이명랑은 빨간색이다. 당연한 일 아닌가? 만나는 대상에 따라 '나'라는 사람은 전혀 다른 '나'가 될 수 있다. 정도의 차이는 있을지언정 누구나 다른 모습의 '나'를 갖고 있다. 그렇다면 한 작가의 여러 다른 작품들 속에 등장하는 등장인물들은? 어떤 작가의 경우에는 작품마다 독특한 스타일의 개성적인 인물이 등장하기도 하고, 어떤 작가의 경우에는 매번 주인공의 스타일이 비슷하기도 하다.

그런데 아주 가끔 소설 속에서 그런 인물을 만나게 될 때가 있다. 이 작가가 어떻게 이런 인물을 등장시킬 수 있었지? 이 작품 이거 정말 이 작가가 쓴 것 맞아? 이렇게 동일한 작가의 작품 속에서 전혀 의외의 인물을 만나게 될 때, 즐겁다. 행복하다. 빠져들게 된다. 본인의 매력이 무엇인지 뻔히 잘 알고 있는 사람은 매력이 없다. 어떤 사람에게서 예상 밖의 의외성을 발견하게 될 때, 매력을 느끼게 된다.

심윤경의 장편소설《사랑이 달리다》를 읽는 내내, 몹시 궁금해졌다. 당신, 어떻게 당신 안에 꽁꽁 숨겨져 있던 의외성을 발견해낸 거야? 심윤경의 '혜나'가 어떻게 작가 심윤경이라는 알을 깨고 나오게 됐는지, 빨리 그 비밀을 캐보고 싶어졌다.

당신은 한때 작가들 사이에서 화제가 된 적이 있습니다. 대부분의 작가들이 문학을 전공한 반면 당신은 대학에서 생물학을 전공했기 때문인데요, 생물

학을 전공한 사람이 어떻게 소설을 쓰게 됐습니까?

심윤경 글쎄 말이에요. 제가 청소년기 또는 대학 다닐 때 글을 쓰는 사람이 되겠다고 생각했으면 조금 다르게 살았을지도 모르겠어요. 글을 쓰겠다고 생각해본 적은 없었어요. 제 목표였다면 생물학을 하는 과학자가 돼서 글을 잘 쓰는 과학자 최재천 선생님 같은 사람이 되고 싶었어요. 그런데 어느 날 연구를 하다보니까 제 적성이 연구가 아니라는 사실을 뒤늦게 깨닫게 된 거죠.

비단 당신뿐만 아니라 컴퓨터를 하다가 혹은 직장에 다니다가 사업을 하다가 갑자기 시를 써보겠다, 동화를 써보겠다, 소설을 써보겠다, 이런 분들도 많습니다. 그런데 이런 분들 대부분 집안의 반대가 만만치 않거든요. 당신도 집안의 반대가 만만치 않았을 것 같은데 어떻게 극복하셨어요?

심윤경 글을 쓰는 게 취미생활이지 밥벌이하는 직업이 될 수 있겠느냐는 우려를 많이 하셨어요. 현실적인 우려죠. 그런데 스무 살이 넘은 성인이 하겠다는데 부모님의 반대는 곁반찬 같은 어려움이죠. 진짜 어려움은 다른 것이었어요. 정말로 쓰고 싶은데 뭘 어떻게 써야 하는지 모르겠던 거. 그래서 어디에서라도 배우고 싶은데 소설은 제가 도전하기에 너무 어려운 경지인 것 같아서 처음엔 드라마 아카데미에 갔었어요. 그렇게 드라마도 1년 배워봤어요. 그러다 출판사에 다니면 글 쓰시는 분들을 귀동냥, 눈동냥 할 수 있지 않을까? 어떻게 쓰는 건지 배울 수 있지 않을까? 그런 생각에 출판사 직원으로도 좀 있어봤어요. 그런데 제가 깨달은 건 결국 제가 써야 된다는 거예요. 뭘 쓸 건지는 생각만 해서는 절대로 되지 않아요. 자판을 두드리니까 써지더라고요. 제가 직장을 다닌 시간이 4년 정도 됐는데요. 그 기간 동안 저는 언젠가는 소설가가 돼야지, 글을 써야지 생각을 계속했어요. 출판사에 다니는 시간을 반 수련기간이다, 그렇게 생각하며 다녔는데 돌이켜 생각해보니까 그렇지 않더라고요. 그때는 여섯 시에 퇴근해서 집에 오면 아이도 없었고 저녁시간이 자유로웠기 때문에 취미 생활하듯이 맥주 한 캔 갖다놓고 뭘 써볼까 하고 또닥또닥 썼어요. 그게 결국은 소설의 시작이었고 소설가는 별게 아니더라고요. 그렇게 쓰면 되는 거였어요.

쓰면 된다, 정말 공감되는 말입니다.

심윤경 네, 쓰는 사람이 소설가고, 다듬다보면 글의 질은 점점 나아질 수 있어요. 일단 쓰는 게 맞더라는 게 제 깨달음이었어요.

그러면 당신은 주로 어떤 방식으로 작품을 쓰나요? 어떤 작가들은 특히 단편소설 쓰는 분들 같은 경우는 일주일 내내 잠 안 자고 단편소설 한 편을 쓴다, 이런 경우도 있어요. 당신은 이렇게 몰아서 글을 쓰는 편입니까, 아니면 규칙적으로 시간을 정해놓고 쓰는 편입니까?

심윤경 저는 그때그때 달라요, 가 정답인 거 같아요. 저의 소설가로서의 커리어는 아이를 키우는 엄마로서의 극렬 육아기와 딱 맞물려서 시작이 됐거든요. 제가 아무리 글을 쓰고 싶어도 자라는 애는 어쩔 수 없으니까요. 처음엔 아이를 다른 분께 맡길 수 있는 상황도 아니어서 정말 독립운동 하듯이 남는 시간에 썼어요. 어떤 식으로 썼냐면, 애가 자는데 그날 글발이 섰다 그러면 밤을 샌다든지 하는 거예요. 그래도 어쨌든 아이가 눈을 뜨는 순간 아무리 글발이 오르고 있어도 멈출 수밖에 없었죠. 그래서 저는 자투리 시간을 잘 이어붙이는 게 내 장기인가보다, 그렇게 생각했어요. 그런데 이제 아이가 어느 정도 크고 자기 앞가림을 하게 되니까 저에게도 몰아서 일하고 싶은 욕구가 용솟음치더라고요. 저는 제가 몰아서 일하는 스타일이 전혀 아니라고 생각했거든요. 출퇴근하듯이 아이가 학교 가면 그 시간에 글 쓰고, 아이가 어린이집 가면 그 시간에 글 쓰고, 그저 그렇게만 생각했는데 어느 순간 이제 아이를 계속 돌볼 필요가 없다, 내 생활이 생겼다, 라고 생각한 그 순간 마치 쓰나미처럼 두세 달 정도 세상만사를 잊고 글을 써본 경험도 있어요.

정말이요? 두세 달이나요? 저만 해도 규칙적으로 하루에 몇 시간 정해놓고 그 시간에만 글을 쓸 수밖에 없으니까 당신이 글만 쓸 수 있었던 그 두세 달이 얼마나 소중한 시간이었는지 상상이 갑니다. 그런데 당신은 원래 생물학을 전공했고 석사 때까지 실험실에서 있던 사람이다보니 인문학이라든가 문학을 전공한 소설가와는 달리 글을 쓸 때도 설계도처럼 미리 그려놓고 결말도 정해놓고 쓸 것 같은데요? 결말을 정해놓고 씁니까? 아니면 쓰면서 결말이 정해지나요?

심윤경 기승전결의 계획을 잡고 쓴 것은 한 편이었어요.

어떤 작품이었나요?

심윤경 《달의 제단》이었고요. 처음 저의 등단작이었던《나의 아름다운 정원》의 경우에는 처음 쓰는 것이기 때문에 내가 쓰고 있는 것이 과연 소설이 될지 말지도 자신이 없고 마무리를 생각할 여력도 없었어요. 그 순간순간 단계를 넘어가는 게 그날의 과제였기 때문에 막판이 되니까 정말 뭔가에 쫓기는 것 같더라고요. 그동안 많은 일을 했는데, 거의 900매를 썼는데 마지막 100매를 못 써서 이게 꽝이 되는 비극이 생기는 거 아닌가? 되게 무섭더라고요. 그런데 어떻게 해도 맺어질 것 같지 않던 결말이 사나흘 마구 고민하다보니까 이런 요술 같은 방법이 있었네? 그러면서 싹 풀리더라고요. 뭐 어쨌든 그렇게 결말이 맺어지긴 했는데 개인적으로 그 순간이 정말 무서웠어요. 이 모든 것이 수포로 돌아갈 수 있다는 공포가 너무 싫었어요. 그래서 두 번째 작품이었던《달의 제단》은 쓰기 전에 기승전결을 미리 짜놓고 했거든요.

그런데 지금 제 생각은 정해놓지 않고 쓰는 편이 더 좋은 것 같아요. 그러면 소설이 더 유연하달까? 부드럽달까? 그때그때 어느 한 단어, 어느 한 장면, 도저히 계획을 세울 수 없는 글의 흐름 속에서 아, 이래서 이렇게 되는 게 참 잘 어울리겠다, 그렇게 작가인 나 자신이 매혹되는 순간들이 있잖아요. 그런 식으로 자유롭게 방향을 바꿀 자유를 보장해야지 소설이 매끄럽달까요? 유연한 느낌이고요. 제가 미리 정해놓은 이 시점에서 이 방향으로 가야만 해, 이렇게 하면 소설 전체의 분위기가 뭔가 알 수 없이 경직된 느낌이 되는 것 같아요. 물론 소설을 쓴 작가만 느끼는 것일 수도 있지만요. 미리 정해놓고 쓰면 작가인 나 자신이 좀 더 그 순간순간의 자유를 누렸으면 좋았을 걸, 그런 후회가 남더라고요. 그래서 저는 그 흐름에 몸을 맡기는 것, 그 소설의 운명을 믿는 쪽이 소설에게나 소설가에게나 좋다고 생각하는 편입니다.

정말 의외인걸요? 저는 당신은 시놉시스를 꼼꼼히 짜놓은 뒤에 작품 집필에 들어갈 거라고 생각했거든요. 실은 저도 얼마 전부터 한 편의 장편소설을 써야 되겠다고 생각하고 있는데 아직 쓰지는 않았어요. 그런데 5년 정도 웰 메이드라고 할까요? 미리 계획하고 만드는 기획물들을 많이 썼는데 그러고 나서 장편소설을 쓰려고 하다보니 제 마음도 지금의 당신과 비슷해졌어요. 아무래도 이번 소설은 아무것도 정해놓지 말고 쓰자. 어느 순간 그런 마음이 들더라고요.

또 궁금한 것이 있는데요, 장편소설을 쓸 때는 어쩔 수 없이 중심 사건이 있기 마련이잖아요. 아무리 중심 인물을 두지 않으려고 해도 사건을 이끌어나가는 인물들이 나오게 되는 것처럼요. 예전에는 장편소설이라고 하면 일대기, 결국 전傳자의 형태다, 이런 얘기를 많이 했는데, 당신은 장편소설을 쓸 때 사건에 중심을 두는지 인물에 중심을 두는지 아니면 다른 것에 중심을 두는지 궁금합니다.

심윤경 등장인물의 성격이 분명한 것을 아주 선호해요. 그래서 인물의 분명한 성격을 초반에 구체화하기만 하면 그 사람들이 알아서 자기개성에 의거해 갈등을 엮어나가고 이를 풀어나가는 그런 방식을 저는 아주 선호해요. 그런데 소설을 시작할 때, 내가 무엇을 쓸지 시작할 때 제일 중요한 것은 인물보다는 제 경우에는 에피소드 혹은 장면이에요. 어느 날 갑자기 아주 분명하게 이런 장면 아주 좋을 것 같아, 라고 떠오르는 장면들이 있어요. 제 등단작이었던《나의 아름다운 정원》을 예로 들자면, 그 당시에는 머릿속에 구성이 전혀 떠오르지 않았는데 갑자기 어떤 장면이 떠오른 거예요. 고부갈등에 지친 엄마가, 평생 참기만 하고 묵묵히 가정의 평화를 지키던 엄마가 어느 날 도저히 더 이상 참을 수 없는 순간이 되자 갑자기 장독대로 뛰어가서 고추장독을 들고 와서 시어머니 앞에 팍 패대기를 치는 그런 장면이 떠올랐어요. 굉장히 멋있을 거 같고, 고추장독이 깨졌을 때 피처럼 붉은 것이 퍼져나가는 강렬한 효과! 그 장면에 제가 매료됐어요. 아주 뜬금없이 떠오른 생각이었지만 그 장면을 쓰고 싶다는 강렬한 욕망에 사로잡혔죠. 그러기 위해서 어떤 인물들과 어떤 관계가 필요하지? 그렇게 이야기가 퍼져나갔어요. 그런데 그 이후로도 제 작법에서는 그런 식의 저를 매료시킨 어떤 장면, 또는 어떤 대사가 이야기가 되곤 했어요. 그런 것들이 아주 강하게 저를 매료시키고, 그런 장면들이 두 개 또는 세 개만 되면 저는 아주 자신 있게 장편을 시작할 수 있어요.

어떤 작가는 자신의 장편소설은 하나의 이미지 혹은 한 단어로부터 시작된다, 이런 말을 하기도 했는데, 당신의 경우에는 어떤 장면, 바로 그 장면에서 소설이 시작되는군요. 고추장독이 깨지면서 피처럼 쏟아지는 고추장! 정말 이미지가 굉장히 선명합니다.

심윤경 그렇죠. 그것은 하나의 시각적인 이미지였어요.《사랑이 달리다》의 경우에는 아주 말썽꾸러기인 남매가 사고를 치다 치다 못해서 법원까지 가야 하는데, 이 사고뭉치 오빠는 자기가 죄를 저질러서 그것에 대해 판결을 받아야 하는 그 일조차도 회피하려고 하는 거예요. 그래서 여동생이 오빠 머리채를 끄집어 당겨 법원이라도 가, 인간아,

하고 택시 안에서 옥신각신 싸워요. 법원도 안 가면 어떡하냐고 싸우는데 택시운전사가 어깨 너머로 이 남매에게 이혼하세요, 라고 말하는 거예요.

부부가 아니고 남매인데 이혼하려고요?

심윤경 네, 맞아요. 부부가 아닌데, 오빠 때문에 미칠 거 같은 여동생한테 택시 기사가 이혼하세요, 라고 말하는 그런 장면이 굉장히 재미있을 것 같다, 거기에서부터 《사랑이 달리다》가 시작됐어요. 그럼 이 남매는 어찌하여 그 장면까지 갔을까? 그 장면 하나에 이르기까지 이들한테는 어떤 일들이 있었던 걸까? 그렇게 이야기가 퍼져나가는 그런 것들이 저는 좋아요.

소설을 쓰려고 하는 분들이라면, 당신처럼 어떤 하나의 장면 그리고 그 장면에 이르기까지 어떤 사연을 가지고 이들이 그 장면에 도달했는지 상상해보고, 또 그 장면에 도달하기까지 여러 다른 장면들을 채워넣는 방식으로 소설을 써보는 것도 좋을 것 같다는 생각이 듭니다. 그런데 당신은 장편소설을 쓸 때 어떤 지점을 가장 중요하게 생각하나요?

심윤경 제가 왜 장편을 선호하고 나름 자신 있어 하는지 그 이유를 저 자신도 실은 잘 몰랐어요. 그런데 최근에 톨스토이의 작품을 다시 읽다가 깨달았어요. 톨스토이의 작품이 아니라 톨스토이에 대한 해설 같은 거였는데 이렇게 표현을 했더라고요. 톨스토이는 그 어떤 작가들보다도 인간의 생체리듬과 일치하는 흐름으로 글을 쓴 작가다, 라는. 그러니까 소설의 흐름이라고 하는, 소설에서 전개되어가는 리듬이 있는데 그것은 인간의 실제생활과 아주 일치해서 편안함과 안정감과 실질감을 느낀다, 소설이 진짜로 앞에서 펼쳐지는 것 같은 그런 느낌을 준다. 그 글을 보고 저는 큰 감동을 받았고, 그렇구나, 톨스토이는 더군다나 대작을 쓰는 사람이니까 단편보다도 장편에 맞았구나, 중요한 건 흐름이구나, 깨달았어요. 소설의 흐름이 인생의 어떤 흐름의 시간과 시계와 비슷하게 펼쳐진다고 느껴지는 독자에게는 인물이나 사건보다도 흐름의 속도가 더 설득력을 줄 때가 많아요. 소설에서는 이야기가 전개되는 흐름 또는 장면을 보여주는 흐름, 이 흐름들이 실은 일종의 시간감각인데 그게 저는 아주 중요하다고 생각합니다.

아, 시간감각…… 뭔지 어렴풋하게 느껴지는 것 같네요.

심윤경 조금 다른 비유지만 핸드폰을 볼 때 스크롤하잖아요. 똑같이 눌렀을 때 화면 올라가는 속도가 생체에 굉장히 맞는 핸드폰이 있어요. 똑같은 힘으로 밀었을 때 어떤 핸드폰은 빨리 넘어가고 어떤 핸드폰은 느리게 넘어가는데, 정말 내가 뭔가를 돌린다면 이런 느낌으로 흘러가는 그런 느낌을 주는 제품이 있거든요. 그런 느낌인 거 같아요. 실제와 정말 비슷한 속도감이라는 느낌이랄까요?

예전에 한참 작업을 많이 할 때 제 습관이 있었어요. 보이스레코더, 녹음기를 들고 다녔어요. 만나는 분들한테 항상 동의를 구했죠. 녹음해도 되겠습니까? 그 당시 저는 사투리라든가 말의 억양, 이런 것들이 관심이 많았기 때문에 그렇게 사람들 목소리를 녹음해가지고 왔어요. 하루 종일 작업을 하고 저

녁 다섯 시나 여섯 시, 해질 무렵에 제가 녹음해왔던 테이프를 듣습니다. 그러면 애들 떠드는 소리도 중간 중간 들리고 자전거 굴러가는 소리도 들려오는 거예요. 또 대부분의 글을 쓰시지 않는 분들은 내가 살아온 얘기가 장편소설 다섯 권이야, 그러면서 중간 중간 막걸리도 드시면서 막 얘기를 풀어놓아요. 그렇게 그냥 어둠 속에 불꺼놓고 혼자 앉아서 그분들의 얘기를 듣다보면 기승전결이 없어요. 인생의 단면을 끊어놓지는 않았지만 한 시간, 두 시간 듣고 있으면 인생이 뭔지는 모르겠는데, 이게 삶이구나, 삶이 내 속으로 스며드는 그런 느낌이 드는 거예요. 아마 지금 당신이 말씀하신 시간의 흐름이라는 것이 제가 느낀 그런 것이 아닐까, 문득 그런 생각을 해 봅니다.

심윤경 네. 특히 장편에서는 그게 중요한 요소가 되는 거 같아요.

그런데 당신은 장편을 시작하기 전에는 장면에 의해서 소설을 쓰게 되지만 실제로 장편소설을 쓸 때는 등장인물의 성격에 굉장히 중점을 둔다, 이렇게 말씀하셨어요. 등장인물의 성격을 설정할 때도 등장인물의 살아온 내력이라든지, 여러 가지 고려해야 될 것들이 있잖아요? 등장인물을 설정할 때 어떤 것들을 중요시하나요?

심윤경 일단 제가 선호하지 않는 등장인물의 유형이 있어요. 그런 유형은 절대 등장시키지 않으려고 하는데 그게 어떤 인물이냐 하면 악의 의지를 가진 사람? 그러니까 저는 악한은 없다고 생각해요. 세상에 악한 사람은 없다, 그냥 제 나름의 이유가 있어서 그럴 뿐이지 태생적으로 악하고 싶어서 악한 사람은 없다는 게 제 생각이거든요. 이런 저의 인간관의 좋은 점은 그것에서부터 인간애가 생긴다는 거예요. 제 소설의 등장인물들은 태어나서부터 비난받아야 할 사람들은 없는, 어떤 식으로든지 이해받을 수 있는 사람들이에요. 그런데 이 사람은 왜 이럴까, 생각할 때 작가인 저는 언제나 그 이유를 떠올려야 되죠. 물론 악인도 등장하죠. 골칫덩어리도 등장하고, 못된 인간도 등장하는데 그럼 이 사람은 왜 그러는가 생각했을 때 바로 떠오르는 답이 있어야 해요. 어린 시절에 이 사람은 이런 것을 겪었다, 이런 환경에서 자랐다, 그래서 이런 거다, 라고요. 물론 소설 속에서 그 이유가 안 나와도 상관은 없지만 작가는 알고 있어야 돼요. 그것이 있는 것과 없는 것은 인물의 구체성에서 분명히 차이가 난다고 생각해요. 그러니까 그 사람에게 악역을 맡길 때에는 작가가 예의를 갖춰야 해요. 너에게 이런 역을 맡겨서 미안하다, 너는 이렇기 때문에 이럴 수밖에 없었다는 걸 작가인 나는 안다, 이런 일이 아니었다면 너는 훨씬 나은 사람이었을 것이다, 라는 작가와 그 인물 사이의 양해가 있을 때 인물도 훨씬 생동감 있게 움직이고, 저도 부담감이 적어요. 저 사람은 저래야 할 이유가 있으니까요. 그러고 나면 인물들이 개성을 갖추는 데도 많은 도움이 된다고 생각합니다.

당신의 말이 저에게는 큰 감동을 줍니다. 악역을 맡길 때는 이유가 있어야 된다. 너한테 악역을 맡겨서 미안하다, 이런 마음이 소설가가 등장인물을 대하는 마음이 아닐까, 그런 생각이 듭니다. 그런데 당신은 주로 장편소설을 많이 쓰셨잖아요. 장편소설을 쓸 때 어쩔 수 없이 시점을 정하고 써야 하잖아요. 일인칭으로 써야 되는지 아니면 삼인칭으로 쓸 것인지 아니면 여러 시점을 섞어서 쓸 것인지 정해야 되죠. 장편소설을 쓸 때 당신은 시점을 어떻게 선택하고 결정하게 되나요?

심윤경 거의 직관적으로 초반에 생각하는 것 같아요. 제 경우에는 어떤 장면이나 이미지가 떠오르고 그런 장면에 어울리는 인물들은 이럴 것이다, 라고 인물의 진용을 적절히 갖추어가는데 그때 거의 제일 먼저 떠오른 사람이 대개는 화자가 되더라고요. 저는 다중적인 화자의 시점을 갖춘다든지 그런 시도는 많이 안 해본 편이에요. 언제나 초반에 결정하고 마이크를 맡기는 편이죠. 그리고 장편소설을 쓰다 보면 어쩔 수 없이 이 이야기가 어느 공간에서 언제 일어나는지 시공간적 배경을 결정하지 않을 수가 없어요.

예를 들면 어떤 소설작품 내에서 이야기가 벌어지는 장소가 명확하지 않아요. 심지어 조선시대에 일어난 건지 현대에 일어난 건지 시간도 알 수 없는 작품도 있는데 그런 경우에도 작가가 그 작품은 시공간을 모호하게 하겠다고 결정했다고밖에 생각할 수 없거든요.

그래서 작품의 시공간적 배경은 어떻게 결정하시는지요?

심윤경 학창시절에 역사를 굉장히 좋아했기 때문에 역사소설도 좋아했어요. 그래서 역사소설 쓰는 것을 좋아할 줄 알았는데 막상 쓰는 입장이 되니까 제가 역사소설을 안 좋아하더라고요. 아마도 제가 자유롭고 싶어 하는 성향이 있기 때문인 것 같아요. 역사라고 하는 엄연한 사실이 있으면 그것에서 완전히 벗어날 수 없거든요. 역사를 무시하고 창조할 수는 없잖아요. 그런 의미에서는 저한테는 근현대사가 가장 취약인 거죠. 많은 정보와 목격자, 증인들이 있는데 작가라고 제 마음대로 할 수는 없잖아요. 이런 일은 일어나지 않았다, 이런 일은 이 사실과 위배된다, 그런 많은 증언을 제가 몹시 피곤하게 여기더라고요.

《나의 아름다운 정원》은 70, 80년대 초반의 이야기였고, 또 어떤 역사의 흐름을 아주 중요한 모티프로 쓴 작품이었기 때문에 그때도 저는 굉장히 힘들었어요. 이게 요일이 맞나? 그런 제약들이 힘들더라고요. 시작했으니까 맞추긴 했지만 이런 것은 생각할 게 정말 많구나, 제약이 많구나, 그런 생각이 들었어요. 제 소설에서 역사를 모티프로 한 작품이 《서라벌 사람들》이었는데 그 작품은 고대사였기 때문에 사료가 그렇게 많지 않아서 빈 공간이 많았어요. 여백이. 제가 마음껏 놀 수 있는 여백이 많아서 좋았고요. 저는 자유를 누리기 위해서는 시대적 배경이 현대가 제일 좋지 않나, 생각해요. 이 세상에 대해서 내가 아는 만큼, 원래 여기는 이렇잖아, 라고 담보할 수 있는 그 공간이 저에게는 제일 자유로운 곳이더라고요.

당신이 지금 이곳의 이야기를 훨씬 더 자유롭게 느낄 수 있다는 건 어쩌면 지금 이곳에서 치열하게 살고 있기 때문이 아닌가, 그런 생각도 드네요.
이제 화제를 조금 바꿔보겠습니다. 당신은 전공이 이공계이다보니 퇴고도 좀 꼼꼼히 할 것 같아요. 작가들 중에는 퇴고를 안 하는 경우도 많거든요. 나는 초고 나오면 조사 바꾸는 것 말고는 고치지 않아, 이런 작가들도 있거든요. 당신은 초고 단계에서부터 그냥 글이 매끄럽게 써지는지 아니면 초고를 완성한 뒤 수정을 많이 하는 편인지요?

심윤경 처음에 착상할 때 머릿속에 있었던 등대와 같은 느낌인데, 그 등대를 향해 저는 써가는 거거든요. 그 빛의 덩어리들이 세 장면 정도 있으면 그 빛을 믿고 소설을 써나가는데 그 장면은 처음부터 머리에 있었고, 마치 존재했던 걸 그냥 꺼내기만 하면 되는 것처럼 거의 손댈 필요가 없어요. 그러나 그 장면들을 연결하는 연결고리는 손을 대면 댈수록 좋아지는 것 같아요. 그래서 초고를 완성하고 손질할 때는 정말로 핵심 부위들은 손댈 게 거의 없어요. 연결 부위는 손대서 매끄럽게 하면 할수록 좋아지는 느낌이에요. 또 하나의 원칙이라면 초고에서 20%는 볼륨을 줄여요. 퇴고하면서 초고의 양을 줄이면 좀 더 매끄러운 느낌이 나더라고요. 그리고 좀 전에 연결 부위라고 말씀을 드렸는데 그 부분을 손질할 때는 손질이 아니라 뚝 떼어내서 다른 파일에 하나 저장해놓고 새로 쓴다는 느낌으로 고쳐요. 좋은 부분이 있으면 갖고 와서 카피하면 되니까 새로 쓴다는 느낌으로 쓰는 게 오히려 속도도 자유로워요. 굉장히 열심히 썼는데 버리려면 아깝거든요. 그래서 이미 써놓은 부분을 뚝 떼놓으면 썼던 것에 연연하지 않게 되고 결과가 훨씬 더 좋더라고요.

그런데 수정 단계에서 이 부분은 이 소설에서는 필요 없는 것 같아, 라고 생각되어 삭제를 해야 하거나 아예 다른 파일에 옮겨놓아야 할 때도 있지만 정말 아깝잖아요. 어딘가 다른 데에 써먹을 수 있지 않을까? 그런 생각이 들게 마련이거든요. 이런 경우에 당신은 아예 지워버리시나요?

심윤경 아니에요. 이건 네 거야, 가지고 있어, 라는 의미에서 늘 놔두죠. 없애진 않아요. 하지만 한번 이거는 아닌 거 같아, 라고 빼버린 부분이 재활용된 경우는 없었어요. 언제나 재활용해야지 하고 놔두는데 다시 무대로 올라오지는 않더라고요.

언젠가 친한 소설가들 대여섯 명이 만나서 그런 얘기를 한 적이 있었어요. "야, 네 컴퓨터 휴지통에 있는 것들, 미처 책이 되지 못하고 휴지통에 있는 것들만 골라내서 책으로 한번 묶어보면 재밌지 않을까?" 그런 생각을 저도 해본 적은 있었어요. 그런데 처음 만나자마자 정작 물어보고 싶었던 질문을 하지 않았네요. 《사랑이 달리다》라는 소설을 쓰게 된 특별한 계기가 있었나요?

심윤경 《사랑이 달리다》를 쓰기 직전에 발표한 작품이 2008년에 썼던 《서라벌 사람들》이었어요. 그 뒤로 2012년까지 동화를 쓰기는 했지만 제가 저의 본업이라고 생각하는 소설은 쓰지 못했어요. 심한 슬럼프를 겪었죠. 나에게 이제는 아무것도 남아 있지 않은 것 같고, 다시는 소설이라는 걸 쓸 수 없을 것 같은 벽에 꽉 부딪힌 것 같은 느낌이었어요. 정말 오랫동안 허우적거렸는데 그 느낌은 너무 안 좋아요. 뭔가 새로운 걸 떠올리는 건 너무 어렵고, 쓰지 못할 것 같더라고요. 그렇다면 내가 이전까지 했던 일들 중에서 다시 한 번 불씨가 될 만한 걸 찾아볼 수 있지 않을까, 라는 생각을 했고, 그때 생각난 것이 제 세 번째 소설인 《이현의 연애》라는 액자소설이었어요. 이현과 이진이라고 하는 두 주인공이 엮어가는 이야기 사이사이에 네 편의 단편소설이 들어가 있는 형식이었는데 그중에 한 단편이 있었습니다. 겉으로는 굉장히 명랑하고 유쾌하고 철없어 보이지만 실제로는 세상에 몹시 절망한 확 죽어버릴 수 없을까 생각하는 다 큰 어른아이인 두 남매가 아주 빠른 스포츠카를 타고 가면서 죽자, 죽어 그런 이야기였는데, 그 남매가 뭔가 할 이야기가 더 남은 것 같더라고요. 그 남매의 성격이 마음에 들었고 그냥 액자소설 속 하나의 단편으로 넣어서 끝내기에는 이 남매들이 할 이야기가 더 있을 것 같았어요. 그들을 한 번 더 불러내보자, 라고 생각했는데 저에게는 거대한 돌파구였죠. 그 이후로 2,400매가 나왔어요.

세상에! 2,400매나요? 어쩌면 당신은 실제로는 안에 엄청나게 뜨거운 불덩이를 갖고 있는데 그것을 누르고 있었던 것 아닐까요? 어려서부터 굉장히 모범생이었고, 서울대를 나왔잖아요? 그냥 평범한 사람들이 생각할 때 서울대 들어가려면 전교 1등은 해야 된다, 이렇게 생각하잖아요. 아무튼 모범생으로 자라온 데다가 서울대를 졸업하고, 그렇다보니 안에 무언가 뜨거운 불덩이는 있으나 자기도 모르게 억누르고 있다가 《사랑이 달리다》 《사랑이 채우다》를 쓰면서 알을 깨고 나오지 않았나, 그런 생각이 듭니다. 그런데 이 골칫덩이 남매의 이야기라는 착상을 소설로 어떻게 발전시키셨어요?

심윤경 물론 대부분은 소설을 쓰다가 방향이 바뀌고 뜻하지 않은 쪽으로 흘러가기도 하죠. 그런데 저한테는 이 소설처럼 치열하게 반항했던 소설이 없어요. 어떤 중심이 되는 이미지를 향해서 달려가는 게 저의 장편작법이라고 했잖아요? 두세 개의 중심 이미지만 있으면 나는 안정되게 그것을 향해 갈 수 있다, 그 사이에 많이 바뀌기는 하지만 중심 이미지가 변하는 일은 거의 없다고 했는데, 이 소설은 아니었어요. 이 소설을 처음 시작할 때부터 챙겨놓고 있었던 중심 이미지 하나가 있었는데 바로 소설의 두 주인공인 혜나와 욱연 중에서 남자 주인공인 욱연이 죽는 장면이었어요. 욱연의 영결식장에서 철없는 두 남매가 또 한판 세상타령을 하는 그런 장면이 중심 이미지였는데 아무리 해도 욱연이 안 죽는 거예요. 저는 정말 너무 당황스러웠어요. 죽는 걸로 설정했는데, 제가 쓰는 소설인데 안 죽는 거예요. 이렇게 치열하게 나에게 반기를 든 인물이 없었고, 제가 처음에 세웠던 느슨하지만 그래도 확고했던 계획을 그렇게 처절하게 깨부순 주인공들이 없었어요. 앞으로도 만나기 힘들 것 같아요. 그런데 그 인물들이 나는 살겠어, 이 사랑은 죽지 않아, 라는 의지를 가지는 순간《사랑이 달리다》한 권으로 끝날 예정이던 소설이《사랑이 채우다》라는 소설로 발전하게 됐어요. 죽으면 어느 정도의 비장미로 마무리될 이야기였는데 두 주인공의 삶이 이어짐으로 해서 더 많은 구구절절한 사연이 나오게 됐어요. 사실 욱연이 죽었으면 깨끗했을 건데 사는 바람에 해야 하는 많은 구질구질한 뒤처리들이 생기게 된 거죠. 그런 것으로 한 권의 책이 더 나왔어요. 작가의 의지를 사건과 인물들에게 강요하지 말아야겠다, 라는 생각을 이 작품을 쓰면서 하게 됐어요. 그 편이 결과가 훨씬 좋았다고 생각해요. 힘들었지만요.

당신의 설명을 듣고 보니,《사랑이 달리다》의 혜나는 정말 작가 맘대로 안 됐을 것 같아요. 사실 혜나는 제가 아는 심윤경 작가하고는 완전히 정반대인 캐릭터예요. 혜나라는 인물은 정말 골칫덩어리예요. 혜나는 욱연이라는 산부인과 의사를 사랑하는 유부녀인데 욱연이 일하는 산부인과에서 일하게 되죠. 욱연이 일하는 곳이 산부인과이다보니, 산모들이 부인과 진료를 받으러 오잖아요. 산모들을 보면서 혜나는 이런 말을 해요. 나는 내가 정욱연에게 진찰을 받을 수 있다면 팬티 속에 스와로브스키 헤어핀을 꽂겠다, 라고요. 전 이 장면에서 얼마나 웃었는지 몰라요. 제가 아는 심윤경이라면 이런 장면을 절대 쓰지 못했을 거예요. 이런 장면을 쓸 수 있었던 것도 실은 혜나라는 인물을 작가가 통제하지 않고 그냥 놔줬기 때문 아닐까요?

심윤경 헤나라는 인물은 저의 지킬박사와 하이드씨에서 하이드에 해당하는 인물인 듯해요. 저를 오랫동안 알아왔던 사람 중 몇몇은 네 안에 이게 있었어, 너 드디어 커밍아웃했구나, 이렇게 말하기도 했어요. 저의 엉뚱하고 전복적인 그런 일면들, 생활 속에서는 드러내지 않지만 가끔 툭툭 던지는 제 안의 숨은 반항아가 헤나로 구체화가 된 거죠. 그래서인지 저 개인적으로《사랑이 달리다》에서 좋아하는 대사가 있어요. 헤나는 실은 유부녀잖아요? 그런데도 헤나는 저기 계신 멋진 의사 선생님, 유부남이신데 어찌해볼 생각도 없이, 너무 멋지셔요, 라고 말해요. 욱연을 보자마자 확 첩이나 되어버릴까? 라고 생각하는데, 너무 좋고 멋지다는 걸 그렇게 확 첩이나 돼버릴까? 라고 생각하고 말해버릴 수 있는 헤나의 그런 성격이 저는 참 귀여워요.

어떻게 보면 헤나라는 인물은 결혼을 한 유부녀들의 마음속에 있는 것을 대신 확 터트려주는 존재 같아요. 어린이들한테 삐삐와 같은 존재라고 할까요? 그럼《사랑이 달리다》《사랑이 채우다》는 집필하기 전에는 딱히 시놉시스나 설계도 같은 걸 미리 짜지는 않았겠네요?

심윤경 있었으나 수행되지 않았죠. 전혀 다른 방향으로 흘러가서 제가 초기에 세웠던 시놉시스는 거의 의미를 상실해버렸죠.

저의 경우에는 제가 스물다섯 살 때 발표했던《꽃을 던지고 싶다》를 아무것도 없이 썼어요. 완전히 맨땅에 헤딩하는 식으로 그냥 무조건 공책에다 썼습니다. 등장인물이 누가 나오는지도 정하지 않았고 발단, 전개, 위기, 절정도

정하지 않고 썼었어요. 그런데 그렇게 쓰다보니까 일단 팔이 너무 아팠어요. 그리고 다 쓴 다음에 이거 아니잖아? 그래서 다시 쓰려니, 이게 정말 중노동이더라고요. 그래서 그다음부터는 요령이 생겨서 설계도를 짜기 시작했습니다. 설계도를 짤 땐 일단 주제, 등장인물 작품의 공간, 발단, 전개, 위기, 절정, 결말, 이렇게 구성을 먼저 메모해놓고 소설쓰기에 들어가거든요. 당신은 어떤 편인가요?

심윤경 저는 그러지 않는 편이에요. 《사랑이 달리다》의 경우에는 특히나 초반 계획과 결과물이 너무 달랐던 경우에 해당하는데요, 처음에 《사랑이 달리다》를 쓰기 시작했을 때 나름의 주제라고 할까, 문제의식이라고 생각했던 건 후기 자본주의라고 해야 하나요? 우리가 살고 있는 지금 이 시대엔 돈의 비중이 너무나 비대해졌는데 실물경제는 오히려 비중이 작아져서 뭔가 귀신에 홀린 것 같은 기분인 거예요. 일종의 도깨비불 같은 거예요. 내가 넣어놓은 펀드라는 건 나는 손댄 적도 없는 그냥 돈인데 그게 펑 늘어나기도 하고 펑 줄어들기도 하는 거예요. 분명히 내 것인데 내 손을 벗어난 것 같은 그런 느낌이 주는 불안감. 이런 불안감을 느끼다보니, 나는 도대체 어떤 세상에 살고 있는 건지 알 수가 없는 거예요. 만약 내가 농사지어서 수확을 거둔다면 얼마큼인지 볼 수 있잖아요.

그렇죠. 수박을 몇 통 땄네, 눈으로 확인할 수가 있죠.

심윤경 네. 또 공장이라면 내가 얼마만큼 생산했는지 알 수가 있잖아요. 하지만 주식이라든가 요즘의 돈은 디지털신호로만, 내 통장에 찍힌 숫자로만 되어 있는 거예요. 나는 도저히 알 수 없는 이유로 늘어났다 줄었다 하는 그것에 약간 도깨비불에 홀린 듯한 불안함. 현재는 돈이 있지만 어느 한순간에 반 토막, 4분의 1토막이 될 수 있다는 불안감, 홀린 것 같고 널뛰기하는 것 같은 느낌. 《사랑이 달리다》에서 처음엔 그 불안함에 대해서 쓰고 싶었어요. 그 불안감을 몸으로 가장 잘 보여주는 존재가 소설 속에서는 바로 작은오빠인 학원이죠. 작은오빠가 치는 금융사고의 스케일에 따라서 일가족도 휙휙 같이 시달리게 되는데 정작 소설을 쓰다보니 제가 처음에 면면한 주제의식이라고 생각했던 그 부분, 경제에 사람이 휘둘리는 그 부분은 오히려 비중이 줄어들었어요. 대신 욱연과 혜나라는 두 인물, 죽을 운명이었는데 정말 기를 쓰고 살아나는 두 사람의 이야기가 훨씬 더 확대된 경향이 있어요. 그런데 그것이 나쁘다고는 생각하지 않습니다. 이것 전체가 말하는 것은 이거구나 하고 작가도 뒤늦게 파악을 하고 그것을 강조하면 돼요. 앞부분에서 이 부분을 더 부각하고, 이 부분을 그런 식으로 수정하는 과정에서 주제를 생각할 수는 있지만 처음에 정해놓은 주제대로 소설이 가주지는 않더라, 이게 제가 이번 작품을 쓰면서 얻은 교훈이네요.

이번 작품이 당신에게는 정말 여러 의미를 가진 작품인 된 것 같습니다. 《사랑이 달리다》와 《사랑이 채우다》의 시공간적 배경은 현대의 서울인데, 이 작품에서 당신이 표현한 현대의 서울은 어떤 곳인가요?

심윤경 강남 좌파라고 하는 표현이 꼭 강남 거주자를 의미하지는 않죠. 같은 가치, 같은 문화, 같은 세계관을 가진 그룹을 강남이라는 용어로 표현한 것이라는 말이 맞는다고 생각하는데요. 《사랑이 달리다》《사랑이 채우다》에 나오는 강남사람들도 그런 의미에서의 강남 사람일 거예요. 우리가 살고 있는 세계의 경제시스템에 가장 잘 적응한 사람들, 그것의 단맛과 쓴맛을 그 누구보다 제일 먼저 겪는 사람들. 일단 70, 80, 90년대에는 강남이라고 하는 땅이 주는 부의 뻥튀기를 온몸으로 수혜받았고 이제는 그 사람들도 약간 양극화되는 것 같더라고요. 그 부에서 다시 한 단계 올라가서 안정된 부를 이루는 사람들과 지금 경제상황에 예전처럼 활황기로 팽창기가 아니기 때문에 쪼그라들어가는 데서 한 단계 내려가는가보다 하는 사람들. 제 소설의 주인공들은 그 사람들이에요. 우리는 내 부모 세대가 이루었던 부를 털어먹는구나. 털어먹겠구나라고 생각하는 사람들. 이 사람들한테는 실제로 털어먹든 안 먹든, 혹은 털어먹지 않을지라도 그런 위기감과 자기 패배의식을 느끼고 있다는 게 중요해요. 그래서 내가 어린 시절에 당연하게 누렸던 경제적인 지출을 내가 실제로 벌어보니 도저히 안 되더라는 걸 깨닫는 사람들의 얘기입니다.

특히 《사랑이 달리다》의 골칫덩어리 오빠인 학원의 경우는 매일 머릿속에 무슨 사업을 한다, 돈돈돈 돈 굴러가는 소리가 들릴 정도지만 실제로는 언제 어떻게 될지 모르는 그런 인물이잖아요. 저는 이 소설을 읽으면서 나는 정말 학원처럼은 못살겠다, 이런 생각을 했거든요? 학원의 라이프 스타일이라 그럴까요? 이에 대해서는 어떻게 생각하세요?

심윤경 직장이 있고 아침, 저녁 출퇴근하는, 정형화된 삶과 전혀 다르게 왜 묶여 살아야 해? 돈은 움직이는 거야. 난 돈을 움직이기 위해서는 단말기 또는 휴대폰만 있어도 돼. 사업은 내가 하는 게 아니라 나는 투자하고 누군가가 사업을 할 거야, 라고 생각하는 사람들이 있더라고요. 실물과는 전혀 관계없이 돈의 흐름에만 관여해서 작든 크든 이익을 누리는 사람. 그중에 능력 있는 사람이면 워런 버핏Warren Buffett인 거고, 능력 없는 사람이면 이 소설의 학원인 거죠. 자기가 벌어서 1억을 모은다는 건 어마어마한 일입니다. 이건 적금 들어보신 분은 누구나 알아요.

맞아요. 한 달에 10만원씩 저금해서 언제 1억 모아요?

심윤경 한 달에 100만원씩 저금해도 못 모아요. 그런데 이번에 5억 했어! 5억 질렀어! 사업에 5억은 껌이지, 아래서랍에 넣어두는 돈이지, 라고 말하는 그런 사람들이 분명히 존재하더라고요 저는 그 사람들이 되게 신기해요.

저도 신기합니다. 그런데 《사랑이 달리다》 《사랑이 채우다》는 사랑에 대한 얘기이면서도 우리의 현실을 정확하게 반영하고 있어요. 소설 속 혜나의 아버지는 실은 골칫덩어리 오빠인 학원 이상으로 대책 없는 인간이에요. 그동안 이 아버지가 문제가 되지 않았던 이유는 오로지 돈을 잘 벌었기 때문이에요. 결과가 좋았기 때문이죠. 학원은 아버지보다는 나은데 단지 돈을 못 벌기 때문에 집안의 골칫덩이인 거죠. 이런 부분들이 실은 우리의 현실을 정확하게 반영하고 있거든요.

심윤경 저는 솔직히 소설가로서의 하나의 콤플렉스를 갖고 있습니다. 나는 너무나 경험이 적다. 나는 새로운 세계를 알지 못한다. 나는 모범생으로 평탄하게만 살아왔다. 이런 생각을 하며 지냈는데, 어느 날 깨달은 것이 있어요. 그래, 나는 이 세상의 모범생들, 평탄한 그 삶의 목격자다, 증인이다, 경험자다! 나는 이걸 증언하면 된다. 내가 모르는 세상을 증언할 필요는 없다. 그런 생각이 들더라고요. 그리고 내가 사는 평탄한 모범생의 삶도 삶의 스탠더드잖아요. 아주 작은 그룹의 일이거든요. 이 그룹 사람들에 대해서 나보다 더 잘 아는 사람은 없다. 나는 이것을 증언해보자. 나는 내가 사는, 내가 제일 잘 아는 세상에 대해서 증언하면 되는 거라는 생각이 들었어요. 그러니까 유복하게 자란 사람들, 부모에게서 부를 물려받은 사람들, 그런데 부모가 그 부를 일구던 시절과 지금은 경제적인 환경이 달라져서 그것을 유지해나가든지 부풀리는 것에는 어려움을 겪고 있는 우리 세대의 이야기를 써보자. 내 부모는 어려운 환경에서도 이만한 부를 이루었는데 그걸 키우기는커녕 오히려 더 힘들어하는 우리 시대의 이야기를 쓰면 된다. 그런 생각이 들었고, 이 소설의 주인공들은 모두 그런 사람들입니다. 부잣집에서 자랐는데 돈 버는 데 생각보다 재주가 없네, 라고 느끼는 사람들이 주인공인 거죠.

《사랑이 채우다》에서 혜나는 재단 이사장이 됩니다. 혜나 자신은 굉장히 무능력한 이사인데 이 재단이 하는 일이 탈북자를 돕는 거예요. 탈북자들을 어디에서 어떻게 데려올 것인가부터 시작해서 공부나 취재를 하지 않으면 쓸 수 없을 정도로 세부 사항이 자세하게 나오는데, 자료수집이나 취재를 오랫동안 했습니까?

심윤경 탈북이라는 주제를 가지고 하나의 소설을 쓰는 것보다는 내가 사는 이 세상에서 탈북자는 어떤 위치를 차지하고 있는가? 이 소설의 인물들한테 탈북자는 만나기도 힘든 사람들이지만 어떤 식으로든 만나게 하고 싶었어요. 그래서 그만큼의 정언만 하면 된다. 내가 탈북자를 위해서 한 권의 책을 쓰지 않더라도 이 책에서 현실에 굉장히 가까운 그리고 의미 있는 증언을 하면 그것이 나의 역할이다, 라고 생각했어요. 어떤 소설이 굉장히 선언적이고 교훈적인 목소리를 띠기 시작하면 저는 소설로서의 매력은 많이 떨어진다고 생각하거든요. 탈북자 역시 특별한 시선을 받아야 할 사람이 아니라 이 소설에 나오는 다른 등장인물들과 마찬가지로 어이없고 한 박자 풀리기도 하고 우스꽝스러운 이유로 우스꽝스러운 일을 하는, 그러나 새로운 둥지에서, 북한과 남한이라고 하는 굉장히 이질적인 사회에서 어떻게든 살아내기 위해 이질감과 싸우면서 자리를 잡기 위해 싸우는 사람들이라고 생각했어요. 그리고 그 모습을 최대한 비슷하게 긍정적으로 그려보고 싶었습니다.

그래서일까요? 《사랑이 채우다》에서는 중산층으로 상징되는 한국인과 탈북자들이 무리 없이 만나요. 어떻게 보면 우리의 바람이기도 한데, 아무튼 이 소설에서 그런 모습을 엿봤습니다. 좀 전에 당신은 장편소설을 쓸 때 등장인물의 설정을 중요시한다고 하셨어요. 《사랑이 달리다》의 등장인물들을 설정할 때는 어떤 방식으로 등장인물들을 설정하셨나요?

심윤경 혜나와 학원 남매는 장편소설《이현의 연애》에서부터 이미 액자소설로 설정이 되어 있었기 때문에 그들의 성격은 거기에서 크게 변하지 않았어요. 철없고 겉으로는 시시껄렁 우스꽝스러워 보이지만 속으로는 깊이 좌절한 남매. 그리고 겨우 단편소설의 한 장면에 불과하던 남매의 이야기가 장편소설로 탈바꿈하면서 한 인물이 더 등장하게 되는데 바로 욱연이라는 인물이죠. 부유한 집안에서 태어났는데 우리는 이 부를 유지할 능력이 없어, 우리는 망해갈 것 같아, 라는 좌절감에 빠져 있는 이 남매와는 정반대로 욱연은 자수성가한 사람이에요. 아주 어려운 가정에서 태어났지만 하면 된다는 정신으로 부를 이루어서 지금은 스타의사가 되어 있는 인물이죠. 그런데 저는 욱연에게 저의 온 애정을 다 주지 않을 수가 없었어요. 실은 욱연은 제 마음속에서 이미 죽었던 사람이거든요. 욱연이 죽는다는 것은 저에게는 기정사실이었어요. 소설을 시작할 때부터 이 사람은 이런 멋진 모습을 보여주지만 결국은 비극적으로 죽는다, 이 사람의 죽음이 혜나의 성찰의 지점일 것이다, 철없는 혜나가 세상은 이런 거구나 하고 쓰디쓰게 깨닫게 해주는 존재이다, 이렇게 설정했었죠. 욱연은 혜나의 성찰을 보증하는 존재였는데 이 사람이 안 죽는 거예요. 안 죽고 버티는데 욱연의 의지가 정말 대단하더라고요. 욱연이 살아나면서 오히려 저에게 성찰을 시켰어요. 죽는다는 것보다 산다는 게 얼마나 어렵고 숭고한 일인가.

제 소설 속 등장인물한테 이렇게 감동해도 되는 건지 모르겠는데요, 살기 위해서 감내해야 할 많은 것들을 감내해내는 이 사람의 모습, 그래도 살겠다고 발버둥치는 모습이 저한테는 너무 감동적이었어요. 욱연이 죽을 거라는 제 초기의 계획은 혜나와 욱연에게 무의식으로 분배가 돼요. 이대로 살면 죽는다는 위기의식이 이 두 주인공에게 공유되어 있죠. 혜나는 굉장히 서툴고 무작스러운 방법으로 세련되지 못하게 사랑을 표현해요. 혜나는 욱연한테 무엇보다도 소중한 병원 일을 그만둬, 너는 그러면 죽어. 너를 이대로 살게 내버려둘 수 없어. 나는 내 모든 걸 다 걸고라도 너를 비참한 일중독의 상태에서 구해낼 테야, 라고 해요. 그리고 굉장히 단호하게 실행에 옮기고, 욱연도 못마땅해하면서도 혜나의 말에 따르는데 그 밑바탕에는 그들이 죽는다는 위기감이 있기 때문이에요. 제가 생각했던 초기 계획, 이대로 살면 죽는다는 사실을 이 두 주인공들이 직관으로 알고 있는 거죠. 그리고 그것에서 빼내는 것이 혜나의 사랑이고, 그것에 목줄 잡혀서 따라가는 것이 욱연의 사랑이고 그렇습니다.

산부인과 의사인 욱연은 가정이 황폐해지고 나서부터 잠도 안 자고 일합니다. 일에 매달리는 동안에는 외로움을 잊죠. 어떻게 보면 욱연에게 일은 도피처예요. 일중독자로 잠도 안 자고 살고, 나중에는 방송도 찍잖아요. 《사랑이 채우다》에서 혜나는 PD한테도 마구 화내고, 욱연을 좀 자게 하려고 아예 119 응급차를 불러 병원으로 갑니다. 그 장면에서 욱연은 이렇게 병원에 입원하는 건 내가 원하던 방식은 아니었다고 말해요. 그러나 정작 본인은 끊을 수 없었던 것, 정말 필요했던 것을 혜나라는 인물이 해준 거죠. 자기 삶을 자기가 통제할 수 없을 때 현대인들이 원하는 것은 어쩌면 내 안에 있는 깊은 희망사항을 알아주는 누군가가 아닌가, 그런 생각이 들었어요.

심윤경 강력하게 개입해주는.

네. 그런 거 같아요. 그래서 저한테는 혜나가 굉장히 매력적인 인물이었어요. 또 일중독이라는 측면에서는 욱연과 저 자신을 동일시하기도 했었는데, 이 소설에 등장하는 인물들 중에서 당신이 가장 사랑하는 인물은 누구였나요?

심윤경 저에게 혜나와 욱연은 쌍둥이처럼 소중한 인물들이에요. 혜나는 시작부터 끝까지 일인칭 화자로서 역할을 하는데, 혜나가 일인칭 화자로 캐스팅된 이유는 혼잣말을 잘하기 때문이에요. 혼잣말이나 혼자 생각으로 굉장히 속 시원하게 가릴 것 없이 에라, 모르겠다는 식으로 거침없이 내뱉어버려요. 혜나에게는 그런 매력이 있고, 생각나면 바로 해버리기 때문에 굉장히 속도감 있는 진행을 하는 진행자이죠. 욱연의 경우에는 훨씬 더 깊은 슬픔을 가지고 있는 데다 일 중독이에요. 중독의 단계에 들어서버리게 되고 파괴적인 사이클이 돌기 시작하면 누군가 개입을 해줘야 하거든요. 그런데 욱연이 혜나의 사랑을 받아들이는 방식을 보면, 정말 싫고 자신이 몹시 소중하게 생각하는 것을 빼앗는 방식의 사랑인데도 내가 살기 위해서라면 이것만은 해야 하나보다, 라고 받아들여요. 아마도 직관적인 거겠죠. 이 둘의 사랑은 질긴 데다 두 사람 모두 되게 욕먹는 사랑이잖아요. 욱연은 그래도 기러기부부로 7년 헤어져 살아서 기다리다, 기다리다 새 길을 가기로 했다고 어떤 익스큐즈excuse라도 있는데, 혜나는 정말 아무것도 없어요. 멀쩡하게 착한 남편이랑 잘 살다가 갑자기 부자 의사한테 갈아타는 그런 식이거든요. 세상에서 먹을 수 있는 모든 욕은 다 먹을 것을 감수하고 가는 사랑이에요. 혜나가 상당히 억울해하기도 하죠. 내가 돈 보고 가는 줄 알겠다고. 그러나 이 남자랑 산다는 게 힘든 측면이 있어요. 그래도 혜나가 이 남자랑 살겠다고 하는 이유는 이 남자를 사랑하는 것이 결국은 사람을 살리는 일이기 때문이에요. 이 남자는 놔두면 죽을 거라는 걸 무의식적으로 알기 때문인 것 같아요. 용기 있는 주인공들이죠.

이 소설을 통해 당신은 혜나의 입을 빌려 "행복해지려면 욕도 먹어야 되고 이기적일 때는 이기적일 수밖에 없어. 그러나 우리 모두 행복해져야 해" 이런 말을 하고 있는 것 같습니다.

심윤경 최대한 간결하게 이야기해보면, 산다는 건 원래 구차한 일이야, 그럼에도 우리는 살아야 해, 라는 메시지인 것 같아요. 혜나는 먹을 수 있는 모든 욕을 다 먹어요. 그럼에도 불구하고 나는 너를 살렸다는 자부심을 안고 마지막에는 혜나답게 춤추고 노래하면서 자신만만하게 끝내잖아요. 자기가 생각하는 자신의 명예가 있으면 욕먹는 것도 감수할 수 있다. 세상을 산다는 건 남 좋으라고 사는 게 아니다. 사는 건 원래 구차한 거지 멋있으라고 사는 것은 아니다. 산다는 건 구차하고 힘든 일이다. 그럼에도 우리는 생명을 받아 이 땅에 태어났고 사는 것이 우리의 할 일이다, 이렇게 말할 수 있는 게 혜나의 당당함의 근원이겠죠.

그래서 혜나가 참 부러웠습니다. 내가 못하는 걸 혜나가 다 해주는구나, 싶었습니다. 이 소설의 등장인물들 중 제게 가장 인상적인 인물은 혜나의 엄마였어요. 어떻게 혜나의 엄마와 같은 캐릭터를 착상할 수 있었습니까?

심윤경 혜나의 엄마는 혜나의 원형에 해당하죠. 혜나보다 훨씬 고상한 외면을 가지고 있는 철없고 돈 잘 모르고 그냥 남편이 평생 돈 잘 벌어와서 그냥 귀부인으로 사신 분. 그러다 남편이 바람나서 나가버리고 대책 없이 난 이런 거 몰라, 그렇게 해버리는 철부지 할머니. 혜나가 늙으면 고스란히 그리될 캐릭터. 그런데 혜나의 어머니가 돌연 품격을 보여주는 장면이 있어요. 인생을 다 바친 일에는 후회란 없다고 말해버리는 이 엄마는 남편과 신분 차이가 많이 나요. 본인은 이대 나온 인텔리였는데 학교도 제대로 안 나온 트럭운전사와 사랑에 빠졌죠. 이런 결혼하면서 이 엄마의 히스토리는 왜 없었겠어요? 이 엄마에 대한 따가운 시선, 온 집안의 벌떼와 같은 반대가 왜 없었겠어요. 하지만 이 엄마는 그걸 이겨냈고 그렇게 결혼해서 30년 살았더니 남편이 바람나서 나가버렸어요. 그럼에도 불구하고 나는 배신감 따위에 지지 않을란다. 난 할 만큼 했고 저 남자가 어찌하든 관계없이 나는 후련하다. 나는 당당하다고 말해요. 그 순간이 이 엄마가 철부지에서 생활의 현인 모습을 보여주는 지점이고, 저는 그런 인물들을 아주 좋아해요. 굉장히 약점투성이이고 어떻게 봐도 어리석은 인물인데 갑자기 그 위치에서의 성찰을 보여줄 때, 그러므로 당당하고 품격 있는 모습을 보여줄 때, 그런 순간은 한 장면이면 되는데 그 장면이 바로 인간이 입체성을 가질 수 있고 아름다움을 획득하는 부분이라고 생각합니다.

당신은 소설가로서 스스로 생각하는 장점과 단점이 있나요?

심윤경 저에게 장점과 단점은 같은 것인 듯해요. 저는 대사를 아주 좋아해요. 대사를 맛깔나게 생동감 넘치게, 참신하게 쓸 수 있고, 쓰는 걸 좋아해요. 그런데 소설에서의 대사는 넘지 말아야 할 선 같은 게 있거든요. 그게 너무 많아지면 소설이 난삽해지고 품격이 좀 떨어지기도 하는데 저는 특히《사랑이 달리다》《사랑이 채우다》에서는 인물들의 성격을 그들의 언어로 보여주려고 많이 노력했기 때문에 대사의 분량이 굉장히 많아졌고, 그러다보니 2권이 되기도 한 소설이에요.

많은 소설가들이 소설 속에서 그 인물이 할 법한 대사를 하게 만들고 싶어 합니다. 특히 《사랑이 달리다》 《사랑이 채우다》의 골칫덩어리 오빠 학원은 정말 학원다운 말만 계속합니다. 혜나는 혜나가 할 것 같은 말만 계속하죠. 그 비법 좀 가르쳐주세요.

심윤경 글쎄요. 비법이라고 할 만한 게 있을까요? 저는 그냥 사람들의 말투, 개성을 굉장히 좋아하고 제가 대사를 쓸 때 진짜 사람의 말로 어색하지 않은지, 웅얼웅얼 따라해보는 버릇이 있어요. 이 방법은 좋은 점과 나쁜 점이 있는데, 대사에서 굉장히 현학적인 부분들, 문학적인 부분들은 다 없어져요. 사람은 그렇게 말하지 않아. 다 없어져요. 많이 배운 것 같은 인물이 아닌 한, 교수님이 아닌 한, 대부분의 보통 사람들의 대화에서 에스프리esprit 같은 건 다 사라지고요. 하지만 웅얼웅얼 따라하다보면 그 인물의 성격이나 말투가 드러나게 돼요. 말을 따라하다보면 이 말투는 이 사람 말투가 아닌데…… 하고 알게 돼요. 리듬을 잡게 돼서 그 사람이 할 만한 말을 하게 되는 거 같아요.

그러면 혜나가 한 대사 역시 당신은 웅얼웅얼 따라해봤나요? 이건 혜나가 할 말 같지 않다 싶으면 다시 몇 번이고 수정 작업을 했나요?

심윤경 그렇죠. 제일 많이 없어지는 부분이 있어 보이는 말들, 똑똑하고 유식한 말들이에요. 왜냐하면 소설이 아름다우려면 누군가가 성찰어린 어떤 장면을 보여줘야 하기 때문이에요. 저의 경우에는 그런 있어 보이는 말들은 혜나의 독백처리, 의식처리로 많이 집어넣고, 대사는 오히려 그 사람의 성격이라든지 칼날을 드러내는 용도로 많이 써요. 이런 때에는 이런 식으로 터무니없이 심각하게 대답할 거야, 혹은 혜나라면 이런 식으로 터무니없이 시답잖게 넘어갈 거야, 이런 식으로 대사는 그 사람의 성격을 나타내는 데 사용해요. 그 사람의 깊은 내면, 사고방식은 대사로는 어렵더라고요. 그런 걸 표현하려고 하는 순간 대사는 자연스러움을 잃더라고요. 대사에서 조금 힘줘서 쓴 부분은 수정 부분에서 다 빠져요.

그 인물이 할 법한 말을 정말 잘하기 위해서는 계속 소리내어 읽어보고, 고치고, 수정하는 작업을 되풀이해야겠군요. 소설은 허구이지만 소설 속 인물은 허구에서 뛰쳐나와 현실 그 이상의 힘을 갖기도 하는데, 소설의 인물이 현실 이상의 힘을 갖게 되려면 어떤 인물이어야 하는지 오늘, 당신의 혜나를 통해 알게 됐습니다.

ⓒ차주용

심윤경

1972년 서울 출생. 서울대 분자생물학과를 졸업하고 동 대학원에서 석사과정을 마쳤다. 대학을 졸업 후 얼마간의 직장생활을 거쳤으며, 1998년부터 소설을 쓰기 시작했다. 2002년 세상에 처음 내놓은 장편 《나의 아름다운 정원》은 인왕산 아래 산동네에서 자랐던 어린 시절의 경험이 고스란히 녹아 있는 자전적 소설이기도 하다. 제7회 한겨레문학상을 수상하며 작품활동을 시작한 이래, 2004년 장편소설 《달의 제단》을 발표해 2005년 제6회 무영문학상을 수상했다. 그 밖의 작품으로 《이현의 연애》 《서라벌 사람들》 《사랑이 달리다》 《사랑이 채우다》 《설이》 《영원한 유산》 등이 있다.

III

소설의 사건

소설의 사건에 대하여

어떤 특정 공간에 특정 인물 A가 들어섰다. 이 특정 공간에서 특정 인물 A가 누군가를 만났다. 누군가는 특정 인물 B이다. 특정 인물 A와 특정 인물 B가 만나고 있는 이 특정 공간은 명확한 공간의 특성을 갖고 있다. 이 공간의 특성이 명확하면 할수록 이 특정 공간에서 만날 수 있는 특정 인물 A와 특정 인물 B의 범위는 좁혀진다. 이제 이 특정 공간에서 만난 특정 인물 A와 특정 인물 B에게 무슨 일이 일어나는가?

그렇다. 특정 인물 A와 특정 인물 B가 만났을 때 벌어지는 일, 그것이 바로 사건이다. 그렇다면 두 인물이 만났을 때 사건은 왜 일어나는가?

이 지점에서 '갈등'이 소설 창작의 중요한 요소로 부각된다. 갈등은 왜 일어나는가? 편하게 생각해보자. 현실 그대로다. 서로 조화롭게 지낼 수 있다면 갈등은 일어나지 않는다. 두 인물의 성격이 서로 명확하게 다를 때 갈등이 일어난다. 두 인물이 서로 추구하는 바가 다를 때, 아무리 노력해도 두 인물이 함께 한 공간에서 양립할 수 없을 때 갈등은 일어난다. 이들의 욕망이 두 인물을 갈등하게 만들기도 한다. 또 이들이 처한 상황이 두 인물을 갈등하게 만들기도 한다. 두 인물 사이에는 아무런 갈등이 없는데 두 인물을 둘러싸고 있는 상황이 갈등을 야기하기도 한다.

즉 갈등이 바로 사건을 만든다. 사건이 시작될 수밖에 없는 계기가 된 갈등, 이것이 중심 갈등이고 이 중심 갈등에서 야기된 사건이 바로 중심 사건이다. 중심 사건은 결코 변하지 않는다. 소설 초반부터 결말에 이르기까지 변함이 없어야 한다. 셰익스피어의 《로미오와 줄리엣》을 예로 들어보자. 이 극의 중심 사건은 '원수 가문의 사랑'이다. 원수 가문의 남녀가 사랑에 빠졌다. 사건이다! 이 사건이 변하는가? 소설이 끝날 때까지 결코 변하지 않는다. 중심 사건은 이런 것이다.

내가 이렇게 설명하면 "그럼 로미오와 줄리엣이 사랑에 빠져 함께 사랑의 밀어를 나누고, 성당에 가서 결혼식도 올리고, 줄리엣이 가짜 독약을 먹고, 이런 일들은 대체 뭔가요?"라고 질문하는 작가지망생들이 꽤 있다.

꽤 현명한 질문이다. 소설은 이런 자잘한 일들, 자잘한 사건들로 이루어져 있기 때문이다. 그럼 대체 이 자잘한 사건들은 무엇이란 말인가? 중심 사건은 소설 초반부터 결말에 이르기까지 결코 변하지 않는다면서 왜 소설에서 벌어지는 일들은 시시각각 변한단 말인가?

이런 물음표가 머릿속에서 떠나지 않는 이유는 중심 사건과 에피소드를 구별하지 못했기 때문이다. 중심 사건과 에피소드는 다르다.

에피소드는 무엇인가? 에피소드는 소설 초반부터 소설의 결말에 이르기까지 결코 변함이 없는 중심 사건을 보다 극적이고 보다 재미있고 보다 슬프고 보다 감동적으로 만들기 위한 자잘한 이야깃거리다. 중심 사건이 소설의 뼈대라면 에피소드는 이 굵직한 뼈대 위에 붙어 있는 풍성한 살점이다.

소설 창작과 관련된 이론서들을 찾아보면, 에피소드들의 결과로 중심 사건이 형성된다거나 에피소드들이 모여 중심 사건을 구성한다고 나와 있다. 맞는 말이다. 그러나 틀린 말이기도 하다. 소설 작품이라고 하는 결과물로 보면 에피소드들이 모여 중심 사건을 형성한 것이 맞다. 그러나 소설 창작 과정에서는 틀린 말이다.

떡볶이를 만든다고 생각해보자. 떡볶이는 떡볶이 떡과 고추장과 설탕이나 물엿으로 이루어져 있다. 떡과 고추장과 설탕이 모여 떡볶이가 되었다. 에피소드들이 모여 중심 사건을 형성한 것과 같다. 이 경우에는 떡볶이라는 하는 결과물을 두고 이야기했을 때이다. 그러나 떡볶이를 만드는 과정을 생각해보자. 일단 떡볶이를 만들어야겠다고 생각한다. 그 뒤 떡볶이를 만드는 데 필요한 요리 재료들을 찾는다. 떡볶이를 만들려면 뭐가 필요하지? 떡볶이 떡과 고추장과 설탕이나 물엿을 준비한다. 이제 각자의 취향대로 어떤 이는 끓는 물에 떡과 고추장과 설탕을 한꺼번에 넣기도 하고, 어떤 이는 먼저 찬물에 고추장을 푼 다음 물이 끓으면 떡을 넣고 마지막으로 설탕을 넣기도 하고, 어떤 이는 설탕 대신 물엿을 사용하기도 한다. 아무튼 이런 과정, 다시 말해 요리 과정을 거친 뒤에야 떡볶이라고 하는 결과물이 만들어지는 것이다. 이처럼 떡볶이가 만들어지는 과정을 생각해본다면, 소설 창작 과정에서의 중심 사건과 에피소드의 역할이 보다 명확하게 느껴질 것이다.

작가지망생들의 습작품을 읽다보면, 도대체 무슨 이야기를 하고 있는지 파악하기 힘들 때가 많다. 나는 묻는다.

"당신은 이 소설을 통해 대체 무슨 이야기를 하고 싶었던 겁니까?

내 질문에 대부분의 작가지망생들은 이렇게 대답한다.

"저는 A에 대해 말하고자 했습니다."

그럼 난 다시 묻는다.

"당신은 A에 대해서 말하고 싶었다면서 대체 왜 B에 대해서만 써놓은 겁니까?

그럼 대부분의 작가지망생들은 이렇게 대답한다.

"어쩌다보니 이렇게 되어버렸어요."

어쩌다보니 이렇게 되어버렸다니! 이게 대체 무슨 소리인가?

예를 들면 작가지망생들과 내가 나눈 대화 속의 A와 B는 주제와 에피소드다. 중심 사건과 에피소드다. A는 주제이며 중심 사건이고 B는 에피소드다. 사랑을 주제로 소설을 쓰면서 단지 주제를 보다 명확하게 드러내고, 중심 사건을 보다 극적으로 전달하기 위해 도입했을 뿐인 곰인형에 대한 에피소드만 장황하게 늘어놓았다고 생각해보자. 독자는 어떻게 받아들이겠는가? 아, 이 소설은 곰인형에 대한 이야기구나. 그런데 곰인형에 대한 이야기를 대체 왜 쓴 거지? 이 곰인형이 대체 어떻다는 말이야? 이 작품을 통해 작가가 무슨 말을 하려고 했는지 도대체 알 수가 없어서 고민한다. 더러는 아, 문학 작품은 도대체가 무슨 말을 하는지 이해할 수가 없어, 스스로의 무지를 탓하기도 한다. 그러나 그런 경우는 별로 많지 않다. 작가 스스로 주제와는 전혀 상관없는 엉뚱한 에피소드만 잔뜩 늘어놓았기 때문이다. 그러다보니 이야기는 전혀 엉뚱한 방향으로 흘러가고 나중에는 작가 스스로도 "어쩌다 보니 이렇게 되었다"라고 한숨을 내쉬게 된다.

소설 창작 과정이란 결국 이 자잘한 에피소드들을 어떻게 연결시켜 중심 사건에 이르게 하는가이다. 소설 초반부터 결말에 이르기까지 결코 변하지 않는 중심 사건을 어떻게 하면 보다 극적으로, 보다 감동적으로, 보다 냉혹하게, 보다 슬프게, 보다 아름답게 그려낼 수 있을까, 고민하는 과정이 바로 소설 창작 과정이다. 구슬이 서 말이어도 꿰어야 보배라는 말이 있다. 제각각 흩어져 있는 자잘한 이야깃거리들을 잘 꿰어야 한다. 이 과정에서 대부분의 작가지망생들은 서 말의 구슬에만 집중하느라 이 구슬들을 꿰어서 목걸이를 만들려고 했는지 팔찌를 만들려고 했는지, 원래의 목적을 잊기 쉽다. 잊지 않으려면 딱 하나만 기억하자. 중심 사건은 결코 변하지 않는다. 에피소드들은 시시각각 변한다. 중심 사건은 뼈대이고 에피소드는 이 뼈대 위에 붙는 풍성한 살점이다.

현장의 생생함이
살아 있는 이야기를 만든다

공지영 장편소설 《도가니》

광주의 모 장애인학교에서 자행된 성폭력 사건 실화를 다룬 공지영 장편소설 《도가니》는, 귀먹은 세상이 차갑게 외면한 '진실'에 대한 이야기이자 거짓과 폭력의 도가니 속에서 한줄기 빛처럼 쏘아 올린 용기와 희망에 대한 감동적 기록이다. 실화를 바탕으로 한 성실한 취재와 진지한 문제의식, 공지영 작가 특유의 힘있는 필치와 감수성은 소설의 마지막 순간까지 손을 뗄 수 없게 한다. 약자 중에서도 약자인 장애아들의 편에 서서 거짓과 맞서 싸우는 보통 사람들의 분투와 고민이 뜨거운 감동을 안겨주는 작품이다.

현장의 생생함이 살아 있는 이야기를만든다

공지영 장편소설 《도가니》

언제부터인가 많은 작가들이 역사 속으로, 과거 속으로 걸어들어갔다. 지금, 여기에서 일어나는 현재진행형인 사건들에 대해 침묵하지 않고 계속 글을 쓴다는 것은 어떤 의미인가? 무엇이 작가들로 하여금 지금, 이곳의 이야기를 쓰게 하는가? 사회적으로, 법적으로 이미 명백히 패배한 사건을 다시 소설 속으로 불러와 소설을 통해 다시 한 번 심판대에 올린《도가니》의 작가 공지영이라면 내 물음에 대답해줄 수 있지 않을까? 일교차가 심해지기 시작한 시월의 어느 날, 나는 내 물음표처럼 까맣고 쓴 커피 한 잔을 시켜놓고 공지영을 기다렸다.

이 소설을 쓰게 된 계기가 있습니까?

공지영 어떤 젊은 인턴기자의 스케치기사 때문이었어요. 마지막 선고공판이 있던 날의 법정 풍경을 그린 스케치기사였는데, 마지막 구절이 아마도 "집행유예로 석방되는 그들의 가벼운 형량이 수화로 통역되는 순간 법정은 청각장애인들이 내는 알 수 없는 울부짖음으로 가득 찼다"였던 것 같아요. 그 순간 나는 청각장애인들의 비명소리를 들은 듯했고, 가시에 찔린 듯 아파왔어요.

장편소설 《도가니》는 실제 있었던 사건에서 모티프를 가져왔습니다. 실제

사건을 소설로 형상화할 때의 취재과정은 어떻게 이루어지나요? 취재가 쉽지 않았을 것 같은데요?

공지영 이런 쪽의 소설이나 글을 몇 편 썼어요. 르포도 그렇고 현장에서 쓴 것도 몇 개 됩니다. 《우리들의 행복한 시간》도 그렇고요. 우선 이런 쪽의 소설을 쓸 때는 관련된 자료를 다 읽어요. 온·오프라인으로 해서. 요새는 그런 자료들을 보면 거의 모든 게 다 드러나요. 온라인도 잘되어 있기 때문에 다 드러나죠. 기사화되지 않았더라도 사람들이 블로그에 올린 거, 페이스북, 트위터 등에 올린 글들, 이런 자료들을 찾아보면 85% 정도가 해결돼요. 모든 사건의 윤곽은 그렇게 자료들로 파악하고, 그다음으로는 인물에 접근하는데 나 같은 경우는 핵심 인물들에게 자신들의 이야기를 해달라고 한 적이 한 번도 없어요. 너무 상처받은 이야기를 또 하라고 하는 것 같아서 양심상 못했어요. 두 번째는 이런 방식이 훨씬 더 좋은 거예요. 조각에 양각이 있고 음각이 있잖아요? 핵심만 빼고 다른 나머지를 다 하면 마치 조각의 음각처럼 핵심 윤곽까지 다 드러나잖아요? 빈 곳이 말이에요. 가끔은 본인들이 이야기를 하기도 하는데 나중에는 본인들의 진술이 하나도 안 중요해지는 거예요. 맨 처음 85% 정도의 실화를 가지고 이야기를 잡았을 때, 이 이야기를 할 때 누구를 화자로 세우고 어디서부터 어디까지를 이야기할 건지 나 혼자 계속 궁리하는 거예요. 가장 중요한 것은 이 이야기를 내가 왜 사람들에게 하고 싶어 하는가? 이게 가장 중요한 거예요. 왜 이 이야기가 소설화되어야만 하는가? 이게 중요한 거예요. 사람들이 좋아하겠다 싶은 것만으로는 안 되는 거예요. 그것만으로는 절절하지 않아요. 《도가니》를 보면, 내가 이 사건을 파악했을 때 이 사건은 끝난 거예요. 패배했잖아요. 법률적으로나 도덕적으로도 패배했고, 권위적으로도 패배했죠. 한눈에 봐도 이건 나쁜 놈들인 것 같고, 애들이 거짓말을 했을 리는 없고, 자료를 찾아보니 확신이 들었죠. 이 소설을 왜 썼느냐, 하면 나는 이 사건을 소설을 통해 문학적으로 양심의 심판대에 세우겠다는 마음이 있었어요. 이 사건을 처음 접했을 때의 나의 충격과 분노를 과연 어떻게 전달할 수 있을 것인가? 이걸 하기 위해 누구를 주인공으로 내세워 누구의 시점으로 쓸 것인가, 하고 봤을 때 이 사건을 모르는 중앙에서 이쪽 사건으로, 바깥에서 안으로 접근해가는, 독자와 같은 시선을 가진 사람의 눈으로 이 사건에 접근하면 굉장히 좋겠다고 생각했죠. 그렇게 해야 내가 처음 이 사건을 접한 충격을 알 것 같은 거예요. 나도 중앙에서 지방을 바라보고 모르는 상태에서 사건에 접근해나가는 거잖아요. 주인공이 작가라서 접근할 수도 있고, 생활 때문에 접근할 수도 있는데 후자의 경우가 독자들에게는 더 가깝게 느껴질 수 있겠다고 생각했어요. 생활 때문에 진실을 알아도 입을 열 수 없는 답답한 상황을 만드는 편이 좋겠다고 생각했던 거죠. 화자가 정해지면 톤이 정해지고, 톤이 정해지면 사실 이야기는 거의 끝난 것이나 다름없어요. 사건이 있기 때문에 이 사람의 눈으로 바라봐주면 되거든요. 그리고 이 사건이 워낙 재미가 없고, 무겁기 때문에 약간의 추리소설 기법을 도입했어요. 사실은 여기까지 도달하는 데 너무 힘들어요.

이렇게 말을 하니 쉬운 거지, 사실은 힘든 과정이에요. 화자를 남자로 할 건지, 여자로 할 건지, 이 사람 가정환경은 어떻고, 어떤 생활

고에 시달리고 있는지, 이런 것들을 모두 생각해서 하나의 월드World를 지어내야 하는 거예요. 여기까지가 소설이 착수되기 전까지의 과정인데요, 이때 한 편으로는 계속 하나의 월드를 만들기 위해 머리를 굴려가면서 또 한편으로는 사람들을 계속 만났어요. 다른 한편으로는 이 사건에 관계되는 관련 서적들을 계속 읽어야 했고요. 《도가니》를 구상하면서 여성의 전화나 성폭력에 관한 책들, 장애인에 관한 책들, 또 이런 사건과 유사한 판례들, 이런 자료들을 계속 읽어나가고 주변 사람들을 계속 만난 거예요. 그런데 《도가니》의 경우에는 이 사건과 관련된 아이들을 만나도 입을 열지 못하잖아요? 그렇지만 아이들은 입을 열지 못했어도 사람들을 만나면 이점이 있었어요. 의외의 디테일들이 살아나는 거예요. 나는 관련된 사람들을 만날 때는 이런 식으로 해요. 내가 아는 다른 사람은 나처럼 하지는 않는다더라고요. 그 사람은 무작정 내려가서 주인공을 만나고, 만나서 이야기하다보면 기억이 떠오르고 한다는데, 나는 그렇지 않아요. 나는 우선 내 머릿속에 만들어놓은 뒤에 내가 취재한 것이 개연성이 있나, 없나를 확인하러 가는 거예요. 이야기를 만들어둔 다음에 관계자들을 만나러 가죠. 내 이야기가 말도 되지 않으면 안 되니까요. 그런데 의외의 생생함들은 취재에서 얻어지더라고요.

가장 대표적인 경우가 이 소설의 클라이맥스 부분이에요. 연두가 법정에서 손을 드는 장면인데, 그건 아무 자료에도 나오지 않았어요. 처음엔 나도 청각 장애인이 어떻게 들을 수가 있지? 이상했어요. 이 부분도 내가 만난 사람들이 처음부터 이야기를 해준 건 아니었어요. 사람들이 이 이야기, 저 이야기 편하게 이야기하다가 나온 거예요.

1심의 검사 놈들이 얼마나 나쁜 놈들이냐 하면, 애가 노래를 들었다는데 검사들이 거짓말한다고 하더라. 그러는데 정말 이상한 거죠. 그래서 내가 잠깐만요, 애가 어떻게 노래를 들어요? 청각장애인이잖아요? 그랬더니 그분들이 모르시는구나, 청각장애인들도 들어요, 라는 거예요. 이건 어떤 자료에도 안 나와 있던 거죠.

그 뒤에 알아보니까 우리가 듣는 주파수가 엄청나더라고요. 인간이 들을 수 있는 한계가 있잖아요? 벌들이 듣는 소리를 인간은 못 듣잖아요. 그런 것처럼 이 아이들이 아무리 청각장애인이라도 완전히 못 듣는 경우도 있지만 어느 주파수들은 들을 수가 있어요. 사람마다 들을 수 있는 주파수가 있는 거예요. 후천적으로 청각장애인이 됐을 경우에요. 연두는 후천적 청각장애인이었어요. 알고 보니 이 아이는 고주파 음대를 듣는데, 조성모 노래가 마침 고주파에 들어가는 거예요. 내가 깜짝 놀라서 그 이야기를 듣는데 영화의 한 장면을 듣는 것 같은 거예요. 그 순간 생각했죠. 아, 이 부분이 바로 소설의 클라이맥스다! 이건 취재를 하지 않았으면 절대로 알 수 없었던 거죠. 이게 바로 현장의 소리죠. 그렇게 건지는 거예요.

또 하나는 현장에 가면 그 느낌이 있어요. 그래서 알바를 못 쓰는 거예요. 자료 모으는 건 알바를 써서 가져오라고도 할 수 있지만 현장만은 반드시 내가 가요. 내가 느끼는 게 있어요. 이게 작가적 탤런트라고 생각해요. 내가 현장에서 느끼는 건 주로 후각 같은 거예요. 그런 건 자료에는 절대 안 나와요. 가난 같은 경우에는 가난의 냄새가 있어요. 어떻게 말할 수는 없지만 작가만이 캐치할 수 있는 거죠. 느낌. 어둠과 빛. 이런 것들을 캐치하는 사람이 바로 작가인 거죠. 리포트 이상의 것을 캐치하지 못하면 그 사람은 사실 르포 작가나 기자 정도로 봐야 하는 거지 작가는 아닌 거예요. 여기서 자기의 탤런트를 시험해볼 수 있어요. 현장 르포를 하면요. 이런 방식이 내 취재의 방식이에요. 취재를 하다가 덤으로 어쩌다가 본인들의 입을 통해 알게 되는 것들이 있어요. 취재를 하면서 그 당시 성추행 외에도 엄청난 구타가 행해졌다는 사실을 나중에 아이들한테 들었어요. 이 아이들이 입을 열었을 때 여자애들에게는 성추행이 행해졌고, 남자애들에게는 매일 계속되는 구타가 이어졌다는 걸 알게 됐죠. 구타 역시 정말 끔찍한 거잖아요? 어른들의 포커스가 성추행에 맞춰져 있다보니 아이들은 구타에 대해서는 말을 안 했던 거예요. 구타가 있었다는 사실은 취재를 하면서 내가 애들한테 덤으로 얻어낸 거죠. 셜록 홈스가 현장 속에 답이 있다고 말했듯이 그렇게 얻게 된 거죠. 작가는 움직여야 해요. 현장에 가면 뭐든 떨어지거든요.

이처럼 실제 사건을 모티프로 했을 때는 취재의 어려움도 있지만 또 다른 어려움도 있습니다. 바로 실제 사건과 실존 인물에 대한 평가에 대한 위험성이죠. 이미 죽은 사람이나 위인의 이야기를 쓸 때는 이미 그 사람에 대한 평가가 내려졌기 때문에 비교적 안전한 부분도 있습니다. 그러나 현재진행형인 사건과 아직 실존해 있는 인물을 다룰 때는 위험부담이 적지 않을 텐데요?

공지영 그게 바로 퍼스펙티브perspective죠. 작가의 세계관이 드러나야 하고, 현재진행형 사건을 다룬다면 이때도 작가의 퍼스펙티브가 들어가죠. 광주도 마찬가지잖아요? 한국전쟁도 그렇고요. 거기서 작가의 세계관이 관철되어야 하는 거고요. 왜 작가가 공부를 해야 하는지, 왜 철학을 가져야 하는지가 드러나는 거죠. 공부하지 않고 철학을 가지지 못하면 손을 댈 수가 없어요. 아니면 이미 남이 판단해놓은 걸 뒷북만 치는 거예요. 《테스》나 《마담 보바리》나 《안나 카레니나》를 생각해보세요. 사회적으로 손가락질 받은 여자들에 작가들이 개입해서 웃기지 마, 이 여자들은 성녀야! 라고 하면서 문제작이 되는 거죠. 그런 자기 확신과 철학 없이는 표현할 수 없어요.

당신의 소설을 읽을 때마다 감동받는 지점이 바로 그 지점이었습니다. 그러나 그렇게 하는 것이 쉽지 않을 텐데요?

공지영 어려울 것도 없어요. 그냥 누가 물으면, 뭐 어때? 작가는 이렇게 볼 수도 있고 저렇게 볼 수도 있어! 나는 상식적으로 본다고 선언하면 끝이에요. 누구에게 잘 보이려고 할 필요 없어요. 작가가 의식해야 하는 건, 내가 느낀 충격과 공포와 이 분노를 너에게 잘 전달할 수 있을까? 이 외에는 다른 사람을 의식해선 안 돼요. 그걸 의식하는 순간 힘이 들어가고, 스텝이 꼬이는 거예요. 작가가 뭐냐? 내가 원하는 대로 살려고 취직도 안 하고 작가로 사는 거 아닌가요?

《도가니》에 보면, 장경사가 서유진을 설득하는 부분이 있어요. 계속 설득하니 서유진이 나는 그게 아니라 내가 변하고 싶지 않아서 이렇게 한다, 고 말하죠. 그 부분이 저에게는 절절하게 와닿았습니다. 살다보면 누구든 변하게 되는데, 당신 역시 소설 속 인물인 서유진처럼 변하지 않으려고 무던히도 애쓰는 것처럼 보입니다. 당신이 어떤 방식으로 변하지 않고 유지했는지 궁금합니다.

공지영 나도 모르겠어요. 내가 만약 가난해지고 애들 데리고 살기 힘들어진다면 나도 어떻게 변할지는 모르겠어요. 그건 장담할 수 없어요. 우연히 이렇게 된 거죠. 소설 속에서 서유진의 입을 통해 이야기한 것이 있어요. 사실 서유진의 입을 통해 중요한 이야기를 한 건데요, 남들이 부자라고 하는 안락한 길을 가더라도 언제든 가난으로 떨어질 수 있는 거야. 하지만 명분 있는 가난을 얻고 싶었던 거라고. 서유진이 아버지 이야기를 하면서 그 일이 아니었어도 아버지는 죽을 수 있었고, 우리는 가난해질 수도 있었다, 맨 처음에는 아버지가 그걸 택해서 속상했는데 나중에 생각해보니 그렇지 않은 사람도 가난해지고 비참해지더라. 그러면 우리 아빠가 더 낫지 않은가. 가난을 명분으로 삼는 것도 이게 어디냐고. 서유진의 입을 빌어서 한 말이 바로 내 심정일지도 모르겠어요.

그때는 젊어서 그럴 수 있었을까요? 나는 배알을 내놓고는 못 살 것 같았어요. 어떻게 그걸 돈이랑 바꿔요? 굶는다면 모르지만 웬만해서는 굶지 않을 것 같았어요. 정말 떵떵거리고 잘살면 또 모르지만 소주 좀 마시고 살면서 배알을 내놓고 싶지는 않다, 그렇게 생각했어요. 그리고 사실 나도 지금은 나이를 먹었고, 다행히 애들이 컸어요. 애들이 이미 커주었기 때문에 만약 내가 몰락한다고 해도 정권이나 누가 찾아와서 당신이 조금만 치사하게 굴면 이렇게 해줄 거야, 라고 해도 안 할 것 같아요. 소주 한 잔에 김치찌개 정도 먹을 수 있으면 안 할 것 같아요.

다시 소설의 화자 이야기로 돌아가겠습니다. 누구의 입을 빌려서 이야기를

할 것인가, 다시 말해 화자가 결정되면 그다음부터는 이야기의 시작이 쉽다 고 했는데, 사실 강인호를 중심 화자로 정하기까지가 힘들잖아요?

공지영 화자가 결정되면 기법에서는 50%결정된 거고, 그다음은 톤이 결정되죠. 그게 굉장히 중요해요. 《도가니》의 화자는 강인호인데 전지적인 게 들어가니 삼인칭 시점이잖아요? 이렇게 시점을 정하고 톤을 정해야 하는 거예요. 서술의 톤을. 《즐거운 나의 집》의 경우 화자를 딸로 선택하기 위해 과연 누구를 화자로 선택할지 정말 고민이 많았어요. 누구의 입을 빌어 이야기를 할 것인지 고민했고, 딸을 우울한 톤으로 할 건지, 발랄한 톤으로 할 건지도 고민해야 했어요. 그러나 일단 화자와 톤이 결정되면 그다음부터는 쉬워요. 나의 경우에는 이렇게 써보고 저렇게 써보고 그다음에 결정하는 게 아니라 머릿속으로 계속 고민하면서 좀 기다리는 스타일이에요. 그러면 어느 순간 느낌이 확 오는데 그때까지 머리를 계속 굴리면서 기다리죠.

당신의 소설에는 공감이 가는 인물들이 참 많습니다. 《도가니》의 강인호의 경우에도 먹고사는 문제는 누구에게나 절실한 문제이기에 밥벌이를 해야만 하는 이들이라면 누구나 공감할 만한 인물이지요. 자애학원이나 장애원은 특수한 공간이지만 강인호가 밥벌이를 위해 어쩔 수 없이 중앙에서 그곳으로 가야만 했다는 설정 자체도 이 소설의 화자에게 공감을 하게 만들지요. 나 역시 이런 상황이라면 강인호와 같은 선택을 했을 거야, 라고 생각하게 만드니까요. 대부분의 소설에서 이처럼 공감할 수 있는 인물을 그려낼 수 있었던 당신만의 특별한 방법이 있습니까?

공지영 나도 그렇게 사니까요. 나도 당당하게 살지만 속으로는 얼마나 많이 눈 감고 살았겠어요? 어떻게 보면 예민한 거죠. 다른 사람한테는 당연한 건데 나는 속상한 거예요. 불의를 보고 눈 감아야 할 때가 있잖아요? 그럴 때 다른 사람들은 어떻게 할까? 상상해보는 거예요. 이게 바로 상상력이고 공감능력인 거죠. 배알 틀려 죽겠는데 월급이 걸려 있고 생이 걸려 있으면 이 사람은 얼마나 힘들까? 내가 대변하지 않으면 누가 대변해줄까? 내가 한가하게 사니까 그 사람들을 생각하고 대변을 해주는 거예요. 본인들은 못 쓸 거 아니에요? 그런 부분에 나의 작가로서의 사명감이 있는 거죠. 내가 매일 하는 얘기가 있어요. 작가가 한량으로 놀면놀면 하는 건, 놀면놀면 하지 못하는 사람을 대변해주기 위해서다, 그 사람들 이야기를 써주기 위해 놀면놀면 하는 거다.

《도가니》는 처음에는 강인호 시점으로 그려지다 소설 후반부로 가면서 서유진 시점으로 전개가 됩니다. 특별한 이유가 있습니까?

공지영 내가 서유진이 너무 좋아졌어요.(웃음) 여자가 괜찮더라고요. 예쁘고, 사랑하게 됐어요. 그리고 장경사라는 인물도 내가 애정을 가진 인물이었거든요.

장경사가 서유진의 아이인 하늘이가 아프다고 서유진을 차에 태워주는 장면이 있습니다. 저는 그 장면에서 두 사람 사이에 사랑 이야기가 진행되어도 좋겠다, 싶었습니다. 이제 등장인물에 대한 이야기를 좀 나누고 싶습니다. 강인호, 서유진, 교장 이강서, 행정실장, 송하섭 등 《도가니》에는 많은 인물들이 등장합니다. 이 인물들 각각에 대해 어떻게 생각하고 있습니까?

공지영 송하섭 선생님은 실제 인물을 취재했습니다. 실제로 해고당한 분이라 그 사람은 거의 완전히 100% 실존인물이죠. 연두는 거의 창작해낸 인물이고요. 유리는 두세 아이를 섞었어요. 다른 아이들 역시 섞어서 만들었고요. 장경사나 서유진, 강인호도 내가 만든 인물이에요. 모두 머릿속에서 나온 사람들이죠. 이 나이 정도 살면 한 백 명쯤 만들어낼 수 있지 않을까요? 나는 사람들에게 관심이 많아요. 작가는 항상 현장에 가 있어야 해요. 내가 말하는 현장은 삶의 현장 속, 시장, 대중을 말해요. 작가는 샐러리맨들이나 경찰과 술 마셔야 해요. 삶의 현장 속 사람들은 만나면 언어들이 무지무지 살아 있어요. 작가들은 멋있는 말은 많이 하는데 언어들이 죽어 있어요.

맞아요. 경찰은 경찰, 시장은 시장, 그들 부류만의 말투와 뉘앙스들이 다 다르죠. 그들 집단만의 언어가 있죠.

공지영 더 재미있는 사실은 한 10명만 모아놓으면 그 속에 온 국민 캐릭터가 다 있다는 거예요. 100명이면 100명의 온 국민 캐릭터가 다 있어요. 예를 들면 내가 사형수 12명을 10년 정도 만나고 있었는데 그 12명에 온 국민 캐릭터가 다 있어요. 그리고 나 자신 속에도 모두 다 들어 있고요. 멀리 갈 필요 없어요. 그러니까 자기 성찰도 굉장히 중요해요.

나 자신 속에 모두 다 들어 있다…… 어떤 의미인지 알 것도 같습니다. 당신 소설을 읽을 때마다 저는 당신 안에 있는 상처받은 아이를 만나곤 합니다. 아마도 당신 안에 상처받은 어린아이가 존재하기에 당신은 모든 인물들에게

서 상처받은 아이를 불러낼 수 있지 않나 싶습니다. 그래서 소설 속 인물을 사랑하며 글을 쓰고 있지 않은가, 그런 생각도 하는데요, 《도가니》에서 가장 사랑스러웠다든가 아팠다든가 그런 인물들은 없었습니까?

공지영 장경사가 제일 사랑스러웠어요. 이 남자에 대해 더 써야 하는 거 아니야 싶었죠. 그런 인물을 처음 그려봤거든요. 그런 인물이 내 소설 속에서는 처음이거든요. 이런 인물이 우리나라 인구의 반을 차지하지 않을까요? 뭔지 뻔히 다 알면서도 모른 척하고 살아가는 사람들. 앞으로 장경사를 더 심화발전 시켜볼까 해요. 이명랑씨가 말한 상처받은 아이가 장경사 안에도 있잖아요.

아마도 우리나라 인구의 절반은 장경사처럼 살고 있겠지요. 어떻게 보면 장경사는 어떤 부류를 상징하는 전형적인 인물이라고 볼 수도 있는데요, 혹시 당신은 전형적인 인물에 대해 어떻게 생각하십니까?

공지영 그렇게 접근하면 몸이 힘들어요. 작가는 그런 생각 하면 안 돼요. 그런 건 평론가가 하는 일이고, 난 내 주변에 있는 저 아저씨 한 번 써보고 싶다, 하면 쓰는 거예요. 그러면 그 사람이 전형이에요. 예를 들면《즐거운 나의 집》에서 내가 나의 가족 이야기를 쓰면서 세상에 그런 사람이 어디 있겠어? 반신반의하면서 썼는데 그게 전형이 되는 거예요. 어떤 작가가 한 시대에 어떤 사람을 잘 그려놓으면 그 사람이 모든 사람인 거죠. 이 인물은 어떤 부류의 전형이다, 작가가 그런 생각부터 하면 머리가 딱 굳어져요. 그러면 안 돼죠. 살아 있는 사람은 무지 변화무쌍해요.

이제 《도가니》의 공간적 무대인 자애학원과 자애원에 대한 이야기를 좀 해주세요.

공지영 머릿속에 설계도가 있어야 해요. 게임 만드는 사람이랑 똑같아요. 거기에 무슨 바다가 있고, 어떤 도로가 있고 하나의 가상도시를 설계하는 거예요.

소설 속에서 민수 동생 영수가 떨어져 죽은 절벽이라든가 기차역 등등이 정말 세세하게 묘사되어 있는데, 사실은 실제가 아니라 모두 가상이라고요?

공지영 내가 지은 거죠. 물론 설계를 할 때는 어디서 본 것들을 가져다 붙이는 거죠. 예를 들어 무진시의 안개는 어디에서 봤던 바닷가에서 본 무서운 안개를 가져오면 되겠다, 했던 거고, 도시 방파제 위에 개간지 위에 교회가 있어야겠다, 하면, 철길이 있고 허름한 아파트가 있는 걸 상상하고, 그럼 그 사람들 아파트가 되는 거고요. 자애학원은 광주에서 봤을 때의 외딴 느낌에다 그 건물이 바닷가에 세워져 있다고 생각하면 그 밑이 갯벌인데 절벽이라 떨어진다는 걸 생각하고 중소도시 주공아파트의 허름한 것 있잖아요? 그런 것들을 섞어봤어요. 그렇게 내가 본 것들을, 조그마한 지도를 머릿속에 그려보는 거예요. 그리고 대략 어디에서부터 떨어지고, 시간은 얼마나 걸리고, 이런 세세한 것들을 상정해보는 거예요. 무대를 서울로 하면 편하게 있는 대로 쓰면 되지만 이런 소설은 도시 전체를 설계한다고 생각해야 돼요.

그러니까 아예 도시 하나를 설계한 거네요?

공지영 순천의 소도시와 안개, 갯벌. 내가 알았던 광주 자애학원의 변두리적 특성, 내가 본 모든 소도시들과 오래된 도시들의 누추함을 섞어서 만들어낸 거죠. 인물을 만들어낼 때 여러 사람을 섞어서 만들어내듯이 여러 도시의 풍경을 섞은 거죠. 순천의 갯벌과 안개를 들여와 배치시키고, 광주 교외의 자애학원을 들여와 배치시키고, 기억 속의 낡은 철길과 낡은 아파트를 들여다 도시를 만들어놓는 거예요.

장편소설은 중심 사건과 에피소드들로 구성됩니다. 중심 사건을 어떻게 처음부터 끝까지 밀고 나가는지, 에피소드들은 어떻게 연결시키는지 궁금합니다.

공지영 그게 바로 장편의 핵심이고, 나도 제일 힘든 부분이에요. 중심 사건의 얼개가 모두 짜여지고 취재도 하고 이런 게 다 끝나서 두개골과 뼈다귀가 완성이 됐어요. 그런데 인간의 미모라는 건, 뼈다귀와 골격도 있어야 되지만 피부와 눈동자의 색깔과 머리스타일에서 결정되잖아요. 파트릭 모디아노 소설에서 첫 문장에 반하는 거잖아요. 그게 진짜잖아요. 나도 날이 갈수록 피부 입히고 그런 게 제일 어려워요. 그런데 그건 결국 감수성과 독서 말고는 해결할 방법이 없어요. 서술할 거리가 충분하게 있어야 해요. 자신의 문학 창고 속에 구슬이 삼십 말이 있어도 서 말 꿰면 엄청 꿰는 거예요. 삼천 말 정도 있어야 서 말 꿰는 거예요. 많이 읽어야 하고, 많이 다녀야 하고, 많이 봐야 하고, 많이 느껴야 해요. 아무튼 삼천 말을 가져다 저장을 해야 그중에서 색깔 있는 걸 꺼내다 쓰는 거예요. 그게 아니면 또 취재를 나가고 해야죠. 사실 이 뼈와 골격에 피부를 입히는 작업이야말로 미쳐 죽는 거예요. 작가는 이야기가 진전이 안 되서 미쳐 죽는 게 아니라 살을 입히려고 자기가 가진 모든 걸 뒤집어서 꺼내야 하니까 미쳐 죽는 거예요. 그래서 쓰다 말고 절필선언하고 그러는 거예요. 나 같은 경우는 쓰는 동안에는 아무도 안 만나잖아요.

당신은 《도가니》를 쓰기 전에 필요한 사항들은 자료를 통해 80% 정도는 얻었다고 했는데, 메모를 꼼꼼히 해놓는 편인가요?

공지영 나는 메모하는 스타일은 아닌데 이제 해야 할 것 같아요. 사실은《도가니》를 쓰면서부터는 메모를 시작했어요.

당신은 미리 시놉시스를 써놓고 작업을 하는 편인가요?

공지영 전 안 써요. 왜냐하면 시놉시스를 짜지 않을 만큼 수천 번 생각해봐요. 머릿속에 다 들어 있을 정도로 생각해요. 우리 엄마가 어떻게 살았는지 사람들 앞에서 이야기할 수 있잖아요? 생각해보니까 초창기에는 시놉시스를 썼던 것 같아요. 그때는 꼼꼼하게는 안 쓰고 A4용지 두 장 정도에 1장에서 4장, 뭐 그런 식으로 칸을 넉넉하게 떨어트려서 에피소드 위주로 써놨던 것 같아요. 주제는 처음부터 끝까지 일관되게 관통하니 에피소드 중심으로 챕터별로 생각나는 걸 써놓고 책상 앞에 붙여놓았어요. 그다음에 생각나는 대로 메모를 했던 것 같아요. 처음엔 그렇게 썼고 지금은 그렇게 안 하고 쓰거든요. 처음 두 권은 그렇게 썼던 것 같아요.

그러니까 당신은 소설을 쓰기 전에 사람들에게 줄거리를 막히지 않고 이야기할 수 있을 정도로 수천 번 생각하는군요.

공지영 네, 맞아요. 난 주로 그렇게 이야기해요. 소설을 쓰기 전에 이미 내 머릿속에 영화 한 편이 먼저 들어와 있다고요. 줄거리가 쭉 있잖아요? 예를 들면 《도가니》의 결말 부분을 보면 강인호가 서울로 떠나는데 아내가 반대하기 때문에 할 수 없이 간다고 얘기하잖아요? 영화를 보고 삼십 분 정도 이야기한다면 소설을 쓰기 전에 이미 내 머릿속에 그 정도가 들어 있는 거예요. 주로 등장인물의 주요 대사가 미리 내 머릿속에 들어와 있어요. 연두가 법정에서 소리를 들으면서 손 들고 그런 장면? 또 서유진이 나는 나를 변하지 않게 하기 위해 싸우는 거예요, 라는 대사 같은 거요.

생각해봐요. 우리가 영화를 본 뒤에 다른 사람들에게 말해줄 때 대사와 지시를 그대로 이야기해주나요? 그 장면에서 주인공이 그때 이렇게 말하는 거 있지? 뭐 이런 식으로 이야기해주잖아요. 그렇게 영화 이야기를 해주듯 내 머릿속에 먼저 주요대사들이 들어와 있는 거예요. 나한테 소설작업은 머릿속에서 한 편 찍어진 영화를 글로 문자화시키는 거예요. 내 머릿속에 영화가 이미 있기 때문에 내가 굳이 시놉시스를 쓸 필요는 없는 거죠. 영화 한 번 봤는데 메모할 필요 없잖아요? 그렇지만 머릿속의 영화를 문자화시킬 때 옷 입히고 피부 입히는 장면은 세세하게 들어가야 하기 때문에 정말 힘들죠.

당신은 소설을 쓰기 시작하기 전에 머릿속에 한 편의 영화가 들어올 때까지 수천 번 생각하는군요.

공지영 배치하고 생각하고 또 생각하죠. 나의 경우에는 버릇상 주로 머릿속으로 하기 시작한 거지만 계속 메모하는 사람이 있다면 그 사람의 메모는 정말 대단한 거죠. 메모로 하나 머리로 하나 마찬가지겠지만 나는 게을러서 메모를 안 하는 편이고 메모를 하는 건 굉장히 좋다고 생각해요. 첫 장편소설을 쓸 때는 메모로 해야겠죠.

당신의 소설 〈맨발로 글목을 돌다〉는 가정폭력이라는 개인적인 폭력에서 시작해서 위안부 문제와 납북된 일본인 H의 이야기처럼 사회적이고 역사적인 문제로 확장되어나갑니다. 《도가니》에서는 주제를 어떻게 형상화시켰습니까?

공지영 《도가니》에서 내 주제는 성폭행이 아니었어요. 내 주제는 이제 더욱 고착화되는 침묵의 카르텔에 대해 이야기하는 거예요. 전국적 규모로 계급이 고착화된다는 것을 이야기하고 싶었는데 소도시 사건이 잘 어울려서 채택했던 거죠. 성폭력이나 성추행, 장애인 문제는 선진국에서도 일어날 수 있는데 문제는 이것의 처리 과정이에요. 세월호 사건 역시 마찬가지죠. 배는 언제나 침몰할 수 있지만 그 뒤에 처리하는 과정이 선진국이냐 아니냐를 보여주는 거잖아요. 그런 걸 이야기하고 싶었어요. 나는 이 주제가 앞으로도 중요할 거라고 생각해요.

당신은 평소 침묵의 카르텔이라는 주제에 대해 생각하고 있었는데, 이 사건을 접한 뒤에 평소 관심 있었던 주제를 표현하기에 적합하다고 생각하여 《도가니》를 쓰게 된 경우군요. 훌륭한 소설은 이런 방식으로 만들어지는 것 같습니다. 어떤 특별한 소재에서 주제를 억지로 끌어내는 것이 아니라 평소 고민해오던 주제가 주제를 형상화하기에 적합한 소재를 만날 때 훌륭한 작

품이 탄생하는 것 같아요.

공지영 주제를 가장 잘 묘사할 수 있는 구체적인 것이 탁, 하고 온 거죠. 신문 기사도 마찬가지지만 소설에서도 제일 중요한 건 구체성이에요. 이때의 구체성이란 어느 정도로 구체적이어야 하냐면, 서유진에게 아이가 있는데 그 아이가 아프다는 사실이 구체적인 거죠. 아이가 무지무지 아프고 살아가는 것조차 힘든데 서유진은 사회운동을 한다는 사실, 그 사실이 이 사람을 살아 있게 만드는 개체성이에요.

독자들이 소설을 읽은 뒤에 혹이 실제 일이 아니냐고 착각해서 물어볼 정도로 구체적으로 만들려면 그 사람은 일면적인 인물이 아닌 다면적 인물이어야 해요. 아무개씨가 이렇게 성폭행을 당해서 이렇게 했다, 이런 건 기사가 갖는 구체성이지만 소설에서 더 구체적인 건 사회운동을 하는 서유진에게 아픈 아이가 있다는 사실 같은 거예요. 강인호라는 인물이 술을 먹고 창녀촌 사이에서 길을 잃고, 그곳에서 지갑을 잃어버렸다고 하잖아요? 그 장면에서 이 인물이 너무 불쌍하잖아요? 나 힘들어, 라고 이야기하지 않고 지갑을 잃어버렸어, 아무것도 없어, 라고 이야기하잖아요? 그런 어처구니없는 경우까지 소설은 구체적으로 들어가야 하는데 그러려면 작가는 인물에 빙의가 돼야 해요. 어떻게 소설의 인물에 빙의가 될 수 있느냐면 다른 방법 없어요. 끙끙 앓아야 해요. 무당인 거죠. 대신 살아내야 하는 거니까.

《도가니》를 읽는 내내 당신은 남자하고도 빙의가 잘되는 것 같다고 느꼈습니다. 신기할 정도로 말이지요.

공지영 《높고 푸른 사다리》에서 어떻게 남자 심정을 그렇게 잘 아냐고 해서 나도 실은 깜짝 놀랐어요.

특히 《도가니》에서는 밥벌이를 위해 배알이 틀려도 참고 살아가야 하는 남자들의 심정을 잘 드러냈더군요.

공지영 내가 여태 그러고 살았잖아요.

그런데 《도가니》의 마지막 부분에 보면 결국 다 패배했지만 연두 엄마가 아이들을 홀로 키웁니다. 그 집의 이름이 '홀더'였지요? 홀로 서고 더불어 산다라는 뜻이었는데, 이 '홀더'라는 집은 당신이 만든 겁니까?

공지영 실제로 있어요. '홀더'라는 이름이 있어서 쓰겠다고 했어요.

당신은 장편소설을 많이 집필했는데, 장편소설을 쓸 때 특별히 염두에 두는 점이 있습니까?

공지영 장편소설을 쓸 때는 지금 있는 모든 걸 다 넣어야 돼요. 이걸 아꼈다가 다음에 써야지, 하는 건 없고 내 전부를 쓰는 거죠. 또 호흡을 길게 가져야 하기 때문에 앞에서 아무리 좋은 말이 있어도 뒤에서 써야 될 말과 터트려야 할 말이 있거든요. 스포일러라고 할까요? 꾹꾹 참고 있어야 하는 참을성, 긴 호흡도 중요하죠. 아무튼 장편소설을 쓸 때는 그때까지 살아온 모든 것을 투여해야 해요.

장편소설 쓸 때 가장 힘든 점이 있다면 무엇입니까?

공지영 뼈대에 일일이 피부를 입히는 작업이요. 그렇지만 단편소설을 쓰는 것도 너무 힘들어요. 사실 나는 단편소설이 더 힘들어요.

당신의 경우에는 장편소설을 쓸 때 사건이나 인물 중, 어떤 것이 먼저 오나요?

공지영 당연히 사건이 먼저죠. 인물을 그대로 쓸 수는 없으니까요.

당신의 장편소설들은 사건이 중심이 되는 경우가 많습니다. 사건이 중심이 되는 소설을 쓸 때 당신이 특별히 더 중요시하는 것들이 있습니까?

공지영 나는 서사가 굉장히 중요해요. 이야기가 굉장히 중요하죠. 강연 주제인데요, 이야기가 인류에게는 중요했고 앞으로도 중요해요. 소설이 다른 모든 경쟁들을 압도하는 건 이야기가 있기 때문이죠. 우리가 셰익스피어를 기억할 때 로미오도 알고 줄리엣도 알고 맥베스와 햄릿을 아는 건, 인물이 이야기 속에서 있었기에 이야기를 알기에 그런 거예요. 춘향이도 그렇죠. 춘향이도 미모가 남아요, 문체가 남아요? 우리에게는 이몽룡과 춘향이의 이야기가 남는 거예요. 흥부와 놀부, 심청이도 마찬가지죠.

이야기라는 건 인류의 본능에 가까운 것이기 때문에 장편소설에서 가장 중요한 건 서사가 도도히 흐르는 거예요. 이런 점에 반항한 모더니즘 작가들이 오래가지 못해요. 많이 못 써요. 우리나라가 서양처럼 되어서 소설을 한 편만 써도 걸작이 되어 삼천만 부 팔리고 노벨상 받으면 좋지요. 그런데 우리는 그런 풍토가 아니잖아요. 예를 들어《백 년 동안의 고독》이라고 하면 읽지는 않았어도 그 소설에 이런 대목이 나와, 하면 정말? 그 소설에 그런 대목이 있어? 하면서 궁금해하고 읽는 거죠. 삼백 년 동안 비가 왔는데 마녀가 어떻게 된다는 이야기는 남는다는 거죠. 나한테는 이야기가 중요해요. 나는 뭐니 뭐니 해도 문학은 이야기다, 라고 생각해요.

혹시 당신은 내 문학은 뭐다, 라고 정의해줄 수 있습니까?

공지영 그건 평론가들이 알아서 할 일이겠죠. 내 속에는 많은 사람들이 들어 있고, 열 사람만 모아도 전 세계 인구가 다 보이고, 백 사람이면 더 자세히 보여요. 화가들이나 화가들의 책에 보면, 항상 앉아서 스케치를 해요. 데생을 하잖아요. 대가가 되고 나서도 화가들은 카페에서 술을 마시거나 누구를 기다릴 때도 데생을 하고 있어요. 작가들에게도 그런 것이 있어야 하는데 그게 바로 현장 속에 있어야 하는 것 아닐까요? 현대 화가들이 카페에서 쓱쓱 누구를 기다리면서 혼자 데생을 하는 것, 그게 바로 화가가 살아 있는 모습인 것처럼 나는 언어 같은 것에 민감해요.

예를 들면, 저 사람들은 어떻게 이야기하고, 무슨 투로 이야기할까? 늘 귀를 기울여요. 살아 있는 언어들을, 책 속에 없는 언어들을 스케치하려고 노력하는 거죠. 화가들은 카페에 앉아 데생을 하지만 나는 사람들이 이야기할 때의 말투나 이야기의 생생한 언어를 데생하고, 외워두고, 그중 최고 재밌었던 건 일화로 이야기해요. 언젠가 봄날에 시장에 가는데 어떤 할머니가 초등학교 앞에서 병아리를 팔고 있었어요. 학교가 끝나고 아이들이 병아리한테로 다 쫓아온 거예요. 그런데 그 할머니가 이러는 거예요. 나는 아직도 그 말이 잊혀지지 않아요. 한 아이가 할머니 이거 얼마예요? 그러니까 그 할머니 말이, 사는 데 100원이고 만지는 데 1,000원이다, 이러는 거예요. 그러자 아이들이 순식간에 손을 딱 떼는 거예요. 이야! 저런 지혜로운 말이 다 있나! 그건 내가 그 자리에 없었으면 몰랐을 말이에요. 그런 말은 머릿속에서 상상해낼 수 없는 거죠. 그런 게 바로 현장의 언어들인 거죠. 살아 있는 언어들이 얼마나 재미있어요? 만지지마, 보다 훨씬 재밌잖아요? 나는 그런 언어들을 찾으려고 노력하죠. 나는 그런 사람들과 어울려야 더 재미있어요.

당신이 늘 현재진행형인 이야기를 쓸 수 있는 것도 실은 살아 있는 현장의 언어를 담으려고 노력하기 때문인 것 같습니다.

공지영 그건 모르겠고, 난 그게 좋아요. 그 사람들이 나를 훨씬 더 자극하는 것 같아요.

현실에서도 유독 끌리는 사람들이 있습니다. 당신은 소설을 쓸 때 주로 어떤 인물들에게 많이 끌립니까?

공지영 글쎄요, 그런 생각을 해본 적이 없는데요? 그렇지만 난 항상 좋아한 사람을 써요. 그렇지 않으면 어떻게 1년을 데리고 살겠어요? 1년 동안 그 사람과 맨날 살아야 하는데요? 주인공은 좋아하는 사람으로 해야 하고, 또 좋아하는 이야기를 해야 지치지 않죠. 노고가 좀 줄어들죠. 사람은 좋아하는 일을 하고 살아야 해요. 좋아하는 일로 밥 먹을 수 있으면 정말 감사한 거고요.

소설을 쓰다보면 거리감을 유지하기가 쉽지 않을 때도 있습니다. 울분과 증오가 너무 심해지기도 하죠. 당신은 그런 경우에 어떻게 거리두기를 합니까?

공지영 일단 써놓고 지워요. 일단은 막 써놓은 뒤에 나중에 다시 읽어보면 객관적 거리가 보이잖아요. 감정적이거나 주관적인 것들을 배제하고 객관만 남기면 정말 좋아져요. 예뻐 보이기도 해요. 그런데 처음부터 검열하면 안 돼요. 일단은 그런 감정들까지, 주관적인 것들까지 다 써놔야 해요. 그래야 글을 쓰면서 자기 치유도 많이 일어나요. 글의 치유효과라는 것은 객관화가 가능해져서 되는 것이거든요. 다 써놓은 뒤에 다시 읽으면서 아, 내가 피해의식에 사로잡혔었구나, 볼 줄 아는 눈이 있어야 하죠.

나의 경우에는 그런 객관화가 조금 되는 편이랍니다. 아마도 내 생각에는 독서량이 많아서 그런 것 같아요. 독서를 했을 때 다른 사람의 작품을 보면서 이런 건 추잡스럽더라, 이 정도에서 끝내면 유추도 되고 멋있어 보이더라, 하는 게 생기잖아요? 그런데 그건 엄청난 독서량에서 생기는 거죠. 남의 작품 읽을 때 이건 너무 많이 갔구나, 그런 걸 알 수 있잖아요. 이 작가는 이 작품에서 개인적 이야기를 너무 드러냈네, 이건 원한에 의해 썼네? 남의 작품에선 이런 게 다 보이잖아요. 본인 이야기를 할 때 그런 객관화가 잘되지 않으면 아주 친한 친구나 좋은 편집자에게 먼저 보여야죠. 그래서 편집자가 중요한 거겠죠.

당신에게 소설은 무엇입니까?

공지영 이제는 소설이 그냥 나의 인생이랍니다. 이제 떼어놓을 수 없어요. 떼어놓을 필요도 없고요. 공지영이라는 여자가 누구야? 소설 쓰잖아, 라고 해도 돼요.

공지영

1988년 계간 《창작과비평》 가을호에 단편 〈동트는 새벽〉을 발표하며 작품활동을 시작한 이후, 세상의 변화와 여성의 현실을 투시하는 섬세한 문학적 감성과 속도감 있는 문체로 주목받아왔다. 소설집 《인간에 대한 예의》 《존재는 눈물을 흘린다》 《별들의 들판》 《할머니는 죽지 않는다》, 장편소설 《더 이상 아름다운 방황은 없다》 《그리고, 그들의 아름다운 시작》 《무소의 뿔처럼 혼자서 가라》 《고등어》 《착한 여자》 《봉순이 언니》 《우리들의 행복한 시간》 《즐거운 나의 집》 《높고 푸른 사다리》 《해리》 《먼 바다》, 산문집 《상처 없는 영혼》 《공지영의 수도원 기행》 등을 출간했다.

갈등을 증폭시켜서 해결해나가라

김다은 장편소설 《금지된 정원》

한국형 팩션 소설과 서간체 소설의 전범을 선보인 소설가 김다은의 《금지된 정원》은 치열한 역사 인식과 섬려한 추리적 통찰이 돋보이는 소설이다. 조선에 부임한 첫날 폭탄테러에 의해 생명의 위기를 느낀 조선 총독은 자신의 안위를 위해, 조선의 영원한 지배를 위해 경복궁 내에 총독관저를 지으려고 하고 조선의 유명 지관들을 한데 불러 모아 최고의 복지福地를 찾으라고 명한다. 조선의 유명한 풍수사들이 경복궁 내에서 최고의 명당자리를 고르면서 벌어지는 일련의 사건들은 일본이 조선을 침탈하기 위한 계략과 만행을 여과 없이 보여주며 이를 막기 위한 조선 지관들의 풍수적 대립과 방어가 흥미롭게 그려진다.

갈등을 증폭시켜서 해결해나가라

김다은 장편소설 《금지된 정원》

'진실' 혹은 진실은 아니더라도 '사실'이라고 믿었던 것들에 대해 의심을 품게 될 때, 나는 강변으로 간다. 강물은 흘러간다. 저 강물은 바다로 흘러가고 있음을 나는 믿어 의심치 않는다. 저 끝에 무엇이 있는지 알지 못해도 확신한다. 물은 위에서 아래로 떨어진다는 믿음처럼 자명하던 것들이 돌연 낯을 바꾸고 의심이라는 창으로 나를 찔러댈 때, 나는 강변으로 간다. 가서 묻는다. 과연 진실이었을까? 사실인 걸까? 이제 자명했던 것들 한복판에서 의심이 기포처럼 부글부글 끓어오르고, 나를 집어삼킨 질문 하나가 내 등을 떠민다. 가서 소설가 김다은을 만나보라고.

《금지된 정원》은 장편소설이자 역사소설입니다. 이 작품을 쓰게 된 계기가 있습니까?

김다은 3년 전 경복궁 구경을 갔다가 기이한 광경을 보게 됐어요. 경복궁 동편 주차장의 '만남의 광장'에 버스가 한 대 도착하자, 그곳에서 서성이던 많은 외국인들이 차례차례 버스에 올라타는 거예요. 버스를 타고 경복궁을 관광하다니, 걸어서 보면 좋을 텐데…… 그런 생각을 하면서 관광버스의 경로가 어떻게 되느냐고 물어봤어요. 그런데 그 버스는 청와대 관광을 목적으로 하는 사람들을 위한 것이었어요. 청와대는 권력의 정점이고 별로 관심이 없었는데, 이방인처럼 관광을 한다면 꼭 가보고 싶은 장소라는 생각이 순간 들었어요. 그래서 실제로 청와대 홈페이지에 방문 신청을 하고, 일종의 관광을 하게 됐어요.

청와대는 일제강점기 때 일본인 조선총독이 자신의 관저를 지은 땅이었어요. 1939년에 총독 관저가 생긴 후 3명의 일본인 총독이 살았고, 대한민국이 수립되고 나서 초대 이승만 대통령부터 노태우 대통령까지 6명의 대통령이 집무실 겸 관저로 썼던 공간입니다. 청와대 가이드가 제가 지금 설명하듯 과거 총독 관저에 대해 설명을 하더군요. 1993년 일제 청산과 민족정기 바로 세우기 일환으로 총독관저(청와대 구 본관)를 헐고 지금의 청와대 신 본관을 세웠다는 사실까지요. 청와대 구 본관은 표식과 함께 빈터로 남아 있었어요.

청와대 가이드의 설명을 듣다가 한순간 고개를 들었어요. 그런데 그 빈터를 보다가 저처럼 고개를 든 일본인 관광객하고 눈이 마주쳤어요. 일본인 관광객은 일본이 우리나라를 점령하고 누렸던 번영과 영광의 시대의 흔적을, 저는 우리나라 과거 역사의 굴욕적인 흔적을 보다가 고개를 들었던 것이지요. 찰나의 순간, 두 사람이 눈빛이 마주쳤죠. 순간 긴장이 되었어요. 왠지 그 일본 여성이 소설가가 아닐까 하는 상상을 하게 되었어요. 그렇다면 이곳을 보고 돌아가서 소설을 쓰기 시작할 텐데, 그럼 이 땅을 어떻게 설명할지 궁금해졌어요. 돌아와도 그 생각이 제 머리를 떠나지 않았어요. 《금지된 정원》을 쓰게 된 계기가 아마 서로 마주쳤던 눈빛 때문이 아니었을까 생각해요.

만약 그 일본 여성이 소설가였다면 당신이 쓴 《금지된 정원》과는 정반대의 소설이 나오지 않았을까요?

김다은 네, 그런 소설이 나와서 서로 비교해봤으면 좋았을 뻔했어요. 우리 국민들 사이에 청와대에서 사는 대통령들의 말년이 좋지 않다는 말이 돌고 있는 것은 아시죠? 개인의 집만 해도, 말년이 좋지 않다는 말을 하면 그건 끔찍한 저주의 표현이죠. 하물며 한 나라의 대통령의 집무실이자 관저가 있는 곳인데, 그곳에 사는 대통령의 말년이 불운하다는 것은 우리나라 미래에 대한 끔찍한 저주라고 생각했어요.

정말 풍수 때문에 그런가? 저는 그렇게 생각하지 않았어요. 일제강점기에 조선총독부 총독은 경복궁 뒤쪽에 자신이 살 집을 지으려는 큰 기획을 합니다. 점령한 땅에서 자신의 집을 짓는다면 어떤 땅을 골랐을까요? 일본은 분명 최고의 땅을 골랐을 것입니다. 그런데 왜 그런 불길한 담론이 생겨났을까요? 저는 소설에서 풍수를 말하고 싶었던 것이 아니라, 이 불길한 담론의 근원이 무엇인지 파헤치고 싶었어요. 이 부분을 바로 세우지 않으면, 비록 땅은 해방이 됐지만, 우리의 사고와 언어 표현은 여전히 식민 상태로 남아 있는 포스트콜로니즘postcolonism, 즉 후기식민주의가 계속되고 있다고 여긴 것이지요. 심지어 아이들에게 욕을 할 때도 "이런 회장 될 놈!"이라고 욕하라고 하잖아요? 그러니 청와대에 관한 흉흉한 이야기들은 실은 적어도 음모나 숨겨진 이야기가 있지 않을까 하는 생각이 들었어요. 제 마음속에서 우러나는 질문이었죠.

역사소설을 읽을 때마다 궁금한 점이 있었습니다. 역사소설이란, 과거에서

현재로 오는 것입니까, 현재에서 과거로 가는 것입니까?

김다은 역사소설을 왜 쓰는가와 맞닿아 있는 질문이네요. 흔히 시간적 흐름처럼 과거에서 현재로 오는 것이라고 생각하기 쉬운데, 역사소설이란 현재에서 과거로 가는 작업이 아닌가 생각합니다. 현재에서 현재를 바라보면 역사소설이 아니고, 현재에서 미래를 바라보는 것 역시 역사소설이 아니지만, 우리의 현재가 미래의 사람에게는 역사입니다. 다른 장르와는 다르게 역사소설이란 현재의 관점에서 과거를 들여다보는 소설이기 때문에, 현재에서 과거로 들어가는 것이라고 답할 수 있겠네요.

《금지된 정원》이 어떤 작품인지 작품에 대해 조금 이야기 해주십시오.

김다은 《금지된 정원》은 총독이 조선에서 자신의 관저를 지을 땅을 찾아가는 이야기입니다. 우리나라 풍수를 미신이라고 치부하면서도, 총독이 자신의 관저를 지을 때는 조선 풍수사들의 힘을 빌리려고 했다는 기록이 있어요. 역사적 자료를 살펴보면 경성역(서울역)에 첫발을 디디던 한 총독이 폭탄세례를 받았다는 충격적인 사건이 있습니다. 그래서 소설에서는, 죽을 뻔했던 경험 때문에 겉으로는 대범한 척을 하지만, 내면에는 죽음에 대한 두려움이 가득 차 있는 총독을 주인공으로 설정하게 되었어요. 총독은 자신의 생명을 지키려는 생명의 집을 지어야겠다고 결심합니다. 총독의 마음속에는 폭탄세례를 받을 때의 굴욕스러운 기억 때문에 조선을 영원히 지배하겠다는 미래 철학이 서게 됩니다. 총독은 자신이 살 집을 짓겠다고 생각한 순간, 일본이 조선을 지배하겠다는 기틀을 땅을 통해 염원하게 되지요. 총독이 일본을 대표한다면, 그 반대편에는 총독이 좋은 땅을 차지 못하게 하려고 애쓰는 수많은 조선 백성들이 있습니다. 풍수사, 기생, 선교사, 음식점 주인 등 다양한 조선 백성들이 있어요. 비록 그들의 힘은 작지만 말이에요. 《금지된 정원》은 땅을 통해 조선을 지배하려는 총독과, 그걸 막으려는 조선 백성들의 한판 승부죠.

《금지된 정원》은 총독이 총독관저 터를 찾는 부분으로 시작됩니다. 총독이 조선풍수사의 도움을 청하면서 김지관이 등장하죠. 지관地官은 어떤 직업인가요?

김다은 요즘도 그렇지만 예전에도 집터를 구한다거나 무덤 터를 구할 때 풍수사의 도움을 받았습니다. 일반 백성들 사이에서는 민간 풍수사가 있었고, 왕실을 위해서 터를 잡거나 무덤 터를 잡을 때는 땅에 대해 잘 아는 관리가 그 일을 맡았습니다. 지관은 실제로 과거를 치르고 뽑힌 관리직의 명칭입니다. 이 소설에 등장하는 김지관이 중요한 역할을 하는 이유는 큰 갈등에 놓인 인물이기 때문입니다. 총독의 관저를 지을 땅을 찾아야 하는데, 명당을 찾아서 총독에게 주는 것은 지관의 명분이지만, 흉지를 골라주어야 하는 것은 조선인의 책임이자 운명이었으니까요. 다시 말하면 절체절명의 선택에 놓인 인물인 거예요. 결국 김지관은 지금의 청와대 땅, 당시 수궁터를 선택하게 되는데, 명당 중의 명당이면서 흉지 중의 흉지를 찾아줍니다. 이런 모순적이 땅의 비밀이 '금지된'이라는 단어 속에 들어 있습니다. 그러니까 《금지된 정원》은 그 비밀을 풀어나가는 이야기입니다.

이 소설의 중심 갈등은 김지관이라는 인물의 내면의 갈등이라고 해도 되겠

군요. 총독에게 좋은 땅을 찾아주면 지관으로서의 본분은 다하나 조선인으로서는 해서는 안 될 일을 하게 되는 상황에 처한 인물의 갈등이 이 소설을 이끌어가는 중심 갈등이잖아요?

김다은 소설의 구성에서는 장편소설이건 단편소설이건 제시된 갈등 속에서 그것을 풀 수 있느냐 없느냐, 그 갈등을 증폭시켜서 그것을 해결(혹은 의도적 미해결)해나가는 것이 중요하죠. 그런 측면에서 김지관은 갈등은 굉장히 중요한 부분이죠. 땅을 정하는 과정에서 금지된 정원, 즉 '금원'이라는 표현의 비밀을 김지관이 풀어내게 됩니다.

당신은 머릿속의 구상을 소설로 형상화할 때, 어떻게 김지관을 등장시켜서 갈등 상황을 만들었습니까?

김다은 얼핏 보면 이 소설은 풍수에 관련된 책으로 보일 수도 있습니다. 하지만 저는 풍수에 대해 전혀 모르는 사람이었거든요. 청와대가 위험한 땅 혹은 귀신의 땅이라고 말하는 사람들이 있는데, 대체 왜 그런 '표현'이 나오게 됐는지 궁금해서, 그 계기를 찾기 위해 풍수에 관한 책을 스무 권 정도 읽었어요. 저도 모르는 것을 독자에게 설득시킬 수 없으니까요. 도자기에 관한 소설을 쓸 때도 도자기에 대한 기본 지식을 깔고 가잖습니까. 그래서 전문적인 지식이라기보다 우리 삶 속에서 익숙한 풍수에 대해 공부를 하게 된 거죠. 가령《금지된 정원》속에 〈일월오악도〉가 나옵니다. 왕이 앉으면 그 뒤에 펼쳐두는 병풍이죠. 〈일월오악도〉에는 해와 달이 있고 산이 다섯 개 있는데, 풍수적으로 〈음양오행도〉입니다. 이처럼 우리 삶 속에 풍수가 많이 들어 있어요. 저는 이 소설을 쓰기 위해 일반 독자가 쉽게 이해할 수 있는 정도로 풍수에 관해 공부했고, 또 금원을 총독 관저의 땅으로 선택하는 과정에서 그 땅의 비밀이 무엇인지를 풍수적으로 설명할 수 있을 정도로 공부를 했습니다.

이 작품 속에는 태화관이 등장합니다. 태화관은 실제로 존재하던 곳이었는지, 또 왜 중요한 곳인지 설명해줄 수 있나요?

김다은 본래 태화관은 헌종 임금이 후궁을 위해 지은 순화궁, 사랑의 궁이었습니다. 그런데 한일합병 이후에 이 순화궁은 이완용 소유가 됩니다. 이곳은 나중에 명월관의 분점인 태화관이 되어 기생들이 나오는 고급 음식점으로 사용되었어요. 그런데 그곳에서 민족대표들이 독립선언서를 발표하니 이완용의 입장이 난감해졌죠. 그래서 이완용이 이곳을 팔려고 내놓게 되고, 감리교에서 이를 사들여 여자 선교관으로 바꾸게 됩니다. 그러니까 이 태화관은 순화궁처럼 사랑의 궁이었다가, 나라를 팔아먹은 친일파의 집이었다가, 기생과 술이 넘치던 음식점이었다가, 다시 기독교 선교관으로 바뀐 곳이죠. 명당이냐 흉지냐, 누가 주인이 되느냐에 따라서 참으로 다른 땅의 운명을 보여주는 상징적인 장소가 바로 태화관입니다. 아무리 명당이어도, 그곳에 거하는 사람이 어떤 행위를 하느냐에 따라 땅의 속성이 달라짐을 보여주는 곳이기도 합니다.

당신은 일본이 문화말살정책 과정에서 실행했던 역사적 사실들도 발굴해 작품 속에서 재구성했습니다. 태항아리라든가 기생 명월의 자궁이라든가, 이런 부분들도 수궁터와 밀접한 관련을 맺고 있는 것 같은데요?

김다은 1919년 3·1운동 때 조선인들이 '대한독립만세'를 외쳤잖아요. 일본은 한일합병 후 대한제국은 없어진 나라라고 생각하고 있었겠죠. 그런데 갑자기 조선인들이 '대한'의 독립을 외치며 분연히 일어서니, 일본 측은 대한제국이 부활할 수도 있다는 두려움을 갖게 된 거죠. 그래서 3·1운동 후 무력정책을 없애고 문화정책을 한답시고 유화정책을 쓰는데, 우리 입장에서는 문화말살정책을 쓰기 시작한 거죠. 일본은 그때부터 철저히 우리 문화를 지배해갑니다. 예를 들어 태항아리 이야기를 하자면, 조선 왕실에서는 공주나 왕자가 태어나면 그 태를 태항아리라고 하는 흰 백자 항아리에 넣어 전국 명산에 묻었습니다. 그렇게 하면 공주나 왕자가 건강하다는 것도 믿었고, 그것이 전국을 왕실에 연계하는 방법이기도 했어요. 1926년에서 28년에 걸쳐 일제는 태항아리들을 수거하는데, 그 명목이 태항아리가 궁에서 나간 것이라 귀하다보니 도굴이 무성하므로 태항아리를 보호하기 위해서 수거한다는 것이었어요. 겉으로는 도굴을 막기 위해서다, 이런 명목으로 거둬들입니다. 일본은 이렇게 왕실의 태를 서삼릉에 있는 일日자 형태의 담을 짓고 모아놓았어요. 그러나 그 과정에서 태항아리들은 빼돌려져 일본으로 많이 넘어갔어요.

그럼 왕자와 공주들의 태들은 다 어떻게 됐습니까?

김다은 소설 속에서 그 태 이야기가 나중에 수궁터라는 명칭하고도 연결이 됩니다. 또 하나가 기생 명월의 자궁 이야기인데, 저는 이 기생 명월의 자궁이야기를 듣고 과연 진짜일까?, 정말 놀랐어요. 당시 명월관의 명월이 혹은 홍련이라고 알려진 기생이 복상사를 자주 일으켜 소문이 자자했는데, 명월이의 생식기가 명기名技라는 소문이 났어요. 그래서 연구 명목으로 일본 측에서 명월이의 생식기를 도려내어 쭉 보관해왔다고 해요.

소설 속 기생 명월의 이야기가 사실인가요?

김다은 네, 사실입니다.

당신이 만든 이야기인 줄로만 알았습니다.

김다은 저도 흘러다니는 이야기인 줄로만 알았어요. 기생 명월의 자궁은 2010년까지 국립과학수사연구소 지하 부검실에 보관되어 있었다고 합니다. 문화재 제자리 찾기 운동을 하시는 혜문 스님이 굴욕이라며 국과수를 상대로 소송을 냈고, 그 표본을 폐기하라는 판결을 받아내면서 폐기하게 되었어요. 실제로 사진 자료도 있는데 지금 보여드릴 수는 없고, 인터넷에 들어가 확인해보면 보실 수가 있습니다.

너무나 가슴 아픈 일이네요.

김다은 굴욕을 넘어선 거죠. 태는 생명과 관련된 것이죠. 여성의 자궁, 명월의 자궁도 생명에 관련된 것이죠. 태항아리에 보관되었던 태를 없앤 사건과 기생 명월의 자궁을 도려낸 사건은 일본이 우리나라를 지배하기 위해 아예 조선의 생명의 기운을 끊어버리고, 더 나아가 조선의 씨를 말려버리려고 했다는 것을 여실히 보여주는 행위들입니다. 특히 이 두 사건은 금원이라는 수궁터와 연결되는 부분이기 때문에 소설의 재료로 사용했던 것입니다.

당신의 설명을 듣다보니, 특히 역사소설은 현실의 사건과 그것을 바라보는 작가의 해석이 조화롭게 잘 결합될 때 비로소 훌륭한 작품이 나올 수 있다는 생각이 드는군요. 《금지된 정원》의 빛나는 부분은 금지된 정원과 관련된 땅의 해석이라고 생각하는데, 이 땅의 특이한 속성에 대해 설명해줄 수 있나요? 우리의 주체성과 관련이 있을 것 같은데요?

김다은 김지관이 총독에게 찾아준 땅은 수궁터, 금원이라고 부르는 지금의 청와대 땅입니다. 명당이지요. 역사적으로 살펴보면 고려의 삼경인 개경 동경 서경 외에 숙종 때 수도인 남경으로 사용되었던, 한 나라의 수도가 섰던 명당이지요. 조선시대 때는 경복궁을 그 땅에 세우려고 하다가 협소하다고 해서 조금 아래쪽에, 지금의 경복궁 자리에 경복궁을 세웠지요.

김지관은 지관의 본분으로서 총독에게 명당을 구해줬으나 조선인의 본분을 저버리지는 않았어요. 어떻게 그럴 수 있었을까요? 그 이유가 참 재미있습니다. 가령 제 몸을 제가 만질 수 있잖아요? 그러나 몸의 특정 부위는 본인 외에는 아무도 만지지 못하거나 혹은 본인이 허락한 사람한테만 가능한데, 땅에도 그런 치부나 중요한 부위가 있습니다. 바로 주인만이 차지할 수 있는 땅인데, 여성에게 가장 중요한 곳이 아기를 만들고 생명을 잉태하는 자궁인 것처럼, 그 땅은 생기를 만드는 땅인 거예요. 땅에도 땅의 자궁이 있어, 그곳은 주인만이 차지할 수 있습니다. 그렇다면 총독에게 이 땅을 줬을 때, 과연 총독이 이 땅의 진정한 주인이면 그 땅을 차지할 수 있겠지요. 만약 진정한 주인이 아니라면? 이 땅의 주인이 아니면 손댈 수 없는 우리나라의 자궁 같은 땅이었죠.

그러면 어떻게 다른 풍수사나 지관들은 모르는데, 김지관만이 그 사실을 알고 있었는지 의문을 품을 수도 있습니다. 김지관의 아버지는 개인을 위한 풍수나 집터가 아니라 터를 이용해 나라를 일으키거나 망하게 하는 도참을 하던 유명한 지관이었습니다. 김지관은 아버지가 남긴 유언의 비밀을 통해 금원의 비밀을 알아낸 것이죠. 금원의 비밀이란, 왕 외에는 들어갈 수 없는 땅이라기보다, 나라의 주인 외에는 차지할 수 없는 땅이었던 것입니다. 이것이 바로 '금지된'의 참 의미였어요. 다시 말하면 조선의 주인만이 차지할 수 있는 땅이 바로 금원이었죠. 김지관은 총독에게 그 땅을 줌으로써 지관의 본분도 잃지 않았고, 또 동시에 총독이 이 땅의 주인이 아니기 때문에 결국 물러날 것임을 알았기 때문에 조선인의 본분도 잃지 않았던 것이죠.

당신과 이야기를 나누다보니, 역사소설과 역사는 분명한 차이가 있다는 것을 다시 생각하게 되는군요. 역사소설을 쓸 때 가장 중요한 것이 무엇이고, 그것을 어떻게 찾았는지 궁금합니다.

김다은 역사소설을 쓸 때 가장 중요한 것은 자신의 내면에 일어나는 질문에 대한 대답을 찾아가는 것입니다. 왜 청와대에 그런 저주스러운 담론이 붙어 있느냐는 것이 이 소설을 쓸 때의 제 질문이었고, 저는 그 답을 소설을 통해 찾았습니다. 어쨌거나 총독이 조선의 자궁과 같은 땅을 차지했을 때, 조선인들은 어떤 반응을 했을까요? "그 땅 차지했다고 잘 살 줄 알아? 총독의 말년이 좋지 않을 거야! 두고 봐!" 아마도 이런 말들이야말로 그 당시 우리 조선의 백성들에게는 독립을 염원한 표현이었겠죠. 그게 내려오면서 지금까지 그런 말들이 남게 된 것이 아닌가 싶어요. 청와대 땅을 둘러싼 저주스러운 담론들은 실은 청와대 땅을 저주하는 의미가 아니라 빨리 독립을 해서 그 땅을 되찾고 싶었던 조선 백성들의 염원이 들어 있는 말이었던 셈이지요. 시간이 함께 그 의미가 저주로 바뀐 듯합니다. 이제는 이 땅을 되찾았으니 그런 담론을 되도록 사용하지 않았으면 좋겠습니다.

좋은 역사소설과 나쁜 역사소설이라고 할까요? 지양하는 역사소설과 지향하는 역사소설이 있다면요?

김다은 간혹 상상력이 고갈된 작가가 역사소설을 쓴다는 인식을 가진 사람이 있는 것 같습니다. 그것은 나쁜 역사소설을 두고 하는 말인 것 같아요. 상상력이 고갈됐을 때 선택하는 역사소설은 과거의 역사 이야기를 가져와서 재탕하기 때문에 당연히 나쁜 역사소설입니다. 좋은 역사소설은 역사에 대해 의문이 생겼을 때, 그 의문을 찾아가는 과정에서 우리가 믿고 있던 역사를 뒤집기도 하고, 끊어진 역사의 고리를 연결하기도 하며, 새로운 역사를 만들어가는 과정입니다. 다시 말해 한 개인이 역사를 뒤집는다는 것은 너무나 어마어마한 작업이어서 보통의 상상력으로는 불가능하죠. 그때 만들어진 역사소설은 역사와 대적할 만큼의 상상력이 폭발하는 작품인데, 그게 바로 좋은 역사소설이라고 생각합니다. 즉, 작가가 역사를 향해 질문을 던지고 역사에 대한 해답을 찾아가는 과정에서 작가로서의 상상력이 폭발하는 것이 좋은 역사소설이라고 생각합니다.

공감합니다. 간혹 더 이상 삶에 대한 질문을 던지지 않게 된 상태에서 역사

소설을 쓰기 시작하는 소설가들을 만날 때가 있습니다. 그들이 쓴 역사소설을 읽어보면, 그 안에서 어떤 것도 찾을 수 없는 과거의 재현일 뿐인 경우가 많았습니다. 그런 작품들을 읽을 때마다 몇 가지 의문점들을 갖게 되곤 했는데, 당신의 설명을 듣고 나니 의문점들이 풀리는 것 같군요.

김다은 세계적 작품들을 보면 자국의 역사에 대한 인식을 깔지 않은 것이 드뭅니다. 좋은 역사소설을 쓴다는 것은 우리 과거와 미래를 밝히는 등불 같은 일이라고 생각합니다. 그렇기 때문에 나쁜 역사소설은 저도 나쁘다고 생각하고, 작가들이 좋은 역사소설을 많이 쓰길 바랍니다.

당신은 대학에서 많은 제자들을 가르치고 있는데, 역사소설을 쓸 때 어떻게 써야 하는지 알려줄 수 있을까요?

김다은 제가 제자들에게 제일 먼저 요청하는 작업이 있습니다. 우선 A4용지를 준비해서 머릿속에 있는 서울을 그려보게 합니다. 서울에 대한 지도를 펼쳐보거나 자료를 찾을 필요는 없어요. 잘 그리느냐 못 그리느냐의 문제가 아니라, 머릿속의 서울을 보는 과정이기 때문이죠. 학생들은 다양한 서울을 그려내겠죠. 어떤 학생은 자기 집에서 학교까지 가는 버스 노선을 중심으로 그린 서울도 있고, 개인 삶의 공간으로서의 서울도 있고, 고층 건물만 추상화처럼 그린 서울도 있겠죠. 그런데 어떤 사람은 한강을 중심으로 강북은 꼬불거리는 길에 강남은 직선적인 길로 대조적으로 그리기도 합니다. 그런데 또 어떤 학생은 경복궁을 중심으로 종합청사, 세종문화회관, 교보문고가 있는 길을 중심으로, 다시 말해 종로의 길을 중심으로 과거 조선시대의 한양의 경계였던 동대문, 서대문, 남대문, 북대문(숙정문)까지, 그리고 청계천을 함께 그려놓은 학생도 있는데, 그는 막연하게 조선시대의 서울과 현재의 서울을 함께 기억하는 사람입니다.

첫 번째 그림을 그린, 다시 말해 서울을 사생활의 공간처럼 그린 사람은 순수예술 쪽 사소설을 쓰면 잘 쓸 수 있고요, 도심의 복잡한 풍경을 그린 사람은 심리소설에 강한 형이고, 한강을 중심으로 강북과 강남을 그림 사람은 사회적 문제에 관심이 있는 사람이고, 마지막의 경우가 역사적인 시공간을 이해하고 있는 경우입니다. 서울만 그려봐도 역사적 의식이 있는지 없는지 차이를 알 수 있죠. 우리가 살아가는 이 공간이 실은 조선시대뿐만 아니라 고려시대 그리고 그 이전부터 이어져온 시간적 공간적 고리라는 사실을 무의식중에 인지하고 있는 것입니다.

머릿속의 서울을 한 번 그려보는 것만으로도 역사의식이 있는지 없는지 알 수 있겠네요. 그럼 역사에 대한 인식이나 의식이 없는 사람은 역사소설을 쓸 수 없는 건가요?

김다은 옷을 잘 입는 센스가 있는 사람이 있고, 아닌 사람이 있습니다. 옷 입는 센스가 없는 사람이라고 해서 옷을 안 입지는 않지요? 역사소설을 쓸 때 가장 중요한 것은 역사소설을 써보고 싶은 마음의 여부입니다. 이 말은 사람마다 재능이 달라서 처음부터 옷에 대한 센스가 있는 사람도 있지만, 옷을 잘 입는 법을 배워 자신의 재능을 찾는 사람도 무시할 수는 없는 일입니다.

당신은 역사소설을 쓰기 위해서는 질문을 던지라고 했는데, 역사소설에서 질문이 중요한 이유가 있나요?

김다은 가령 지금 당신이 내게 질문을 던지면, 대답은 제가 합니다. 그런데 역사소설에서는 질문을 던지면 그 해답을 누가 찾아줍니까? 질문을 던진 작가 본인이 답도 찾아야 합니다. 다른 장르의 소설들은 질문을 던지기는 하지만 막상 소설을 쓸 때는 심리적으로 이미 해답이 찾아진 경우가 많아요. 하지만 역사소설은 해답을 혼자 찾기 힘든 부분이 있습니다. 질문을 던져놓고 해답을 찾아야 하는데, 다른 소설처럼 작가 혼자 마음대로 찾을 수 없어요. 마음대로 할 수 없는 이유는 '역사'가 있기 때문이죠. 이 때문에 작가와 역사 간의 팽팽한 긴장이 생깁니다. 역사소설에서는 질문을 던져야만 좋은 소설을 쓸 수 있는 조건이 마련됩니다. 또 질문을 던져야만 역사소설을 쓴 이유를 알게 되니, 질문은 중요한 부분이라고 생각합니다.

그렇긴 합니다. 소설을 쓰다보면 그 과정에서 갈등이 해결되고 내 안에서 답을 찾게 되죠. 그러나 역사소설의 경우에는 작가 마음대로 할 수 없는 역사와 부딪히게 되고, 그렇게 되면 그 부분을 어떻게 해석해야 하는지, 그 해답을 구하는 방식이 달라질 것 같군요. 역사소설을 쓸 때는 준비과정도 상당할 것 같습니다. 구체적으로 어떤 준비를 해야 합니까? 참고문헌과 자료에는 어떻게 접근을 하나요?

김다은 자료를 찾는 것도 질문을 던지는 방법과 연관이 있어요. 한 학생에게 서울을 그리라고 했더니, "왜 동대문과 남대문은 벽도 없이 서울 한복판에 덩그마니 서 있습니까?"라고 질문을 하는 거예요.

그 질문에 대한 답을 찾기 위해서는 왜 한양의 성벽이 사라지고 문들만 남았는지 알아봐야겠죠. 기록은 순종 시절에 전차를 만들기 위해 무너뜨렸다고 해요. 그러나 실은 순종 때 조선을 방문한 일본 황태자가 비루한 성문으로 고개를 숙이고 들어갈 수 없다고 해서 벽을 무너뜨리라고 명했고, 그래서 무너졌다고도 합니다. 동대문, 남대문은 왜 벽도 없이 문만 남아 있는가? 이 질문 하나는 굉장히 단순합니다. 그러나 그 질문은 굉장히 많은 역사적 의미와 고통, 그리고 소설적 가치를 드러내 보여줍니다.

이때 역사소설을 쓰기 위한 자료를 준비하는 방법은 제일 먼저 그 질문이 어디를 향해 있는지를 보아야 합니다. 가령 성벽을 무너뜨리는 것에 대해 쓴다면, 일단은 조선시대나 혹은 일제강점기 아니면 그것이 무너뜨려진 순종시절을 공부하게 되겠죠. 성벽에 관련된 일이니 건축양식에 대해서 공부하게 될 테고요. 조선시대와 일제강점기 시대 자료는 많이 있어요. 〈조선왕조실록〉 〈승정원일기〉가 있어서 책으로도 많이 나와 있지만, 시중에 있는 책은 한정되어 있어요. 〈조선왕조실록〉은 국사편찬위원회 홈페이지에 들어가면 태조 시절의 기록부터 다 들어 있습니다. 한문본이라서 번역본을 보려고 하면 예전에는 돈을 줘야 했지만, 지금은 무료로 볼 수 있죠. 자료가 많을수록 유리한 것도 있고, 없을수록 유리한 것도 있죠. 역사자료가 적으면 작가가 역사를 자유롭게 상상할 수 있는 여지가 커집니다. 반대로 자료가 많으면 상상력의 제약이 생길 수 있는데 이 자료를 관통하는 상상력을 찾으면 없을 때보다 좋아질 수도 있죠. 자료가 많거나 부족하거나 두 경우 모두 장단점이 있는데, 중요한 건 자신의 질문이 어디를 향했는가를 정확히 파악하고 준비하는 과정이 필요합니다.

역사소설을 읽다보면 시대별로 사용하는 어휘가 다릅니다. 역사소설을 쓴다고 생각하면 어휘의 문제가 벽처럼 느껴지기도 하는데, 당신은 어떻게 극복했습니까?

김다은 너무 걱정 안 하셔도 됩니다. 고려시대에 관한 소설을 쓴다고 해도 실제적으로 고려시대에 사용한 어휘를 글로 쓰면, 더구나 고려시대에는 한글이 만들어지지도 않았으니, 이해를 당연히 못하죠. 현재를 기준으로 현재의 언어를 사용하는 게 역사소설이에요. 하지만 그때 분위기를 내는 것은 중요하죠. 가령, 일제강점기를 배경으로 한다면, 일제강점기 때 새로 들어온 문물이 있습니다. 커피나 전차나, 그때 들어온 카메라라든가 그 시대에 만들 수 있는 특이한 단어가 있어요. 일제강점기를 배경으로 했을 때 그냥 커피라는 용어를 사용해도 무방하지만, 소설 속에서 커피가 독살에 중요한 모티프라고 한다면 커피가 아니라 '코히'로 쓰면 됩니다. 쓰고자 하는 소설의 시대를 중심으로 중요한 단어를 수집하면 됩니다. 역사소설을 처음 쓰는 사람이 할 수 있는 방법은, 조선시대 소설을 쓰려면 조선시대를 배경으로 한 소설 두세 권을 읽으면서 그 안에 사용된 어휘들을 채집하는 것입니다. 가장 기본적인 어휘는 채집이 되고, 성벽에 관련된 것을 쓰겠다고 하면 성벽에 관한 부분에 대해서만 따로 어휘를 모으면 됩니다. 사실은 장편 역사소설을 쓸 때는 약 200 단어 이상, 단편 역사소설을 쓸 때는 50 단어 안에서 핵심적인 단어들만 찾아서 엮으면 됩니다. 조금씩 융통성을 발휘하면 되니 나머지는 쉽게 해결될 수 있습니다. 이런 작업은 생각만 잘하면 쉽게 해결이 됩니다.

역사소설은 처음 쓰기가 어려울 것 같은데 처음에 시작을 잘하는 방법이 있나요?

김다은 어휘도 채집하고 줄거리도 만들어졌는데 막상 역사소설을 쓰라고 하면 시작을 잘 못합니다. 그 이유는 시공간 설정 때문입니다. 현대소설에서는 '그녀는 화장실에 갔다'고 적으면 끝나지만, 조선시대가 배경이 되면 가령 변소(화장실)의 풍경을 곧바로 상상하기 힘들죠. 가장 중요한 것은 그 시대의 첫 시공간입니다. 맨 첫 장면에 시공간을 잘 설정하게 되면 그다음은 그리 어렵지 않아요. 어떤 시공간이 만들어지고, 아까 찾은 어휘나 배경, 화장실도 재래식이면 그 재래식 화장실이 초가집 앞에 있는지 뒤에 있는지, 이런 것들을 설정하면 됩니다.

이런 시공간 문제를 해결하는 또 다른 방법이 있습니다. 갑자기 현대에 있는 사람이 고려시대나 조선시대로 곧장 들어가기가 쉽지 않기 때문에 징검다리를 만들어주면 됩니다. 이 징검다리를 서문에 밝히는 작가도 있고, 소설 속 주인공이 발견했다고 해서 중간에 징검다리를 이용하기도 해요. 저는《금지된 정원》의 첫 부분에 일본에 있는 노모가 총독에게 보내는 편지 한 장을 넣었습니다. 이 편지가 현대에서 과거로 들어가는 징검다리 역할을 하죠.

그렇다면 지금 말한 《금지된 정원》의 징검다리 역할을 하는 첫 장면을 좀 읽어줄 수 있나요?

김다은 편지의 첫 부분과 맨 끝부분을 낭독을 해드리겠습니다. 일본에서 노모가 총독에게 보내온 편지입니다.

"나의 아들 조선 총독에게. 아드님이 조선 총독으로 부임할 때의 기쁨을 어떻게 말로 표현할 수가 있을까. 조선인들의 경계심을 풀기 위해 제복을 벗어던진 지혜로운 아드님. 아드님이 모자를 눌러쓰고 조선인들이 쪽빛이라고 부르는 푸른 하늘을 머리에 이고, 구름 같은 환영인파 속에 대령은 황금빛 마차를 향해 걸어갔다는 이야기는 수백 번을 그려보아도 질리지가 않았네. 왕의 등극에 걸맞은 행차가 아니겠는가. 아드님, 내 품에서 자랐지만 지극히 높고 고귀해서 선뜻 내 아들이라고 부르지 못하고 남의 귀한 아들처럼 불러본다네. 올곧은 성격과 아랫사람 부리는 부드러운 카리스마와 천황을 향한 충성심으로 가득한 아드님에게 조선 총독 자리는 매우 당연하고 합당한 수순이 아니겠는가. 아드님은 문화적으로나 경제적으로나 미개한 조선족을 일깨울 식민지의 메시아. 조선의 전설적 아들이 될 것이다. 폭력과 억압보다 사랑과 관대함으로 속국의 백성들을 지배하고 지배할." 이 부분이 편지의 첫 부분이고요. 이제 편지의 마지막 부분을 읽어드리겠습니다.

"아들아, 조선을 영원히 일본의 발아래 둘 비밀을 풀 자가 바로 너다. 계시를 콘스탄티누스 1세처럼 지혜롭게 풀 거라. 너는 문화총독이다. 조선의 점령을 넘어 그들의 정신을 개조하고 지배하기 위해 파견된 총독이다. 그런 아들에게 폭탄을 던지다니. 조선인을 영원히 일본인의 발아래에 무릎을 꿇게 만들어라. 산천이 변하고 그들의 손자의 손자가 태어나고 세계가 바뀌고 바뀌어도 영원히. 어미는 이미 서신을 다른 사람의 손을 빌려야 할 정도로 쇠잔하니 이 편지가 너에게 쓰는 마지막 편지가 될 수도 있다. 아드님을 향한 어미의 예지는 충천하다. 이대로 눈을 감는다 해도 아니 죽어서라도 생사의 경계를 넘어서라도 어미는 그 계시의 비밀을 풀도록 도울 것이다. 이것은 대일본제국의 속국 조선의 새로운 역사를 쓸 아드님에게는 단지 시작일 뿐이다. 1920년 9월 25일." 1920년 9월 25일이 명시된 이 편지를 제일 앞에 둔 이유는 소설 배경의 단초가 되기 때문이죠.

《금지된 정원》의 첫 장을 펼치자마자 타임머신을 타고 과거로 들어가는 것 같았는데, 바로 이 편지가 현대에서 과거로 넘어가는 징검다리 역할을 해주었기 때문이군요.

김다은 네, 그렇습니다. 역사소설은 징검다리, 다시 말해 일기나 과거의 자료 혹은 누구를 만났다든가, 아무튼 그곳으로 들어갈 수 있는 매개자나 매개물이 있으면 편하게 그 시대로 들어가죠.

《금지된 정원》을 읽으면서, 기생 명월의 자궁 사건은 실제처럼 느껴졌지만 실제 사실은 아니라고 생각했었습니다. 역사소설을 읽다보면 사실의 경계가 어디까지인가, 그런 의문이 들곤 합니다. 사실과 상상의 경계를 어떻게 세워야 합니까?

김다은 역사적 사실이라고 알려진 부분이 있는데 이를 무시하면 역사를 왜곡했다고 할 것이고, 그것을 그대로 쓰면 역사를 재탕한 나쁜 역사소설이라고 할 것입니다. 중요한 것은 소설을 쓰면서 자신이 처음 던진 질문을 계속 확인하면서 소설을 구성해가야 한다는 것입니다. 이 부분이 중요한 이유는, 역사자료를 찾다보면 자신이 공부를 하려고 했던 부분 외에도 많은 역사책을 더듬게 됩니다. 그래서 본래 쓰려고 했던 것보다 다른 것이 더 재밌어 보여서 헤매게 됩니다. 자료를 찾고 공부를 하는 도중에 다른 곳으로 흘러가서 다른 걸 보게 되는 것도 좋은 이득이지만, 그건 다음 소설을 위해 아껴두고 본래 자신의 질문을 위한 쪽까지만 끊는 것이 중요합니다. 공부해서 알게 된 것은 자신의 역사지식을 높였다는 것으로 이해하면 되고, 질문에 대한 대답을 찾아가는 과정에서 우리가 알고 있는 역사가 진실이 아닐 수 있다는, 기존의 역사가 진짜 팩트[fact]가 아니라는 생각을 할 수 있는 상상적 상황이나 자료에 직면하게 됩니다. 우리가 역사라고 생각하는 것이 실은 잘못 알려진 부분이 있다는 것을 깨닫기도 합니다. 역사소설을 공부하다 새로운 자료를 발견하고 재조립하게 되면 이미 알고 있던 역사와 전혀 다른 역사가 만들어지기도 합니다. 동일한 팩트도 자신의 가치로 재구성하게 되면 새로운 역사적 비전이 만들어지니 그런 작가는 새로운 역사의 줄기를 바꾸는 힘을 가진 사람입니다. 이때 상상력은 자신이 던진 질문에 충실하지 않으면 역사의 힘에 묻혀버립니다.

가령 저의 《훈민정음의 비밀》이라는 소설은 한글의 자음의 순서가 훈민정음 본래 자음의 순서와는 다르다는 사실을 밝힌 것입니다. 학계에서 이를 인정하는 이도 있고 무슨 소리냐고 반문하는 사람도 있지요. 제가 그 소설을 발표할 수 있었던 이유는 제가 던진 질문에 답을 분명히 찾았기 때문에 가능했습니다. 우리가 알고 있는 역사적 사실이 진실이 아닐 수도 있는 거죠. 그러므로 우리가 알고 있는 역사는 언젠가 새로 쓰여질 수 있는 역사입니다. 작가는 많이 상상하고 그 상상을 통해 새로운 역사의 가능성을 보여주는 것이죠. 자신의 질문에 충실하면 상상의 영역이 계속 확장되고, 절단되고, 뒤집어지고, 결국 새 역사를 쓸 힘이 생겨납니다.

저의 경우에는 소설 초고를 쓰기 전에 취재를 나가면 현실이 너무 거대해서 글을 못 써요. 애초에 갖고 있던 질문이 사라져버리는 경우죠. 그래서 언제부터인가는 소설의 초고를 쓰고 난 뒤에 취재를 하고 있습니다. 같은 맥락에서 이해할 수도 있겠군요. A라는 질문을 품고 B를 조사하는 도중에 B가 더 좋아 보여도 나중으로 미루고 A로 돌아가라. 그렇게 할 수 없다면 애초에 품었던 A라는 질문이 본인에게 그리 중요하지 않았다는 반증이기도 하겠군요.

김다은　네, 작가의 생生에 있어서 중요한 질문이기도 하고, 우리의 역사를 위해서도 중요한 질문일 때 굉장히 좋겠죠. 질문을 잘 선택하는 것이 굉장히 중요합니다.

흔히들 역사라고, 사실이라고 생각하는 것이 사실이 아닐 수도 있다는 것, 혹시 이런 예를 들어줄 수 있습니까?

김다은　박경리의 《토지》는 역사소설로 분류됩니다. 그러나 그 소설에 나오는 성이라던가 등장인물이 과연 역사에 나오느냐? 아닙니다. 《토지》에는 동학이라는 하나의 소재가 그 안에 들어가 있습니다. 시대적 배경 안에 녹아 있는 모든 창조물들은 창조된 인물들이죠. 그러면 동학에 실제 그런 일이 있었느냐? 그것도 아니죠. 어디까지 선을 그어야 하느냐, 잘못된 것이냐? 박경리의 《토지》뿐 아니라 이런 예는 무수히 많이 찾을 수 있습니다.

고종황제의 죽음에 대해서 최근 독살이라고 말하는 소설들이 나왔습니다. 그러자 사람들은 그 가능성을 생각하거나 믿는 경향이 있습니다. 그 이전에는 독살이라고 생각해본 적이 없죠. 고종황제가 자연사했느냐 독살되었느냐, 어떤 것이 진실이라고 말할 수는 없지만, 사람들은 작가가 보는 진실을 더 역사적 사실로 받아들이고 가깝게 인식하게 된 거죠. 잘못된 역사라기보다는 잘못 알고 있었던 역사, 사실이 아닐 수 있었던 역사에 대해 다시 생각해보는 거죠. 우리가 알고 있는 역사는 확고부동한 역사가 아니에요. 역사는 강자의 역사에요. 강자들이 자기들의 기록을 남기기 위해 약자들의 역사는 기록에서 많이 제거했어요. 그러나 약자가 부활했을 때는 기록에서 제거되었던 다른 모습을 찾게 되니 사실이 달라질 수 있다고 생각하면 됩니다. 역사소설에서는 어디에 가치를 두느냐, 바로 이 가치문제가 가장 중요한 것 같아요.

역사와 역사를 보는 가치에 대한 개념을 설명해주세요.

김다은 〈장희빈〉이라는 드라마를 아시죠. 어릴 때부터 여러 버전의 '장희빈' 드라마를 봤습니다. 그러다 얼마 전에는 장희빈을 조선시대 최고 디자이너로 해석한 드라마를 보게 됐습니다. 아주 오래전 버전은 왕의 눈에만 들면 여자의 인생이 완전히 달라지는 반 페미니즘적인 장희빈이라면, 이번 장희빈에 대한 해석은 매우 현대적이라고 말할 수 있지요. 시대적 가치관에 의해 장희빈을 의상 디자이너로 해석한 것이죠. 역사 기록에 남아 있는 장희빈과 드라마 속의 장희빈이 조선시대 최고의 디자이너로 해석된 것과는 전혀 다른 것이지요. 시대를 대변하는 작가와 감독과 시청자들의 생각이 반영되면서, '장희빈'이라는 새로운 역사물이 만들어진 것인데, 이것이 역사를 보는 가치라고 할 수 있습니다.

역사소설을 쓸 때는 시대상을 나타내는 어휘의 선별 문제도 있지만 문체 역시 부담스러운 문제입니다.

김다은 김훈 선생의 역사소설《칼의 노래》가 있습니다. 전쟁 이야기인데 전쟁의 문체를 사용하고 있죠. 예를 들면, 첫 부분이 "정유년 겨울에 전쟁은 전개되지 않았다. 전쟁은 지지부진했다"로 시작되는 부분이 있습니다. '전쟁'의 리듬과 문체가 들어 있어요. 두 문장 안에 전쟁의 상징 리듬인 ㅈ이 9개나 들어 있지요. 흔히들 시에만 리듬이 있다고 생각하지만 요즘엔 산문 속에 리듬이 있을 때 잘 쓰는 작가라고 인식하면 됩니다. 유명한 미술 작품들은 그 사람 사인을 안 봐도 그게 누구의 작품인지 금방 알아챌 수 있잖아요. 그림 속에 화가의 특질이 녹아 있기 때문인데, 글도 그 사람을 특징짓는 것이 글 속에 들어 있을 때 그 작가의 문체가 드러났다고 볼 수 있죠.《칼의 노래》 속에는 모든 기호들이 전쟁을 향해 움직입니다.

마찬가지로《금지된 정원》에서 첫 부분에 총독의 노모가 총독에게 보낸 편지 말이죠. 사실 이 노모는 침상에서 다른 사람의 도움을 받으며 살고 있지만 총독을 아들로 둔 자부심으로 가득 차 있고, 세상을 통찰한 노모이기 때문에 거기에 맞는 문체를 넣은 거죠. 총독의 태연하지만 불안해하는 마음이라든가 김지관의 갈등하는 마음 등등, 각각의 등장인물들이 각자 주인공이 되었을 때, 그때 그 사람들의 심정이 어떤 갈등 상황을 대변하고 있느냐를 중심으로 문체를 만들죠.

주제에 맞는 문체겠군요?

김다은 물론 주제를 향해서 움직이되, 이들이 리듬을 형성할 때 더 잘 읽힐 수 있습니다. 젊은이들이 공부하며 귀에 이어폰을 꽂고 음악을 들으면서 동시에 할 수 있는 이유는 음악이 시끄러워도 리듬이 있어 소음이라고 생각하지 않기 때문이에요. 산문 속에서도 리듬을 발견하라! 또 소설의 주제가 뭔지 살피고 주제에 맞는 문체를 하나의 포인트로 잡는 것이 좋습니다. 무엇을 주제 포인트로 살리고 싶은지에 따라 리듬을 잡고 다가가면 그 문체가 살아나게 되어 있습니다.

역사소설을 잘 쓰는 비법이 따로 있나요?

김다은 역사소설은 첫 번째 소설이 가장 어렵습니다. 자료 찾는 법, 질문 던지는 법을 다 습득해야 하기 때문입니다. 그런데 두 번째부터는 역사적 사실들이 서로 연결이 되기 시작합니다. 역사소설은 마치 자전거를 배우는 것과 같아요. 처음엔 넘어지며 배우지만 한 번 탈 수 있게 되면 잘 타게 되잖아요? 한 번 역사소설을 쓰고 나면 역사의식이나 가치라는 개념이 작가 안에 생겨나게 되므로 그다음부터는 쓰면 쓸수록 점점 강자가 될 것입니다.

당신의 《금지된 정원》뿐 아니라 다른 작품들 역시 분위기가 젊다고 해야 할

까요? 특별한 비법이 있습니까?

김다은 대학에서 학생들과 항상 같이하기에 젊음을 섭취하는 부분이 있는 것 같아요. 제가 항상 경계하는 것은 나이와 함께 영감도 늙어가게 내버려두는 것입니다. 문학적 영감은 주름이 쭈글쭈글해서는 안 된다, 문학적 영감은 젊음을 계속 유지해야 한다고 생각하고 있어요. 그리고 또 하나는 제가 가지고 있는 예술관 때문일 것입니다. 시간이 지나면 지날수록 오래되고 낡아가는 것을 새롭게 해석해서 그런 것들을 젊게 만드는 작업이 예술이기 때문에, 예술이란 영원한 청춘을 꿈꾸는 작업이라고 늘 생각하고 있습니다.

김다은

1962년 진주에서 출생. 이화여대 불어교육학과 및 불어불문학과 대학원을 졸업하고, 프랑스 파리8대학에서 문학박사 학위를 취득했다. 생애 처음 쓴 소설인 《당신을 닮은 나라 I, II》가 1996년 제3회 국민일보 문학상에 당선되어 소설가로 등단했다. 장편소설 및 창작집 《모반의 연애편지》 《훈민정음의 비밀》 《이상한 연애편지》 《러브버그》 《쥐식인 블루스》 《위험한 상상》 《푸른 노트 속의 여자》 《금지된 정원》 《손의 왕관》과 문화칼럼집 《발칙한 신조어와 문화현상》을 출간했으며, 서간집 《작가들의 연애편지》 《작가들의 우정편지》 《작가들의 여행편지》 《해에게서 사람에게》를 엮어냈다. 프랑스어 소설 「Imagination dangereuse」 「Madame」을 발표했으며, 번역서 《다른 곳》 《에쁘롱》 《모데르니테 모데르니테》가 있다.

작은 갈등들이 쌓여 한순간 폭죽처럼 터지게 하라

정이현 장편소설《너는 모른다》

도시적 감수성의 작가 정이현이 치밀하고 날렵한 문장으로 펼쳐 보이는 새로운 미스터리 소설. 화창한 5월의 일요일 오전, 무슨 일이 일어나도 놀랍지 않을 것 같은 서울이라는 도시, 그리고 5월의 한강변. 변사체가 떠오른다. 눈을 꼭 감고 있어 표정을 읽을 수 없는 알몸의 남자는 오랫동안 물밑을 떠돌고 있었다는 것 말고는 아무 말이 없다.

작은 갈등들이 쌓여
한순간 폭죽처럼 터지게 하라

정이현 장편소설 《너는 모른다》

예측할 수 없는 일이 펑펑 터진다. 계획과 준비는 무용지물이다. 결과로서의 사건과 대면할 때마다 나는 맨홀 앞에 서 있는 기분이다. 허리를 숙여 맨홀 뚜껑을 열고 그 안의 어둠을 들여다본다. 맨홀 속에 덩어리진 어둠이 되어 고여 있는 어둠의 핵심, 이 예측할 수 없었던 사건의 장본인, 바로 속을 알 수 없는 당신의 눈을 들여다본다.

왜? 무엇이 당신을 변하게 했나요? 당신은 어떻게 어둠으로 변하게 됐나요? 장편소설 《너는 모른다》에서 정이현이 파헤치고 있는 "왜"를 내 가방에 꾸려 넣고 나는 정이현을 만나러 갔다.

당신의 장편소설 《너는 모른다》는 《달콤한 나의 도시》와는 많이 다릅니다. 《너는 모른다》를 집필하게 된 계기가 있습니까?

정이현 이 작품은 저에게는 두 번째 장편이지만 1년 넘게 일일연재를 했던 장편입니다. 또 제 인생의 작품을 꼽으라면 이 작품을 꼽을 정도로 애착이 많이 가는 작품입니다. 처음에는 제목이 '너는 모른다'는 아니었어요. 교보문고 사이트에 일일연재를 했었고, 그 뒤 계간《문학동네》에 '하우스'라는 제목으로 1회를 발표했다가 2회를 쓰려고 보니까 도저히 안 되겠더라고요. 원래는 4회에 걸쳐 분재하기로 했지만 첫 회를 써보고 이 길이 아닌가보다, 하고 깨달아서 과감하게 연재를 중단했습니다. 그 뒤 처음에 짰던 판을 갈아엎고 시점과 화자를 바꿔 2년에 걸쳐 완성한 작품입니다.

계간지에 연재하다가 중단하기는 쉽지 않습니다. 그 당시에 고민이 많았겠는걸요?

정이현 고민도 많았고, 가장 무서운 게 편집자니까, 또 첫 독자도 편집자잖아요. 편집자 분께 너무 죄송해서 한 계절 정도는 잠적하다시피 했었어요. 그래도 도저히 안 되겠는 걸 어떡해요. 처음 연재를 시작할 때는 일인칭으로 시작했는데 아무래도 이 작품은 일인칭 화자가 끌어갈 수 없겠다는 생각이 커졌어요. 힘든 시간이었지만 그 시간이 지나니 소설이 완성되더라고요.

《너는 모른다》는 한 빌라에 사는 가족의 이야기이면서 미스터리를 풀어가는 추리적인 기법이 도입된 소설이기도 합니다. 당신이 《너는 모른다》를 출간했을 당시에 권지예 소설가 역시 추리소설 기법을 도입한 로맨스소설인 《4월의 물고기》를 출간했었죠. 추리소설은 꼼꼼한 플롯이 필요한 법인데 집필 전에 시놉시스를 미리 작성해놓았나요?

정이현 네, 시놉시스가 있었어요. 장편소설을 쓰는 작가 중에 시놉시스 없이 쓰는 작가는 없다고 생각해요. 시놉시스도 있었고 촘촘한 설계도 있었는데, 작품 집필에 들어가 매일 작품을 쓰다보니 시놉시스에 점점 살이 붙는 거예요. 어느 정도 아웃라인이 정해지고, 인물들이 어떻게 움직일 것이며 이 지점에서는 인물들이 어떻게 충돌할 건지는 미리 촘촘하게 정해놓지만 막상 작품에 들어가서 인물들이 살아 움직이기 시작하면 제 설계도대로 인물들이 움직이지는 않더라고요. 인물이 자살을 하려고 십 층 꼭대기에 올라가게 했는데 안 떨어지고 안 떨어지고 하는 거예요. 그냥 살아지더라고요. 그때는 이미 그분이 오셨다는 표현을 하죠. 물론 소설은 작가가 쓰지만 그런 순간에는 인물의 몸을 빌려서 말하고 있는 듯해요. 그런 순간이 자주 있는 건 아니지만 장편소설을 쓸 때는 그런 순간이 가끔 포진해 있기 때문에 애초의 설계도와는 많이 달라지는 거라고 생각해요.

당신이 시놉시스를 작성하는 방식을 설명해줄 수 있을까요?

정이현 어떤 주제에 어떤 이야기를 써야겠다는 확신이 생기면, 한국에서 가장 큰 대형서점에 갑니다. 관련 서적들, 대부분은 인문학 서적인 경우가 많은데 일단 다 구입해요. 공부하듯 과련 서적들을 다 읽고 노트를 만들기도 해요. 《너는 모른다》의 경우에는 발단 부분에 시체가 나오는 것이 가장 중요한 설정이었고, 그 인물, 다시 말해 시체로 떠오른 인물이 이 소설에서 가장 먼저 등장했기 때문에 경찰 분들이나 형사 분들만 보는 《형사연구》라는 잡지가 있어서 과월호까지 찾아서 열심히 공부하기 시작했어요. 시체에 대한 공부죠. 이렇게 물에 빠져 죽은, 익사한 시체는 어떻게 다르고, 목이 졸려서 유기해놓은 시체는 어떻게 다른지, 그런 것들을 공부해 여러 노트를 만들어놓았어요.

메모하는 노트 따로, 소설 노트 따로 사용하나요?

정이현 메모를 좋아하는 편이라 중심이 되는 노트 한 권인 것 같아요. 포스트잇이나 메모지를 붙이고 가끔 형광펜도 사용하는 편이에요. 소설 집필에 들어가서 1/3, 1/4 지점까지는 이 노트를 유용하게 사용하는데, 막상 인물들이 살아 움직이기 시작하면 머릿속에 설계도가 있기 때문에 자주 들여다보지는 않아요. 그리고 소설을 마칠 즈음이 되어서 설계도를 다시 살펴보면 제 계획과 좀 많이 다르구나, 하는 걸 느끼기도 해요.

그 노트를 정말 보고 싶군요.

정이현 막상 그 노트를 보면 웃을지도 몰라요. 저만 알아볼 수 있는 악필로 쓰여져 있습니다.

집필 전에 노트에 메모하고 포스트잇까지 붙여가며 꼼꼼히 준비했기에 《너는 모른다》가 치밀하게 느껴졌던 것 같네요.

정이현 시작 전의 준비과정은 집필과정에 도움이 되기보다는 시작하기 전에 작가의 마음가짐에 더 도움이 된다고 생각해요. 하나의 세계를 0부터 만들어가는 거잖아요. 그냥 무조건 소설 안으로 들어가면 되게 무서운데 뭐라도 있으면, 우산이라도 들고 가면 안심이 되듯이 최소한 작가의 마음을 안정시키기 위한 안전장치라고 생각합니다.

《너는 모른다》의 작품 배경이나 사건을 설정하고 구체적으로 집필에 들어가기 전에 제약 조건이 있었습니까?

정이현 등장인물 중에 주요인물 두 명이 화교였어요. 첫 번째 제약 조건은 주요인물 두 명이 화교라서 어린 시절에는 어땠고, 한국 사회에서 어떤 마음으로 살고 있는지는 모르거든요. 화교 분들을 만나러 대만에도 다녀왔었고, 한국에 살고 있는 화교 분들도 만났습니다. 굉장히 많으세요. 두 번째는 미스터리처럼 보이는 어떤 사건이 있어요. 이 미스터리가 주제와 관련이 있기도 하면서 동시에 제약 조건이었던 것 같아요. 미스터리를 어떻게 풀어나갈 것인지. 독자들은 추리소설처럼 명쾌한 탐정 역할을 하는 등장인물이 마지막에 사건을 정리해주기를 원할 텐데 그 충돌을 어떻게 교묘히 피해갈 것인지 고민했던 것 같아요. 추리소설은 롤러코스터랑 닮았다는 생각을 많이 해요. 누구나 스릴을 즐기려고 타고, 타면 두근두근거리지만 그러나 누구나 알고 있어요. 5분이 지나면 우리는 지상으로 착지하리라는 사실을. 저는 그게 롤러코스터를 타는 진짜 의미라고 생각해요. 롤러코스터를 타는 동안은 땅이 얼마나 안전한 곳이었는지를 확인하게 되는데, 그게 롯데월드나 에버랜드의 일이라고 생각해요. 추리소설이라는 장르가 우리 삶에서 그런 측면을 담당하는 거라고 생각해요. 악의 근원이란 게 있구나. 명탐정이 악을 소탕했고, 우리는 안전한 곳으로 돌아갈 거야. 책장을 덮으면 지지고 볶고 살던 나의 삶은 안전한 곳이었음을 확인하게 되죠. 그게 추리소설의 묘미라고 생각해요.

저는 안티-추리소설을 쓰고 싶었어요. 추리소설의 마지막 장을 덮고 나서 내가 있는 곳이 정말 안전한 곳이었나를 스스로 되묻게 하는 소설을 쓰고 싶었어요. 우리 삶에서는 악이 누구고, 선한 자가 누구인지를 구별해낼 수 없잖아요. 제 안에도 당신 안에도 백의 얼굴, 천의 얼굴이 혼재되어 있고, 이런 모습과 다른 모습이 있는데, 소설 속 인물 중에 누구 한 사람은 그런 인물이 없을까요? 그런 인물들이 사건을 겪고 나서 어떤 모습으로 변모해 있을 것인지, 제가 그려내고 싶었던 것은 독자들이 추리소설에 바라는 모습과는 다를 거라고 생각했어요.

《너는 모른다》의 시공간적 배경에 대해 설명해주세요.

정이현 공간적 배경은 흔히 강남이라고 말하는, 서울의 강남입니다. 2000년대 강남이죠. 부유층, 빌라에 사는 가족들의 이야기입니다. 엄마의 전 애인이 사는 곳은 대만 타이페이와 방배동을 왔다갔다 하고요. 거기가 주 배경이라고 할 수 있습니다.

《너는 모른다》는 강남에서도 부유층이 사는 빌라가 밀집해 있는 곳이 공간적 배경입니다. 이곳을 배경으로 설정한 이유가 있나요?

정이현 제 소설을 보면 강남이 그렇게 많이 나오지는 않는데 그런 이야기가 주로 회자되다보니까 강남을 다루는 소설을 많이 쓴다는 선입견을 가진 분들이 있습니다. 물론 구태여 부정하고 싶지는 않아요. 강남은 작은따옴표 속의 '강남'이거든요. 2000년대, 2010년대 한국 사회는 무언가가 부글부글 끓고 있는 곳이잖아요. 그곳에서도 정말 첨예하게 소비자본주의적인 어떤 것들이 모여 갈등하는 곳, 그 한복판의 지명이 강남이라고 생각되고, 그 안의 인물들이야말로 그런 사회 인물들이 가지는 욕망을 낱낱이 보여줄 수 있는 인물이라는 생각이 들어서 강남이라는 배경을 즐겨 사용하는 것 같아요. 방배동은 부유층이 모여 사는 빌라가 있는 곳이에요. 제가 살지는 않지만 작품을 쓰기 위해 담장이 높은 빌라들을 보며 저 안에 누가 살까, 생각했어요. 그 동네는 길거리에 걸어다니는 사람이 없어요. 붙들고 인터뷰를 하고 싶었지만요. 마치 제가 소설 속 '영광'이라는 탐정이 된 것처럼 그렇게 제3자의 시선으로 그 동네를 관찰하고 그랬어요. 이 소설에 등장하는 가족들은 내추럴 본 강남 사람들은 아니에요. 아버지가 사회에서 권장하지 않는 행위를 해서 모은 돈으로 욕망의 한복판에 입성한 사람들인 거죠. 아이는 사립초등학교에 다니지만 엄마는 두 번째 부인이기 때문에 다른 배다른 형제들이 있으니 섞여서 어울리지도 못하고, 그 안에서 이방인, 국외자 역할을 맡아요. 그들의 눈을 통해 강남 속에 사는 삶을 들여다보고 싶기도 했고, 굉장히 그 안에 들어가고 싶어 하지만 소외감을 느끼는 인간들의 모습을 보여드리고 싶기도 했어요.

당신 소설 속 강남은 욕망의 한복판, 소비자본주의의 상징이군요. 그렇다면 이 소설 속의 또 다른 공간인 '대만'은 어떤 의미를 가지고 있습니까?

정이현 일본에 사는 재일교포나 한국에 사는 화교는 크게 다르지 않거든요. 그분들은 한국에 살지만 중국인의 정체성으로 교육을 받고 자라고 강요당해요. 그래서 남들에게는 말 못하지만 사연들도 많고, 가족 안에서 드러내지 못하는 첨예한 갈등도 많아요. 성인이 된 다음에는 한국인인지 중국인인지, 제3세계 사람인지, 국적이 없는 사람인지 고민하는 분도 많아요. 이 소설을 쓰면서 제 주변 사람들을 다 조사했어요. 일단 만나야겠다고 생각해서 만나게 됐는데, 옥영이라는 60년대 후반생인 분도 있었죠. 제 나잇대에 이르는 삼십대 후반 중장년층을 많이 인터뷰했어요. 그분들을 따라가다보니 한국을 떠나 대만에 가신 분들이 많더라고요. 그분들은 대만에서도 대만 사회에 섞여 살지 못하고, 한국인을 상대로 한 일을 하고 계세요. 타이페이에서 한국 식당을 하는 화교 분을 만난 적이 있었어요. 제가 보기에 그분은 확연히 외국 억양으로 말을 하는데, 본인이 인천에서 살았고, 인천 화교 학교를 졸업하셨다고 했어요. 그런데 제가 느끼기에는 부자연스러운 한국어죠. 그분의 중국어 역시 외국어임을 드러내는 중국어예요. 그러니까 그분은 완벽하게 할 수 있는 모국어가 없는 거예요. 그걸 본인도 알고 있고, 중국인 친구도, 한국인 친구도 없어서 화교 안에서만 사랑하고 상처받고 살아가고 있었어요. 저는 제가 만났던 그분이 그런 분들의 삶을 여러 가지로 시사하고 있다고 봤어요. 저는 《너는 모른다》를 쓰기 전에 르포만 써도 책 한 권이 나올 정도로 조사를 많이 해서 썼어요.

《너는 모른다》에는 밍이 나오고, 진옥영이 나오고 바이올린 영재인 유지라는 딸이 나오고, 김상호와 전처 사이에서 낳은 아들 혜성이 등장합니다. 또 시체로 떠오른 남자도 등장하지요. 등장인물들에 대해 설명을 좀 해주세요.

정이현 《너는 모른다》에서는 김상호와 진옥영이라는 인물이 주요 인물입니다. 그 사이에 밍이라는 인물이 있는데, 이 인물이 진짜로 실존하는 인물인지 아닌지 질문을 많이 받았어요. 제가 제 입으로 대답을 해드릴 수는 없지만, 이 소설 처음에 등장하는 알몸의 남자 시체가 있어요. 이 시체가 밍이라고 많이들 생각하는데 그럴지도 모르고 아닐지도 모릅니다. 그러나 소설의 처음에 등장할 정도로 애착이 많이 가는 인물이 바로 밍이라는 인물이에요. 이 소설의 인물을 이야기할 때, 밍과 옥영의 관계, 밍과 상호의 관계가 중요한데요, 서로 화교이고 스무 살 때부터 연인이었고 영혼의 삼쌍둥이라고 볼 정도로 비슷한 환경에서 자란 비슷한 성격의 사람들이에요. 밍과 옥영은 어떤 시점이 되면서 서로 다른 길을 선택하게 되죠. 많은 화교들이 실제로 그렇기도 하고, 장편소설에서 무엇보다 중요한 건 인물의 이야기로 생각하기 때문에 인물들이 어떻게 변모해가는가가 중요하다고 생각해요. 밍과 옥영은 서로 같이 오다가 확 갈라지게 되고, 그것이《너는 모른다》라는 소설의 가장 중요한 갈등을 만드는 전제조건이 됩니다. 그렇기 때문에 밍이라는 인물과 옥영이라는 인물이 서로의 갈림길에서 서로 어떻게 다른 방향으로 갔는지를 살펴보셔도 재미있을 것 같아요. 사람이 극적으로 변하진 않기 때문에 한 인물이 무덤덤한 사람이다가 마지막쯤 되면 하늘에 지나가는 헬리콥터를 5초 정도 물끄러미 올려다보는 사람이어도 된다고 생각해요. 내적 의미만 충분하다면, 독자들에게 울림을 줄 수 있다면, 인물의 변화가 극적일 필요는 없지만 어떤 변화는 필연적이라고 생각하고요, 그것이 단선적이냐, 복합적이냐를 판단하는 기준이라고 생각합니다.

《너는 모른다》의 중심 사건은 김상호와 옥영 사이의 딸이 납치되는 사건과 변사체로 떠오른 남자의 살인사건입니다. 중심 사건에 대해 말해주세요.

정이현 유지라는 열 살 정도 된 여자 아이가 있어요. 김상호와 옥영 사이에서 태어난 아이인데 바이올린 영재라 불리고, 사립 초등학교에 다니는 아이죠. 그런데 이 아이가 어느 일요일 갑자기 사라집니다. 엄마, 아빠, 형제들이 각자의 비즈니스로 바빠서 아주 잠깐 시선을 두지 못한 사이에 사라져버리고, 이야기의 대부분은 각자 그 가족들이 아이를 찾기 위해 나름의 방법으로 발버둥치는 이야기입니다.

《너는 모른다》의 문체 특징은 무엇인가요?

정이현 작가마다 문체에 대한 생각은 다 다르겠지만 저의 경우에는 문체는 반드시 주제와 같이 가야 한다고 생각해요. 어떤 주제와 어떤 테마를 가지고 무슨 이야기를 할 것인가, 문제의식은 무엇이고, 어떤 방식으로 인물들을 다룰 것인가에 대해 이야기하는 것이 문체라고 생각해요. 어떤 작가가 일정한 문체를 가지고 있다면 그 작가는 한 가지 주제에 깊게 천착한 사람이라는 이야기라고 봐요. 아직 저는 그런 사람은 아니라고 생각하고요. 이런저런 문학적 실험을 하는 단계이고, 이런저런 주제에 관심을 가지고 있기 때문에 어떤 커다란 대전제는 있어요. 지금 이곳에서 저와 같이 사는 인물들과 같이 사는 것이 저에게는 커다란 대전제입니다. 이곳의 삶이란 현재적이고, 제가 사는 삶 역시 그렇고, 우리의 삶이라는 것은 속전속결이면서 동시에 무엇인가 빠르게 변하는 삶이잖아요. 많은 분들이 제 문체를 읽고 속도감이 있다거나 건조하다거나 그렇게 생각하시는 것 같아요.

문체는 주제와 같이 가야 한다, 중요한 말이네요. 《너는 모른다》는 처음엔 'H.O.S.U.E'라는 제목이었는데 나중에는 '너는 모른다'라는 제목으로 출간이 됐습니다. 제목 잘 짓는 비법이 있나요?

정이현 제목 잘 짓는다는 이야기는 많이 들었어요. 《너는 모른다》는 '모른다'는 말을 꼭 넣고 싶었어요. 인물들이 서로 모르기 때문이죠.

이 글을 쓸 때 '뒤통수'에 대해 처음으로 생각했어요. 서로의 뒤통수. 식구들을 볼 때 뒤통수를 볼 일이 없잖아요. 그런데 어느 날 문득 엄마나 다른 분이 제 뒤통수를 보는 게 느껴지는 거예요. 엄마가 뭘 알겠어. 나에게 이런 뒤통수가 있다는 걸 엄마는 모르잖아, 라고 생각하는데 그렇지 않은 거예요. 우리는 항상 너는 날 몰라, 라고만 말하지 나는 너를 모른다고는 생각해보지 않는 것 같아요. 저도 저의 남편의 뒤통수를 볼 때 짠하거나, 어유 저 웬수, 하고 제 나름의 시선으로 보는 것 같아요. 《너는 모른다》는 일정한 괄호 안의 인삿말이라고 생각해요. 처음에는 '너는 모른다'고 주장했지만 나중에는 인물들이 조금씩 '나도 너를 모르지 않을까'라고 그렇게 변모하기를 바라는 마음에서《너는 모른다》라고 썼어요. 그래서 이 소설의 주제를 한마디로 요약하라고 하면 '너는 모른다'가 될 것 같습니다.

당신 말을 들어보니 나는 참 너를 몰랐어, 라는 말은 정말 잘 안 하는 것 같군요. 장편소설 쓸 때는 단편소설을 쓸 때와는 많이 다릅니다. 장편소설 쓸 때 혹시 특별히 염두에 두는 것이 있습니까?

정이현 장편소설을 쓸 때는 몇 개월에서 1, 2년 이상 같이 살아내야 해요. 그래서 제가 가장 염두에 두는 면은 정말 나한테 절실한 것인가가 가장 첫 번째 조건이에요. 스스로 가장 많이 되뇌고요. 절실할 줄 알고 시작했다가 아닌가봐, 라고 생각해서 후퇴한 작품들도 있어서 가장 중요한 것은 이 순간 가장 쓰고 싶은 이야기인가, 내가 할 말이 많은가, 예요. 많은 습작생들이 이 부분을 간과한다고 생각해요. 자신들이 하고 싶은 이야기가 많은 소설이라기보다는 세상에서 좋아하지 않나, 이게 트렌드가 아닌가, 오히려 그런 것들에 더 신경을 쓰는데 장편은 그런 걸로만 버티긴 힘들거든요. 장편 심사도 자주하고 신인들의 장편소설도 많이 읽는데, 내적인 치밀함이랄까 그게 부족한 게 많아요. 발상이 치밀한 것도 많은데 왜 이렇게밖에 풀어내지 못했을까, 생각하기도 하는데, 그 이유는 바로 절실하지 않기 때문이더라고요.

문장력을 키우기 위해 당신은 어떤 방법을 써보았습니까?

정이현 많은 분들이 필사를 하셨는데 그게 좋은 방법인가에는 의문이 있어요. 문체는 작가 고유의 주제와 같이 가거든요. 문체와 문장만 가져다 쓰는 것은 몸만 베껴 쓰는 것과 같아요. 저는 시를 좋아해서 시를 즐겨 읽었어요. 꼭 소설을 쓴다고 해서 소설만 읽는 것보다는 사실 다양한 방식의 독서를 하는 것이 자신만의 문체를 만드는데 큰 도움이 된다고 생각합니다.

대부분의 독자는 정이현 작가는 신선하고 경쾌한 작품을 쓰는 작가라고 생각하는데, 《너는 모른다》에서는 특유의 문체에 치밀함까지 더해졌다는 평이 지배적입니다. 치밀하다는 것은 플롯이 촘촘하다는 이야기잖아요? 착상과 플롯 짜는 방법을 알려주세요.

정이현 장편소설을 쓸 때 플롯은 굉장히 중요한 것 같아요. 많은 분들이 습작 장편소설을 쓸 때 플롯을 간과하고 가는 경우가 있는데, 플롯은 인물과 사건이 무엇인지 파악해야만 만들 수 있어요. 저는 어떤 인물이 무슨 이야기를 할지를 알고 들어가야 플롯이 작동한다고 생각하고, 아주 치밀하지는 않아도 얼개를 어느 정도 갖추고 짜놓는 편이에요. 또 저에게 중요한 것은 인물들이 어떻게 변하고, 무엇이 인물을 변하게 하는가고요.

인물을 변하게 하는 것은 내면의 갈등 요인이랄까, 외적 상황이랄까, 그런 부분들이잖아요? 그렇다면 인물을 변모하게 하는 갈등을 중심으로 플롯을 짤 수 있다고 생각할 수 있겠군요.

정이현 소설에서는 갈등이 중요해요. 그렇다고 해도 흔히 갈등이라고 생각하는 커다란 사건만 갈등일 필요는 없다고 생각해요. 한순간 팡 터지는 게 아니라 소설 초반부터 쌓여져 와서 정점에 이를 때, 그때 초반부터 쌓여왔던 갈등들이 모여서 그 순간 터질 수도 있는 게 갈등이라고 생각하고요. 이 작가가 무엇을 이야기하고 싶은지를 나타내는 것이 플롯이라고 생각합니다. 플롯도 타고난 사람이 있다고 생각해요. 훈련과 노력으로 할 수 있는 것도 플롯도 있지만요. 어떤 분들은 장편소설을 쓸 때 다른 장편소설은 안 읽고 쓴다고 하는 경우도 있는데 저는 꼭 그렇지는 않아요. 비슷한 주제나 변주되는 주제의 장편을 읽고, 플롯을 분석하는 연습을 해도 좋을 것 같아요. 제가 개인적으로 선호하는 플롯은 어떤 사건이 한순간에 빵 터지기보다는 사건이 터진다고 해도 그 앞이나 뒤에 일어나는 일에 더 관심이 있어요. 언제 교통사고가 나서 죽어서 그 뒤에 어떻게 됐다, 이런 식보다는 애초에 그 인물들이 어떤 사람들이었고 어떤 삶을 살아왔으며 A라는 사람은 오늘 아침에 콩나물국에 밥을 말아먹고 나왔고, B는 토스트를 먹고 나왔고, C는 굶고 나왔는데 횡단보도에서 이 세 사람이 촘촘히 모여지는, 이런 식의 플롯을 선호하는 것 같아요.

사실 작가를 만나 어떻게 해야 플롯을 잘 짤 수 있냐고 묻는 것 자체가 무책임한 질문인 것 같아요. 스스로 다양한 독서를 하면서 이 결과물이 어떻게 만들어졌는지 분석도 해봐야죠. 만약 어떤 작가의 소설에 다섯 명의 인물이 등장한다면, 각각 개별적 삶을 살고 있는 다섯 명의 인물들이 발화가 되는 사건을 겪으며 어떻게 연결될 수 있는지 궁리하고 또 궁리한 끝에 그 결과물로서 플롯이 나오는 거겠죠.

정이현 저는 천 개의 소설이 있으면 천 개의 플롯이 있다고 생각해요. 우리의 삶이 비슷해 보여도 완벽하게 똑같은 삶은 있을 수 없듯이 그게 소설의 매력이고, 소설을 계속 쓸 수 있는 이유 같아요.

슬럼프를 극복하는 방법이 있습니까?

정이현 슬럼프는 자주, 잦게 찾아옵니다. 저는 한 작품을 끝내고 나면 원칙적으로는 다 내려놓고 푹 쉬려고 하는 편이에요. 어쩔 수 없이 장편소설을 끝내고 나면 다시는 못 쓸 것 같고, 허탈하고, 허무한 슬픔이 밀려오는데 그게 슬럼프인 것 같아요. 슬럼프가 왔을 때 가장 좋은 방법은 몸을 맡기는 것 같아요. 그냥 감정의 바닥이든 정서의 바닥이든 밑까지 가보는 것. 진부한 말이지만 바닥을 치면 올라올 수밖에 없거든요. 외상을 입고 내상을 입고 피를 흘리더라도 그것조차 영감의 새로운 원천이 될 수 있으니까 슬럼프를 극복하려고 하지 말고 어디까지 가나, 몸을 맡겨보는 거예요. 영원히 극복하지 못한다면 소설을 그만 쓰는 것이 좋을 것 같아요. 습작할 때 슬럼프를 이 악물고 극복해야만 할 정도로 힘들다면 본인의 타고난 본업은 아니라고 생각해도 좋을 것 같아요. 소설가의 길은 생각보다 좋거나 아름답거나 행복하지는 않아요. 세상에 아직 수공업자 일이 남아 있나 싶을 정도로 생각보다 보상이 작을 수 있는 직업인지라 슬럼프에 몸을 맡겨보고 극복할 수 없다면 이 길이 아닌가봐, 하셔도 좋을 것 같습니다.

일인칭 주인공 시점을 쓰는 경우 화자인 '나'에 작가 자신이 너무 많이 투영되는 경우가 있습니다. 물론 화자인 '나'와 작가 자신이 합일되는 지점도 있어야 하기는 하지만 거리도 유지해야 하는데 당신은 이런 경우 어떻게 합니까?

정이현 어떤 소설을 쓰려고 하면, 저는 가장 먼저 주제와 모티프와 저와의 거리감을 측정하는 일을 먼저 해요. 지금 이 이야기를 써도 되는지, 거리가 너무 가까운지, 자기검열을 자주 하는 편이에요. 삼풍백화점은 제가 어떤 경험을 하고 나서 10여 년이 지난 후에야 쓸 수 있었죠. 지금 당장 어떤 일을 겪고 있다면 곧 바로 재미있겠다고 해서 쓰는 것이 아니라 마음속에 넣어두고 묵혀뒀다가 쓰는 게 필요할 것 같아요.

©마음산책

정이현

1972년 서울 출생으로 성신여대 정외과 졸업, 동대학원 여성학과 수료, 서울예대 문창과를 졸업했다. 단편 〈낭만적 사랑과 사회〉로 2002년 제1회 《문학과사회》 신인문학상을 수상하며 문단에 나왔다. 이후 단편 〈타인의 고독〉으로 제5회 이효석문학상을, 단편 〈삼풍백화점〉으로 제51회 현대문학상을 수상했다. 《낭만적 사랑과 사회》 《타인의 고독》(수상작품집) 《삼풍백화점》(수상작품집) 《달콤한 나의 도시》 《오늘의 거짓말》 《풍선》 《작별》 《말하자면 좋은 사람》 《상냥한 폭력의 시대》 《우리가 녹는 온도》 《알지 못하는 모든 신들에게》 등을 펴냈다.

에필로그

소설쓰기는 하나의 세계를 창조하는 일이다

지금까지 오랜 기간 자신만의 방식으로 소설을 창작해온 여러 작가들의 창작 과정에 대해 살펴보았다. 어떤 작가들은 소설 집필에 앞서 시놉시스(소설의 설계도)를 미리 짜놓기도 하고, 어떤 작가들은 시놉시스 없이 한 문장 혹은 한 장면이 모티프가 되어 소설 집필에 들어가기도 한다. 또 어떤 작가들은 소설은 3인칭의 세계이며 만들어지는 것이라고 주장하기도 하고, 또 어떤 작가들은 소설은 1인칭의 세계이며 생체험을 중심으로 가능한 거짓 없이 써야한다고 주장하기도 한다. 어찌되었든 작가들마다 자신만의 독특한 방식으로 소설을 창작한다. 작가의 수만큼 다양한 창작 방식이 존재하는 셈이다.

그러나 이와 같은 창작 방식의 다양성에도 불구하고 공통되는 한 가지가 있는데, 다름 아닌 소설 창작 과정은 하나의 세계를 구축하는 작업이라는 것이다.

움베르토 에코의 소설《장미의 이름》은 작가가 중세 시대의 책 한 권을 어떻게 손에 넣게 되었는지를 설명하면서 시작된다. 작가는 1968년 8월 16일이라는 구체적인 날짜를 제시하기 때문에 독자는 존재하지도 않는 이 책이 실제로 존재한다고 믿게 된다. 허구 속의 허구임에도 불구하고 에코의 허구적 설정이 어찌나 정교한지《장미의 이름》을 읽은 독자들 중에는 에코가 서문에 써놓은 부에노스아이레스의 한 고서점에 찾아간 이들도 있다. 물론 책 속의 이 고서점 또한 에코가 창조한 허구적 세계였는데 말이다.

이처럼 잘 만들어진 완벽한 허구는 독자를 매혹시킨다. 이런 예는 얼마든지 찾아볼 수 있다. 뒤마 페레의《몽테크리스토 백작》이나 F. 스콧 피츠제럴드의《위대한 개츠비》역시 작가가 만든 완벽한 허구적 세계에 사는 허구적 인물이다. 그런데도 독자들은 존재하지 않는 허구적 세계에 매혹되고, 현실 세계에 버젓이 살고 있는 그 어떤 인물보다 소설 속 허구적 인물에게 더 큰 공감을 느낀다.

어떻게 이런 일이 가능한가?

작가와 독자 사이의 내러티브적 합의에 의해 독자는 '있을 법한 세계' 다시 말해 '가능 세계'를 현실인 양 받아들이고, 소설을 읽다 보면 자신도 모르는 사이에 작가가 만든 세계 안에서 살기 시작하기 때문이다. 문제는 소설가가 설계하고 창조한 이 허구적 세계, 즉 '가능 세계'를 독자가 부정하지 않고 받아들일 수 있도록 하나의 세계를 그야말로 완벽하게 창조해야 한다는 점이다.

움베트로 에코는《장미의 이름》을 중세에서 쓰기로, 다시 말해 중세라는 '시점'에서 이야기를 풀어나가기로 결심한 뒤에 중세의 리듬과 그 순진성에 익숙해지기 위해서 중세의 연대기를 읽고 또 읽었다. 가능한 한 자세하게 소설이라는 세계를 창조해야 하기 때문이다. 에코는 한 수도원에서 일어난 살인 사건을 모티프로 한 소설《장미의 이름》을 집필하기 전, 소설에 등장하지 않는 주변의 수도사들에 관한 자료까지 마련했으며 소설에 나오는 대화의 길이가 대화에 허용된 시간과 정확하게 일치할 수 있을 정도까지 자세히 소설의 설계도를 마련했다. 그야말로 도시의 설계도를 마련하듯 소설의 설계도를 완성한 것이다. 이렇게 도시의 설계도를 그리듯 완벽하게 설계된 하나의 허구적 세계는 독자를 현실 이상으로 몰입하게 만들고, 독자는 비로소 작가가 만들어낸 허구적 세계로 스며들어가 그 세계에서 살고 있는 허구적 등장인물을 만나게 된다.

독자가 허구적 등장인물이 처한 상황과 운명에 스스로를 동일시하고 공감할 수 있어야 허구적 등장인물은 작품 바깥으로 튀어나와 독립적인 인물처럼 존재감을 획득할 수 있다. 그런데 허구적 등장인물들이 자신의 삶을 살아가는 이 허구적 세계 자체가 완벽하지 못하면 독자들을 이야기 속으로 첫발을 뗄 수조차 없다.

소설은 일인칭의 세계이다. 소설은 삼인칭의 세계이다. 소설은 생체험을 중심으로 써야 한다. 소설은 작가 자신의 삶을 절대로 드러내서는 안 되고 잘 만들어야 한다. 작가마다 소설관이 다르고 그 창작 방식도 다양하지만 어찌되었든 소설은 그 자체로 하나의 세계이다. 이 보편적이면서도 독특하고, 현실적이면서도 비현실적인 '소설'이라고 하는 세계 속으로 독자가 아무 거부감 없이 미끄러져 들어가 그 안에서 살고 있는 허구적 등장인물들이 처한 운명을 이해하고 마치 자신의 삶인 양 받아들이게 할 수 있도록 끊임없이 고뇌하고 무던히도 애쓰는 과정, 이것이 바로 소설쓰기이며, 이는 곧 하나의 세계를 창조하는 일이다.

자, 이제 당신은 어떤 세계를 창조할 것인가?

소설을 쓰려는 이들에게

이동하

왜 소설을 쓰려고 하는가. 분명한 자기 확신이 있어야 한다. 소설가로 산다는 것은 결코 녹록하지 않다. 거의 대부분의 경우에 현실적인 보상이 터무니없이 작기 때문에 그 길을 끝까지 주파하기 위해서는 특별한 마음가짐이 필요하다. 내가 왜 소설을 쓰려고 하는지, 내가 왜 작가가 되려고 하는지 스스로에게 묻고 대답해보라.

정유정

나는 공모전에서 열한 번 떨어졌고, 떨어지는 동안에 엄청난 패배주의에 휩싸였다. 그럴 때면 내가 작가가 되고 싶은 것인지, 글을 쓰고 싶은 것인지 스스로에게 물었다. 작가로서 세상에 이름을 알리지 못한다 해도 나는 후회하지 않을 것인가. 스스로에게 이런 물음을 던졌을 때, 나는 항상 후회하지 않을 거라고 생각했다. 그런 강력한 동기가 있어야만 장편소설을 쓸 수 있다.

장편소설은 하나의 주제를 가지고 최소한 1년에서 2년을 붙들고 있어야만 한다. 그러려면 욕망이 있어야 하고, 동기가 있어야 한다. 글을 쓰고 싶다는, 글에 대한 사랑이 없으면 버티지 못한다. 단지 작가가 되어서 으스대고 싶다거나 화려한 어떤 것을 꿈꾼다거나 직업적으로 작가가 되어 돈을 많이 벌고 싶다거나 이런 생각으로 소설을 쓰겠다고 덤비지 마라. 그런 마음으로는 절대로 작가가 될 수 없다. 그런 꿈을 꾸기에는 소설가는 너무나 가난한 직업이다.

'작가로서 세상에 이름을 알리지 못한다 해도 나는 후회하지 않을 것인가'라는 물음에 정말 나는 이야기를 하고 싶다, 정말 나는 글을 쓰고 싶다, 이 대답이 나와야만 작가가 될 수 있다. 당신은 왜 글을 씁니까? 라고, 누가 물었을 때, 거기에 대한 대답이 준비되어 있어야만 한다. 그 동기로 인해서 오래 버틸 수 있기 때문이다. 회의가 찾아올 때, 나는 작가가 되고 싶은 건지, 글을 쓰고 싶은 건지 스스로 묻고, 그래도 글을 쓰고 싶다는 대답이 나오면 끝까지 버텨라! 버티는 사람이 이기는 사람이다.

명지현

상상력이 중요하다. 항상 공상하던 사람들은 뭔가를 해낸다. 우리 삶은 미진하고 힘들다. 내 옆에 있는 사람이 원빈은 아니지만 원빈을 주인공으로 상상하며 이야기를 전개해나가봐라. 유치한 것 같은가? 아니다. 유치하다고 느껴지는 것도 자꾸 소설화시키면 형태가 만져지게 된다. 그걸 글로 써버릇하고 그러면서 재미를 느껴봐라. 이런 일들이 내게는 소설이다. 또 집중력이 있어야 한다. 엉덩이에 종기가 나도록 앉아 있어야 비로소 써지는 것이 소설이다. 소설은 앉아 있는 것에서 스스로 즐거움을 찾고, 스스로 몰입하는 행위이다.

고3 수험생들이 대입을 준비하면서 앉아서 문제 풀고, 앉아서 책 읽고, 앉아서 여러 가지 스케줄을 잡아서 공부하듯이 작가들 역시 자기 스케줄을 관리한다. 나는 아침에 일어나면 노트에 줄을 긋고 9시에는 커피 마시고, 10시에는 뭘 쓰고, 11시, 12시에는 뭘 하고, 어느 도서관에 무슨 책들을 반납하고, 이런 식으로 일정표를 작성한다. 뜻대로는 안 된다. 하지만 매일 일정표를 작성하고, 스스로 하루를 컨트롤해야 한다.

소설가의 삶은 쓰는 행위가 거의 80%이다. 10%, 5% 만이 가끔 독자들을 만나는 시간이지만, 그런 기회는 몇 년에 한 번 책을 냈을 때뿐이다. 즐거움은 없다. 그냥 쥐어짜고, 읽고 쓰고, 읽고 쓰고 하다 누적분이 쌓이면 글쓰기 재능은 계단식으로 올라가게 된다. 글쓰기 재능은 점프도 없지만 낙하산 타고 내려가는 법도 없다. 차근차근 계단을 밟아 이만큼 올라간 뒤에 슬럼프에 빠지기도 한다. 그러나 그렇게 고통을 겪으며 좌절할 때, 그때가 바로 성장하는 순간이다. 작가는 내 좌절이 이글이글 끓을 때 성장한다. 내면의 어둠이 없으면 유년기의 고통까지 끌어내서 그 고통을 곰쓸개 씹어 먹듯이, 그 쓴맛을 우적우적 씹으며 가라.

이평재

일단 소설은 양이 질을 결정한다. 엉덩이로 쓴다는 말이 있다. 일단 앉아서 써야 된다. 쓰지 않고는 절대 소설은 늘 수 없다. 문장이 맞아도 그 문장이 어느 소설에 들어가서는 비문이 될 수도 있다. 문맥에 맞아도 그 문장이 과하면 안 된다. 문장이라는 것은 경우의 수마다 다 다르기 때문이다. 소설 공부의 시작은 문장 훈련이다. 막연하게 어떤 이론이 있는 것도 아니며 그 많은 경우의 수를 누구도 짚어줄 수 없다. 그런 뒤에 이제 문장을 쓰고 나면 그 문장을 가지고 터득해나가라. 문장을 쓰는 어떤 내공을 기르고, 그러면서 문장은 완성된다. 그러니 일단은 써라!

그다음에는 반드시 인문학 공부가 병행되어야 한다. 언젠가 윤후명 선생님께서 그런 말씀을 하셨다. 무얼 쓸지 모르는 건 인문학 공부가 안 되어서 그렇다고. 인문학 공부가 병행되면, 하나를 봐도 열을 꿰뚫는다는 말이다. 인문학 공부가 되어 있지 않으면 하나를 봐도 그것이 뭔지 모른다. 그런 전체적인 이치를 깨치면 하나를 갖고도 얼마든지 이야기를 끌어낼 수 있는 능력이 생긴다. 책을 많이 읽은 사람의 특징은 논리가 있다는 것이다. 개념 없는 소리를 하면 아무도 듣지 않는다. 개념이 있고, 정확한 근거를 댈 수 있고, 논리가 있으면 사유가 잡힌다. 이 사유를 자기 나름대로 펼칠 수 있는 문장이 되면 소설은 얼마든지 쓸 수 있다.

소설가가 되고 싶은가? 그렇다면 늘 자기 자신을 들여다보아라! 습작하는 과정에서도, 작가가 되고 나서도 많은 사람들이 좌절하는 이유는 자신을 보기보다는 남을 보고 있기 때문이다. 남을 보고 있기 때문에 힘들고, 그것 때문에 그만두게 된다. 자기 자신을 보고 있고, 심지가 굳으면 흔들림이 없다. 글 공부를 하는 것은 상당히 의미 있는 일이고 삶의 질을 다르게 하는 일이다. 계속 남만 쳐다보고 있으면 힘들지 않겠는가? 그러니까 남을 보지 말고 내 소설을 써라!

구효서

종종 사람들이 내게 작품을 들고 찾아온다. 읽어주십시오. 읽는다. 내가 읽고 나면 그들의 첫마디는 늘 똑같다. 저 소설 써도 될까요? 그러면 나는 농담 삼아 그건 점쟁이한테 가서 물어보라고 대답한다. 당신이 소설을 써도 될지 안 될지 내가 어떻게 아느냐. 소설을 써도 되냐는 그들의 질문은 내가 소설가가 될 수 있습니까, 라는 질문하고도 같다. 소설가가 된다는 것은 뭘까, 라는 질문이다. 다시 말해 그것은 우리 사회에는 등단제도가 있지 않습니까? 라는 질문이고, 그들은 등단제도를 통과해야만 작가로 인성받는 그 제도권의 작가가 되려는 것이다. 만약 그런 제도권이 없다면 굳이 작가가 되려는 노력도 안 할 것이다.

우리에게 등단제도가 있다는 것은 어떻게 보면 한국문학 발전을 위해서는 바람직하지 않다. 틀 안에 들어가야만 인정해준다는 것은 결국 소설에도 틀이 있다는 생각을 갖게 만들기 때문이다. 그 소설에 들어가야만 소설이라고 생각하는 자체가 지금까지 내가 말해왔던 '탈중심'에 위배되는 것이다. 극단적으로 말하면, 쓰면 문학이고 그게 소설이지, 그걸 누가 소설이다, 아니다, 라고 말할 수 있는가? 소설가 구효서라고 해서 이건 소설이 된다, 안 된다, 라고 말할 수 없다. 글 쓰는 것은 힘들다. 힘들긴 해도 또 쓰고 싶고 용기를 낼 수 있는 것은 바로 독자들의 관심과 성원 덕분이다.

방현석

치열하게 살아라. 치열하게 살면 하고 싶은 말들이 생겨난다. 열심히 살지 않고서 무슨 할 말이 생기겠는가. 그것이 어떤 것이든지 나는 좋다고 생각한다. 문학하는 사람은 긴 줄에 서지 마라. 남들이 다 가는 길에, 그 줄에 서지 말 것. 그 줄은 너무나 길어서 내 차례가 돌아오기 전에 그 줄이 끝난다. 작가는 자기만의 줄을 스스로 만들어서, 거기에 물들어서, 적어도 그 부분에 대해서만큼은 가장 치열하게 부딪쳐보고 끝까지 가보고, 다른 어떤 사람도 가보지 못한 낭떠러지까지 밀어붙여봐야 한다. 그것을 한 번만 밀어붙여보면 다른 어떤 곳에 부딪혀도 그것을 돌파할 힘이 생긴다. 그것이 작가로서 살아갈 수 있는 가장 큰 밑천이 될 것이다.

심윤경

소설을 쓴다는 것은 굉장히 특별한 삶의 태도다. 흔하지 않은 직업이기에 그것이 주는 모든 불이익을 감수할 수 있을 만큼 소설쓰기를 좋아하지 않고서는 할 수 없는 일이다. 나는 소설에 박식한 사람은 절대 아니다. 내가 대학교에서 배운 것은 과학이지 문학이 아니었다. 고등학교 국어시간이 내가 받은 문학 강의의 최대치였다. 그런데도 내가 소설가가 될 수 있었고, 지금까지 소설 쓰는 일을 할 수 있는 이유는 내가 좋아하는 소설이 분명했기 때문이다. 내가 이런 걸 좋아하기 때문에 나는 이런 걸 쓰고 싶다. 그것만 분명하면 된다. 세상에 아무리 좋은 소설이 많아도 오히려 그것은 나를 분산시키는 필요 없는 정보일 때가 많다. 나는 어떤 소설을 좋아하는가? 그것을 끊임없이 생각하고, 그것에 다가가려고 노력하는 일이 당신을 소설로 이끌 것이다.

공지영

읽어라! 엄청난 양을 읽어라! 읽지 않고는 절대로 소설을 쓸 수 없다.

김다은

소설쓰기는 생명력을 길어올리는 작업이다. 내면에 생명의 물이 없는데 퍼내서 독자들에게 줄 수는 없다. 소설가가 되기 위해 제일 먼저 해야 할 일은 나를 풍요롭게 만드는 일이다. 이 소설을 써서 명예를 얻을 것이다, 돈을 벌 것이다, 그런 생각을 하며 소설을 쓰지 말아라. 명예나 돈을 생각하기 전에 먼저 이 소설은 나를 풍요롭게 만들기 위한 작품이라고 생각하며 써라. 그렇게 썼을 때, 그 소설은 타인을 풍요롭게 할 가능성이 있다. 나는 피폐해지는 게 소설쓰기의 과정이라고 생각한다. 그러다보면 밤에도 작업을 해야 하고 건강도 해칠 수 있다. 그러나 영혼의 상태만은 맑게 유지하라!

정이현

장편소설을 쓴다고 하면, 과연 나는 이 한 편만 쓰고 말 것인지, 칠팔십 세가 될 때까지 평생 소설가로 살고 싶은지 생각해보라. 소설가로서 밝은 부분만 누리고 싶은 것은 아닌가? 소설가는 소설을 쓰지 않을 때는 백수나 다름없다. 소설을 쓸 때는 정말 고통스럽다. 나는 과연 그 고통을 내 삶의 중심에 둘 수 있는 사람인지 고민해봐야만 한다. 또 장편을 쓰고 있다고 해도 동시대 한국 작가들의 장편소설만 읽지 말아라. 6, 70년대부터 한국 현대사회 작품도 좋은 작품이 많으니 그 작품들도 읽어라. 문학뿐 아니라 비문학, 사회과학 서적과 과학책과 다양한 종류의 잡지도 다독하라. 책상 앞에만 앉아있기보다는 여행을 많이 다니고, 길을 많이 다니고, 사람을 많이 만나고, 세상 속에서 충분한 체험과 경험을 하라. 소설은 그러고 나서 조금 더 천천히 느릿한 마음으로 시작해도 좋다.

11명의 대표 소설가에게 듣는 창작 코멘터리

작가의 글쓰기

1판 1쇄 발행 2015년 4월 22일
1판 3쇄 발행 2021년 12월 27일

지은이 · 이명랑
펴낸이 · 주연선

(주)은행나무
04035 서울특별시 마포구 양화로11길 54
전화 · 02)3143-0651~3 | 팩스 · 02)3143-0654
신고번호 · 제 1997—000168호(1997. 12. 12)
www.ehbook.co.kr
ehbook@ehbook.co.kr

ISBN 978-89-5660-853-2 03800